汗风雪

魅丽文化
桃天
桃天工作室

三千风雪 著

江苏凤凰文艺出版社
JIANGSU PHOENIX LITERATURE AND ART PUBLISHING

图书在版编目（CIP）数据

假小子．2 / 三千风雪著．-- 南京：江苏凤凰文艺出版社，2022.12
ISBN 978-7-5594-6472-9

Ⅰ．①假… Ⅱ．①三… Ⅲ．①长篇小说－中国－当代 Ⅳ．① I247.5

中国版本图书馆 CIP 数据核字 (2021) 第 280713 号

假小子．2

三千风雪 著

责任编辑 张 倩
出版统筹 曾英姿
特约编辑 刘思月 罗李璇
封面设计 白砚川
出版发行 江苏凤凰文艺出版社
南京市中央路 165 号，邮编：210009
网　　址 http://www.jswenyi.com
印　　刷 人民今典印务有限公司
开　　本 880mm × 1230mm 1/32
印　　张 10.5
字　　数 333 千字
版　　次 2022 年 12 月第 1 版
印　　次 2022 年 12 月第 1 次印刷
书　　号 ISBN 978-7-5594-6472-9
定　　价 45.00 元

目录

CONTENTS

目录

CONTENTS

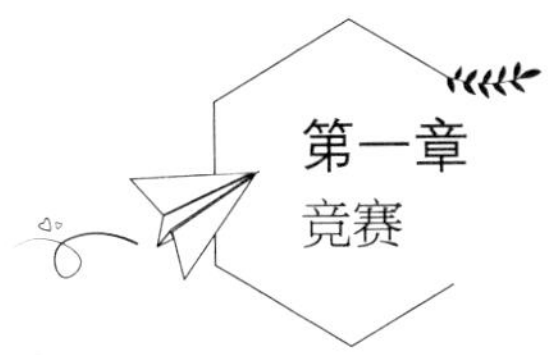

第一章 竞赛

陆遥从天桥上下来没花多少工夫。

徐程大老远就看见了陆遥，他表情僵硬，不甘心地问了一句：“为什么是陆遥？”

“为什么陆遥可以，我不可以？”

徐程出其不意，抓着李明珠的胳膊，颇有些逼问的意思。

李明珠心想：这有什么可不可以的。

徐程的双眼紧紧盯着李明珠，李明珠酝酿了一会儿，正当徐程以为她要说出什么道理的时候——

徐程甚至想好了怎么反驳李明珠，陆遥这个人就是狂妄自大的二世祖，嚣张任性，成绩差得很，完全没有任何值得人喜欢的优秀品质。

所以无论李明珠说什么，他都有办法唱反调。

但是这位品学兼优、思想境界高深的学神，说了一句很肤浅的话。

李明珠很无辜地说：“他长得比你帅。”

“咔嚓，咔嚓”，徐程仿佛石化了。

他想反驳，结果底气不足，毕竟这是实话啊！

徐程哪想到李明珠也会这么肤浅，他对这个看脸的世界绝望了！

“你……你就觉得他好看？”

李明珠理直气壮地点点头，说：“嗯，不然呢？”她淡定道，“你要去整容吗？我觉得天然的比较好。”

徐程被堵得一句话都说不出来。

他僵着僵着，突然哽咽一声，满含泪水，骂了一句：“肤浅！李明你是个渣男！”然后他气势汹汹地跑远了。

“渣男”李明珠：“……”

陆遥走过来时，对徐程的火气还没消：“你和这小子说什么了，一直点头？”

李明珠看他额头上覆盖了一层薄薄的汗水，衣服穿得也不多，大冬天跑出一身汗，被冷风一吹，肯定要病倒。

她立刻皱眉，顺便选择性无视了陆遥的质问：“你跑这么急干什么？”

陆遥心想：哥要是再晚来一步，你岂不是被人撬走了？

陆遥道：“他刚才要送你围巾？”

李明珠面不改色地撒谎：“没有，是徐程给他妈买的围巾，他拿出来给我看看这个颜色适不适合中年妇女。”

陆遥说：“你觉得我会信吗？”

“会。”

李明珠亮晶晶的眼睛盯着他，眼里含着的笑意都快溢出来了。

陆遥被美色折服，屈辱地点点头：“我信了。”

李明珠一边走一边问：“王奶奶怎么样了？”

“病情稳定下来了。”陆遥道，“明天她就可以出院了。”

李明珠道：“那就好，你自己也注意点，不要大冬天学人家小伙子穿什么破洞裤子，裤脚也不准挽起来。”

H市的冬天冷起来毫不留情，十分阴冷，就算是陆遥这种抗冻的人，这个天气也不敢把裤脚卷起来。

虽然陆遥听李明珠说了一会儿，但他完全没听进去，心思全在围巾上面，他忍不住问：“除了徐程，还有人给你送过……送过围巾吗？”

李明珠眉头一挑。

陆遥神色不自然，移开目光，结果一转头就是玻璃橱窗，李明珠一眼就看到他别扭极了的表情。

李明珠拉长声音说：“哦……”

陆遥心想：哦是什么意思？

“有的。”李明珠恍然大悟。

陆遥连忙转过来，皱着眉头质问李明珠：“那你收了吗？”

“别人送的围巾我怎么就不能收了？”李明珠淡定地开口。

陆遥瞪大眼睛，狭长的桃花眼瞪得圆圆的：“别人送你围巾，你就收吗？你怎么不知道客套一下？”

“客套什么，不拿白不拿。”李明珠“无耻”道，“好像还是你们班的女生，我总要卖你一个面子的，当面拒绝她，多不好意思。”

陆遥提高声音：“谁要你卖我面子了？”

他心里郁闷道：这人怎么这么不上道？

李明珠故意继续说：“嗯？怎么，我不能收别人的围巾吗？”

“当然不能。”陆遥心想：你要是收了别人的围巾，那哥花了几个月织的围巾怎么办？

陆遥想起自己织围巾的历程，顿觉心路坎坷，唏嘘不已。

遥想当年，他还是一个对星座和节日意义嗤之以鼻的唯物主义科学青年，结果不到半个月，他就坚信这个手工围巾不在圣诞节送出去，那个传说中的预言就不会实现。

骗骗小女生的东西，偏偏也叫陆遥这个冰山酷哥坚信不疑。

他不能光明正大地在学校里面织围巾，也不能在李明珠边上织，死要面子的他吃到了苦头。

陆遥甚至因为担心圣诞节前围巾织不完，所以照顾王奶奶的这几天，他也拿着毛线面不改色地织。

护士姐姐的心如小鹿乱撞，她看着陆遥，心想：这个一天没几句话的帅哥竟然是个顾家型的，冰山帅哥织毛衣什么的，反差萌不要太可爱啊！

陆遥因此得到了护士姐姐偷偷给他取的外号：田螺少年。

田螺少年陆遥织围巾已经十分熟练了，从刚开始起个针都不会的尴尬场景，变成了现在能一边和王奶奶讲话，一边盲织毛线。

他的小指上缠了一圈毛线，一只脚踩在凳子上，另一只脚踩在地上，很是刚柔并济！

陆遥紧赶慢赶，终于赶在圣诞节当天织出了成品，美中不足的是，这条围巾织得太丑了！

前半段的毛线紧绷着挤成了一团，疙疙瘩瘩，皱皱巴巴，后来陆遥吸取教训，后半段织得松了点儿，所以后面的半段围巾松松垮垮，随处可见破洞小坑。

关键是陆遥织了一个多月的平针，最后几天才发现平针织出来的围巾难看得很，和罗曼文那花里胡哨的围巾完全不是一个档次的！

人家的围巾是拿出去可以挂在商店橱柜里售卖的，他的就是扔到店门口的垃圾桶里，都不会有人可惜的。

而且最后几天陆遥赶时间，顾不得面子了，在王奶奶的面前也开始织围巾——他就欺负王奶奶老眼昏花，人老不懂事，也没几个朋友，不会和别人说自己织围巾的事情。

但也正因为如此，王奶奶看他织得艰难，忍不住教了几招花针的织法。

陆遥不死心，觉得自己的围巾还能再拯救一下，听信了王奶奶的谗言，用他根本就不熟练的花针……很是努力地织了两朵花上去。

织完的时候，陆遥感觉眼前一黑，天都塌了。

王奶奶显然也没想到陆遥的花针会织得这么难看，难看得天理不容！她原本以为至少还能看得出来这是两朵花的！

事已至此，王奶奶安慰道："遥遥，要不你用水彩笔给小花儿画几下，让它看起来像一朵花？"

陆遥的围巾因此变成了拥有两个看起来像大疙瘩，其实是两朵花的残次品。

长这么丑的围巾，他根本没那个脸拿出来要求李明珠收下啊！这条围巾戴在李明珠脖子上真的很拉低她的颜值啊！

特别是在陆遥心情忐忑，问了李明珠有没有收罗曼文的围巾之后——听李明珠这个回答，多半是收了。

他的一颗心彻底凉了，跌落谷底。

罗曼文的围巾不必说，比他的好几十倍。

李明珠收下围巾的意思，是接受罗曼文的告白吗？

陆遥的脸色阴晴不定，一会儿刮风，一会儿下雨，把李明珠逗乐了。

"我没收。"李明珠开口。

陆遥当即多云转晴。

他咳嗽一声，故意道："你难道不想白捡一个女朋友？"

李明珠呵呵一笑，说："我怕有人半夜里掐我的脖子要我的命。"

陆遥："……"

他哼唧了一声，问道："那你收了谁的围巾？"

李明珠沉默地走了一段路，笑道："看你什么时候送了。"

陆遥脚下一个踉跄，险些现场展示一下平地摔。

他惊讶道："你怎么知道我有……有……"

李明珠心想：废话，我又不是瞎的。

陆遥的桌子上摆满了《新款花样编织大全》《韩式毛衣秀》《三天教你学会织毛衣》等编织教程，他显然藏了藏，可惜藏的手段太拙劣了，李明珠一眼就看到了。

陆遥的心思李明珠都不用去猜，用脊椎想都能知道这家伙偷偷摸摸地在干什么，只不过令李明珠诧异的是：陆遥真的这么做了。

围巾放在医院里，陆遥刚从医院出来，第一时间就找李明珠查岗，问她有没有收别人的东西。

查岗查了一半，他听到李明珠这句话，心想：她这是什么意思？

李明珠说了句暧昧不清的话，把陆遥的心吊起来悬在半空中。

陆遥捏了捏拳头，开口道："你陪我去游戏厅里玩一把游戏。"

李明珠心想：这是什么诡异的发展？

陆遥说去游戏厅玩，果真就带着李明珠往游戏厅里面走，好似从文艺爱情片成了电竞热血漫画。

游戏厅在环球购物中心的 B1 楼，因为圣诞节，里面被装饰得十分有节日气氛。

陆遥对游戏厅熟门熟路，去前台换了 100 多个游戏币，一股脑地堆到了李明珠手上。

李明珠说："你给我这个干什么？我不玩游戏。"

陆遥抓着李明珠的手，把李明珠带到了一排夹娃娃机面前。

娃娃机闪着五颜六色的光，吸引着玩家，但玩家往往不会被光吸引，而只想得到机器里面的娃娃。

陆遥道："你会抓娃娃吗？"

李明珠显然不会，过去十几年，她除了读书就是赚钱，攒钱都攒不起来，哪有什么闲工夫抓娃娃。

陆遥见她沉默，于是上手指导。

他抓娃娃很在行，告诉李明珠在哪里投币，怎么使用操控杆，并且就在他演示的这一遍中，就轻而易举地抓到了一只橘红色的小狐狸。

陆遥道："你看会了吗？"

李明珠觉得莫名其妙："你要做什么？"

陆遥道："你在这里抓娃娃，等你把手上的硬币抓完了，我就回来。"

李明珠敏感地捕捉到一丝信息，说："你去哪儿？"

"医院。"陆遥开口，"从环球中心到医院要穿过三条马路和四个红绿灯，离你把硬币抓完还有半个小时，如果我不想迟到的话，最好跑着去。”

李明珠听罢，笑了一声。

她记性很好，陆遥的这句话似乎把他们高中久别重逢的第一次对话复制出来了。

那时候陆遥也像这样，发着少爷脾气，指挥李明珠给他跑腿，还说着风凉话，帮她倒计时。

如今陆遥把这话又说了一遍，但需要赶时间的人却颠倒了一下。

李明珠开口：“那你最好快点，我学东西很快，说不定不用半小时就能抓完娃娃。”

陆遥生怕李明珠作弊，连忙道：“你不准一次性把所有硬币都塞进去，你得四个四个地投进去！”

李明珠从小口袋里抓了四个硬币，塞进了机器里，不急不缓地替陆遥倒计时：“一千八，一千七百九十九，一千七百九十八……”

陆遥转个身，跑远了。

李明珠握着操控杆的手一顿，夹子在空中虚虚地一抓，什么都没抓到。

李明珠心想：这是什么操作原理？

……

陆遥是跑着去医院的，他跑出环球中心，争分夺秒地往医院赶。

半路上下起了小雪，冰冷的雪籽往他衣服里面钻，碰到他灼热的胸口，又立刻化成了一池春水。

陆遥到医院时，小雪变成了大雪，在他脑袋上“织”了一顶白色的帽子。

陆遥拍着肩膀上的积雪，疾步朝王奶奶的病房走去。

小林正在陪王奶奶，陆遥一开门，她惊呼一声。

王奶奶的头转过来，看见陆遥，大惊道：“哎呀，你干吗啦？快进来！”

陆遥身上的雪化成了水，打湿了他的头发，所以他整个人看着湿漉漉的，像刚从水里捞出来。

王奶奶坚持要下床给陆遥擦头发，小林按着她，说：“我来就好，奶奶。”

王奶奶急急开口：“你快给遥遥把衣服换了，你看他穿着一身湿衣服，要感冒啦！”

“小林啊，把房间里空调的温度调高，哎哟……小林啊，给遥遥倒一杯热水！”王奶奶吩咐完小林，又关切地看着陆遥，“你下雪天出门怎么不打把伞呀？”

陆遥在房间里翻箱倒柜：“我的围巾去哪儿了？”

王奶奶道：“你急什么啦，先暖和一下身子，围巾我帮你收起来了，不会给你丢掉的！”

陆遥嘟囔：“我现在要用它，你把它放哪儿了？”

王奶奶光顾着心疼陆遥的身体，为了让陆遥老老实实坐下来把衣服换了，她道：“在那个红色的盒子里……”

陆遥听了，果断地去翻红色盒子，果然，他织的那条围巾安静地躺在盒子里。

陆遥猛地一看，突然有点嫌弃这条围巾。

它真是丑得连主人都不想多看一眼。

王奶奶道：“围巾找到啦，你赶紧把衣服换了！”

陆遥把围巾塞在袋子里，提着就往门口走。

小林刚烧好水，说：“小少爷，你喝完了水再走吧！”

“我赶时间，不喝了！”

“赶什么时间！你赶时间也要把衣服换了！”王奶奶从床上撑着坐起来。

陆遥被烦得厉害，一把扯过衣服，说：“我边走边穿——”

他看起来真的很急，话都没说完，人已经在门口了。

小林听从王奶奶的叮嘱，拿着伞急急忙忙地从病房里追出来：“还有伞——”

她追到楼下，没看到人。

陆遥已经从住院部门口消失了。

小林心想：小少爷跑得也太快了！他是属兔的吗？

陆遥在医院里被王奶奶说了一通，当他顶着大雪跑回环球中心的时候，看到了满脸担忧的李明珠。

李明珠在陆遥跑出去不久后，就听见旁边走来走去的年轻人惊喜地讨论：“下雪了。”

她回头一看——环球中心的B1层中间是露天的，像鹅毛一样的雪花轻飘飘地从半空中落下。

李明珠心里一紧，想到陆遥出去的时候没带伞。

这么大的雪不带把伞，浑身都要打湿。

果然，陆遥回来的时候，大雪落了一头，他一边甩头一边向她走来。

李明珠道：“你怎么不买把伞？”

“我来不及买，时间很宝贵的。”陆遥咧嘴笑道。

李明珠气急败坏地想：你赶什么时间！

陆遥看李明珠要发火了——无非就是数落他不珍惜身体，便连忙机智地岔开话题：“对了，你抓了几个娃娃？”

陆遥好奇地问道。

李明珠：“……”

陆遥后退一步，看到李明珠双手空空，又看到装游戏币的布袋子也空空如也，顿时悟了：“你一个娃娃也没抓起来？”

陆遥愣了一下，随后很没礼貌地大笑起来。

李明珠眉头一皱，说：“闭嘴！”

陆遥笑够了才肯闭嘴，他难得看到这世界上也有李明珠不会的东西，于是多揶揄了几句：“哈哈哈，你的技术这么差吗？”

李明珠很无奈。

陆遥笑道：“哥看你技术这么差，再示范一遍怎么抓娃娃好了。”

陆遥果断地从袋子里把围巾拿出来，不管三七二十一，胡乱地往李明珠脖子上一围，把她围得严严实实。

“抓到了。”

李明珠移开目光，说：“你回去把衣服换了。”

陆遥拉着李明珠的手没放。

李明珠的手十分秀气，骨节分明，他可以完完全全地握住。

李明珠用了点力气，想挣脱陆遥，没挣脱开。

她无奈道：“你把手放开，拉拉扯扯的像什么样子。”

陆遥不放手，说：“又没人看。”

李明珠心想：你活在梦里的没人看！

周围看着他们的小姑娘不少，如果不是不好意思，早把手机掏出来咔嚓咔嚓地拍照了。

他原本担心围巾会拉低李明珠的颜值，现在看来……李明珠拉高了围巾的颜值。

陆遥笑着把围巾多缠了几圈。

李明珠道："你围这么紧干什么？"

"我怕你跑了。"陆遥松了手，顺势捏了捏李明珠耳边的头发。

鬼使神差地，陆遥脱口而出："你留长头发一定会很好看。"

李明珠开口："胡说八道。"

陆遥说完也愣了一下。他原本担心李明珠会介意自己说的这句话，毕竟对方是一个男人，怎么会喜欢别人把自己往女人的方向形容。可是听李明珠说话的语气，又没有生气的意思。

他的胆子大了些："我是认真的。"

"因为我很娘？"李明珠开口就见血封喉。

陆遥猛地想起自己开学时说李明珠很"娘"的缺德事儿。

他顿时心虚，赶紧插科打诨，把头发长短的事情揭了过去。

外面大雪依旧在下，陆遥买了一把伞。

他这回学乖了，没瞎鼓动店员给他找一把儿童雨伞。他想起上一回自己和李明珠同撑一把伞时，发生的啼笑皆非的事。

因为陆遥挨着她，所以这把伞还能空出大半的空间。

李明珠比他矮一些，他黏在李明珠身上，像一块橡皮糖一样，扒都扒不掉。

一条不长的路，在陆遥拖后腿的情况下，两人走得分外艰难。

等到了家里，李明珠这才从陆遥怀里挣扎出来。

一把伞遮两个人还是有些牵强，李明珠身上没沾到雪，大部分的雪花都落在了陆遥身上，积累了一层又一层，把陆遥原本就湿得差不多的衣服彻底打湿了。

李明珠推着他往楼上走。

陆遥喊道："反正我都打湿了，一个人打湿比两个人打湿划算。"

李明珠想：这个小祖宗哪里来的道理！

"你给我把衣服换了。"她冷冷地看着陆遥。

陆遥倚在门口，手放在门框上，笑道："你担心我啊？"

李明珠说："你快点滚去洗澡。"

陆遥得寸进尺，弯下腰，偏了偏头，亮晶晶的双眼看着李明珠："你让我抱一下，我就去洗澡。"

李明珠冷笑一声，说："那你就站在门口冻死算了。"

“那怎么行！”陆遥大惊，“你这个人太冷酷无情了！”

陆遥委屈道：“我从来都没让你去死。”

李明珠双手抱胸，说：“你试试看。”

陆遥嘟囔：“那我也不能死。”

李明珠说：“我看你现在就是找死。”

陆遥光速关上了门。

“我洗澡了，你趁这段时间赶紧消气。”

李明珠被偷袭，反应过来时哭笑不得。

陆遥紧张兮兮道：“你年纪轻轻的，不要总是皱眉，会长皱纹的。”

李明珠呵呵一笑，道：“你觉得我会消气吗？”

“所以你要为了我努力啊！”陆遥厚颜无耻地喊，“加油！”

李明珠彻底无语，在门口低声骂道：“笨蛋。”

然而等陆遥这个小笨蛋洗完澡出来的时候，李明珠已经“关门大吉”，和他“划清界限”了。

陆遥不死心，发了几条短信过去，接着又乱打一通电话，李明珠都没接。

他垂头丧气地回到屋子里，结果看到桌子上有一张白色的小字条。

李明珠的字体很好认，她写得一手漂亮的瘦金体，和陆知的下笔走势如出一辙。

这张白纸一看就是随便撕的，上头只有一句话——等你读完高中，我告诉你一个秘密。

陆遥看完后，眉头一挑，心想：什么秘密？

他把字条往本子里一压，心想自己等不到读完高中——他才读高一，读完高中还得有两年，就算最后一年要参加艺考，那也还有整整一年！

李明珠就在身边，他为什么不直接去问？

所以第二天一早，陆遥就要找李明珠问个清楚。

但不巧的是，他早上把这事儿忘了，等中午想起来去问的时候，却找不到李明珠了。

陆遥直接去的创一班，他走到实验楼里还引起了一阵小小的轰动，楼上的学姐急急忙忙地从教室里跑出来围观传说中的“校草”。

陆遥没找到李明珠，直接问教室里的顾小飞。

顾小飞被问得愣住了：“你……你不知道吗？”

陆遥心想：她没和我说，我怎么知道？

连顾小飞都知道，他怎么可能不知道！

陆遥底气不足，“啧”了一声，说：“我知道和我问你有矛盾吗？”

他干脆强词夺理。

顾小飞本来就有点怵陆遥，被陆遥一凶，小腿肚子都在抖。

正逢杜宇轩从办公室里回来，顾小飞看着他，就跟看着救世主降临似的，差点儿飞奔过去跪下。

杜宇轩看见陆遥出现在班里，惊讶道：“陆遥？”

“刚才我还和李明说起你呢，李明刚走没多久，他让我告诉你，说你要是来找他，就把抽屉里的资料拿走。”杜宇轩一来，立刻说重点。

陆遥听着不对劲，问道：“李明去哪儿了？”

“国际赛啊。”杜宇轩解围，“你不会忘了吧？”

陆遥心想：我压根儿没听过好吗！

他咳嗽一声，说：“哦，我想起来了。”

杜宇轩道：“先是省内比赛，今天过去初试，初试好像有三天。对了，你的资料应该在李明抽屉里，你找找。”

陆遥把李明珠的抽屉一翻，果然看到了一沓厚厚的高一期末知识点归纳。

他那里还有一份从垃圾堆里捡回来、粘得歪七扭八的资料，李明珠估计是没找到之前那一份，后来又抽空重新整理，第二份资料比第一份更加细致。

陆遥拿着厚厚的一沓资料，憋屈地回自己的教室了。

不一会儿，他就收到了李明珠的短信：好好考试。

陆遥心想：我理你，我就是狗！

没二十秒，陆小狗就气急败坏地回短信了：你去哪儿了？为什么不和我说？

李明珠的回复言简意赅，仿佛多回两个字能要了她的狗命：比赛。

显然，陆遥也是这么想的。

他回道：你就不能多打几个字吗？短信又不是按字数收费的！

这回李明珠回复的时间有点长，也如陆遥所愿——比起两个字，多打了一个字。

——遥遥，乖。

陆遥坐回凳子上，也没那么火大了。

陆遥又看了几遍短信，“哼”了一声，把复习资料拿到桌上，撑着下巴看了起来。

老章进门看到陆遥正在复习，吓得把眼镜拿下来擦了好几遍。

他来之前准备了长篇大论的心灵鸡汤，企图劝诫一下自己班里不要好的学生们，马上就到期末了，多少也给我把书看进去一点儿。

但是所有的鸡汤在这一刻都化成了虚无，没有什么鸡汤比“陆遥开始复习了”励志！

老章老泪纵横，声泪俱下：“陆遥都看书了，人家比你们有钱，长得比你们帅，比你们有权力，还比你们努力，你们还有什么脸不看书？”

老章受到了莫大的鼓励，一时间豪情万丈，把班里小兔崽子们的手机、漫画书全部收了个干净，一定要叫他们用心读书。

吴城第一个遭殃，他新买的 PSP 被老章大手一挥，缴了！

吴城哭喊：“老章，这是我刚买的！”

老章瞪他：“刚买的……信不信我现在就给你砸了？”

吴城紧张道：“别别别！别砸！别砸！”

老章从教室后面扯了一个黑色的大垃圾袋，把缴上来的高科技产品全部往里面一倒。

这些东西平时就是一帮小兔崽子的心肝宝贝，这时候他们看到自己的心肝宝贝被装进垃圾袋里，肉都跟着疼了。

老章骂道：“心疼啊？想要啊？我告诉你们，现在这些对于你们来说就是垃圾，你们该宝贝的是你们的书！”

“要不然等以后去了社会，你们就跟这些‘宝贝’一样断不了奶，连你们自己都要被丢进垃圾袋里！”

众人唏嘘。

“我警告你们啊，给我好好考，我不求你们考六百七百，给我考上四百分我就谢天谢地了。”老章一边给垃圾袋扎上口子一边往讲台上走，“要我说，你们就该去交一点儿有用的朋友，你看人家陆遥。”

老章又提起了陆遥。

要是换作其他人——搞得老章心血来潮收了所有人的手机，又三番五次被表扬，早就成众矢之的了！但这个人是陆遥，众人就一句屁话都不敢讲，只能打碎了牙往肚子里面咽。

老章道："你们看，自从陆遥和李明玩到一块儿去，又是看书，又是按时上课，你说这成绩不提高说得过去吗？你看看……陆遥你……"

老章绕到陆遥的座位上，一眼就看到了陆遥桌上的手写资料，字迹娟秀，一部分知识点还有和老师截然不同的理解批注。

老章看了一眼就愣住了，说："这是啥？"

他拿了一张资料看。

陆遥扬扬得意，但是样子装得很酷："别人给我准备的。"

这个别人，就是李明珠。

老章一猜就猜出来了："李明写的？"

"嗯。"陆遥尽量不让自己的尾巴翘起来。

他心里却道：看什么看，羡慕这也不是你们的。

老章感慨："李明真是一个值得交的朋友，你看写得这细……"

他吐槽道："老罗这家伙还跟我说，李明从来不给人写资料，他们自己班都没有，这就是抠得慌，每次问他，他都拿同一个理由打发我！你看李明不是写得挺好的吗？"

陆遥有些许炫耀心，他心想：我和李明的同班同学能一样吗？

老章欣慰道："陆遥啊，你这份资料拿去给我们班一人印一份……"

"不要。"陆遥果断拒绝。

老章心想：你这么不给我这个班主任面子的吗？

陆遥开口："你要资料就自己去写，这是我的。"他眼皮都没抬，语气里夹着淡淡的威胁，"你问一圈谁想要吗？"

老章扫了一眼教室。

其他人：瑟瑟发抖，珍爱生命，疯狂摇头。

另一边，李明珠发完短信，合上手机。

带她比赛的老师姓马，马老师安慰她："你不用太紧张，学校相信你。"

李明珠笑了笑。

马老师继续道："第一天去就是做些小游戏，互相熟悉，第二天才开始比赛。"

"题目比平时做的难了一些，除了提纲里面的，还有一部分附加题，你们罗老师应该把资料给你发了一份，怎么样，做起来轻松吗？"

李明珠说："有些小问题。"

“嗯，有问题才是好事，最怕你没问题。”马老师舒了一口气，“你有什么不懂的就来问我，我们重在参与。当然，要是能给学校争一份荣耀就好了，我们省一中高二的就来了你一个人，有些学校连一个名额都没有。”

李明珠点头，马老师又嘱咐她一些无关紧要的话。

比赛为期三天，因此师生一行人要在外面住两个晚上。

主办方安排了房间，李明珠和高三的一位学长分到了一间房。

该学长自来熟道：“我听说过你，咱们学校的名人啊，我姓陈，叫陈少林。”

李明珠道：“李明。”

陈少林道：“等一下我们一起下去吃饭呗，七楼有自助餐，我一会儿叫上另外两个女生，咱们学校的坐在一起吃。”

李明珠点头。

陈少林道：“你知不知道这次来了多少学校？”

李明珠摇头。

她除了点头就是摇头，其余时间都放空，摆明了不想搭理陈少林。

然而陈少林这个自来熟天生不受李明珠的高冷性格影响，自顾自说道：“这次还有外省的名校，往年咱们自己省里面的比赛，一中都是拔头筹的，学校都没怎么重视，这回把老马都派出来跟比赛了，我觉得是学校心虚了。”

“你知道这说明什么吗？”

李明珠很烦别人卖关子。

好在陈少林卖关子的时间不长，立刻就憋不住自己说了：“说明这次高手如云啊！”

李明珠心想：这不是废话吗？她还以为陈少林这么遮遮掩掩，能得出个什么惊世骇俗的世界级结论，结果他的结论和“一加一等于二”的结论——显而易见不相上下。

陈少林说完，肚子很给力地“咕咕”叫了一声。

李明珠无奈道：“高手兄，和别的高手比赛之前别把自己饿死。”

陈少林登时涨红了脸。

李明珠和他一道下楼，在走廊里遇到了来参加竞赛的另外两个女生，都是高三的学姐，而且两人都是二部创一班的。

高个子的叫荣丽，戴眼镜的叫张茜。

陈少林和她们一个年级，又因为经常一起比赛，和她们都比较熟悉，此时他正担心李明珠作为唯一的高二生，会融入不了他们。

但显然，陈少林想多了。

几人一坐下，两个学姐就抢着帮李明珠端菜，拿点心——顺便指挥陈少林一起帮忙。

陈少林端两个盘子走回桌边，看到李明珠“左拥右抱”，怒了！

“两位大小姐，你们也太差别对待了吧？”

荣丽嘿嘿一笑，上前道：“吃吃吃，赶紧吃，你不是饿了吗？”

陈少林郁闷地坐下，嚷嚷：“我真的对这个看脸的世界绝望了，我告诉你们……”

然而没人理他，两个学姐都围着李明珠聊天。

荣丽说：“以前我在校园网的照片里看到过你，你本人比照片好看很多呀！”

张茜说：“我们这次就你一个高二的来了，做学姐的必须照顾你！”

李明珠听她们叽叽喳喳，把她的头都问大了，顿时觉得一对比，陆遥也没这么烦了。

两个女生不管李明珠回不回答，她们都自己说着，有时候说着说着还能互相聊起来。

话题讲了半天，忽然转到了陆遥身上。

陆遥在省一中靠刷脸出名，一部二部都快暗暗给他成立一个小粉丝团了。

荣丽和张茜当然也听说过陆遥，她们的消息甚至比普通群众灵通，知道陆遥和眼前这位“学弟”的关系很亲近。

两人互看一眼，互相使了一个眼色。

荣丽假装好奇道：“学弟，你是不是跟陆遥关系很好啊？”

李明珠听到陆遥的名字，埋头苦吃的行为终于停了一下。

张茜见李明珠有反应，心想：有戏！

她趁热打铁：“哎，学弟，陆遥有没有喜欢的人啊？”

李明珠开口：“怎么了？”

张茜激动地羞红了脸：“我想追他啊！都快毕业了，姐豁出去了！反正告白失败丢人了，姐也不在学校了！”

李明珠一脸无语。

“有没有啊？”张茜急切地问。

李明珠慢吞吞道：“你猜猜。”

张茜：“！”

“我怎么猜啊！我从来没在论坛上看到有人说过，是其他学校的吗？”

李明珠夹了一块西瓜，嚼完了咽下去，简洁明了地开口：“圣诞节。”

张茜自动脑补完了这句话：“圣诞节在一起的？”

她哭倒在桌上：“谁啊？动作也太快了点儿吧？”

荣丽安慰道：“不怕不怕，你还可以等他们分手。”

张茜听罢，惊坐起：“说得好！学弟，学姐一会儿请你喝汽水，你告诉学姐，陆遥喜欢的人是什么类型的，我好知己知彼，百战百胜！”

荣丽补充：“感觉会是太妹。”

李明珠淡定道：“不是。”

张茜道：“那是学霸？”

李明珠“无耻”地点点头：“长得也很帅。”她摸了摸下巴，还补了一刀，“你死心吧。”

张茜正在“失恋”的绝望中，没察觉到李明珠用词错误，她干号了几句，直到某男明星更新微博阻止了她继续哀号。

张茜立刻结束了她的“失恋”状态，满血复活，欢欢喜喜地上微博转发留言“我爱哥哥”去了。

众人吃饱喝足，便准备回房间收拾一下，参加晚上八点钟的开幕仪式。

李明珠回房间给手机充上了电，随着手机开机，同时来的还有陆遥的短信和电话。

她往下一拉，果不其然，又是十几条短信十几通电话起步。

李明珠只好直接打回去。

陆遥秒接电话。

李明珠说：“你很闲吗，一天盯着我的手机打？”

陆遥在那头喊道：“当我打第一个电话的时候你就接，我就不会一直打了！”

陈少林进门，正好听见了电话那头的声音。

他没注意分辨是男是女，调侃地问了一句：“朋友？”

李明珠诡异地沉默一会儿，在陈少林的注视中，她高深莫测般点了点头，还比了个“嘘”的手势。

陈少林一副“我懂”的表情，他做了个口型：“好凶啊！”

能不凶吗，他刚才在门口都听到电话里的动静了！

陆遥在那头听到房间里还有其他男人的声音，警惕地问：“你边上是谁？”

李明珠道：“比赛的同学，他回房间拿点东西。”

陆遥抓住了重点，愣了一下，说：“回房间？你们一个房间？”

李明珠道：“双人间。”她怕陆遥想多，立刻补充，“两张床。”

然而陆遥还是想多了，他拿着电话站在别墅的小院子里——王奶奶已经看他站了很久了，并且还看到他的表情就像雷劈了似的。

被“雷”劈中的陆遥已经什么都看不见了，耳边响起王奶奶每天追的电视连续剧《回家的诱惑》里极具影响力的歌声“……血和眼泪一起滑落，我的心破碎风化，颤抖的手却无法停止……无法原谅……”。

他委屈得眉头都拧在一起：“你和别的男人在一间房？”

李明珠心想：这混账兔崽子什么脑回路？什么表达方式？

小林嗑着瓜子，兴致勃勃地在后面和王奶奶讨论剧情，给陆遥雪上加霜。

“哎呀，这个洪世贤（男主角）是婚内出轨呀……”

“就是，他刚和品如（女主角）亲热完就不要她了，品如啊，太可怜了！”

……

在陆遥撒泼之前，李明珠很有先见之明地把电话挂了。

陆遥的话被瞬间切断，他拿着手机，难以置信地开口：“挂我电话？”

陆遥再打回去，对方已经关机。

酒店房间里，陈少林等李明珠挂了电话，才道：“你的胆子挺大啊，不怕你朋友回头找你麻烦？”

李明珠道：“不会。”

陈少林心想：李明这么大男子主义？这么有勇气？

他给李明珠比了两个大拇指，表示对哥们儿的敬佩。

李明珠走出酒店门，套了一件学校的冬装运动服。

省一中的男款冬季校服统一是黑色，套在她身上，显得她更像一个白瓷烤的精致娃娃。

张茜和荣丽在门口等他们。

陈少林说："让两位美女久等了，咱们走吧！"

张茜翻了个白眼："少来，我们还得等下马老师。"

"马老师还没出来吗？我以为他在电梯口等我们呢！"陈少林大惊。

"不知道，马老师可能在打扮吧。"荣丽笑道。

"又不是大姑娘，还打扮个啥啊。"陈少林一脸纳闷。

"你别听她瞎扯，马老师肯定自己有事儿。"张茜嗔了一声。

说话间，马老师到了。

他一到，立刻开口："张茜，荣丽，你们的校服呢？"

张茜和荣丽都没有穿校服，难得出学校，两个妹子都打扮得花枝招展的。

"外套丢在房间里没穿出来，我们里面穿了校服衬衫的。"张茜道。

她们参加过不少大大小小的竞赛，学校虽然有穿校服的规定，但是从来不规定穿哪一套。

张茜道："开幕式必须穿校服吗？"

马老师说："对，不止开幕式，你们接下来这两天都必须穿校服，而且必须统一穿一套。"

马老师神情严肃，荣丽疑惑道："穿哪一套？"

马老师一拍脑袋，说："哎呀，我忘记问校长了！"

他的头一转，看到穿着冬季校服的李明珠，皮肤白生生的，像糯米糕似的，赏心悦目极了。

马老师道："就冬季校服吧，你们赶紧回去换上，开幕式千万别迟到了！"

往年的比赛，马老师都没有这么重视过。

没穿校服的三人虽然搞不清楚状况，但也很懂事地回去换上了冬季校服。

在去五楼会客厅的路上，马老师才把事情的来龙去脉告诉他们。

"这次竞赛临时来了一个大领导当嘉宾，学校方面也才接到通知……"

张茜问："什么大领导啊？"

“我们这种小喽啰肯定不认识啦。”陈少林笑道。

马老师说：“你们只要好好比赛，好好表现，老老实实地过完这三天就成了，不管来的是什么大领导，我们的首要目标都是为校争光，知道吗？”

马老师说到这里，还特意分了一个眼神给李明珠。

李明珠心领神会，点点头，表示收到。

马老师摁下电梯按键，电梯门打开时，里面站了穿着其他校服的学生。

马老师和对面带队的老师互相打了声招呼。

那名老师问：“省一中今年来的人也不少啊。”

马老师哈哈笑道：“你们怕了吧，现在弃权还来得及。”

那名老师接话：“鹿死谁手还不知道呢！今年的尖子生可不止你们学校有！”

马老师扬扬得意，无比自豪道：“今年我们有特别厉害的选手。”

那名老师终于问到了自己想问的：“我听说这次你们来了个高二的学生？”

高二学生参加竞赛，这是史无前例的一次破格。

众学校在来之前都打听过省一中高二的这个学生的来头，就连主办方的领导都特意在李明珠到的时候下来看了一眼。

马老师重复道：“所以说你们怕了吧，赶紧弃权还来得及哈！”

显然，马老师不打算给对方老师介绍一下李明珠。

那名老师也没继续打听，后来一路无话，直到走出电梯，两批队伍越走越远，离得有些距离时，陈少林开了口。

“哎，你都不好奇吗？”

他问的是李明珠。

李明珠说：“好奇什么？”

“好奇老马为啥不介绍你啊！”他的声音压得低低的，每说一句话，都鬼鬼祟祟地看一眼马老师，生怕被马老师听见。

陈少林不管李明珠好不好奇，继续说：“因为我们每年比赛都会发生一些人为捣乱的因素。”

这回李明珠的神情发生了变化。

陈少林捕捉到这个细微的变化，立刻给李明珠科普：“你第一次参加比赛，可能不知道，有些参赛者坏心眼，给那种比较强的竞争对手下药，也不是什么毒性重的药，就是泻药之类的，或者偷走他（她）的准考证和身份证之类的……”

“前年还有熟人作案，把人家放笔放准考证的文具袋偷走了，那人急得在考场大门口哭，主办方也没让她进来考试。”

李明珠没接话，倒是张茜说道：“这也太过分了吧，真有这种人啊？”

“嗯。那可不，所以老马才不肯把李明介绍出去啊，万一有人给李明下药呢！”陈少林道，“这次比赛就来了你一个高二的，大家都盯着你呢！”

荣丽唏嘘：“没这么可怕吧？”

“哼，人心有多可怕啊，你别告诉我，你不知道！”

“我还真不知道有这种事儿……”

张茜说：“但是马老师就算不说，到时候也会有人知道李明的啊？”

“老马就是多个心眼，又没说李明一定会被陷害。再说了，你没听老马说吗，这次要空降一个大领导，领导空降啊，他们敢让这事儿发生吗？还不得管得严啊！”

“你这么一说我也觉得，你看周围的安保人员是不是多了一倍？”荣丽四下一望。

果然，走廊里，楼梯口，原本两个保安变成了四个保安，他们穿着统一的黑色制服，把气氛都变得十分严肃。

“我记得下午来的时候还没这么多保安，就吃顿晚饭的时间啊，到底来了什么领导啊？”陈少林嘟囔。

“哎，李明，你说呢？你一直都不说话。”他喊道。

“我没什么好说的。”李明珠淡然。

她冷淡惯了，陈少林也渐渐习惯了，转而和两个女生一起聊天去了。

马老师带他们到开幕式的会客厅，还有半个小时才开始开幕式，现在会客厅里面已经人山人海。

会客厅呈梯形，上大下小，阶梯递进，最前面是一个一百多平方米的舞台，舞台前面就是嘉宾席。

马老师道：“走，我们一中的位置在前几排。”

省一中作为重点中学，每年的位置都比较靠前。

李明珠坐下后，开始闭目养神。

想和她聊天的陈少林吃了个闭门羹，看着李明珠冷淡的脸，默默地转回头。

半小时后，开幕式正式开始。

众人也终于见到了传说中的大领导。

主办方的负责人卖力地介绍："让我们用热烈的掌声欢迎陆兴，陆同志！"

荣丽却不认识这个领导，在下面小声道："这是谁啊？"

马老师瞪了她一眼，道："坐在前排还敢讲话！"

荣丽赶紧闭嘴。

边上的张茜用胳膊肘悄悄地戳了她一下，把手机递给她。

原来张茜早就在底下偷偷用手机查过这位领导了。

荣丽偷偷接过手机，一看百度首页的百科介绍，吓得手一抖，手机直接就往地上掉。

李明珠眼明手快，接住手机，比了个"嘘"的动作。

她一天内连比两次这个动作。

荣丽被李明珠靠近，没顾得上惊叹这人的来头，先闹了个大红脸。

李明珠把手机放在她手心，用手指做笔写道：不要说话。

荣丽紧紧闭着嘴巴，心脏狂跳，脑袋狂点。

她晕晕乎乎，听完了开幕式。

冗长又令人发闷的领导讲话过去后，终于到了最后的游戏互动环节，这也是整个开幕式里面唯一有意思、令人期待的事情。

陈少林在一边很热情地给李明珠科普："这个比赛每一次都有游戏互动，就是让同学互相熟悉，你参加过冬令营没有？"

"就像冬令营那样，我觉得挺有意思的，上面还有几个面熟的，我之前在其他比赛里面见到过。"

陈少林指了指一个皮肤黝黑的寸头男生。

"这男的物理很厉害，我看过他的资料，拿了很多奖，记忆力超群！"他嘿嘿一笑，使坏道，"等下我们上去首先把他弄出局！"

陈少林在台下和她开小会，台上的主持人在开大会。

"开大会"的内容就是介绍游戏规则。

整个会议室里的学生撑死也不到一百个，平均分成了八组，每一组十个人，用小组闯关模式来进行良性的游戏竞争。

学霸们的游戏当然不是普通的游戏，而是一些烧脑的逻辑游戏，由大会组负责人编写，主要目的是考察学生的逻辑思维和团队协作能力。

李明珠抽签抽到“六”，陈少林在五组，荣丽在四组，张茜在二组。

四个人都不在一组，马老师看到了，有些遗憾，他鼓励道：“没在一组也不要紧，好好去结交别的同学，你们要知道一句话，叫人外有人，天外有天……”

陈少林嫌老马啰唆，笑道：“好啦好啦，马老师，你一年要说几遍啊，我的耳朵都听出茧子了！”

马老师无奈道：“听出茧子？我要你们听进去才行啊！”

“听进去啦！”陈少林喊道。

马老师拍了拍李明珠的肩膀，说：“你要是有不习惯的……”

李明珠道：“我没问题。”

话被截断的马老师也没有恼火，反而看到李明珠这一副处事不惊的冷静态度，十分欣赏她。

“我和罗老师都觉得你是一个优秀的学生，我知道你不会让我们失望的，去吧。”

这一路上，马老师对自己的重视甚至超过了另外三个学生，李明珠不是没有察觉到这一点。

她察觉到之后，肩上的担子就更重了些——学校这是变相给她施加压力呢！

李明珠固然成绩优异，各方面都出挑，是一个叫人挑不出太大错误的学生，但她再怎么优秀，也只是一个还没成年的孩子。

有些人鼓励她会说“男子汉大丈夫”“男人从小就不能㞞”“是个男人就上”等，可惜她是个女人。但就算她是个女人，她也得上，这就是人生、命运，也可以叫作生活。当生活要一个人强上的时候，通常不给这个人预告，但是她也没听说过生活让一个人强上来来回回、反反复复上十几年的！

李明珠就是这万中挑一的倒霉蛋。

在人生的小起大落中，李明珠无数次像现在这样，被刀尖抵着，石头压着，走上一个她不太喜欢的舞台。

她尤其不喜欢和一群人混在一起互动，高喊什么团结万岁，团队万岁！

众所周知，她是一个很喜欢搞个人独立，不服管教，很有个性的学生。

主持人在所有小组都分好之后，公布了第一个小游戏：推理。

题目被投射在大屏幕上，有两三百个字的题目，一看就是做过特殊处理。

李明珠读第一遍的时候就发现了，题干里面没有一个多余的字。

除了场上的学生，台下聚在一起的老师看到题目之后，也纷纷拿出纸和笔演算。

题目显然超出了高中生的学习大纲，所以主办方才安排了小组解题，集思广益，共同解密。

结果偏偏有人不按照套路出牌，三分钟后，有人还在反复咀嚼题干内容，而李明珠的答案已经出来了。

她几乎没怎么动笔，所有的思路在脑子里形成了连续的脉络，最后串联在一起，正推反推了两遍，确认了逻辑成立，然后报出了答案。

埋头苦算的同组成员抬起头看着她，心里有些幸灾乐祸：这家伙想出风头想疯了吧，这么快就算完了？随便报个答案有意思吗？

下面的老师显然和这名同学想的是一样的，其中和马老师在电梯里遇到的那个老师故意乐道："老马，你今年的学生不行啊！"

马老师温和地笑道："我觉得可能是太行了。"

下一秒，主持人一脸惊喜地开口："答案正确！"

那名老师诧异道："瞎猫碰上死耗子？"

现场一片哗然。

"你怎么做到的？"主持人看着李明珠，发现这个少年长得还特别好看。

李明珠有问必答，语速不急不缓，把自己的推理过程顺了一遍。她的声音干干净净，逻辑正确，条理清晰，几乎是几句话的工夫，就把所有还在"死胡同"中苦苦挣扎、求索答案的人"救"出来了。

众人听罢，都有一种恍然大悟的感觉：原来是这样！

马老师挑眉，重复道："瞎猫碰上死耗子？"

那人开口："你这学生有点儿厉害。"他死鸭子嘴硬，"不过一道题而已，后面还有啊，到时候也让你看看我学生的本事！"

马老师礼貌道："希望有这个机会。"

他心里得意，想：那也要看李明给不给你们机会啊！

果然，一连几道题，当所有参赛者都还在演算阶段时，李明珠就解出了答案，并且正确率高达百分之百。

回答正确一次，众人只觉得这个学生聪慧灵气，反应特别快，但是次次都这么快，次次都是正确答案，这就叫人倒吸一口冷气了！

一直观察比赛的陆兴都有些惊讶：“这个小同学是哪个学校的？”

主办方负责人连忙合拢上下嘴唇，回答：“省一中的。”他道，“这位同学是唯一一个高二的，所以我的印象很深刻。”

“高二？”这下陆兴更惊讶了。

天才少年和神童他听过不少，但是见到又是另一回事儿了。

负责人连忙调出资料，继续补充道：“前年从Z省××中学毕业，没参加中考，保送的一中，是年纪最小的CMO省赛一等奖……”

负责人连着报了一串金奖竞赛名称，陆兴点头：“小同学有出息。”

负责人笑道：“陆同志，要把这名同学叫下来让您看看吗？”

“叫下来干什么，人家现在正在比赛。”陆兴道。

负责人连连点头：“是的是的，您看我忘了，一会儿结束了再说……”

陆兴别过头对中年男人道：“顾局，你说说，这个小同学怎么解出来的？”

顾局笑道：“老陆，你听过记忆宫殿吗？”

陆兴显然没听过这个时髦的东西，反问道：“这是什么？”

“把文字信息转化成图像和形状来记忆，说简单一点儿，这词儿在我们中国叫‘过目不忘’。”

“这位小同学用的就是这个方法，他可能在最短的时间内找到了最有效的资料，通过资料得到了答案。”顾局道，“一部分是逻辑导出，一部分嘛……”

他脸上藏不住欣赏和面对孩子时才有的慈爱，笑道：“小家伙是找的现成的答案，估计小家伙在哪儿看过这题，直接记下来了。”否则哪儿来的百分百正确率！

负责人听到顾局这话，背后一凉：他们刚才还信誓旦旦地称这些题目全部是大会小组做的——

其实不然，小组成员不可能在短时间内搞出这么多逻辑思维题，因此有一些题目只是把某些冷门的逻辑题换过来用。

小组组长还保证过题目足够冷门，一般的高中生不可能接触过这些题。

可惜李明珠不是一般的高中生。

事实证明，顾局的猜测没错，李明珠自己只演算了一半题目，另一半题目确实是找的现成答案。

这场互动游戏，因为出现了李明珠这个人物，从发扬团队精神变成了她的个人秀。

偏偏当事人一点儿自觉都没有，主持人出题，她就答题，完全无视了一干同学眼中浓浓的怒意。

陈少林和荣丽等三人则是被李明珠刷新了世界观，而荣丽现在已经不知答题为何物，一双眼睛恨不得抠下来放到李明珠身上。

游戏结束后，李明珠揉了揉太阳穴。长时间持续性地使用记忆宫殿，对大脑造成的负荷不小。

也正因为李明珠这一个小动作，更加证实了顾局的猜想："你看，这孩子现在应该是有些吃不消，记忆宫殿带来的消耗太大了，晚上必须好好休息。"

散会时，李明珠拒绝了陈少林的提问，并表示别来烦我。

马老师拉住满脑子疑问的陈少林，柔声道："让李明好好休息，你也好好休息，回去别打扰人家。"

李明珠甩开了他们，却在拐弯的时候碰到了陆兴。

陆兴不像专门等她的——况且这样的人物，走到哪儿不是前呼后拥，现下电梯门口只有陆兴一个人，她心道：他大概是在等人。

结果李明珠走过去，陆兴就开口："小同学，你刚才表现得很优秀。"

李明珠心想：他竟然真的是特意等她的！

李明珠宠辱不惊地点点头："谢谢您。"

陆兴十分满意李明珠的态度，小小年纪就能有这身气度，不骄不躁，谦逊有礼，实在是一个可造之才。

李明珠道："陆老师要回房间吗？"

一声"陆老师"叫得陆兴心里更加熨帖。

陆兴年轻的时候有一腔热血，想去山区支教，当一个为祖国的花朵鞠躬尽瘁的人民教师，可惜后来造化弄人，他并没有成为老师。

时隔几十年，陆兴听到别人叫他"陆老师"，又见李明珠生得乖巧，品性优秀，心软了大半。

“不回，我就是来看看你。小同学很有前途，以后有什么困难可以来找我。”

这话说得太有分量了，把李明珠吓了一跳。

这时候顾局大步走来，笑道：“我说到哪儿都找不到你啊，老陆，合着你到这里来当‘伯乐’来了！怎么，你们B市没有‘千里马’了吗，非要来Z省和我抢学生？”

陆兴道：“怎么，我不能当伯乐吗？”

顾局突然反应过来，道：“李同学是省一中的？哎，老陆，你儿子是不是也在省一中？”

李明珠原本无心听两位大人物谈话，但是顾局这么一句话，让她眼皮一跳。

陆兴的儿子在省一中？

李明珠越想眼皮跳得越厉害。

特别是她猛地发现这个陆同志……他也是姓陆啊！

李明珠一抬头，看着陆兴的眉眼，虽然年过半百，有些皱纹，但隐隐约约……越看越觉得眼熟啊……

陆兴提到自己的儿子，脸色一下黑了下来，无奈道：“别提他了，这兔崽子没有一天让我省心的……”

两位大人物在李明珠面前完全没有架子，甚至唠起了家常。

“怎么，你难得来Z省，他还是不肯见你？”顾局恍然大悟，“哦，我说呢，合着你是跟人家省一中的小同学‘打’关系呢！老陆啊老陆，我看你不是老陆，是老糊涂了，省一中那么大，你怎么知道人家认识你儿子？”

顾局说着，还问起李明珠来：“李同学知不知道陆遥？遥远的遥，应该是高一的学生。”

陆兴叹了一口气，见李明珠不说话，便默认李明珠不认识陆遥。

陆兴露出了身为父亲的无奈：“陆遥要是能和这么优秀的同学结交，我早就省心了。”

李明珠瑟瑟发抖，不敢说话。

第二章
粉红玩偶

陆兴站在电梯门口，又鼓励了李明珠几句，话里话外都是对李明珠的赞许。

李明珠被夸得有些不好意思，陆兴道：“明天的竞赛你不要紧张，好好加油，好好发挥。”

陆兴说完，和顾局两人没搭乘电梯，而是从楼梯走下去了。

在走廊的另一头暗中观察了半天的陈少林看见陆兴走了，一脸震惊地跑过来。

“李明……你……你太厉害了！”

陈少林道：“你知道刚才和你说话的是谁吗？”

李明珠想了想，她不是一条只有七秒记忆力的金鱼，所以记得百度百科上怎么介绍陆兴的。

“知道。”

“知道？你知道你还这么……这么淡定？”陈少林喊道。

李明珠心想：莫名其妙。

她在肩膀上捶了两下，回到了房间。

第二天上午，活动举办方安排大家参观某知名博物馆，比赛则安排在下午。

比赛在即，众人都没有欣赏历史，畅游在古国上下五千年浓厚文化里的心情，哪怕是去博物馆，放眼望去，一群人全是手捧资料埋头苦读。

领队的老师道：“大家都别看啦，来来来，都抬起头，一会儿还要拍照呢！”

于是，众人只好放下手里的资料，等拍好了照片，才拿起来继续看。

这群人中就有一个异类，那人什么书都不看，放空脑袋、漫无目的地跟着带队老师走。

这个人就是李明珠。

在一大堆看书的学生中，唯独李明珠两手空空。因为她的表现实在太明显了，不一会儿便引起了众人的不满。

李明珠锋芒太盛，昨天晚上就有不少学生看她不太顺眼，今天又嚣张得连书都不带，看她不顺眼的学生又多一批。

一人心想：什么玩意儿，装什么装，还真把自己当天才了？

另一人心想：装蒜之王！

……

中午，主办方安排来参加比赛的同学一起吃饭。

因博物馆和教育局的大楼离得很近，顾局听说他们来了，还特意叫上陆兴下来看了一眼。

陆兴公务繁忙，原先是想推了，结果不知怎么的，想起了昨天晚上遇到的那个格外优秀的小同学，便改变主意，下楼看了一眼。

主办方万万没想到，现在的大人物都这么闲，而且一来还来俩，依旧没什么架子，和和气气地和他们打了招呼。

陆兴按照负责人的请求，摆好姿势和所有同学来了个大合照。

合照完毕，他单独把李明珠从队伍里拎出来，嘘寒问暖一番。

昨天晚上负责人没见过陆兴和李明珠在电梯口谈话，此时看到陆兴对李明珠照顾有加，十分震惊！

在场的大多数人都和他一样诧异，甚至还有老师想：这个小同学和陆兴是不是有什么关系？可他想了半天也没有头绪。

个别好奇的人问了马老师，马老师也正吃惊呢，便回答："没什么关系，李明就是普通家庭。"

没关系？没关系陆书记能亲自来关心李明吗？

马老师无奈道："真没关系，就算是有关系，我也不知道啊！"

这边陆兴和李明珠的事在师生中引起轩然大波，那头的陆兴和李明珠却是相谈甚欢。

李明珠自从昨天晚上知道这个"陆同志"是陆遥的父亲后，爱屋及乌，连带着看老陆也多了一层滤镜——从"和我没关系的大人物"转变成"将来可能会和我有关系的大人物"。

陆兴拍了拍李明珠的肩膀，说：“好好表现。”

陆兴走这么一趟，替李明珠把仇恨值彻底拉满。

李明珠回到队伍后，队伍里一些同学羡慕嫉妒的目光都快在她身上戳出几个窟窿。

陆兴摆这么一套，负责人看李明珠的目光顿时都不一样起来。

李明珠对周围的人用什么目光看她不感兴趣，马老师道：“陆书记和你说了什么？”

“没说什么。”李明珠回答。

确实没说什么，但是马老师却理解为“李明不想告诉他”，他善解人意地点点头。

“一会儿还有点儿空闲时间，你们是去酒店复习还是出去散散心？”马老师继续道，“下午有考试，我建议你们出去散心，但是不要跑得太远，太放飞自我……”

“前面有个小广场，小吃还挺多的，你们可以去附近转转，不过记得不要吃坏肚子，或者你们想临时抱佛脚也可以，不过我认为没什么用。”

马老师教育学生自有一套办法，能来参加这种高智商竞赛的学生，很少是勤能补拙的类型，基本是天赋型学生，靠临时看这么一会儿书肯定没用，还不如放松一下自己，用最好的状态来迎接下午的考试。

显然，这么想的不止马老师一个人，但是也有小部分学生心理压力大，选择回去看书。

选择到处走走的学生占大多数，李明珠就是其中之一。

她原本打算拒绝陈少林的好意，自己去广场上坐坐，结果吃不消陈少林和两个学姐的热情，非要拉着她玩促进同学友爱的那一套。

李明珠这个人最受不了别人撒娇和服软，这招对她太有效了，陆遥曾多次实践，并且有显著的效果。

两个女生一撒娇，软磨硬泡，李明珠半推半就，就和他们走到了一起。

荣丽和张茜挽着手，陈少林脸皮再厚也不能去挽人家妹子的手，于是绕到了李明珠边上，和她肩并肩一起走。

他们遇到了其他学校的选手，其中有个头发发黄的吊三角眼，冲着李明珠比了个手指——赤裸裸的挑衅。

陈少林蒙圈了，回过神，怒气值上来，就要开口骂，却被李明珠阻止了：“别惹事。”

“他们太嚣张了吧！什么人啊！”陈少林呸了一声。

荣丽和张茜没看见，连忙问陈少林发生了什么事。

陈少林把刚才那学校的学生给李明珠比手指的事情说了出来。

荣丽道：“他们就是嫉妒呗。”

张茜道：“就是，我找他们算账去！”

荣丽拉住她：“你怎么找他们算账？”

“找老师啊！”张茜道。

荣丽摇头道：“这儿又没监控录像，谁看到他给李明比手指了，这人就是傻瓜，为什么要和傻瓜计较，就当被狗咬一口好了。”

荣丽说得在理，李明珠也没有追究的意思，她就事论事，把利害关系一说：“下午就要比赛，你想得不偿失吗？”

陈少林嘟囔：“等比完了，我揍他一顿！”

这一场小风波就这么平息了。

四人一路走到广场上，视野开阔起来。

虽然不是工作日，但广场上依旧热闹非凡。

两旁开着各种各样卖饰品和纪念品的小店，这些小店由政府统一装修，是由一个个别出心裁的树屋组成。

荣丽和张茜一到这儿就被这些小树屋吸引，跑进去翻弄着里面古色古香的头饰，简直爱不释手。

陈少林对饰品没兴趣，奈何两位大小姐不看完不肯走，他只好舍命陪“妹子”，兴致索然地走在后面。

两位大小姐逛完了小树屋，又要去广场上吃棉花糖。

陈少林道：“哎，老马说了别乱吃东西，小心吃坏肚子啊！”

“放心啦，棉花糖不会吃坏肚子的！”荣丽笑嘻嘻地去买棉花糖了。

陈少林一副“我拿她们没办法”的无奈模样，站在李明珠旁边叹气。

他们站得非常近，只差几厘米就能肩膀挨着肩膀。

张茜眼睛一亮，看到广场中的大型人偶娃娃Hello Kitty正在笨拙地往前走。

她喊道：“好可爱啊！”

女孩子总是对粉色的玩偶没有抵抗力。

荣丽也看见了，她和张茜两个人一块儿喊道：“陈少林，快给我们合影一张！”

荣丽正准备往Hello Kitty的方向走，张茜却开口：“嗯？是我的错觉吗？Hello Kitty怎么朝我们走过来了？”

荣丽道：“广场里有很多这样的人偶啦，里面有工作人员的，我以前打过工，穿的是皮卡丘的衣服……”

荣丽自顾自说道，张茜拉了拉她的衣角，说：“不是，我觉得它真的是朝我们走过来的！”

陈少林拿着手机，带着李明珠走到了荣丽身边。

“不是要拍照吗？”陈少林打开了相机，“哟，玩偶走过来了，正好正好，我也拍一张！哎，李明，你要不要拍照？咱们一起拍吧！”

荣丽站在了Hello Kitty身边，小心询问里面的工作人员：“请问可以合照吗？”

Hello Kitty点点头。

荣丽欢呼雀跃，赶紧站好，她刚准备抓着Hello Kitty的小短手，和它亲密合照时，它却很不给她面子，直接穿过她和张茜，径直站到了李明珠和陈少林的中间。

Hello Kitty简直是强行挤进去的，陈少林和李明珠两人站得很近，根本不可能再站得下这么大一个玩偶，但Hello Kitty愣是神奇地把陈少林挤开了。

大型玩偶笨手笨脚地推着陈少林，手脚并用地把他连踢带打地推开。

李明珠：“……”

陈少林被挤得一个踉跄，无语地看着Hello Kitty。

“搞什么啊！”

Hello Kitty听罢，突然转过头，那个又甜又可爱的大头和陈少林面对面——陈少林和一张玩偶脸对视，愣是从玩偶无神的双眼里读到了一条信息：威胁。

陈少林后退一步，说：“它为什么这么看我？”

荣丽道：“快拍照啦！你愣着干什么？”

陈少林被Hello Kitty看得毛骨悚然，他搓了搓手臂，打了个寒战，也没了和这个可怕玩偶合照的欲望了。

他成了拍照的那个人。

在按快门之前，陈少林纳闷地喊道：“你们离Hello Kitty近一点儿啊！”

听到此话的荣丽和张茜：我们也想离得近一点啊！

两位女生崩溃了，这Hello Kitty有毛病啊！

她站过去一点儿就会被推开啊！而且它好凶啊！凶巴巴地推开了她啊！一点儿都不知道怜香惜玉啊！

“我怀疑这家伙是个颜控。”荣丽道。

张茜望过去，只见Hello Kitty欢天喜地地用小短手搂着李明珠的细腰，还有越搂越紧的趋势。

他们现在的站位就是：人人从。

都这样了，还拍什么啊！

荣丽道：“算了算了，不拍了，我们去其他地方看看吧。”

结果荣丽刚说去其他地方看，四人一转头，又撞见了刚才和他们比手指的学生。

看校服认不出对方是哪个高中的，吊着三角眼，面相很凶残。

他显然是特意来找李明珠的。

因为三角眼一来，就直接点名：“你叫李明对吧？”他的舌尖顶了顶口腔，“有没有人教过你，做人不要太高调？”

李明珠无视他。

三角眼道：“你会不会太打眼了？”

陈少林喊道：“你神经病啊！”

一瞬间，三角眼身边突然走来了几个人高马大的小混混。

陈少林的“高音”瞬间变成“低音”。

本来以为三角眼只是过来说两句话嘲讽两个女生，此时一看这几个多出来的小混混，心里也一下子紧张起来。

荣丽厉色喊道：“下午有比赛，你难道想惹事吗？信不信我们告诉老师，然后取消你的比赛资格？”

三角眼好像听到了什么笑话一样，哈哈大笑，笑完了，道：“我又没动手。”

他往左右瞥了一眼小混混，意思很明显。

他不动手，只当主谋，动手的是小混混。

而且看这个三角眼嚣张的模样，多半有什么后台。

陈少林心想：看来比赛的时候那些奇怪的事情还真有发生，并且现在正发生在他们身上。

“不要理他，我们走就好了。”张茜道，“光天化日，他们还能真的动手不成？”

小混混却堵住了他们的退路。

“你干什么？想打架吗？”荣丽道。

“没啊，都是同学，打什么啊，就是想和你们交流交流。”三角眼笑道。

他看到站在四人中的Hello Kitty，突发奇想地扯道：“顺便和Hello Kitty合照啊，没说打架啊。”

一个混混推了陈少林一把，笑道：“让开让开啊，我要合照了！”

该混混配合三角眼“跑火车”，还做出一副真的要和Hello Kitty合影的姿态。

哪知道他刚在Hello Kitty旁边比了个V，Hello Kitty突然发力，直接给了小混混一拳。

Hello Kitty的玩偶服毛茸茸的，打着根本不疼，但是小混混万万没想到，这个破玩偶竟然打他！

破玩偶成精了吗？

小混混被打蒙了，反应过来后骂了一句脏话。

Hello Kitty这回从自己腰上扯下那个挂着的小蜜蜂扩音器，照着小混混的脑袋揍了第二下，这一下直接见血，扩音器也跟着碎了，发出了巨大的声响。

边上一直注意这边动静的一个小姑娘，抱着可乐汽水放声尖叫：“妈妈！Hello Kitty杀人啦！”

小混混一拳回敬给玩偶，把玩偶的头打了下来，露出里面的工作人员。

李明珠顿了一下，无奈地叹了一口气：玩偶里面的人果然是陆遥。

刚才尖叫的小姑娘降了个调，无缝衔接地大声尖叫道：“哇！Hello Kitty长得好帅啊！”

荣丽和张茜看到Hello Kitty头套被打落的一瞬间，里面露出陆遥的脸，两人也跟着惊叫道：“陆遥！”

陆遥三两下甩开了缠在身上的大型塑料人偶，跳出来之后，没几下就把这个小混混打趴下了。

李明珠抓着他说：“够了。”

她认为够了，但那些混混不认为够。

陆遥来这么一出，把他们彻底惹毛了，原本打算观战的三角眼也加入斗殴中。

陈少林喊道："去叫老师！"

荣丽惊慌失措地跑开。

李明珠尚未动手，直接被陆遥拦下。

"你别动手。"陆遥道，"你下午有比赛。"

他说罢，回头就给了小混混一拳。

马老师来的时候，几个人打得正热闹，周围渐渐聚集了一部分围观群众，拿着手机跃跃欲试地拍照。

马老师大喊："不要拍！"

"不好意思，不要拍照，不能拍照。"马老师挡住相机。

他一边喊一边上前拉架。

三角眼被揍得鼻青脸肿，揍出了一丝血气，怒火攻心骂道："放开我！我要弄死这个人！"

马老师吼道："你哪个学校的？比赛资格不想要了是吗？不想要我立刻帮你取消！"

三角眼听罢，动作顿了一下，看了一眼马老师，他抿了抿嘴唇，卸下力气。

陆遥的嘴角被打了一拳，有些乌青，不太严重，但是看着吓人。

李明珠的眼神冰冷，在三角眼的身上缓慢地看一遍，三角眼本能地感到危险，打了个寒战。

李明珠道："你把头低下来，让我看看。"

陆遥的手碰着嘴角，痛得"嘶"了一声。

马老师转过头，看到陆遥，眼前一黑：这个祖宗怎么在这里？

他道："陆遥，你在这里干什么？"

陆遥一边乖顺地让李明珠检查伤口，一边回答："打工。"

马老师险些吐出一口血：打工？你哄鬼呢！

陆遥没"哄"起鬼来，李明珠倒先哄起他了："疼吗？"

其实不怎么疼，但陆遥必须疼。

他委屈地点点头。

李明珠面无表情地在他伤口上戳了一下："你知道疼还要去打架？"

马老师道："你们都给我回酒店！"

"还有你，陆遥，你跟我一起回去！"

陆遥正有此打算，马老师的提议合了他的心意。

李明珠让他"回学校"的话，只能生生咽了下去。

回去的路上，原本想要和李明珠一路走的陈少林被陆遥冷冷地瞥了一眼，便快速退了回去，和张茜一起走。

陈少林见张茜小鹿乱撞地看着陆遥，不屑道："你这是什么表情？别说你对这个工作人员一见钟情了！"

张茜花痴陆遥，抽空给陈少林翻了个白眼："什么工作人员，他是陆遥好吗！"

陈少林不服气地想：陆遥是谁？哼！

张茜懒得理他，继续美滋滋地盯着陆遥。

李明珠压低声音道："你逃课？"

陆遥道："大逃伤身，小逃怡情。"

"等会儿你立刻给我回去上课。"李明珠警告他。

陆遥嘴上答应，心里却固执地想：我为什么要回去？

为了避免被李明珠发现自己逃课，他甚至租了一套奇怪的玩偶衣服乔装打扮——虽然最后还是被李明珠发现了。

陆遥心里美了一会儿，又问道："你什么时候比完赛？"

李明珠忽然想起什么，没回答他这个问题，而是开口道："你知道你……"

"什么？"陆遥反问。

李明珠又闭嘴了，她猛地想起，陆遥这家伙似乎是离家出走的。

陆遥心想：莫名其妙。

他又想：不过我喜欢。

马老师把这一群打架的学生串成一串，带回了酒店。

负责人脸色阴沉地走下来。

马老师心里诧异片刻，迎了上去。

"王老师，您怎么下来了？"

王老师道："我不下来，谁收拾这帮兔崽子？一个两个的，比赛之前都敢给我惹事！"

王老师憋着一肚子火气，他刚刚回房间坐下，打算休息一会儿，为下午的监考养好精神。

结果他躺下没多久，被大会组长一个电话吵醒了。他一接通电话，就是一通坏消息：有参赛者在武林广场打起来了！

王老师听罢，瞌睡虫被全吓跑了，立刻清醒！

打起来了！这还得了！这帮小兔崽子是要成精了，翻天啊！

王老师作为负责人，一路狂奔下楼，就看到马老师带着李明珠等人回来。

三角眼身上挂彩最严重，其次是陆遥，至于剩下那帮混混，他们看到马老师来了，早就逃之夭夭了。

负责人王老师怒道："你们要造反啊！一个两个都不想比赛了是吗？不想拿奖了是吗？"

陈少林嘟囔："是他先动手的……"

三角眼冷哼一声，说："我就是看不惯这人装！"

无辜躺枪的李明珠"啧"了一声。

陆遥道："你的嘴巴放干净一点。"

三角眼被陆遥揍得最惨，结仇了，他一看陆遥就双眼发红："你给我等着！"

王老师道："还等！等什么？你这么大的本事吗？"

三角眼气得口不择言："你给我闭嘴！你知道我爸是谁吗？"

王老师被他吼得一愣，难以置信道："你还理直气壮？"

"我告诉你，甭管你爸是谁，你爸就是天仙，你也没资格比赛了！"王老师骂道，"你学会读书之前先学会怎么做人吧！"

马老师劝道："哎，别激动……"

负责人拿出手机，说："你的带队老师是谁？我现在就打电话叫他过来。"

三角眼消停了一会儿，听了这话丝毫没有害怕的意思，甚至有点儿得意。

没多久，三角眼的带队老师下来了。

这个带队老师长得贼眉鼠眼，看着不太像个老师，倒像个小偷。

陈少林偷笑："这老师长得像一只老鼠，哎，李明……"

他转头想和李明珠分享这一发现，结果一转头，眼睛都被闪瞎了。

他胡思乱想之际，那边的谈话也结束了。

陈少林连忙打起精神。

“马老师，叫他道歉就好了，反正他也没……”

马老师严肃地阻止他：“别说了。”

陈少林愣了愣，说：“怎么了……”

马老师道：“你们回房间复习去，不要多问了。”

陈少林：“……”

荣丽疑惑道：“马老师，为什么？”

张茜回头看了一眼，三角眼正嚣张地看着他们。

马老师压低声音道：“你们惹不起他。”

荣丽瞬间理解：“他什么来头啊？”

荣丽之前听到三角眼说“你知道我爸是谁”这句话时，就隐隐约约猜测过，这个三角眼是不是有什么后台，才敢这么嚣张。

现在她看到三角眼的带队老师下来，对着马老师和负责人说了一通话，马老师和负责人的脸色一下子就变了，开始小心翼翼地嘱咐他们回去复习。

马老师拍了拍李明珠的肩膀，说：“你别受影响，下午好好发挥。”

三角眼突然喊道：“你们把我打了就想这么走了啊？那个李明，还有你们一路的，给我道歉。”

陆遥的脚步顿了一下，挑眉道：“什么？”

“给我道歉。”三角眼一字一句道。

陆遥笑道：“不好意思，你能别学狗叫，说人话吗？否则我听不懂。”

三角眼往前冲，带队老师拦了他一下，没拦住。他气势汹汹地朝陆遥走过去，陆遥活动了一下手腕，心想：这傻瓜没被我揍够吗？

两人又打到了一起，更准确地说，是陆遥单方面吊打三角眼。

三角眼瘦得像一只猴子，个子也不高，陆遥没怎么用力气，他就趴在地上嗷嗷大叫。

边上的老师这才反应过来，纷纷上来拉架。

陆遥看着三角眼倒在地上，还补了两脚。

一群人在酒店安静的大堂里闹出了大动静，惊动了正要出门的陆兴。

陆兴正准备和顾局去现场勘查下一处要开发的老城区，路过大厅的时候，看到几个人围在一起拉架。

顾局眼睛一眯，开口道：“这不是小王老师吗？”

王老师就是赛事的主负责人，此时他因为拉架，把眼镜拉歪了，看着十分滑稽。

王老师一边拉架一边喊："停手！都给我停手！"

顾局又道："还有那个小同学，他怎么也在这里？"

陆兴顺着顾局的目光看过去，果然看见李明珠也在人群中。

陆兴皱眉道："走，上去看看。"

顾局一边走一边说："现在的年轻人都太冲动了。"

他们身后H市大大小小的领导被晾在大厅，面面相觑，还不知道发生了什么事。

两人走上来，马老师先发现他们，急急道："别打了！"

陆兴提高声音喝住众人，并且带着上位者的威严，压得一帮老师和毛头小子喘不过气，吓得瑟瑟发抖。

陆兴道："你们都在干什么？"

偏偏这一帮人中又有不怕他的，比如陆遥。

陆遥听到声音，身体僵了一下，力气卸了，李明珠趁此机会拉开他。

顾局道："怎么回事呢，昨天我才夸了你们小组学习氛围好，互相友爱，怎么今天就打起来了？"

"年轻人火气不要太大，有什么事情坐下来好好说，大家都是同学，更何况实在解决不了的问题，你们可以找老师啊！"

陆兴唱红脸，顾局就顺势唱白脸。

和气的声音一出来，众人紧张的心情缓解了一些。

顾局道："打架的是哪两个？"

王老师立刻开口："一个是淮北二中的胡飞，一个不是我们比赛的同学。"

顾局道："不是比赛的人怎么和比赛的人打起来了？"

顾局还以为是参赛者之间产生了什么摩擦。

马老师道："是我们学校的一个同学，今天偶然碰见的，就……"

他的话没说完，陆遥擦了擦嘴角的血，冷冰冰地看着陆兴。

陆兴看到他的一瞬间，诧异得连火都忘了发了。

顾局看过来，愣了一下："遥遥！"

王老师等人一脸蒙。

顾局又道："这……来找老陆的吗？"

陆遥一句话都没说，转身就走。

李明珠心道不好，这祖宗看样子要作，立刻跟上去。

陆兴喊道："陆遥，你给我站住！"

陆遥心想：做梦。

陆兴好几年没见陆遥了，看到儿子的一瞬间，甚至有巨大的陌生感扑面而来。陆遥因为陆知的事情恨了他五六年，初中还玩起了离家出走这一套，一走就是四年，一次都没回家看过。

陆兴死了一个儿子，另一个儿子也跟死了差不多。

在场的众人都一头雾水，没搞明白现在事情的发展情况，顾局接下来的一句话却让众人听明白发生了什么。

顾局做个和事佬，追上陆遥："遥遥，你和老陆把话说清楚，他是你爸，难道你要一辈子不跟他见面吗？"

陆遥的少爷脾气上来了，谁都拦不住。

顾局看着陆遥长大，当然知道自己老友的这个小儿子的固执脾气。

陆遥道："放开我。"

顾局说："遥遥，你在酒店里等着，我和老陆办完事情，就回来找你聊聊。"

陆遥冷笑一声，说："做梦。"

他说完，一刻不停歇地往门口走。

陆兴提高声音喊了几遍，他到底是一个孩子的父亲，放下了领导的架子，快步追上来。

但是无论谁喊陆遥，他都不听。

李明珠道："你要去哪儿？"

陆遥赌气道："回学校。"

李明珠说："站住。"

……

李明珠把声音压低了一些："陆遥，我说站住，你没听见吗？"

陆遥当然听见了，但他实在不想站住，特别是要和陆兴呼吸同一个大厅的空气，这让他无法忍受。

他心里这么想，却很是听话地停住了脚步。

陆兴也在这个时候追上了陆遥。

“你在酒店里等我，我处理完事情就回来找你。”陆兴无奈道，“你就算不想看我，难道你连你妈都不看了吗？”

提到傅清寒，陆遥的面色缓和了一些，但在外人看来，他还是脸色难看，对着陆兴发脾气。

“她来了？”

陆兴道：“这几天巡演，她在S市，说要顺路过来看你。”

陆遥当年离家出走，傅清寒在家里闹得天翻地覆，差点儿把陆兴的老命折腾掉。

这个外表光鲜、温柔高雅的女人，回到家里跟一个小泼妇似的，摔凳子砸桌子，要陆兴把儿子还给她。

傅清寒和陆兴结婚几十年，只发过两次脾气，一次是陆知过世，一次就是陆遥离家出走。

陆遥离家出走主要是想和陆兴断绝父子关系，但他对傅清寒依恋如旧。偶尔傅清寒来H市附近巡演，会看望他。

所以陆兴说这句话，不无道理。

陆遥道：“她来看我和你有什么关系？”

陆兴听了，怒道：“你怎么和爸爸说话的？”

陆遥嗤笑一声，说：“贡献一颗精子就能当爹了？”

旁边听到这话的李明珠：这是什么？心电感应？心有灵犀吗？连撑人的话都一模一样？

陆兴眉头一皱，就要骂人。

顾局连忙拦着，道：“哎哎哎，老陆，老陆，你们父子才见面就要动手吗？你看看，你看看，你怎么给孩子当榜样的？这里这么多学生，你给遥遥面子，你也不能揍他啊。”

陆兴放下了手，沉声道：“你给我老实待着，我回来再找你！”

他说完，拂袖而去。

顾局追上去，道：“老陆，消消气，遥遥一时半会儿不会走。”

陆兴离了陆遥十多米远，出了大门口，脸上露出疲惫的表情：“他能老实等我吗，哪次不是和我对着干？”

顾局心想：那你还警告人家？

顾局笑道：“这回不一定，我看遥遥和那个李同学关系挺好的。”

陆兴一心只注意陆遥，压根儿没看周围的人，此时听到顾局提到李明珠，随口问了一句：“什么同学？他交的都是一些烂泥扶不上墙的朋友，我看不如不交！”

顾局说：“老陆你个老糊涂，我说的那个同学是你昨天晚上单独见的李明啊！”

陆兴思考一会儿，诧异道：“陆遥和李明？”

陆遥从小到大都不让陆兴省心，特别是交朋友这一块，B市那么多的优秀人才，他光挑不学无术的交，这是个什么道理！

陆兴打也打过，骂也骂过，但是通通没用。陆遥这人好像有个探测“渣二代”和“废二代”雷达，但凡是没用的烂泥，他能全部“糊”上。

因此，这么多年下来，陆兴已然习惯，甚至已经顺其自然。可就在他屈服的时候，突然又峰回路转，陆遥这个万年不学好的家伙竟然交上了李明珠这样的朋友！

陆兴道：“你怎么看出来的？”

顾局坐上车，笑道：“你没注意啊，老陆，你看现场这么多人喊他，他给我们面子吗？唯独李明喊他，他一下就停住了。”

“如果不是怕李明，那就证明李明对他来说重要呗，不重要的人说的话他听吗？”

陆兴：“……”

顾局说：“我不是说你不重要啊，遥遥和你‘结仇’了，你自个儿不反省。”

陆兴揉了揉眉心：“我说过，他不信。”

顾局道：“你们父子俩缺少沟通。”

“你看他那脾气，有给过我沟通的机会吗？”陆兴冷哼一声。

顾局看自己老友这模样，心想：父子俩的脾气真是一模一样，说不是亲生的都不信！

“以前没机会，现在不一定了。”顾局道，“我给你提个醒啊，老陆，你可以从李同学下手啊。”

“你看遥遥挺重视李同学的，他什么时候这么重视过一个朋友？”顾局补充，“你叫李同学帮你说几句好话，保准有用。”

陆兴道：“你又知道得这么清楚了？”

顾局点点太阳穴：“这是我这么多年看人的直觉，你可别不信啊。”

陆兴沉默了一会儿，叹了一口气，说：“你说……”

顾局侧耳倾听。

“陆遥会不会把人家带坏了？”陆兴在心里叹息，“李明是一个好苗子啊，陆遥跟李明一起玩，我害怕陆遥把李明带沟里去，那我真是痛心。”

顾局哈哈大笑：“我说遥遥真是你亲儿子吗？哪有不担心亲儿子，去担心一个外人的？”

不是陆兴不担心陆遥，而是陆兴心里挺喜欢这个小同学。李明珠进退有度，气质浑然天成，一看就不是池中之物。

他甚至动起了好好培养李明珠的念头。

陆遥和李明珠认识，确实让陆兴惊讶了许久，他断然想不到陆遥和这样的学生走到一块儿去——凭借他对陆遥的了解，陆遥应该对这种好学生嗤之以鼻，厌恶至极。

陆兴其实也没猜错，一年前，陆遥就是这样的。

顾局道：“你不要想太多，遥遥和好同学玩，你应该开心才是。”

陆兴不知道想什么，叹了一口气。

这边人走了，大厅里站着的人也逐渐地回过神。

负责人王老师看了眼陆遥，嘴巴张了几次，不知道说什么。

李明珠道：“我回房间了。”

陆遥跟在她身后，像一只大型金毛犬，虽然脸色不好，但一步都不肯离开。

两人走了之后，剩下的人面面相觑。

荣丽干巴巴道：“马老师，那个……那个人是陆遥的爸爸啊？”

马老师一脸震惊，一看他这模样，就知道他完全也没想到！

马老师只知道省一中的传媒班有个B市来的太子爷，但是也没想到这个太子爷……真是个太子啊……

马老师一开始只当是学生以讹传讹，互相夸大，哪知道陆遥父亲的来头这么大。

“我也不清楚。”

陈少林突然反应过来，一拍大腿，猛地喊道：“我说呢，他们长得好像啊！我就说怎么看陆遥这么脸熟！”

陈少林看着三角眼——三角眼的脸色已经惨白。

陈少林憋笑，扑哧扑哧地笑了半天，揶揄道：“哎呀，我刚才怎么听到有人拼爹啊？”

陈少林贼坏，故意把手放在耳朵边上，大声问：“谁说的？谁说的来着？”

不仅是三角眼，和三角眼一起来的那个带队老师的神情也崩坏了。

陈少林哈哈大笑，开口道：“走走走，我们回房间复习，下午比赛，别理他们了。”

荣丽和张茜看陈少林这副得意的样子，也没阻止他，毕竟看刚才三角眼那副趾高气扬的样子，她们也气。

现在三角眼如同吃了一只苍蝇一样，两人不免心情大好。

陈少林一边走一边道：“两位大小姐收留小弟片刻……”

他很是识趣：“我认为我现在回房间不太好。”

荣丽打趣道：“怎么，你怕陆遥啊？”

陈少林心想：我也不是怕陆遥……就是感觉现在回去……自己像一个电灯泡。

他这么想，突然把自己吓了一跳：我为什么觉得自己像一个电灯泡？

陈少林惊悚地抱住自己：我为什么会觉得回去会打扰到他们？大家都是男人，怕什么！

陈少林虽然是这么想的，但还是不敢回去，主要是陆遥的占有欲太强了。陈少林只要想起陆遥看李明珠的眼神，就觉得浑身起鸡皮疙瘩，脸红得很。

最后他还是死皮赖脸地跟去了两个姑娘家的“闺房”。

而在他原本的房间里——

陆遥一到房间，就像小狗似的找到了李明珠的床，一头栽到床上，死活不肯起来。

李明珠坐在床边，推了他一把：“你起来和我说话。”

陆遥抱着枕头，闷闷不乐道：“你看书，下午有比赛。”

李明珠沉默了一会儿，扯开了枕头，弯下腰和陆遥对视。

两人离得很近，近得李明珠心跳加快了不少。

她道：“你比较重要。”

陆遥一下就没辙了。

“那是我爸。”陆遥补充，“法律关系上的，我本人已经和他断绝了父子关系。”

李明珠哭笑不得：“单方面的断绝法律无效。”

陆遥开口："我不认，他就提供了一个精子。"

李明珠道："你知道什么叫提供一个精子的父亲吗？"

"我问你，陆叔叔有没有管过你？"

李明珠身体清瘦，穿的衣服却多，抱起来像抱着一床暖和的棉被。

陆遥把头搁在李明珠的颈窝，小声道："我小时候他老揍我。"

李明珠开口问道："这就是你和他断绝父子关系的原因？"

陆遥说："不是。"他停顿了很久，像下定了什么决心，才道，"是我哥。"

李明珠身体一僵，陆遥感受到了，他别过头问："怎么了？"

"没事。"李明珠不动声色道，"你和你爸断绝关系跟你哥有什么关系？"

"我哥去世之前遇到一场车祸，他不是死于车祸，但是我觉得脱不了关系。他身体不好，又被撞了，谁知道会不会落下病根……"陆遥道，"那场车祸不大，但我爸那时候在工作上结了仇家，我不知道他们在争什么，但是每次出事的都是我妈、我哥和我。"

陆遥低沉好听的声音在她的耳边响起。

"我哥死的时候，他还在搞他的什么工作。我哥在H市出事，我要来看我哥，他不放人，把我关在屋子里……"

陆知那年在H市，一个离B市十万八千里远的地方，他都被人盯上了，李明珠心里一沉——陈年旧事在李明珠的心里掀起了滔天巨浪。

虽然当年医院宣告陆知死于正常的并发症，但那时候她那么小，谁又知道真相是什么。

时隔这么多年，谁还会去翻一笔七八年前的旧账。

偏偏陆遥把这件事情记了这么多年，坚持认为他哥是非自然死亡。

陆遥越抱越紧，后来讲话的时候，声音都有些哽咽："那时我哥才二十岁。"

二十岁，人生才刚刚开始，陆知就被命运残忍地画上了句号。

李明珠拍了拍他的手，压下颤抖的声音，安慰他："人生多半在别离中，陆知就像水又回到了水里，我们所有人都会回去，他只是回去得有点早。"

从小到大，巧舌如簧、撒谎不打草稿的李明珠，在安慰陆遥的时候，心揪成了一团，说话甚至都磕巴起来。

哪知道陆遥抓错了重点，他抬起头，一脸迷茫道：“你怎么知道我哥的名字？”

李明珠说：“嗯？”

她猛地一怔，心往下狠狠一沉：“你没和我提起过吗？”

陆遥道：“没有啊。”

李明珠的身体突然僵住了。

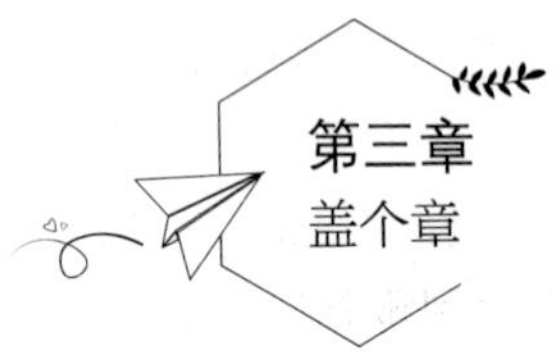

第三章 盖个章

陆遥原本不觉得奇怪的，但是李明珠反应这么大，就叫陆遥一下子觉得奇怪了。

“你怎么了？”他问道。

李明珠纵横骗子界多年，晃点的人比陆遥吃过的饭还多，结果现在马前失蹄，一肚子跑火车的话，一句都说不出来。她被陆遥这么一问，脑子险些宕机，转不过来。

好在脑子没转过弯，身体却十分迅速地做出了反应，李明珠道：“行了。”又补充道，“下午有考试。”

至于刚才要问什么，哪里奇怪，陆遥早忘到九霄云外去了。

陆遥完全没意识到自己错过了一个多么严重的问题。

下午李明珠出门去考试的时候，陆遥还抓着她的手问道：“喂，李明，我们现在算好朋友吧？”

陆遥想问这句话很久了。

李明珠听罢一愣，反问道：“你觉得呢？”

陆遥想了想，肯定道：“当然是。”

李明珠从来没正面回答过。

那天晚上，他送完了围巾，李明珠就这么坦荡荡地收下了，也没告诉他到底是同意了还是没同意。

陆遥送完围巾，高兴过头，当时没问，一直拖到现在，他都糊里糊涂的。

但他问李明珠的时候，李明珠又不回他，李明珠的答案总是模棱两可，甚至像踢皮球一样把问题踢了回来。

李明珠看了一眼时间，开口道：“有事回来再说，我先去比赛。”

她警告道：“你要么待在酒店里等我比完赛，要么回学校上课。”

陆遥见李明珠岔开话题，委屈道：“你还没回答我呢。”

李明珠站在门口，沉默了一会儿，在走廊里往左右一看，四下无人，便笑了一声，飞快地扯着陆遥的领子，笑眼弯弯：“遥遥，乖。”

又是这三个字！

李明珠说完，留下被逗得满脸通红的陆遥，淡定地往考场走去。

下午考试的时候，李明珠在考场上没见到那个三角眼，不知道他去了哪里。

比赛结束后，她打算回房间休息，陆遥等了她很久，在走廊上堵住了她：“你和我去外面住。”

李明珠推开他：“学校有规定，不要闹。”

“我没有闹。”陆遥霸道地拽住李明珠，“那要么让你室友去外面住。”

“你五岁吗？”李明珠皱眉。

“三岁！”陆遥反驳。

两人正在进行一场毫无营养的吵架时，陆兴找了上来。

他刚到，没听见前面的话，只看到陆遥凶巴巴地反驳李明珠。他见到这一幕，当场垮下脸——这小子果然又在欺负同学！

陆兴喊道：“陆遥，你过来。”

隔了半天，陆遥再次见到自己老爸，他依旧臭着脸，不给陆兴面子。

李明珠道：“陆老师好。”

陆兴看到李明珠，心情好了些，没有看到陆遥时那么糟心，温和地问了问：“怎么样，下午的考试感觉还好吧？”

考试的难度都在李明珠的意料之中，没有出现太大的意外，李明珠显然有几分把握，恭恭敬敬地回答：“还可以。”

陆兴点点头：“祝你取得一个理想的成绩……”

“咯咯！”陆遥咳嗽两声，十分不悦地打断了陆兴和李明珠的谈话。

陆兴道：“你咳什么？”

陆遥终于和他老爸说话了：“你不用忙吗？大领导也会对小小的同学嘘寒问暖？”但是他一开口便阴阳怪气，字里行间都是敌对的意味。

陆兴被自己的儿子撑了一通，眉头皱得更厉害：“我是来找你的。”

“你不用来找我。”陆遥道，“我没话和你说。”

陆遥是真的没有话说，陆兴和他站在一个走廊里都叫他浑身不舒服。

他看到陆兴，就会想起当年陆兴是怎么把他关在屋子里，任他怎么哭闹，怎么想办法，都没能见到陆知最后一面的场景。

陆遥越想越气，背过身。

陆兴知道陆遥还在介意当年那件事，这么多年，他几次想找个台阶，给自己，也给陆遥，父子俩就这么下了，但是他们连见面的机会都没有。

要不然就像这样，一见面便火药味十足。

陆遥开口："我去酒店大厅等你。"说完，他便径直下楼。

李明珠叹了一口气，心想：我果真是上辈子欠他的。

李明珠找好了和马老师解释的理由，过一会儿还得去房间收拾自己的东西。

她走之前，看见陆兴还站在走廊里，一时间和她相顾无言。

陆兴半晌才开口："陆遥和你的关系……挺不错的。"他道，"你们是怎么认识的？"

李明珠想：您问什么不好，问这个乌龙！

她当然不能把当年那件晃点陆遥的事儿说出来，所以只能含含糊糊地回答道："一个学校的，一来二去就认识了。"

陆兴点点头，又问："陆遥在学校里的表现怎么样？"

李明珠一怔。她怔住是因为陆兴的表情实在很无奈，完全没了昨天和自己谈话时举手投足间的风度和大人物的气质。

此时的陆兴就像邻居家为孩子操碎了心的爸爸，满脸无奈和苦恼，问着和儿子同一个学校的学生，企图从儿子校友的口中打听到儿子在学校里的事。

一个父亲做成这样，陆兴认为自己太失败了。

陆兴有些尴尬地看着李明珠："陆遥从来不和我说这些，他一直和我赌气，我这么多年忙着工作，也没怎么管他。"

陆兴问道："他今年是高二吗？"

"高一。"李明珠答。

陆兴原以为陆遥和李明珠相识，那多半两人是一个年级的，结果现在猜错，这叫他更尴尬了。

陆兴道："李同学，你帮我多劝劝陆遥，让他好好读书，少交一些不三不四的朋友。"

"陆遥现在也不愿意听我讲话，我这个老头子就麻烦你跑一趟，帮我转告陆遥，等哪天他愿意来和我讲讲话了，就直接来找我，我随时等着。”

陆兴说完，也不管李明珠答不答应，就直接走了。

李明珠心想：陆遥霸道的性格倒是像父亲。

她收拾了一点儿东西，和马老师请了假，到了酒店大堂，和陆遥出去住了一晚上。

这个小少爷，要是有一件事情不让他称心，他都能作半个月，让李明珠不得安生。

李明珠舍小保大，换来了几天安宁的日子。

竞赛结束后，学校里的轻松氛围一变，立刻进入了紧张的期末冲刺阶段。

李明珠在这段时间里除了复习，大部分时间都用来盯着陆遥念书。

陆遥读了十年书，第一次知道什么叫作如同地狱的期末考，那一沓沓比大拇指还厚的书，根本没有看完的一天，雪白的试卷永远都在不停歇地跑出来，做完一张还有一张，简直是没完没了！

关键是，陆遥要是不读，不写，不看，李明珠就摆脸色，让这个在外面不可一世的省一中“陆哥”顿时妥协了。

他撒泼耍赖、撒娇卖萌，无所不用其极，可惜不管用，李明珠这回是铁了心不让步。

于是，一中就发生了一件让老师们和学生们都震惊的事情——陆遥竟然走路都抱着一本书在背！

这跟天塌下来有什么区别？

这事儿传到了办公室里，几个任课老师纷纷表示不信。

物理老师急了：“我真看见了，哎，这小孩子终于开窍了，终于知道读书了……终于……”

他说着说着，老泪纵横，把其他老师看得一愣一愣的。

语文老师道：“没这么严重吧，哎，你别假哭啊！”

物理老师道：“你懂什么？我教书二十多年，还从来没看过这么励志的事情，你们说陆遥是不是中邪了？”

陆遥没有中邪，但他可能被李明珠“下降头了”。

十几天后，鸡飞狗跳的期末考试终于在同学们偶尔八卦陆遥的情感生活和老师千叮咛万嘱咐的寒假安全通知中结束了。

考完当天，校园里随处可见住校生拖着比人还大的行李箱，大包小包地往家里赶。

就在当地读书的学生还有父母来接，学校外面热闹非常。

因为期末考试成绩没出来，家长和孩子的“塑料父母子女情”维系得十分牢固，但是考试成绩出来之后，该感情基本宣告破裂。

李明珠走出校门，望着来来往往的家长，有些人离她近，她甚至都能听得清他们的对话。

当老妈的无非就是问问孩子在学校里过得怎么样，有没有早恋，听没听老师的话等等。

孩子则是一脸不耐烦地喊道“你好烦啊”，但孩子的行为却与喊出来的话相反，黏着自己的老妈，不一会儿又要东要西，要最新出来的游戏机，要吃老妈做的糯米藕，要去大姑家住几天……

李明珠光是听着，便感到一种陌生的情绪从心里升起。

这种情绪叫嫉妒，她显然习以为常，每学期期末她都要经历这么一次，她虽然嫉妒，但是没说出口。

那多丢人！

李明珠年年考完都是自己回家，今年却出现了一个意外。

陆遥半死不活地爬出考场，像一条缺水的鱼，跑到校门口看到自己的“水”，立刻活蹦乱跳地跑了过来。

“李明！”他喊道。

李明珠回头一看，就被陆遥扑个正着，抱了个满怀，她的头发也被他揉得乱七八糟。

“你怎么不等我？”陆遥一来就委屈上了。

“我不是在校门口等着吗？”李明珠张口就是扯淡。

陆遥太了解这家伙了，他要是不聪明机智地来校门口堵人，李明珠哪可能等他，肯定一早就走了！

“你少来，我还不了解你。”陆遥道。

李明珠无奈道：“好好好，你了解我，现在可以走了吗？”

陆遥却反常道：“不行，要等人。”他神秘地开口，“我要带你去见一个人。”

李明珠：“……”

这人还装神弄鬼起来了？

李明珠有一种不祥的预感。

果然，下一秒，陆遥的眼睛一亮，朝着马路对面挥了挥手。

李明珠看过去，只见马路对面的那棵大榕树后面，一个穿着黑色风衣、戴着夸张的黑色墨镜的神秘女人，鬼鬼祟祟地探了个头出来，和陆遥小幅度地挥挥手，并做了一个“你过来”的手势。

那女人就算是猫着腰，都难掩周身的气质——和普通的市民完全不一样，仿佛自带了一股女神气场。

陆遥道：“走，去晚了耽误时间，我怕她被围观。”

李明珠被陆遥半拉半扯地拽到了马路对面。

穿着黑色风衣的女人在树后面神神秘秘地做了一个奇怪的手势，她的动作快如闪电，钻进了旁边的保时捷里。

陆遥拉开车门，刚坐进去，就听到女人激动的声音。

穿黑色风衣的女人正坐在副驾驶座上。

这女人就是傅清寒，陆遥的亲生母亲，在国内国外都享有极高声誉的知名美人艺术家。

傅清寒半转过身，看着陆遥，连忙招手：“遥遥，过来过来，妈妈看看你有没有变瘦。”

陆遥坐进来才道：“我变帅了。”

傅清寒道：“你是不是又长高了？妈妈刚才在马路对面就觉得你长高了。”

陆遥顺势报了一下最近的身高。

看得出来这个少年还挺在乎自己的身高，数值精确到了小数点后两位，李明珠听罢觉得无语：他怎么精确数值的？

傅清寒快一年没见着自己儿子了，见了面寒暄个不停。

陆遥生怕她一说起来没完没了，说到天黑都还能继续说，赶紧打断她：“妈，先去吃饭，我肚子好饿。”

傅清寒道：“好的好的，我们先吃饭。”

傅清寒说完，终于把目光投向李明珠身上，她眼睛一亮，问陆遥：“遥遥，这是你朋友吗？”

不等陆遥开口，李明珠便自我介绍：“阿姨好，我是李明。”

陆遥见李明珠笑得如沐春风，在心里嘟囔：你怎么从来不对我笑得这么甜？

陆遥开口："我朋友。"

傅清寒一脸诧异，打量了一下李明珠，又看着陆遥，心想：这真是新奇了，陆遥还能有朋友？还能有个可以带回家见父母的朋友？

等等，带回家见父母这个说法怎么怪怪的？

傅清寒没有多想，其实前段时间她就听陆兴说过，陆遥交了个好同学当朋友。

傅清寒比陆兴了解自己的儿子，所以听陆兴提起的时候，她不信。陆遥以前读书的时候从来没什么交心的朋友，大部分人围着他打转，也都是因为他的钱，没几个真心的。

陆遥看得透彻，也得过且过。这么多年，别说有朋友能够带回家了，就算是一起出去玩的，用手指头都能数得过来。

傅清寒看着李明珠，越看越觉得熟悉。她和李明珠客套了几句，压下心中的感觉，问陆遥："去哪儿吃饭？H市你比较熟，你带妈妈去吃饭。"傅清寒补充道，"要隐蔽一点儿的位置，知道吗？"

陆遥敷衍地点头，他在H市的市中心购物大厦挑了一家价格和环境都贵得令人咋舌的小店。

下午四点，已经接近饭点，陆遥预订了位置，所以进去时不用排队。

他挑了靠窗的位置，一坐下，傅清寒就摘了墨镜。

李明珠这才把傅清寒的脸看得清楚了些，她不动声色地想：陆遥似乎像妈妈一点。

傅清寒保养得十分好，看上去不到三十岁，坐在陆遥对面，不像一个母亲，倒像一个姐姐。

傅清寒坐下后，等着陆遥坐到自己身边，陆遥却坐到了对面，她愣了片刻。

陆遥像一个没事的人似的，坐在李明珠边上后，还冠冕堂皇地扯道："我坐在这里好和你讲话。"

傅清寒："……"

陆遥从小黏傅清寒，像一只小跟屁虫，她去哪里这个小儿子都要跟着跑，这还是头一回在她坐下之后，陆遥选择了坐到她对面。

傅清寒看了一眼李明珠。

李明珠整个人看起来斯斯文文，和陆遥在一起时，又卸下了浑身的寒意，此时的她看起来赏心悦目，像一幅线条流畅的水墨画。

陆遥拿起菜单，按照李明珠的口味点了四五个菜。

傅清寒一看他点的菜就问道：“你什么时候吃得这么甜了？”

陆遥道：“南方的口味都偏甜。”

傅清寒：“……”

“我问的是你，遥遥，你不是不爱吃甜的吗？”她试探地问了一句。

果然，陆遥对自己老妈一点儿也不设防，张口就来：“李明吃的，我不吃。”

傅清寒：“……”

你不吃，那你一口气点这么多？

傅清寒果断把目光投到李明珠身上。

李明珠被看得莫名紧张起来。

这个连面对国家级竞赛都不紧张的人，此时被傅清寒盯着，生出了一丝坐立不安的感觉。

傅清寒道：“李明是怎么和遥遥认识的呀？”

李明珠想：这夫妻俩和她第一次见面就非要问同一个问题吗？

陆遥听到傅清寒的话，脸色也变了，立刻道：“机缘巧合，天机不可泄露。”

傅清寒说：“你和妈妈还有什么不能说的？”

陆遥道：“那可就多了。”

傅清寒听自己儿子话里话外都有维护李明珠的意思，顿时对李明珠感兴趣起来。她干脆和李明珠聊起来，跟调查户口似的，问李明珠家在哪里，今年多大啦，成绩怎么样。

李明珠从来没被人问过这些，特别是长辈。

傅清寒温柔的声音在她面前响起，问得她茫然无措。

傅清寒看李明珠呆呆的模样，挑了下眉头。

她心想：这小孩子看着蛮聪明的，怎么自己一问就一副呆萌的表情？

傅清寒道：“怎么了，不方便回答吗？”

李明珠回过神，说：“没有。”

傅清寒笑道：“我就说嘛，哪有男生能抵抗我的美貌。”

陆遥听罢，瞪大了眼睛：“喂！你自重啊！”

傅清寒哈哈笑了几声：“李明下次有空到我们家来做客，阿姨做菜给你吃，遥遥最喜欢吃京酱肉丝，小时候光吃肉不吃菜，我还担心他以后长成一个胖子。”

傅清寒哀愁道：“他那时候长得像他爸，可把我急死了，万一没遗传到我的颜值怎么办，像他爸这辈子就完了。还好他争气，后来努力长得像我了一点儿。”

李明珠听完了，脑子里浮现出长得圆滚滚的陆遥。

陆遥嘴角一抽，说：“你就不能说一点儿好的，诋毁我的形象干什么？”

他相当要面子，特别是在朋友面前，格外要面子一点儿。

在朋友面前这么要面子是什么意思？傅清寒这个想法一闪而过。

饭菜上齐之后，三人吃饭的时候都没怎么说话。

傅清寒俨然是个出身书香门第的小姐，把饭桌上的礼仪做到了极致。只不过吃饭时，她见陆遥很是勤快地给李明珠夹菜，夹得不亦乐乎，倒把她吓了一跳。

傅清寒心想：遥遥这个洁癖晚期治好了？

吃完晚饭，傅清寒拉着陆遥，叫他陪自己逛商场，他残忍地拒绝了。

“妈妈好久没和你见面，你这么大了都没陪我逛过街……”傅清寒委屈巴巴地哭诉起来，看着就要掉眼泪了。

李明珠在一旁看着，心情复杂，原因无他，傅清寒这个套路，这个表情，这个动作……和陆遥撒娇的时候一模一样啊！

合着陆遥全是从这里学来的啊！

陆遥道：“你会被围观的，上次我和你逛街，被你的粉丝追了三条街！”

傅清寒道：“那是以前啦，我现在不会被追了，我就说我不是傅清寒。”

“那你是谁？”陆遥觉得无语。

“我是傅清热。”傅清寒眨巴眨巴大眼睛。

陆遥：“……”

“行了，逛逛逛！”

傅清寒对李明珠招招手：“阿明和我们一起逛，来来来，阿姨什么见面礼都没给你准备，你想要什么，尽管挑。”

李明珠心想：阿明是什么鬼？

一顿饭下来，不知怎么的，傅清寒表现出对李明珠浓厚的兴趣。她一只手挽着陆遥的胳膊，另一只手拉着李明珠，对李明珠道：“以后你常来我们家玩，遥遥没什么朋友，他……哥哥走得早，你多陪陪他。”

李明珠点点头。

傅清寒道：“哎呀，今天我心情好，不提伤心事啦。”

“遥遥，你过来，妈妈想要买个新包，你陪我去专柜看看。”

挣脱了傅清寒的陆遥又被拽了回来。

傅清寒简直是个购物狂魔，走到哪儿买到哪儿，看着喜欢的就买下来，一边买一边帮陆遥也拿一对，嘴上还要说：“我看微信推送的消息说，这个吃了对学生好的……”

陆遥说：“你是一个博士，傅小姐。”

傅清寒嘟嘴：“这跟博士不博士的没什么关系，而是自己愿不愿意信的问题，我就愿意信，我喜欢这些推送！”

陆遥：“……”

傅小姐，你真的不是在嘲讽那些推送吗？

李明珠一路看着母子俩斗嘴，看得颇为开心。

傅女士心满意足地逛完商场，又去逛了大半天的超市，最后坐在广场外面供游客休息的椅子上，揉着脚踝。

她把长长的购物清单递给陆遥，指挥陆遥去换成积分，然后用积分去超市二楼换那个最大的吹风机。

陆遥懒得跑这一趟，顺便鄙视她热衷于换积分的诡异爱好。

傅清寒偏要那个大的吹风机，跟陆遥纠缠了半天，最后陆遥抵不过傅清寒动不动就要唱那首“寒叶飘零洒满我的脸，吾儿叛逆伤透我的心……”的破歌，皱着眉头，给她去换那个巨大的吹风机了。

陆遥一走，摆得齐齐整整的购物袋前就只剩下李明珠和傅清寒了。

李明珠正在帮傅清寒把购物袋收拾到一块儿去。

傅清寒道：“阿明，今天阿姨说要给你见面礼，我们在大厦里逛了那么久，我也没见你想要什么，就擅自给你挑了一个小东西。”

李明珠半蹲在地上，听到傅清寒开口，抬头看了她一眼。

“你过来，坐在这里。”傅清寒拍拍自己边上的位置。

李明珠迟疑片刻，乖巧地坐下了。

傅清寒的性格十分讨人喜欢，很有亲和力，并且让李明珠感受到十多年都没感受过的“母亲”的滋味儿。

傅清寒还是第一个和她说“喜欢吃什么，喜欢的话阿姨做给你吃”

这类话的女人，这让她每年站在校门口痴心妄想的情景成了现实。

她不得不承认，她确实羡慕陆遥。

傅清寒道："我看得出来你和遥遥的感情很好，不过阿姨看你不怎么爱说话，是觉得不好意思还是怎么了？"

"你对阿姨不用不好意思，遥遥的朋友就是阿姨的朋友，我不是那种老古板的父母，我很年轻的，你也可以把我当朋友呀。"

李明珠诧异地看了她一眼。

傅清寒目光温柔地看着李明珠。

李明珠不像陆遥那么粗神经，她心思敏感，傅清寒的态度让她感受到一点儿不对劲。

她只是陆遥的普通朋友，哪怕是陆遥一辈子都不交一个朋友，傅清寒也没道理才见了她半天，就对她推心置腹……这也太奇怪了！

让她不解的是，傅清寒说的每一句话，都仿佛话里有话。

李明珠看着傅清寒的眼睛，半晌之后，心虚地挪开目光。

傅清寒道："哎呀，你看我把送你东西这事忘了！"

她拍了下脑袋，从口袋里拿出一个十分精致的樱桃发卡，温柔地说："阿姨没养过女儿，不知道这个东西你喜不喜欢。"

李明珠猛地站起来，却站得不稳，踉跄了一下，摔得十分狼狈，一脸震惊地看着傅清寒。

傅清寒没想到李明珠反应这么大，也吓了一跳，连忙把李明珠扶起来。

"你……你不喜欢也别躲嘛。"傅清寒替李明珠拍干净衣服下摆，李明珠还在宕机中。

她嗫嚅着嘴唇，几番挣扎，才艰难地挤出几个字，声音断断续续的，自己都听不下去："你怎么……"

傅清寒连忙道："我一开始看你有点儿眼熟，但是没有一下子想起来。"

"阿知以前给我看过你的照片，他说自己在H市捡了个妹妹，我拿这事儿逗过遥遥，我说你哥哥不要你了，遥遥还跟我闹了几天脾气。"傅清寒道，"虽然过了这么多年，但我对那张照片印象深刻，再加上阿知以前经常在电话里提起你……"

傅清寒试探性地问道："你是明珠吗？"

李明珠的喉咙动了动，好似在做一个十分艰难的决定："是。"

傅清寒道："我就说怎么这么眼熟，你长大了不少，又是男生的打扮，我一时半会儿没反应过来。"

"阿姨欠你一句谢谢，陆知临走前是你在医院里陪着他，对吗？"

李明珠的手捏成拳，脑子里一片混乱。

傅清寒没料到她反应这么大，仿佛被发现了这个身份后，人就要挂了似的。她一张脸本来就白，现在一看，已经跟白纸差不了多少。

陆遥回来的时候就看到这个场景。

傅清寒背对着他，李明珠脸色惨白，咬着嘴唇，浑身轻微地颤抖着。

陆遥心里一沉，脑子里猛地冒出了无数来自经典总裁小说的桥段（王奶奶的业余挚爱）！

什么"拿着这一千万离开我儿子""给你一千万消失在我儿子眼中"此类恶俗台词，一股脑地钻进他脑子里。

陆遥这么一想，便觉得事情更加严重！

他心想：李明这家伙那么缺钱，平时又那么爱钱，简直是掉到钱眼里去了！况且两人之间全部是自己主动……别说一千万了，搞不好给五百块李明就跑了啊！

陆遥十分委屈：我难道就值五百块？

陆遥被自己脑补的情景剧吓坏了。

他冲过来，急切地喊道："喂，李明，你的意志坚定一点啊！很明显，你和我在一起玩才会有很多很多一千万啊！你怎么没有长远的打算呢？放长线钓大鱼的道理你不懂吗？不会投资吗？"

李明珠从混沌中清醒，听到陆遥这话蒙了："什么？"

陆遥气喘吁吁，问道："我妈是不是拿钱让你离开我？"

……

现场安静了三十秒。

傅清寒一脸蒙："你们在……"

陆遥说："啊？"

李明珠捂着脸：傻瓜。

傅清寒自己消化了一会儿，严肃道："遥遥，你说。"

陆遥动了动手指头，装傻道："说什么？"

傅清寒道："你刚才说什么？"

陆遥灵机一动，说：“我说……你饿不饿，我下碗面给你吃？”

傅清寒：“……”

陆遥干巴巴地笑了一声：“我什么都没说啊。”

他看着李明珠：“我说什么了吗？”

李明珠：“……”

“阿姨，陆遥开玩笑的。”她叹了一口气，替陆遥打起了圆场。

傅清寒挑眉。

李明珠决定身体力行，抹黑自己一把，解决陆遥闯出来的祸：“在我们没这么熟悉之前，陆遥喜欢开玩笑说我娘，熟了之后这就成了梗，他经常拿我去挡桃花，说习惯了，可能一时间没转过来。”

李明珠无比敷衍。

她这都是做给陆遥看的，傅清寒刚刚才说出她是女人，所以此刻无论她说什么都只会显得无力、苍白。

李明珠压根儿不在乎傅清寒是不是知道了，她脑子里全是傅清寒会不会把她是女人这件事说出去。

她头一回见傅清寒，和傅清寒算不上感情深厚，只是颇有些好感，这不足以让她把自己的底牌亮出来。

所以李明珠在承认的一瞬间就后悔了，她不该承认，这一点头，稍有不慎，十几年的努力都将付之东流。

傅清寒见李明珠说话颠三倒四，双眼无神，又见陆遥一脸茫然，似乎完全不知道李明珠是女人。

傅清寒心想：这可不是能好好说话的时间。

她开口：“下次不要开这个玩笑了，吓死妈妈了，我差点儿当真了。”

陆遥原本以为覆水难收，都想好了一切后路，结果他这个任何时候都很精明的老妈现在竟然傻了——李明珠说的这一通漏洞百出的解释，连他都不信好吗！

但是傅清寒不但信了，看起来还“坚信不疑”。

李明珠松了一口气。

傅清寒连忙转移话题：“遥遥，妈妈让你换的吹风机呢？”

……

陆遥早在跑来的路上把吹风机丢了。

此时此刻，三人回头望去，那个吹风机可怜兮兮地躺在马路中间。

陆遥沉默一会儿，缓缓吐出一句话：“说出来你们可能不信，是吹风机自己跑到地上去的。”

李明珠开口：“回去吧，太晚了。”

陆遥见李明珠心情不太好，突然很有眼力见地闭嘴了。

傅清寒问了李明珠家里的地址，驱车送她回家。

下车时，陆遥跟着下去。

傅清寒道：“遥遥，你下车干什么？”

陆遥道：“我住外面。”

傅清寒道：“你和阿明住在一起？”

陆遥道：“住在一栋楼，我们是邻居。”

傅清寒问道：“人为的邻居？”

傅清寒十分了解自己的儿子，陆遥的脸一红，反驳道：“自然的！”

李明珠开口：“陆遥，你去楼上帮我拿件东西。”

陆遥看向她，说：“什么东西？”

“抽屉左边的红色盒子，你帮我拿下来。”

陆遥道：“你等会儿。”

他虽然没搞明白李明珠突然叫他拿盒子干什么，但他还是上去了。

李明珠支开陆遥，开口说正事：“阿姨，你会替我保密吗？”

“我不知道你为什么要这么做，但看你的表现，被发现了估计是非常严重的事情。”傅清寒道。

“是的，会影响高考，保送，学校，很多。”李明珠一脸坦然。

傅清寒温柔地说：“我很高兴你对我毫无保留。”

“我不会说的，明珠，我知道你在担心什么。”

李明珠悬着的心放下来了一些，很快，她补充道：“陆遥。”她道，“陆遥也不要说。”

傅清寒一怔，随即调侃道：“你们不是好朋友吗？”

李明珠叹了一口气，说：“他闹着玩儿的。”

“过段时间他就腻了，等不到高中毕业，我不需要告诉他这些。”

李明珠这才把话说开。

她认为自己也是个人，是人都会有私情，她的私情就是贪恋陆遥给的好。

在她明知道两个人的身份天差地别，了解到陆遥的三分钟热度性格后，她的理智还是没能占上风，一时脑热，和陆遥玩起了过家家的感情游戏。

李明珠心想：陆遥很快就会腻了。

她每天都告诉自己一遍，像在警告自己，怕自己陷得太深。

陆遥像一个下凡历劫的小神仙，李明珠是他路上见到的比较有意思的人，他一时兴起，有了念头，但他很快就会觉得无趣。

陆遥的人生和她的截然不同，她没有资格把陆遥拖进泥潭，也没有本事爬上瑶池。

李明珠冷静道："阿姨不必担心，我什么都不会对他做。"

所以她自私地想：能不能把陆遥的这两年分给自己。

傅清寒被她说得哭笑不得："陆遥知道你的想法吗？"

李明珠一哽，固执道："他不需要知道。"

傅清寒说："以前阿知说你是个独断专行的小姑娘，我还不信。"

李明珠心想：我哪里独断专行了？

傅清寒说："一个人做决定的话太不公平了，不如两个人一起商量，我是遥遥的妈妈，我知道他是什么性格。"

李明珠果断拒绝："不用。"

"他还小，等他读完高中就清醒了。"李明珠说道。

陆遥已经从楼上下来了，他在转弯处就喊："哪儿有什么红色的盒子啊？我没找到！"

他当然找不到红色盒子，那是李明珠编出来晃点他的，她根本没有那种东西。

在陆遥过来之前，傅清寒飞快道："阿姨替你保守秘密也可以，你要答应我一件事情。"

李明珠想：趁机敲竹杠吗？

傅清寒说："遥遥没说离开你之前，你不能离开他。"

"霸王条约。"李明珠面无表情地开口。

傅清寒狡黠地眨了眨眼睛："谁让我有你的把柄呢。"她补充，"他真的很喜欢你。"

陆遥走了过来："你们在讲什么？"

傅清寒说："我在邀请阿明和我们一起过年。"

"过年？"陆遥诧异道，"你不回 B 市？"

“现在到年底都没有巡演啦，我今年不用上台。”傅清寒笑道，“年年春晚我都不能和你们一起看，也很难过的。”

陆遥哼唧一声，说：“不准陆兴和我一起过年。”

傅清寒道：“不带他过，就咱们母子，再加上阿明。”

她道：“明天你记得回家啊，妈妈答应做饭给你吃的！”

傅清寒挥挥手，拉长的影子消失在黑暗中。

李明珠心里一跳：“你干什么？”

陆遥觉得莫名其妙，问：“我问你，要是我妈拿钱逼你离开我，你会不会走？”

她道：“你看多了电视剧，起来。”

陆遥不肯起来：“我不，你先回答我。”

“行了，上楼再说。”

“我不要……”陆遥闷声道，“你会不会不要我？”

李明珠愣住了。

“我老觉得我妈都不用给你一千万，给你五百块你就会把我踹开。”陆遥道，“你一点儿也不喜欢我。”

半晌后，李明珠在黑暗里叹了一口气。

楼下这一块小小的水泥地没有任何灯光，天一黑，什么都看不见。

寒冷的黑夜里，陆遥是她唯一能抓到的热源。

“不会，我不会离开你。”李明珠答道。

陆遥嘀咕：“花言巧语，你是不是骗我？”

李明珠道：“我不会陪别人去看国产青春片。”

“我不喜欢追星。”

“我不喜欢你看的电影。”

陆遥委屈道：“你都没说你不喜欢，你不喜欢的话，为什么还要和我去看？”

“因为你对我好。”李明珠开口，“换成别人我就不会去了。”

陆遥道：“真的假的？你多说两遍我听听，我好用辩证的眼光去看一下。”

李明珠：“……”

陆遥骗到两句她的好话，心里跟吃了糖一样甜。

陆遥道："我想好了，以后我跟你住在一起，不回家，就每年过节回去偷偷看一下我妈。"

"你从哪儿学来的这些东西？"李明珠一边往楼上走一边开口。

"网上。"

"你不要再去看这些鬼东西，否则我把你的手机没收了。"

他道："你寒假有什么打算吗？"

李明珠说："打工，上班。"又问道，"你呢，回 B 市？"

"不回，我留在这里过年。"陆遥磨蹭了一会儿，开口，"顺便要去一趟 S 市。"

李明珠说："训练营？"

"你怎么知道？"陆遥一脸惊讶。

"猜的。"李明珠问他，"你要去职业圈？"

"先试试看，还没决定，主要是方天烦死我了。"陆遥强调，"当然，重点是万一你读大学之后和别的人跑了怎么办？我要时时刻刻监视你！读书哪有时间监视你？"

李明珠推开他："你少扯淡，赶紧去洗脸睡觉。"

至此，寒假正式开始。

李明珠找了一份不咸不淡的服务工作，在超市里当收银员，剩下的空余时间做了好几份家教。

她现在不用冒充大学生给人家补课了，只辅导一些小升初的学生。那些家长舍得砸钱，一看到她各种各样的获奖证书，再加上她的口才，立刻就聘用了她。

于是她过起了比在学校里上课还忙的日子。

除了过年那一天她抽时间和陆遥吃了一顿年夜饭，其余时间陆遥都找不到她。

过完年后，陆遥收拾了几件衣服，要去 S 市职业战队的训练营了。

方天的电话跟催命似的，一天打好几个。

陆遥走之前，打了一通电话给李明珠。

李明珠显然在工作，她说话的声音压低了好几个度，问道："你这么快就走了？"

"过完年就走。"陆遥道。

李明珠："哦。"

……

陆遥说："你就'哦'一声吗？"

李明珠说："'哦'两声像公鸡打鸣。"

"你来机场送我！"陆遥干脆不弯弯绕绕，直接说出了主要目的。

李明珠没有拒绝，请了一天假，来机场送他。

"你不是说去S市吗，怎么还要坐飞机？"李明珠一到机场就问。

"不知道，临时改了计划，好像要去国外搞什么中外联合赛，不知道方天在弄什么……"陆遥穿得相当时髦，都不像一个要去打游戏的宅男。

"去国外？这个游戏不是一直在国内发展的吗？"李明珠先前了解过一些《勇者传说》的资料，知道一点儿皮毛。

陆遥顿了一会儿，开口道："可能是要发展到世界级比赛？"

李明珠说："这也太快了，从开服到现在也才七年。"

陆遥说："我只是猜测。"

他走到了登机口，和李明珠并排坐着。

李明珠安静了一会儿，问道："如果通过了训练营，你是不是就不读书了？"

"要回来办退学手续。"陆遥坐起身，"我只是答应方天去转转而已，又没说不读书，你这么紧张干什么？"

陆遥眉头一挑，说："你舍不得我啊？舍不得直说呗。"

"呵呵。"李明珠有些惆怅地看着前方。

她只要了陆遥两年时间，现在好似这两年都要泡汤了，也难怪她高兴不起来。

陆遥凶巴巴地道："我走的这段时间，你不能和别人太好。"

李明珠说："我没有别人。"

陆遥说："我强调一下！"

他趁周围没人注意到他们，飞快地抱了李明珠一下，叫李明珠恼羞成怒。

"你疯了！"

陆遥像一只偷了腥的猫，笑得十分满足："你是我朋友我抱一下，别人有什么资格说？"

他道："这是盖个章，证明你是我的，其他人不能肖想。"

飞机即将起飞，陆遥这才松开握着李明珠的手，很不情愿地走去检票口，然后上飞机。

李明珠送完陆遥后，从机场回到家里，一切照旧。

又过了一段时间，短短的寒假结束。

陆遥在国外一天三个电话照打不误，又害怕李明珠不接他电话，一口气往她的手机卡里充了一千块钱话费。

开学初期，陆遥没来报到。没了陆遥，李明珠觉得时间过得分外快。

上天成心不让李明珠好过，她就过了几个星期安生日子。那天她回到家，在楼下碰到了一个不速之客——李琛。

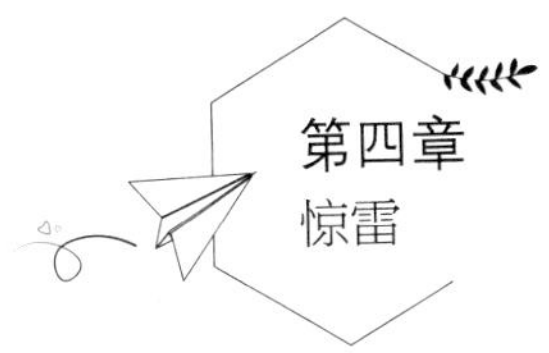

第四章 惊雷

李明珠当他是空气，一个眼神都没分给他，径直往屋子里走。

李琛道：“明珠！”

李明珠拿钥匙开大门，不打算回应李琛。

李琛不是第一次到她楼下找她，除了那个晚上的见面，中间他还陆陆续续地来了几次，并且悄悄地打听了她家里的情况，给她送了一些名贵的东西来。

但李琛第二天就会在楼下的垃圾堆里看到他送来的东西，并和李明珠隔着一百米的距离遥遥相望。

李明珠对他好像格外冷酷无情。

起初李琛还以为是自己当哥没当好，对她不闻不问十几年，伤了她的心。

他少年时没什么权力，撑死是一个脑袋聪明点儿的未成年人。关于李明珠的任何事情，父母又都瞒着他。他当年偷偷摸摸地找过李明珠——他在B市找，如同大海捞针。

这几年李文林的身体日渐变差，董事会几个老东西的明争暗斗越来越激烈。他在这个位置如坐针毡，每天忙得焦头烂额，也找不到一丝出路。

偏偏在这么昏天暗地的日子里，好似峰回路转，让他撞见了李明珠。

可惜美中不足的是，他幻想的兄妹相认的场景并没发生。

李琛甚至在那个确认李明珠就是李文林私生女的晚上，还想过将来把李明珠带进董事会，自己可以一点一点把东西教给她，血缘关系做纽带连接的合作，比他一个人面对董事会那群吃人不吐骨头的老东西强多了。

想法总是美好的，现实却很残酷。

李明珠这个样子可不像能进董事会。

别说进董事会，她认不认他这个从天而降的哥哥都是一个大问题。

李琛不久前从各处朋友那里搜刮了一些中看不中用的点子。

一群看热闹不嫌事大的总监、执行董事等有生意往来的哥们儿给他支损招：女孩子嘛，你给她买买买，她立刻就开心了。

或者说：你多哄哄她，一来二去感情就培养起来了，不要着急。

李琛把“我那个妹妹性格不太温柔”这话说了一万遍，众人笑道：女人还有什么性格不温柔的，都是欲擒故纵，撒撒娇，我小侄女就是这样的。

李琛面无表情地回答：“你小侄女难道威胁你，不从她屋子里走出去就杀了你？还用拳头那么大的石头砸你了吗？”

众人：“……”

因此，目前为止，李琛没有收获什么实质性的进展。

现在，他只要出现在李明珠家楼下，李明珠都当他是空气。

李琛心想：有进步，以前她还用石头丢我，现在只是无视我了。

他作为独生子长大，对于弟弟妹妹这种别人嫌弃并且恐惧的恶魔生物很有兴趣。

李琛的母亲是一个高傲的女人，刻板固执，对李文林百般刁难，夫妻关系如履薄冰。

李琛等于在一个爹不疼娘不爱的环境下长大，小时候唯一执着的念头就是，从犄角旮旯里把自己那个丢在外面的妹妹找回来，给他单调无聊的童年增添一抹色彩。

然而妹妹的性格更加孤僻。

李琛眉头一皱，不知道该说这个是兄妹相还是血缘相亲……

在李明珠关上门之前，李琛眼明手快地撑住大门。

“明珠，我们聊聊。”

李明珠冷淡地看着他，掏出手机，飞快按了报警号码，把手机显示屏往他面前一晃：“滚，不滚的话我就报警了。”

李琛无奈道：“明珠，我只是来看看你。”他连忙找到症结所在，“上回是我太冲动了，爸爸的事情我们暂时不提好吗？”

李明珠猛地关上门。

李琛碰了一鼻子灰，心想：这脾气！

李琛后来又来了几次，每一次都是乘兴而来，败兴而归。李明珠丝毫不给他面子，所以他每次来，都觉得自己的生命安全受到了严重的威胁。

高二下半学期过得十分快，陆遥在期中考的时候回来了一趟，读了两天书又走了。

他回来之后，学校寂静了大半年的论坛终于活跃起来，一时间首页又刷起了他的照片。

之前讨论陆遥到底做什么去了的帖子纷至沓来，热火朝天地跟了几百楼。

陆遥回来的那两天，李明珠正好外出比赛。

上回省级竞赛的结果出来了，李明珠不负众望，拔得头筹，学校立刻敲锣打鼓地安排后续的国际赛。省一中就出了这么一个独苗苗，他们就差给李明珠单独安排一个连的老师进行教学了。

因此，陆遥和李明珠的时间错开了。

这小少爷在电话里面发脾气，不管不顾地问李明珠在哪里，说要过来看她。

这时候李明珠已经在B市的机场了，和陆遥隔了十万八千里远，国际赛和省赛完全不一样，前者更上一个等级，来的都是各个国家的优秀少年，竞争压力可想而知。

李明珠自然不会随便答应陆遥的要求，任凭陆遥怎么耍赖都没用。

这就导致高二下半学期，两人都没怎么见过面。

陆遥在训练室外面打完电话，摔了手机："我不练了！"

方天闻声而至："怎么了怎么了？我亲爱的弟弟，你有什么烦恼尽管和哥哥说，哥哥为你摆平一切！"他这副狗腿的样子，训练室一帮成员没眼看。

方天重视陆遥不是一天两天了，当陆遥还没来训练营的时候，这个战队的奸商经理有事儿没事儿就把陆遥挂在嘴边念叨，战队队员还给方天专门配了一个表情包："我早晚会把你弄到手的.jpg。"

不知道他用了什么方法，如今他还真把陆遥骗到训练营里来了！

陆遥来了训练营之后，方天自然对他关怀备至，事无巨细，生怕把陆遥弄跑了。陆遥一旦有什么风吹草动，这家伙在八百里外都能飘过来。

"哎呀，莫生气，莫生气，人生就是一场戏，因为有缘才相聚……"

方天娴熟地背诵他面对赞助商时念的口诀。

陆遥推开他，说："你别烦我。"

方天说："怎么，情场失意吗？看你这样子，电话打给李明的？"

陆遥别扭地转过身，去茶水间接了一杯凉茶，道："我要回学校看李明。"

方天头上的雷达瞬间支了起来："回去？回哪里？回学校吗？我都给你打点好了，你这学期只要去装模作样读两天书就好了！"

"我现在就要回去。"陆遥固执道。

他少爷脾气上来，叫方天这种一张嘴当十张嘴用的"传销"头子也没办法。

"你不是吧，遥遥，夏季赛之前的新闻发布会我都安排好了，你这时候跑路，太不给哥面子了！"方天一脸绝望。

陆遥坐回椅子上生闷气。

方天眼珠子一转，立刻摆出知心哥哥的模样，坐在他身边安慰道："李明在学校里又跑不了，你急什么，一个大活人难道还会蒸发吗？"

"遥遥，你看你是不是也要学会长大一点儿？我跟你说啊，感情不能太黏糊，天天黏在一起，就会腻了。你知道什么是腻了吧？就是互相看着讨厌。"

"你看像你们这样，叫什么……呃，一日不见，如隔三秋？"

陆遥皱眉："那也要小别之后见……"他瞪大眼睛，"你怎么知道？"

方天心想：这不是废话吗？你成天像一个寡妇似的丧着一张脸，你能对你普通朋友这样吗？

方天说："我猜的。"又道，"但现在我知道了。"

陆遥被发现了秘密也没心虚，理所当然道："那什么时候开完发布会？我要回H市一趟。"

方天还没开口，话就被截断了。

技术部的麦小米拿着喇叭在百米外的办公室喊道："陆遥，你的账号搞好了，过来取个名字！"

方天满脸黑线，回道："你多走两步过来说，能累死你吗？"

麦小米说："你听不到我说话吗？"

"听得到。"

"那我走过去干什么？"麦小米把喇叭扩音器提高了两个声调，"陆遥，赶紧过来，不过来我拉警报了！”

麦小米的扩音器还有个拉防空警报的功能，这人叫两遍叫不过来人，立刻无耻地拉警报，搞得整栋大楼都是“嘀嘀”的刺耳声。

方天推了陆遥一把：“你赶紧过去，别让她把那个警报拉起来！可以的话，你给我把她的扩音器没收了！”

陆遥到了技术部门口，看见麦小米穿着工装，头发乱糟糟的，脸上戴着厚厚的酒瓶底眼镜，端着咖啡，长腿一蹬，操控着滑轮座椅，“嗖”的一下滑到了电脑桌面前。

陆遥说：“你真是懒得够可以。”

麦小米说：“我的梦想是人类有一天能够获得冬眠的技能。”

她打开电脑，说：“你过来看看，这个剑客的配置怎么样。”

陆遥瞄了一下，眼睛一亮：“不错啊。”

他推开麦小米，自己搬了一张凳子坐下。

“装备可以，技能点加过了吗？”

“等你自己来加，还有名字，先把名字取好。”麦小米两三口喝完咖啡。

陆遥在电脑前面沉思了一会儿，屈服了。

“我想不出名字。”

“随便叫一个呗，不过我事先说好，这是你比赛用的账号，别乱取名字，不然联盟那边会不通过的。”麦小米难得一次性说这么长一句话，“从你的名字上取，选个有意义一点儿的，我看其他人都这么弄的。”

陆遥听罢，摸着下巴又想了一会儿。

麦小米道：“方天那家伙不是叫你出道了和季队搭档吗，你干脆跟他搞个什么组合名好了！”

陆遥：“……”

“我看看啊，季队的游戏名是沧海为水，沧海，沧海……”麦小米打开手机，一边念叨，一边百度搜索，搜索跳出来的第一个东西就是李商隐的古诗，麦小米念叨，“沧海月明珠有泪，蓝田日暖玉生烟……”

她一拍大腿：“要不你就叫爆炒小扁豆！”

陆遥：“……”

“你什么脑回路？”

爆炒小扁豆和这句诗有什么关系？

陆遥嘀咕，手放在键盘上，输入了“明月还珠”四个字。

麦小米凑过来说：“哟，名字挺文艺的啊，适合我们苍水战队。”她挤眉弄眼，“有什么意义吗？你不会真打算听了方天的鬼话，和季队炒作吧？”

陆遥说：“滚！”

他取完名字，走出门，想起头一回去李明珠家里，其母亲稀里糊涂喊的那个名字：李明珠。

陆遥心想：李明要真是个女人，叫这个名字还怪好听的。

他又想：上回李明要跟我说什么秘密来着？李明不会忘了吧？

陆遥刚挂了李明珠的电话，现在想起她，又忍不住想打回去。

陆遥心想：李明到底要和我说什么秘密？

方天在走廊那头喊道：“遥遥，拖什么呢！你在那儿生孩子啊？”

麦小米拿着喇叭不客气地回敬道：“催什么催，你赶着来陆遥肚子里投胎吗？急什么！”

陆遥捂着耳朵说：“你把喇叭拿远一点儿，我的耳朵都聋了。”

麦小米脚蹬地板，借力往后一倒，她的多功能轮滑办公椅就带着她重新回到了电脑桌前面。

看完了全操作的陆遥：“……”

陆遥回到训练室里，方天勾着他的肩膀问道：“来来来，你告诉哥，你取了什么名字。”

陆遥道：“明月还珠。”

“好名字啊！”方天喊道，“明月还珠，沧海为水，不错不错，遥遥啊，想不到你嘴上说着不要，身体这么上道啊！”

陆遥面无表情道：“我不要和季信然组队。”

“我没让你们来真的啊！”

陆遥冷笑一声，道：“滚。”

他拿起手机，又准备和李明珠打电话。

方天说了半天，发现陆遥根本没听，他道：“哎，你别不理我啊！你跟谁打电话呢？”

“李明。”

对方没接电话，陆遥气呼呼地挂了，直接打开支付宝，买起了高铁票，目的地是H市。

方天立刻把他的手机没收了。

“别开玩笑啊，遥遥，发布会在即，你想干什么？”

陆遥虽然任性，但也没有到不分主次的地步，他就是气不过李明珠不接他电话，也不来S市找他。两个人明明距离不远，李明珠却始终不肯往前踏出一步。

当然，到了最后，陆遥也没能回去。

八月初，陆遥在经过大半年的训练磨合后，正式加入了战队。

他的退学手续由方天办理，同一天下午，发布会如约召开，S市某新闻报告厅被媒体堵得水泄不通。

与此同时，在炎炎夏日中，坐在教室里考试的李明珠接到了一直照顾苏天瑜的王阿姨的电话。

王阿姨是个典型的抠门中年妇女，一般没什么大事不会给李明珠打电话，因为移动每个月会送一百条免费短信给她。

她打电话过来的时候，李明珠正好考完，走出教室。

王阿姨在电话那头急道：“李明啊，你妈妈好像情况有点儿不对啊，要不要去医院看看？”

李明珠脚步一顿，在电话里稳住了王阿姨，收拾好了书包，立刻往家里赶。

她赶到家里的时候，王阿姨半搂着苏天瑜，这个中年女人没有半点儿主见，手足无措地看着她。

“不是我搞的呀，我不知道她怎么了，原先在喂她吃饭呀，她吃着吃着就翻起白眼了，把饭都吐出来了，还吐了我一身……”

苏天瑜的情况看起来确实吓人，整个人瘫在王阿姨的怀里，身体抽搐着。

李明珠冷静道：“去医院。”

她果断地把苏天瑜从床上抱起来，苏天瑜自从卧病在床，这几年吃得都很少，人瘦成了一把骨头，她抱着轻盈的苏天瑜，就像抱着一个昂贵的布娃娃。

王阿姨到了楼下，把电动三轮车推了出来，李明珠把苏天瑜连人带被子放在车上，并在她的身下垫了厚厚的棉絮，这才松手。

“王姨，去地铁站，我回去拿钱，你带我妈到地铁站等我。”

王阿姨不敢耽搁，电动三轮车开得飞快，李明珠手心出汗，到楼上把钱翻出来。

她放钱的地方一共两处，一处放生活费，一处放给苏天瑜买轮椅的钱。

李明珠将两笔钱一并带在身上，去了地铁站。

她们家门口的巷子一般的车子进不来，想叫车就得去地铁站门口。

李明珠拦下一辆计程车，把苏天瑜扶进车里面。

司机看到苏天瑜这模样，大惊："她怎么了？"

李明珠道："市医院。"

李明珠不愿回答，她把苏天瑜的双手抓得紧紧的，这个骨瘦如柴、浑身抽搐的女人倒在她怀里，抽得她的身体都跟着颤抖起来。

她说话时声音也在抖，干巴巴地警告苏天瑜："我存的钱是给你买轮椅的，不是给你送终的。"

李明珠心想：你都撑了这么多年，我没同意你死，你就不能死。

苏天瑜犯病的时间掐得很好，正好错过了晚高峰，下午三点左右，绕城高速上面畅通无比。

司机紧张地把着方向盘，时不时转头看一眼苏天瑜，像是没见过病人一样。

当李明珠心乱如麻的时候，车外突然响起了陆遥的声音，叫她浑身一震。

她抬头望去，车子正在等红绿灯，对面大楼上头的LED屏幕正在实况转播苍水战队的新人发布会。

同期出道的有两名新人，年纪打破了职业圈有史以来最小年龄，成了出道最小的两名选手。一人是眼睛水灵的少女，穿着苍水的队服。另一人就是陆遥，他同样穿着队服，那张好看的脸在镜头面前都没有打任何折扣，光是在LED上面投放，下面就吸引了不少年轻的少女。

李明珠甚至能听到扎堆的人叽叽喳喳地讨论苍水的新人。

"这是今年战队的新人，长得好帅啊，电竞选手长得这么帅真的好吗？"

"苍水那个看脸招新的传言竟然是真的！"

"今年的两个新人年纪都好小啊，苍水竟然招女队员了……天哪！队规里面有没有禁止早恋啊？"

"以后不会炒什么CP吧，受不了，长得帅的选手应该拿出来资源共享啊……"

讨论的声音高高低低，灌进李明珠的耳朵里。

她听罢，无动于衷，直到绿灯亮起，车子前行，将这些声音抛在了身后。

李明珠到了市医院，马不停蹄地把苏天瑜送进了急症室。

她从白天坐到晚上，接近午夜医院才确诊，给她一个生硬的病名：肌萎缩侧索硬化。换个通俗点的说法，这个病又叫“渐冻症”。

李明珠不太了解这个病的主要发病原因，但隐约在哪里听过，并且听到的还是一些不好的消息。

她的大脑放空了一瞬，下意识地问医生：“能治吗？”

“能治，但是可能性很小。”医生例行地回答，“国内暂时没有好的医疗条件，我们建议你如果有足够的经济条件，可以选择去国外治疗。”

“不能出国。”她冷静下来，“国内能做到什么程度？”

医生大概没见到过这样的孩子，听闻自己母亲患了这种绝症，还能稳住情绪，没有六神无主，大吵大闹，实在令人惊讶。

他有些诧异：“尽力而为。”

李明珠道：“要住院吗？”

医生唰唰几笔，开好了单子：“你先去交钱，一会儿就有护士带你们去住院部。”

李明珠交完了钱，苏天瑜被护士从抢救室里推出来，送进了住院部。

房间在六楼609，最里面的一间，病房里还有两个躺在床上的病人，一个老人，一个孩子。

老人已经入眠，嘴上戴着氧气罩，床头上的心电监护仪有一下没一下地跳动。

孩子比较灵敏，原先在睡觉，在察觉到李明珠进来后，像猫儿似的睁开了双眼，好奇地打量新来的病友。

护士替苏天瑜安排好一切，调好点滴的速度，便离开了病房。

李明珠沉默着，在床头坐了一会儿，隔壁床的小男孩怯生生地开口：“哥哥，可不可以把灯关了？我想睡觉。”

李明珠回过神，起身关了灯，房间陷入了一片黑暗中，她的心也跟着融入黑暗中。

李明珠认为自己前半辈子过得已经够惨了，哪知道那才是个开胃菜，等她觉得人生差不多走向美好的未来时，医院的一张白纸又将她打回泥潭。

她在护士照料苏天瑜的时候，飞快地去网上查阅了肌萎缩侧索硬化的资料，目前得出的结论有三个：治不好，砸钱，两到五年的生命。

李明珠快把手机捏碎了，才克制住崩溃的情绪。她绝望到无助时，甚至开始向神明祷告。

黑暗给她的肩膀施加了偌大的压力，叫她看不见任何微光，直到她的手机亮起。

李明珠麻木地想：好吧，这也算一点儿光。

来电人显示：陆遥。

她盯着这个名字，半晌没有动静。

苍水的发布会下午才举行，陆遥的人生正在慢慢扬帆起航，李明珠心想：我不应该接他的电话。

她紧紧地看着手机屏幕上的这两个字，仿佛要把屏幕盯出个窟窿来。

她既盼望手机永远亮下去，又盼望它下一刻就熄灭。理智和感情在她心里来回拉扯，等到陆遥锲而不舍地打第五个电话时，她接通了。

陆遥好不容易等到李明珠接电话，他还没张口，就听见李明珠低沉的声音响起："这么晚了有事吗？"这好像是从胸腔发出的声音，克制又隐忍的感情全部藏在了短短的几个字里。

陆遥心里一震，随即嘟囔："没事我就不能和你打电话了吗？"他道，"你看到发布会了吗？今天我帅不帅？"

"我看到了。"李明珠道，"还可以。"

"什么叫还可以啊？老实说，你有没有被我帅到？有没有偷偷截图？"

"别自作多情了。"

两人随意扯了些无关紧要的事，陆遥说着说着，心里大感惊讶：平时她很快就会挂我电话，怎么今天这么乖？

病房里，小男孩儿不合时宜的声音再次响起："哥哥，你可以帮我倒一杯水吗？"他小心翼翼地开口，生怕李明珠拒绝，"我妈妈今天上晚班，不能来医院陪我，就今天晚上一次……"

孩子的声音清澈，陆遥听得一清二楚。

他的脑子"嗡"的一声响，说出来的话变了个音调，低哑着开口："你在医院？这么晚了你在医院干什么？"

陆遥好似瞬间被人打通了任督二脉，找到了李明珠今天晚上这么乖顺的原因：她不在家，她在医院。

医院从来都不是好消息发布的地方。

李明珠反应很快，说："没什么事我挂了。"

陆遥提高声音，慌慌张张喊道："喂！李明！你别给我挂电话！你——"

李明珠利索地关了机，给那孩子倒了一杯水。

她倒完了水不知道干什么，挂了陆遥的电话，心里像有一万只小猫在挠她，要她打电话回去。

如果没有听到陆遥的声音，她恐怕还能坚持，还不会这么快感到孤独。

李明珠颓然地坐在床边，心想：我果然不该接电话。

她叹一口气，关了灯，守着苏天瑜，不再多想，同时一刻也不敢闭眼。

凌晨两点，她趴在床头眯了一会儿，浅浅的睡眠给她带来短暂的无忧无虑。

可惜这短暂的时光也很快被打断了。

三点整，苏天瑜的病房门被人粗暴地推开。

李明珠听见响动，迷迷糊糊地从梦里惊醒，看见陆遥站在门口，背着走廊的灯光，头发有些乱，外套里面穿了一件睡衣，很明显是赶时间胡乱套的。

李明珠心想：我这是在做梦。

陆遥气喘吁吁地走进来，开口质问："你为什么挂我电话？"

李明珠还没清醒，一脸茫然："你不是在S市吗？"

陆遥气急败坏，又担心吵醒了别人，压低声音开口："你话说一半就挂电话，又在医院，我怎么……我怎么在S市待得住？"

他上上下下检查了一遍李明珠的身体说："你生了什么病？怎么还要住院？你怎么没有床睡，医院不给你床吗——"

陆遥的话戛然而止，原因是李明珠猛地抱住了他，她在他怀里无法克制地发抖。

陆遥心想：李明都抖成这样了，到底是哪里难受啊？

陆遥拍了拍李明珠的背，说："好了好了，不要怕了，我翘班陪你。"

他这话在李明珠耳边响起，叫她独自漂泊半生后，终于抓到了一块浮木。

她叮叮当当修建了十几年的城墙，在这一刻轰然倒塌。

李明珠哭了。

她哭得小心翼翼，没有大声哀号，没有抽抽搭搭，只有两只手拧巴成一圈，绞在陆遥腰间的衣服上。

但陆遥就是知道她哭了，陆遥被她哭得有些蒙。

他从来没见过李明珠哭，甚至不久前他还坚信李明珠是没有眼泪这玩意儿的。她不是凶巴巴地板着脸，就是凶巴巴地训人，一碗水永远都端得四平八稳，天塌下来都不能叫她把水洒出来半滴。

此时陆遥抱着她，却感觉这碗水全泼在了自己身上。

他穿的衣服挺厚，却总觉得胸口湿漉漉的，不知道是被李明珠端的那碗水打湿的，还是被她的眼泪打湿的。

李明珠关在这个小小的黑暗的房间里，陆遥又为她点亮了一盏灯。

他学着从电视上看来的动作，轻轻地拍着李明珠单薄的后背。

陆遥鲜少安慰人，他从未做过这事儿，说起话来磕磕巴巴："你……你不要哭，我陪着你的……"

陆遥一开口，上天仿佛同时给他打开了另一扇奇妙的大门，叫他的心里稀里糊涂地化成了一摊水，无比自然地拥住了李明珠。

"我陪着你的，我哪儿都不去。"他念经似的念了几遍，像一个车轱辘一样重复这句话。

李明珠不知道抱了他多久，抓着他就像抓着救命稻草似的，好似一松手就会摔回深渊。

她就这样死活不撒手，抱着陆遥睡着了。

陆遥只觉得怀里的人一沉，才发现李明珠歪着脑袋迷迷糊糊地哭睡过去了。

家属添陪护床要加一百块钱，苏天瑜床边没有小床，陆遥和李明珠一起坐在硬邦邦的凳子上。

他怕李明珠睡得不舒服，挺着背坐了一晚上，一直都没敢动。

第二天早上，李明珠起床后脸色难看。她活像一个翻脸不认账的"渣男"，把自己昨天晚上哭哭啼啼、惨兮兮的模样擅自翻页，先板起脸教训起陆遥："你大晚上跑到H市来干什么？我看你是疯了！"

她又把那碗水四平八稳地端起来，绷着脸，叫别人看不出她的一丝脆弱。

李明珠总有办法把自己的软肋和无助藏得严严实实，任谁来了都找不到。

陆遥挂着两个黑眼圈，打了个哈欠。

李明珠登时心软了。

“你训完了吗？训完了我给你去买早饭。”

李明珠：“……”

陆遥晃荡着站起来，被李明珠坐了一晚上的大腿有些发麻，起身时踉跄了一下，险些没有站稳。

李明珠这才看清楚陆遥的穿着，都是什么乱七八糟的混搭。

陆遥就穿了两件衣服，里面是薄薄的棉质睡衣，外面是一件胡乱穿在身上的连帽衫。

连帽衫把他裹成了一团，让他看起来像一块可口的面包。

李明珠这下连稍微严厉一点儿的话都说不出来了。

她的语气柔和下来，带着显而易见的关心：“你把衣服穿好，拉上拉链，不准出去，在室内坐着，等早上的检查结束之后，我去家里给你拿衣服换。”

陆遥惦记着李明珠没吃早饭的事情，对于她的话听过就听过了，很是敷衍。

苏天瑜从昨天晚上一直睡到今天早上，护士进来给她清理身体的时候把她弄醒了。

她一醒就大声地号，说话不知所云，嘴里像含着一颗大枣子。

李明珠听不清她说的话，只隐隐约约从她的动作猜测她想表达什么。

“没事，我不会让你死。”李明珠俯下身子，勉强挤出一句安慰的话，“是做检查，没什么好怕的，我就在你旁边看着。”

苏天瑜本能地感到恐惧，护士来抱她去平车上的时候，她的惨叫尤为激烈。

病人情绪不稳定，这是常见的情况，护士也没想多，更没想过苏天瑜是一个精神不稳定的疯子，只当她刚刚受到了人生中致命的打击，不能接受。

护士尽量提高声音安抚苏天瑜的情绪。

苏天瑜一双眼睛紧紧地盯着李明珠，李明珠握住她的手说：“去看病，看好了我们就回家，你不是想要新的镜子吗？我到时候挑个最大的买给你。”

买镜子这几个字似乎戳到了苏天瑜的心事，她慢慢地安静下来，目光还是投到李明珠身上。

上午的常规检查结束，随即而来的又是雪花一样的付费药单，李明珠从头到尾仔细看了一遍，去挂号处缴完一笔巨资。

她默不作声地计算了一下接下来的开销，心里沉重得像压了一块石头。

陆遥在房间里不老实，李明珠回去的时候，看到了他手上拎着的早饭。

李明珠脸色一黑，说："我不是让你在房间里待着吗？"

陆遥装傻道："先吃饭，吃完饭再说。"

陆遥把东西都喂到李明珠嘴边了，就等着李明珠张口吃下去。

"阿姨怎么了？"陆遥顺势问道。

昨天晚上他和李明珠通话，听到李明珠在医院里，吓得三魂七魄丢了一半，连夜往 H 市赶。

昨晚他到的时候，才确认出事的是苏天瑜，不是李明珠。

虽然这么想十分自私，但是陆遥当时心里确实是松了一口气。

还好，还好她没有事。

"和你无关。"李明珠把粥分了他一半，细心地吹了一口，"你吃完饭就回战队去。"

"不回。"陆遥大摇大摆地走出门，在前台不知道捣鼓什么，片刻后，外面的护工就把陪床用的小折叠床拖进来了，陆遥继续说道，"我要留下来陪你。"

"扯淡。"李明珠语气生硬道。

陆遥在空调房冻得一哆嗦："你不能赶我走，外面太热了，我回不去。"

这简直是强词夺理。

陆遥道："反正我不走。"

"你不走，战队那边同意吗？陆遥，昨天你才开完发布会，今天就打算耍大牌不去？"李明珠冷静地开口。

陆遥沉默着，显然他也知道自己这么跑路是一件非常不负责任的事情，但是他此刻绝不会离开李明珠半步。

昨天晚上他来的时候见到李明珠，这个平时泰山崩于眼前都面不改色的人，那时的表现就好似天塌下来一样，他怎么可能放任这样的李明珠一个人面对困难。

"我会和方天说清楚的。"陆遥道，"现在只是常规训练，夏季赛开始的时候我再回去。”

“陆遥，不要任性。”李明珠道。

“李明，不要勉强，不要口是心非。”陆遥学着她的话回答，“你需要我。”

李明珠愣了一下，“不需要你”四个字卡在喉咙，没说出来。

上午九点，方天没在训练室找到陆遥，一打电话才知道陆遥凌晨跑回H市了。

他气得一口老血差点儿吐地上，陆遥三两下给他说明了事情的前因后果，并表示自己要请长假。

方天万分无奈，说他刚上班就翘班，但他这回态度诚恳，老老实实地听方天发完了牢骚，最后坚定不移地要求方天批他假条。

陆遥说了一半，开口问道：“对了，我的工资呢？”

方天道：“怎么了？”

“你把工资给我转到卡里，我要用钱。”陆遥开口。

“用钱？你不是有钱吗，急着干什么？”

“我要用很大一笔钱，你转过来就成。”陆遥道，“什么时候能到账？”

方天报了一个时间。

陆遥在医院里陪了李明珠一个星期。

这些天，李明珠没睡过好觉，光怪陆离的梦一个接一个塞到脑子里，让她不得安生。陆遥时时刻刻守在她身边，像贼盯着别人钱包似的盯着她，生怕她出什么意外。

国内对肌萎缩侧索硬化的研究和药品少得可怜，再加上这是一个不常见的疾病，需要的药物都是进口的，价格高得令人咋舌，仅仅一个星期，李明珠便觉得山穷水尽，走投无路。

她从出生就一直在品尝绝望的滋味儿，品尝到现在，都有些习惯成自然。

住院部的护士第三次来催李明珠交住院费的时候，陆遥偷偷替她刷了卡。

他付了钱，把这张薄薄的、绿色的银行卡郑重地交到李明珠手里。

李明珠拿着卡，纳闷道：“你干什么？”

陆遥直截了当地说：“工资卡，给你的。”

“给我干什么？”

“给你用啊。”陆遥理所当然道，“钱都是拿来用的。”

他说得十分有道理，顺带告诉了李明珠这张银行卡的密码。

“密码是你生日，每个月九号工资会转进来，除此之外，方天还说有什么代言费、广告费之类的，都转到这张卡里面。”

陆遥说完了，小心翼翼地看了一眼李明珠。

李明珠果然把卡还给了他：“我不要，你自己收好，别乱丢。”

陆遥不接这张卡，固执道：“你要。”

他和李明珠站在六楼的电梯门口，这里有一小块突出来的平地，一圈落地窗在他们面前展开，从这里望下去能把医院的光景看个遍。

陆遥突然动了一下，黏黏糊糊地抱着李明珠：“我要去战队了。”

李明珠的目光投向了地上。

“我知道苏阿姨这个病不好治，要花很多钱。我有钱的，你不要担心。”陆遥信誓旦旦道，“你只要好好陪着她，不要多想，有什么困难一定要和我说。”

“你别一个人憋着。”他终于把这句话说出口。

陆遥这一个星期始终有这样的感觉。

李明珠平时给人的感觉就有些难以接近，她和社会唯一的联系好似就在学校，出了学校之后存在感就更加小，仿佛吹口气就能把这人吹没了。

他深刻地意识到，有些东西用手抓是抓不到的，李明珠尤为严重。

他甚至都不知道该拿什么去抓李明珠，只好每天跟念经似的重复一遍：我陪着你的。

这话既说给李明珠听，也像说给自己听。

“以后我养你。”他得意扬扬道。

李明珠被陆遥逗乐了，放柔了语气哄道：“行了，我知道你有钱。陆遥，钱不是这么好赚的，这钱你拿回去，花在该花的地方。”

“我现在就花在该花的地方，花在你身上就是该花的。”

李明珠摇摇头，说：“我不需要。”

钱这种东西，借来借去就借成了人情债，一笔一笔，还也还不清。

李明珠从来不欠别人人情，她最怕麻烦。

但陆遥最想要的就是这个结果，最好李明珠和他谁也还不清谁，关系黏糊得越乱越好，一刀下去都砍不清楚那种，到最后数不清楚了。

陆遥的小算盘打得噼里啪啦响。

“你不要的话我就把它扔到垃圾桶里，我也不要。”

“要不然你就先替我保管，钱在里面，你随时可以用。你不想用，就当是借的，我在那边不需要花钱。”

李明珠说：“陆……”

“好了，我要走了，不和你说了。”陆遥赶紧打住她的长篇大论，“你要用它啊，我会每天给你打电话的，你不能不接我电话，也不能挂我电话，否则我就像上次一样，直接来H市找你算账。”

陆遥停顿一会儿，开口命令她：“你要送我到楼下。”

李明珠陪陆遥走了一段路，把陆遥送到了医院门口，他还是舍不得走：“你遇到什么事都要和我说，不准一个人胡思乱想，不准一个人做决定，不准……不准不理我。”

李明珠道：“我没有不理你。”

陆遥心里发慌：“你有，你肯定想过，不是现在就是将来。”

李明珠心想：你猜得这么准，怎么不去当神仙？

她确实想过这些。

陆遥的人生才刚开始，明亮的前程在等着他，他没必要搅和到自己一团糟的人生中。

但陆遥一向粗枝大叶的神经在这个时候分外敏感，他好像有什么直觉，隐隐约约猜到了李明珠的想法，对方的一点儿风吹草动都能让他浮想联翩。

“我不想走了，我要一天二十四小时跟着你，不然你就会消失。”

“我不会，陆遥，别任性了，司机在等你。”

“让他多等一会儿好了。”陆遥闷声道，“我有点儿后悔听方天的话去打比赛，要是不打比赛……”

李明珠道：“我不会不要你。”

她像一个花言巧语的“男人”，胡编乱造说了些好话：“我即使不要自己，也不会不要你。好了，我知道你想听这个，满意了吗？满意了就赶紧滚。”

陆遥得到了保证——哪怕这个保证听起来随意，但心里总算有个底。

陆遥上了车，目光跟着李明珠，直到车子开出了几公里，李明珠完全消失在他的视线里。

这个普通的社会总有无数个理由把两个人分开，这些理由通常不是什么惊天地泣鬼神的大事，而是一些鸡毛蒜皮上班下班的小事，却也足够让两人不得不分居两地。

李明珠看着他的车慢慢消失，心里第一次萌生了微妙的情绪。就像孩子看到喜欢的糖果会拽着不撒手一样，李明珠小时候没怎么拥有过糖果，但她此刻体会到了这样的心情。

她心想：我不想放手，这是我的，应当是我的。

八月底，陆遥代表苍水第一次站在了职业舞台的灯光下。

他的职业首秀一石激起千层浪，这一天，电竞圈铺天盖地全是关于他的报道。

九月开学的时候，李明珠请了长假。

老罗把她叫到办公室里仔仔细细地盘问了一番，但她什么都不肯说。

老罗问了半天，就得出一个“李明家里出事”了的结论，还是自己推测出来的。

老罗语重心长道：“李明，家里有什么事情你直接和学校里说就好了，你这么优秀，学校肯定会帮你的。”

“如果学校不帮你，我来帮你，无论发生什么事，书还是要读的。”

半晌后，李明珠开口道：“我没说我不读书。”

老罗担忧道：“我也不怕你笑话，我老罗教书这么多年，见过太多读书顶好的学生因为这样那样的事情无法继续念书，我当老师的看着这些学生离开学校，心里实在不好受。”

“你是我见过的最有天赋的学生，家里的事情你尽管和我说，我能帮就帮，你这小子十八岁都还不到，就整天把事儿全闷在肚子里，干什么呢？麻烦的事情让大人解决好了，你只要读好书就成，好吗？”

李明珠没听进去，她捏了下衣角，点点头。

老罗到底帮她把长假批下来了。

老罗说了一番肺腑之言，让李明珠走出学校的脚步虚虚浮浮。

她当然想读书，读书是她唯一能想到的赚大钱的捷径。

李明珠只有六七岁的时候就懂得这个道理，穷孩子要读书，高考就是跳板。

她读了十几年书，眼看就要走到这块跳板上面了，天降一块巨石，砸在她面前。

李明珠苦中作乐，想：还好，巨石没砸死我。

李明珠在省一中请完长假，回到了医院。

六楼病房的白天比晚上热闹。

李明珠刚进去就被一个中年女人问道：“小李啊，从学校回来啦？”

这女人穿着白色的短袖，烫了个十分土气的鬈发，盘在后面，脸蛋粗糙又红润，手里端着不锈钢保温盒。

“来，今天阿姨给小云炖了鸡汤，你也过来喝一碗，给学生补补脑子。”

中年女人口中的小云，就是病房里那个男孩。

她是小云的母亲，王秀。

阳台门被推开，中年男人道：“小李回来得这么早？学校那边手续都办妥啦？”

这是小云的父亲曾辉。

“嗯，我请了长假。”

王秀把鸡汤倒进碗里，给李明珠递了一碗：“趁热喝。”

李明珠放下碗，没急着喝，问起了曾辉：“曾叔，你说的那个药材采购，我们什么时候出发？”

曾辉做的是药材生意，他在邻省开了一家中药材店，营业执照刚刚批下来，今年才起步。

曾辉道：“快了，这两天就出发。小李，你想清楚了，我们出去实地考察没有这么轻松的，我一个朋友就是在山里没的。”

李明珠点点头，说：“我知道分寸。”她补充道，“我需要钱。”

药材采购通常要采购员到当地调查了解，一般罕见名贵的药材多数都在没有开发过的荒山里，曾辉的朋友是在西藏没的，他从山上掉下来，到现在为止都没找到尸骨。

但还是有人前赴后继地去“淘金”，因为这一行和风险并存的还有巨大的利润。

中药材的利润十分可观，一服三四百的药成本只有三四十元，收购员从山农手里买过来就更便宜，堪称暴利。

李明珠遇到曾辉的那天，他们夫妻俩正在闲聊，她无意间知道了其中的一点儿门道。

曾辉儿子的病差不多是个绝症，西药吃了一两年也没见什么成效。他死马当活马医，辞了工作，开始研究中药给自己儿子续命。

别说，一年下来确实有些成果，曾辉在各个偏远的地区收购中药，为儿子的病奔波，倒卖的药材又给他带来了一笔不菲的收入，李明珠当时听到就动心了。

她把自己的想法和曾辉一提，曾辉对她这个沉默寡言的少年颇有些好感——她耐着性子给小云教过两天书，小云从小疾病缠身，没读过几天书，她教他的时候，他高兴得一晚上没睡。

因此，曾辉同意带李明珠一道去捞钱。

“哎，好，那你收拾一下，咱们明天就出发。”曾辉道，“你妈妈就让王秀照顾着，或者你不放心她，请个护工来也成。”

王秀道：“你别听你曾叔瞎说，白花那些钱，你阿姨你还信不过吗？”

小云拉着李明珠的衣摆说：“哥哥，你和爸爸去山里什么时候回来啊？”

李明珠把手放在小云的头上，摸了两下：“很快的，一个月就回来了。”

“你们回来了能把我的病治好吗？我想上学。”

“能，拿了药回来就治得好。”

“哦，那你们去的时候要小心，不要走丢了。”

李明珠笑了笑。

王秀和曾辉低声交谈着，这个朴实的中年女人看了眼一直沉睡的老人。

这个老人也是病房的一员，只不过到现在为止，都没看到他的家属来看过他。

当护士来检查他的身体状况时，王秀没忍住多问了几句，那护士随意道：“他女儿交了钱之后就再没来过了，放着老人在这儿等死。”

王秀哑然。

护士似乎觉得自己说得太重了，不好意思道：“年纪大了都这样，治不好的，个人有个人的想法……他们可能觉得不需要在一个老头子身上浪费钱。嗐，现在的人都这样……”

王秀又看了一眼李明珠。

李明珠在这段时间以肉眼可见的速度清瘦下去，来不及打理的刘海有些长，静静地贴服在她的额头上，落下一片阴影，遮住双眼。

李明珠坐着，背挺得笔直，噩运降临在她母亲身上，却叫她用肩膀在沉重的生活中硬生生扛住了。

苏天瑜这个病就是个等死的病，它像一个黑洞，只等着受害者不停地往黑洞里砸钱。它碾碎七情六欲，将生离死别剥开之后血淋淋地塞到人的皮囊里。

王秀道："李明啊，你和曾叔从岭南回来之后，要去读书哇，读书才有出路，阿姨多嘴说一句，你好好想想，老这么请长假不好……"

李明珠敷衍地点头。她用了不少力气，动了动自己的手指头，道："再说吧。"

王秀看到李明珠的脸色，也不敢多言。

李明珠转过头，望着窗外，她好似隔着十万八千里听到了学校里朗朗的读书声。

很快，想象被现实打败，苏天瑜嘤咛一声转醒。

她收回思绪，心想：读书？读什么书，你怎么不想上天。

……

九月的第三天，李明珠背了一个简单的包就出发了。

平时她用来装书本的包此时装上了沉甸甸的单子和应急用品。

曾辉带着她坐上了绿皮火车，在人间烟火中哐当了一个晚上，来到了岭南。

李明珠下车时，被周围来来往往的外乡人挤成了烧饼。曾辉买了两个包子，和她一边吃一边赶路。

"我们先去和联系人见个面，然后晚上进村子。那边的人帮我们打点好了，我们晚上要把药材清出来。"曾辉道，"你走路的时候小心点儿，扒手多，注意自己的包。"

李明珠饿了一晚上，三两口吃完了包子，把书包从后面背到了前面。

她的衣服拧成一团，曾辉道："你在这儿等叔，叔去买两张大巴票，我们还得转车。"

李明珠在候车室找了一张凳子坐着，她对面有个穿着破烂裤子、光着上半身的中年男人瘫睡在凳子上，鞋脱在地上，边上的绿色塑料袋里放着牙刷和牙杯，看起来是一个在火车站里安家落户的人。

这种人太多了，在县城不大的火车站里比比皆是，是人间真实，也是生活所迫。

李明珠的目光却被候车室卖小吃的店里的电视吸引，店主正在看今年 BS 夏季赛实况回播，正好是陆遥的首场比赛。

摄像机忠实地拍完游戏之后，记录下了他的表情。他表现得相当不错，被誉为今年最有潜力的新人。

比赛结束后，某个电竞记者在现场拍摄了一圈，将举着写有“陆遥”二字的荧光牌拍进来，举牌的多数是小姑娘，看着好似刚刚粉上陆遥。

镜头一转，转向了队伍中。

陆遥走在队伍中间，身后是夏季和陆遥同期出道的女选手。那名女选手不知道和陆遥说什么，把手背在身后，一副耍宝卖萌的模样，围着他打转。

陆遥和李明珠好像活在两个世界，他的世界没有贫穷和疾病，有的都是辉煌和光明。

曾叔拿着车票过来，阻断了李明珠的视线：“走吧，天黑之前到不了，山路就难走了。”

李明珠接过车票，说：“好。”

正如曾叔说的，岭南的山路十分难走，天黑之后打着灯找不到路。

李明珠深一脚浅一脚地走在小路上，夏日的夜晚闷热，两人却不敢露出半块皮肤，否则山区里的毒虫就能把人咬出一身毛病。

到了山民家里后，两人不敢耽搁，李明珠摸了一把湿淋淋的头发就和曾叔埋头清点起药材。

凌晨三点左右，药材清点完毕。

山民家里没有地方睡，李明珠把书包压在头下当枕头，千辛万苦地把自己哄睡，结果睡了不到两个小时，外面天已经大亮。

曾叔压低声音道：“还行吗？我们要赶回去了。”

这个男人不比她好到哪儿去，也狼狈不堪。李明珠从小就比别人能忍一点儿，哪怕是这种环境，她也忍得下来。

“行，走吧。”

天蒙蒙亮，两人在寂静的山里赶路，沿途除了狗叫和鸡鸣，鲜少有其他声音。

回去的路比来时的路走得艰难，毕竟来的时候空手，回去的时候一人扛了两包味道诡异的中草药。

李明珠险些滚到山沟沟里去，全靠曾叔拉了一把。

“小心！山路难走，你看着点儿路，摔下去不是儿戏啊，不死也得残了。”曾叔把李明珠扶稳了，苦中作乐道，“要不然怎么说，没文化只能玩命儿赚钱呢。”

李明珠道了声谢，往山下走的时候更加小心。

到了山脚，曾叔的联络人终于来了。

轮子糊了一层泥巴的小面包车里下来了一个矮小的男人，面包车原本是白色的，风吹雨打就成了灰色，到处坑坑洼洼，一看就知道被撞了不少次。

曾叔熟练地摸了一根烟给中年男人，中年男人看到李明珠，笑道："带徒弟啊？"

"没，这是跟着我一起出来的小伙子，来见见世面。"曾叔道，"这孩子和我一样，也是为了家人出来的，不容易。"

中年男人欣赏李明珠，夸了一句："你小小年纪就这么懂事，难得。"

他又说到自己的儿子怎么烂泥扶不上墙，上了车之后还在唠叨。李明珠累得很，靠在窗框上休息，一句话都说不出来。

出了山区，手机这才有信号。

短信和未接电话的提示险些把她的手机振飞出去。

李明珠还没来得及仔细看谁打来的电话，手机又开始振动。

她这回一看来电显示是陆遥，就知道之前那么多电话是谁打的了。

李明珠接起电话。

"你怎么才接电话，我打了一晚上都没打通！"陆遥立刻控诉。

"手机没信号。"李明珠补充，"医院晚上信号差。"

陆遥嘟囔："你不要总睡医院，请个保姆照顾阿姨就好了，你回家睡，回家睡得舒服些。"

李明珠"嗯"了几声，陆遥听出了鼻音。

"你是不是困了？"

"还好。"

陆遥无奈道："那我挂电话，等你睡醒了我打给你。"

"别，就这么打，我想听你的声音。"

陆遥的耳根子瞬间爆红。

方天催道："你给谁打电话呢，遥遥？速战速决，等你开地图啊！"

李明珠听到那边还有一个少女的声音，甜腻腻的："陆遥，你快点啊，就等你了。"

陆遥嘀咕："烦死人了。"

李明珠顿悟："和你同期出道的那个女人吗？"

“你看见了？”

李明珠道：“看见了。”

陆遥不知道怎么了，心里升起一股寒意：“你不要乱想啊！”

“我没有乱想。”

陆遥慎重道：“我跟她没关系。”

李明珠顿了一下，点头。

她点完头又反应过来这是在打电话，陆遥看不见，于是补充道：“嗯。”

“你就只‘嗯’一声？”

李明珠说：“嗯嗯。”

陆遥说：“卖萌可耻。”

方天又催了一遍陆遥。

李明珠善解人意道：“你赶紧训练去吧，回头再聊。”

陆遥说：“你要随时注意我的电话。”

李明珠道：“我听着呢。”

陆遥磨磨蹭蹭地挂了电话。

第五章 她的秘密

陆遥回训练室后飘飘然的。

方天啃着苹果，说："你吃不吃苹果？"

他手里就一个。

"滚。"陆遥熟练地拉开凳子坐下。

训练室里唯一的女人，和陆遥同期出道的许杏从电脑前挪开："经理，训练时不准吃零食。"

"吃苹果养生，苹果不是零食。"方天理由充足。

"哦，季队回来了。"

方天迅速把养生苹果往胸口一塞。

季信然进门后道："你的胸口怎么了？"

"不碍事，长了个瘤而已。"方天淡定道。

"长得挺别致。"季信然冷酷道，"爬出去吃。"

方天说："难道现在的男人都不喜欢大胸的女人了吗？"

隔壁桌的辅助小白补刀："首先你得是女人。"

方天踹了他一脚："你能代表男人吗？"他转头跟陆遥说，"遥遥，告诉他们，你也喜欢一个胸大的女生。"

陆遥冷漠道："我喜欢平胸。"

"平胸？"许杏眨了眨眼睛，"这有什么好的？"她的胸部就发育得很好，十分好，好过头了。

方天意味深长地看了陆遥一眼，走了出去。走前，他还拍拍陆遥的肩膀："英雄所见略同啊！"

陆遥心想：谁跟你略同了。

方天走后，又回来了一趟，拿了些东西。

夏季赛在一片叫好中落下了帷幕，接下来的几个月又将为冬季全明星赛做准备。

陆遥住在单独的寝室里，一日三餐后，准时给李明珠打电话。

每次李明珠接起电话的时候，陆遥总觉得李明珠气力不足，疲惫不堪，好似下一秒就要睡过去。

他这回打过去，李明珠接通电话，有气无力地“嗯”了一声。

陆遥道：“现在十一月份，你要冬眠了吗？”

李明珠在那头笑了一声，说：“怎么了？”

陆遥说：“战队放假，我去找你。”

李明珠停顿一会儿，开口道：“不行，我要上课。”

“你要上什么课？”陆遥纳闷道，“我双休放假来找你。”

“我有很多课，没时间。”

又没时间，他心想：她最近总是没时间，读书有这么忙吗？

陆遥霸道地说：“我不管，你给我把时间空出来，我要见你，立刻要见你。”

他说完这句措辞激烈的话，又缓了缓：“我已经好几个月没有见你了。”

“你都不想我吗？”陆遥委屈道，“一分钟想我三次的话都给鬼听了吗？”

李明珠：“……”

“想不一定要见面。”

“我买好票了。”

李明珠觉得无语：“战队不用加训吗？”

“不用。”陆遥开口，“你还有什么理由吗？”

李明珠无奈道：“没了。”

“很好，你准备好迎接我了吗？”

李明珠十分不客气地挂了电话。

曾叔见她挂了电话，立刻开口：“项目策划书你要不要再看一遍？”

他们正站在岭南某个市区中心的饭店门口。

李明珠从书包里拿出策划书，密密麻麻的小楷挤在一起，曾辉看着都头疼。

这是李明珠上个月起了个念头，走山访水之后，搞出来的一份关于中药材的项目策划。

他也不知道李明珠是怎么在一个星期内完成这份策划案的，他看到完整的策划书后，惊讶的同时也佩服李明珠。

这个少年天生不知道疲劳为何物，往往抱着她那个功能多用的书包——一会儿当枕头一会儿当棉被，倒头就睡，睁开眼就拿起笔把手头上的资料整理出来，归纳之后做成了一小本笔记。

曾辉收购药材一年多，也就有个开药材店的想法，而且想法十分简单：买药材，开店，赚钱。

李明珠和他的思路显然是不一样的。曾辉偶然跟李明珠提过一次之后，李明珠立刻反问："哪种药材赚钱？"

"国家政策扶持吗？"

"数据，产地，市场需求，价格涨跌知道吗？"

曾辉哑然。

于是李明珠提出了一个概念：链条。

这个概念十分简单易懂，李明珠说了一次曾辉就明白了。

她的想法就是开一把大的。她认为曾辉开店的做法过于保守，收购药材再卖给市场只能赚小钱。

她想要带起一条产业链，从商铺到建立微型市场，创建一个产业链中转站。

曾辉当时听完就蒙了，心想：这年轻人好大的本事，真要让其搞出来了，以后恐怕就不是收购药材这么回事儿了。

"闹着玩儿的？"曾辉当时反问了一句。

李明珠没说话，一个星期不到，她手里就多了一份厚厚的策划书。

"没有，我认真的。"

"你相信我，曾叔，这个比收购药材再倒卖来钱多。"

曾辉听罢，一时半会儿没说话。

他通过这几个月和李明珠的相处，确实感受得出这个少年不是池中之物。他越是深入了解，就越被李明珠的大局观震撼。

他的年纪比李明珠大了一轮多，在这方面却远远不及这个少年，他沉思片刻，回答道："我有个朋友有点关系，这样吧，我介绍你跟他认识一下，你把你的想法和他说说看。"

这也就是两人为什么站在饭店门口。

之前上山下乡每天穿一身泥巴衣服的两人，难得换了一套能见人的衣服，站在某某人家饭馆的门口，等曾辉那个市经济局的朋友来。

上午十一点半，曾辉的朋友如约而至，曾辉和他好似多年未见，寒暄一番，热情地握住手，携手进了饭店。

酒足饭饱后，几人谈起了正事。

李明珠把自己的项目策划书给了一个叫老刘的人，对方大致地看了一遍。

她搜肠刮肚，把自己查到的资料全部倒了出来，在饭桌上侃侃而谈，其间还勾勒出一幅十分可观的经济发展的宏图，听得曾辉一愣一愣的。

老刘粗略地浏览了一下策划书，笑道："小年轻想法是好的，但是你的资金从哪里来？合作方从哪里找？"

"年轻人创业我们是很鼓励的，但切记不要好高骛远，你的脚有多大就穿多大的鞋，不合脚的鞋穿了，非但走不远，还会狠狠地摔一跤。"

李明珠开口："这块你不做，迟早有别人来做，恒良区东面临海，西面又和南亚国家相邻，地理位置条件优渥，南州市握着这么好的条件迟迟不开发，不就是没等到合适的项目吗？"

老刘喝了一口茶，说："你觉得你的项目就是最合适的吗？"

李明珠笑了一声，说："刘局觉得还有比它更合适的吗？"

老刘停顿了一会儿，道："确实没有更合适的。"他话锋一转，"但你的项目太大，听到现在我只听到你纸上谈兵，你的供应商、合作商，还有其他问题，这些你要怎么解决？"

"这个项目投资上亿，上面那边的文件你要怎么批下来？"

"小伙子太年轻了，如果这些项目都像你口头说的这么简单，那我们直接日产八万亩粮食了。"

老刘笑得开怀，好似把李明珠的话当成了童言无忌。

他转头和曾辉聊上"发烧"了四年的药材热，又说趁着还热的时候多收购一些，药材这东西就是要囤，囤好了就赚钱。

老刘不再理李明珠，李明珠拿着策划书干巴巴地坐了半个小时。

回去的路上，曾辉安慰她："你的项目确实太大了，我们哪儿有这么多启动资金啊，况且你还想国内外合作……你现在高中都还没读完呢，别想得这么不现实。"

策划书被李明珠放进了书包，看样子是要拿去积灰。

曾辉道："我们先赚两年，了解一下市场行情，脚踏实地，一步一步做起……"

他开始和李明珠说大道理，一直沉思的李明珠突然清醒过来。

她压根儿没听曾辉在说啥，像是猛地想通了什么，话题出现一个大跳跃："曾叔，你手上还有多少茯苓？"

"库存还挺多的……"

"赶紧出掉。"李明珠道，"明年出，会赔得血本无归。"

曾辉说："怎么会呢？现在药材市场热着呢。"

"热了四年，还不够你凉的吗？"

"别想多了……"

李明珠慢条斯理地解释道："你听我的不会错，出掉它，然后我们去龙襄村一趟。"

她写了八个字给曾辉：盲目扩种，资本退出。

李明珠靠在椅子上说："这就是理由，明年保证血亏。"

曾辉半信半疑，开口："那你怎么不和刘局说一下？"

她有些少年意气，撑着下巴说："我有什么义务告诉他？"

曾辉想：好记仇！

龙襄村位于恒良区的郊区，十分偏远。从恒良区驾车去龙襄村要经过一段盘山公路，进乡的路十分复杂，车子开不进去，最后两人只能下车，走山路进去。

李明珠先前偶然和曾辉到这里收购药材的时候就注意到，龙襄村盛产党参，在村里有大片的培育土地，因为没有规划种植基地，种植十分散乱，但耐不住这个地方的天然地理优势，长出来的党参比外面的大一倍，是一个绝佳的种植场所。

龙襄村因地势比较偏僻，党参无法大面积对外销售，收购商每次在龙襄乡采购党参都只能靠人力带出去，所以乡里的党参大部分囤在仓库里烂掉。

李明珠了解到这个情况后，就打上了龙襄村的主意。

她一直把这事挂在心里，准备作为后招使用，老刘那边指望不上，两人立刻就来了龙襄村搞事情。

李明珠深一脚浅一脚地在山路上走："有人需要就有市场，药民受利益驱使，什么赚钱种什么，但是药材店的需求量不变，供过于求。你手上的茯苓现在的市场需求已经饱和，等明年药民的茯苓累积提供，茯苓的价格会直接跳水，别说赚钱，回本都困难。”

曾辉说：“你怎么了解得这么清楚？”

“曾叔，你收购药材的时候都不和药民聊天吗？这些东西多聊聊就能察觉到。我们这半年走了多少个山头，种茯苓的有多少……还有管理局上个月发布的药材报告新通知，茯苓的价格又被大幅度下调，直接会影响到药材市场上来，你不卖掉这些茯苓，难道要留着过年吗？”

曾辉听罢，吃了一惊：“我哪有你想得这么多，你这孩子就是心眼太多了……”

他心想，一般人不是不和药民聊天，但是谁和药民聊天之后，能想这么多啊？

这个年轻人对市场的走向把控实在是准得可怕，曾辉开玩笑道：“我看你啊，大局观这么强大，干脆去炒股算了！”

李明珠道：“我没研究过股票，以后试试。”

她还真有过这个想法！

曾辉道：“你小子天生当商人的料……”

李明珠和他自然地聊天：“没有什么是天生的，我读书的时候别人说我天生是读书的料。”

“走到这一步，没有办法了，只有走得比别人好，才有钱。”

“你掉钱眼儿里了！”曾辉哈哈大笑。

李明珠无奈地抹了把汗：“我没办法，我真的没办法。”

她说了两遍，借着月色，已经能看到龙襄村的村口小路了。

“既然你朋友那条路走不通，我们现在就要想办法把龙襄村的党参基地建起来，今天去给村上面送两瓶好酒，上回我看他动摇了，这次加把劲把他拿下。”

曾辉说：“杨支书就算答应我们把种植基地建立起来，但是没有公路，党参怎么卖得出去。”

李明珠说：“中药合作社的王理事回我们了吗？”

“约到了明天，他说要和我们仔细谈谈。”

“从王理事这里下手，种植基地和修路一起来，盘山公路下面有条废弃的小路，把这条路清理出来，然后扩修，用不了多少钱，药材就能从这里出去。”

天色已经很暗，曾辉听李明珠这么说的时候，拿着手电筒往下面扫了一眼，黑漆漆的，看不到底。

“你什么时候看到的小路？我怎么没看到？”

“上回来的时候。”李明珠道，“你仔细看脚下。”

曾辉望了眼李明珠的背影，登时又对她添了几分欣赏。

那条小路藏得实在是隐蔽，一般只有当地人才会知道，外来的人鲜少能找到这条路，但李明珠就注意到了。

曾辉不得不佩服这个年轻人，有想法，胆子大，口才好，敢做，只可惜命运待她太不公平。她如果生在一个条件好一点儿的家庭里，曾辉难以估计这个人会达到什么可怕的程度。

晚上，李明珠在杨支书家里吃了顿饭，并且把另一套合作项目拿了出来，和杨支书商量："规划生产种植基地和修路都是长远的打算，不过我们这一行就是得放长线才能钓大鱼。你看，在这里，我们可以把龙襄村发展为这条跨南北产业链的中心点，在这里建立一个药材市场，从东南亚到岭南的所有药材都会从这里过，我们把商铺建在这里，发展成为一个独立的中药贸易交流市场。”

杨支书道："前几年的资金怎么办？”

“政府扶持。”李明珠说出重点，“这个项目只要得到政府的支持就行，我们只需要把党参盈利的资金拿来做启动资金，一旦产业链建成，之后只需要坐着收钱，它能自己带动市场里的药材流转。假设对外贸易成功，这里将会成为国内最大的中药流通市场。”她顿了一下，压低声音，“以后中药的定价高低，就是我们说了算。”

曾辉在一旁动了下，他无论听到多少次这个项目，都唏嘘不已。

这简直像一只巨大的手宏观把控全国药材价格，万一叫这个年轻人成功了，今后的定价和市场将会被她牢牢握在手里。

她现在仿佛是一个潜伏在黑暗里、蓄势待发的操盘手，在国内药材发展还不怎么完善的时候，计研心算制定游戏规则，编织了一张巨大的网，操纵药材市场未来十年的走向。

半晌，杨支书感慨道："这真是一个十分大胆的计划。”

李明珠十分贴心地补充："人有多大胆，地才有多大产。”

李明珠说完，等杨支书缓了一会儿，才继续分析项目细节。

她讲了大半个晚上，险些把嘴皮子磨破，喝完一整瓶矿泉水，直到凌晨，杨支书才松了口：“如果经济局那边批下来，我们就搞！要不然一年一年地看着这些中药烂掉，没钱又亏本，我心里也痛啊……”

李明珠心想：得，又绕回来了。

她不动声色道：“经济局那边交给我和曾叔处理，你就放心地在这里把养殖基地规划起来。”

杨支书点头。

李明珠看了看时间，和曾辉打了个眼色，两人在天亮之前离开龙襄村。

他们马不停蹄地回到恒良区，囫囵吞枣地吃了顿早饭，嘴巴还没擦干净，立刻就按照约定时间和王理事碰面。

李明珠像一个忙得停不下来的陀螺，这段时间全在龙襄村和恒良区来回打转蹦跶，蹦跶的次数多了，在合作社混了个眼熟，合作社里的人看到李明珠还会打个招呼。

十二月上旬，她几乎跑断了腿，这事儿终于有了一点儿起色，合作社的王理事给她盖了个戳，总算同意了她这个不着边际的想法。

李明珠拿到这个盖了戳的证书时，一向淡定的她都不淡定了一会儿。

曾辉看到盖章证书的第一眼，惊得下巴差点儿掉下来。他十分感慨，显然他没想到合作社真的会同意李明珠这个天马行空的项目。

曾辉长长地吐了一口气，道：“总算批过了，现在只要搞定经济局，让他们拨款下来修路，后续一切就都能跟上。”

李明珠道：“不急，我要回 H 市一趟。”

曾辉点头道：“也是，几个月没回去了，小云前几天还打电话说想我。”

李明珠背上包，看了一眼自己的衣服，灰扑扑的，看着像一个要饭的。

她无奈道：“我还得去换套衣服。”

李明珠在山沟沟里奔波了几个月，浑身上下都脏得不能见人。

她匆忙赶回 H 市，回家洗了个澡，又装模作样换了一身校服，故意绕到省一中的位置，然后从学校出发，到了医院。

陆遥在医院楼下不知道等了多久，直到天快黑了，才看到李明珠背着书包从外面走来。

他看到李明珠的一瞬间，眼睛里好似装进了整片夜空的星星，一下全部点亮。

李明珠穿着校服，戴着陆遥去年织的那条破烂围巾。

“吃饭了吗？”李明珠笑道。

“没吃。”陆遥像一只小奶狗。

“走吧，我请你吃晚饭。”李明珠把脖子上的围巾绕到陆遥脖子上，“把你的脸遮住，现在外面全是你的广告，你不想被粉丝追着跑，就老实一点儿。”

围巾上还有李明珠的温度，陆遥欢喜地围上。

陆遥看到李明珠的手背，说：“你手上怎么这么多伤疤？”

当然是在山里采药划伤的，也有摔在石头上磕破的。

但李明珠面不改色道：“哦，这个，昨天晚上我不小心摔了一跤，下雪天路滑，在校门口摔的。”

陆遥听罢，嘟囔：“你多大的人了，还摔跤。”

李明珠说：“少废话，赶紧去吃饭。”

两人选了一家十分温馨的饭馆，慢吞吞地吃完晚饭。

李明珠刚走到医院门口，就看见大树下停了一辆豪车，前面的车灯一开，差点儿闪瞎她的双眼。

她用手遮了一下眼睛，适应了一会儿，这才看到豪车旁边站着的男人——李琛。

李明珠看清楚对方的一瞬间，在心里感慨：这男的真是阴魂不散。

“阴魂不散”的李琛面色难看地盯着陆遥。

“明……”

“明天再来。”李明珠面色一变。

她寒意十足地望着李琛，一副李琛敢乱说什么，她就立刻扑上去咬人的模样。

李琛为数不多的、花在家庭关系上的情商上线了。

同样，陆遥也眼神不善地看着李琛：“你是谁？”

李琛的做派显然和陆遥这种没踏入社会的少年不一样，他平时从头到尾都是高定的西装，哪怕现在没工作，也穿着修身严谨的黑色风衣，头发梳得一丝不苟，显得十分成熟。

反观陆遥，他身上还有一股难以褪去的稚气。

任谁看到自己的好朋友面前出现这么一个优质帅哥，心里都要紧张一下。

陆遥不动声色地看了李明珠一眼，看到李明珠比自己更厌烦那人，心里偷偷地松了一口气。

他回过头打量李琛，又看了一下他的车，心想：不要脸的老男人。

结果陆遥得意没多久，李明珠便开口："陆遥，你先上去。"

他的表情一下僵住了。

李明珠说："我一会儿上来。"

"我不能听？"陆遥问李明珠。

"和你无关的事情。"李明珠实话实说。

但是她这个说法太直白太"直男"，直接往陆遥心窝里戳了一刀。

陆遥抿了下嘴唇，很不乐意，临走时狠狠瞪了李琛一眼。

等他上楼了，李琛终于开口："他是谁？"

李明珠用同样四个字打发李琛："和你无关。"

她顿了一下，心里不知打什么主意，这回没用石头赶狗似的把他赶走，而是伫立在原地，似乎在等他说什么。

李琛从车里拿出一份文件，拿在手里，立起来和肩膀平行，正对李明珠的视线："这是什么？你去岭南那边搞什么东西，书不读了吗？"

李明珠淡定道："哦，你查到了。"

"这么大的动静，我用得着查吗？"李琛"啧"了一声。

李明珠说："没想到他比我聪明，拿我的东西向上邀功，也不怕我成了鬼半夜敲他的门。"

李琛懒得听她扯淡，打断她："你不给他资料，他怎么拿到的？你别告诉我，他有过目不忘的超能力。"

李明珠抬了下眼皮，说："哦，是我给的吗？"

"不好意思，我这人事情多，可能忘记了。"她笑了一声，"东西拿给你们看过了？"

"我们？"

"他不可能只拿给你一个人看，那太辜负我对他的期望了。"李明珠顿了一下，"还有谁看过？"

"你疯了，李明珠，你拿这么大的项目在手里，不怕一口吞不下……被人弄死！"李琛有些火大，"你才读高中，到底要干什么？"

"赚钱。"李明珠道，"我跟你不一样，我需要钱，你不是给我送钱的就赶紧滚一边儿去，别挡着我发财。”

李明珠说了两句，李琛捏紧拳头，捶了下豪车。

“你这个项目的另一半规划呢？”

李明珠笑了一声，说：“和你有关系吗？”

李琛道：“苏……”

“打住。”李明珠开口，“我不想从你嘴里听到她的名字。”

“我做的这个东西不是给你看的。”

李琛叫住她：“明珠，我能帮你。”

“我也能帮自己。”

李琛慢条斯理道：“你能赚钱，你的关系呢？”

“现在苏……她的病在国内几乎等于没救。明珠，你就算有钱，你也找不到关系，你想要她活下去，只有送到国外。”他舒了一口气，说，“我有一个朋友的导师专门研究肌萎缩侧索硬化这个病，国外有完整的治疗技术和疗程，你如果想通了，随时来找我。”

李琛的眼神黯了一下：“你的项目保留在我这里，作为交换。”

李明珠脚步一顿，说：“我不会出国。”

“不会？为什么？因为那个小孩儿？”李琛皱眉，“刚才那个人是谁？他知道你是个女人吗？他不知道，你知道的也跟着胡闹吗？”

李明珠心想：关你屁事。

李琛的眉头皱得更紧：“不要意气用事，你才多大，他才多大，幼稚也有个度。”

这段时间李琛忙于董事会的项目收购，忙得焦头烂额，连李明珠最近发生的一切事情都来不及顾及。

他是偶然在一场饭局上听到岭南的一位朋友提到这件事，说南州市的经发局弄个了大项目出来，正在到处拉企业入驻。

李琛当时看到这个项目，留意了一下，结果后来一查，发现最早提出这项目的人是李明珠。

他当时又惊又喜，同时还带了一丝担忧。

李明珠的优秀确实超出他的想象了，董事会逼得他几乎走投无路，他越是孤立无援，就越抓着李明珠这块浮木不放。

李明珠要是个庸才就算了，偏偏她长了个顶聪明的脑袋，就该吃这一碗饭。

秘书低调地和他暗示过：你想站稳这个位置，最好把李明珠拉上船，她再怎么恨老董事长，可和你有血缘关系是板上钉钉的事情。做这一行的，再好的兄弟都会翻脸，没有比血缘更好的纽带。

李琛不甘心，但多说无益，说到点上让李明珠听进去就足够了。

豪车渐渐远去。

李明珠一上楼，就看到陆遥抱着手臂，黑着脸在电梯门口等她。

李明珠看了他一眼，接着目不斜视地往病房里走去。

陆遥动了动身体，追上去道："喂！你没什么要说的吗？"

李明珠道："你想听什么？"

"那个男人是谁？"

"无关紧要的人，你打听得这么清楚干什么？"李明珠开口。

无关紧要四个字取悦了陆遥，他的心情好了一些："这段时间我都陪你。"

李明珠嫌弃道："你别在医院里给我捣乱，见到人了就赶紧回去。"

陆遥道："看一眼怎么够，要多看几眼。"

陆遥面对她的时候，似乎特别黏糊，和他比赛的时候完全不同。要是叫战队里的人来看一眼现在的他，众人绝对认不出来这个又软又甜的少年是训练室里成天绷着脸的高冷新人。

李明珠却对他的撒娇习惯了："你千里迢迢过来找抽的吗？"

陆遥顿时老实了。

……

十一月份的长假没有放到陆遥过生日，他走的时候还在"念咒"，提醒李明珠别忘了给自己准备生日礼物。

李明珠随口敷衍了两句，眉头一皱，把这个小祖宗送回了战队。

陆遥的这个生日是在战队里过的。他虽然没在H市，但微博上铺天盖地都是粉丝给他的生日祝福。

陆遥出道全靠刷脸积累人气，技术圈男粉，颜值圈女粉，短短半年多，他俨然成了一个势头正盛的新人。

赞助商和广告商纷纷找上陆遥代言，方天数钱数到手软，乐得眼睛都睁不开。

陆遥因此开通了一个官方微博，生日那天被方天赶鸭子上架，非要他发点儿东西和粉丝互动。

陆遥生日当天不情愿地发了一条微博，意味明显——

@陆遥v：欠我的生日礼物，到了明年是要收利息的。

配图是圣诞节一个人的背影，照片显然是晚上拍的，背影拍得很模糊，但能看得出来是一个短发少年。

粉丝也没多想，直接把这个背影当成了陆遥的。

李明珠路过医院楼下时听到两个女大学生讨论，才知道陆遥有个微博号，晚上回去下了个微博，一搜就搜到了陆遥这条生日微博。

她点了个赞，默默地转发一条：明年见。

然而“明年见”这个目标立得太早了，命运总在一切欣欣向荣的时候再给一记沉重的拳头，将人直接打入深渊。

新年刚过，苏天瑜的病情急剧变坏，她在抢救室来来回回地跑了五六趟，把李明珠先前积累起来的一部分钱全部套了进去。

曾辉借了几万给她，但那几万块完全是杯水车薪。

医生开始和她谈话，让她做好心理准备。

开春，李明珠正式去学校办了退学手续。

她早料到有这一天，只不过来的时候心里跟堵了一块石头似的，不上不下阵痛。

老罗听到后，险些从办公室里追出来。

他苦口婆心地劝了半天，让李明珠就算是一直请长假，也千万不要退学。

李明珠决定的事情旁人几乎很难更改，她是一块杀敌一千，自损八百的顽固石头，拿着那张可以为她架起通往另一座桥梁的录取通知书，来到了陆知的墓前。

不到扫墓的季节，墓园里面只有她一个人。

李明珠来这里，就带了一张通知书和一个打火机。

她干脆利落地站在墓前，把通知书点燃，顺带烧毁了她做了十几年的白日梦。

李明珠故作潇洒道：“之前我说给你烧个复印的，现在不用了，正版的烧给你。”

她心想：我应该大哭一场。

但是陆遥不在，她哭给谁看？

八月左右，龙襄村的党参种植基地规划了出来，与此同时，苍水战队杀入季后赛。

陆遥的名气越来越响亮，方天不遗余力地捧他，让他很快成了 BS 职业圈里面最快封神的选手。

杀入季后赛这天，战队组织去吃了顿饭，陆遥不知怎么的，忽然想起以前李明珠录他唱歌跑调的事情。

他想：我应当去找她兴师问罪。

李明珠前两天下山的时候右手被划了一条十分长的口子，所以陆遥来“兴师问罪”的时候，她用左手接的电话。

陆遥问她高考成绩出来没，李明珠一边换药一边淡定地开口：“我是保送的。”虽然通知书被自己烧了。

陆遥在那头“哦”了半天，李明珠笑了一声，说：“怎么了？”

“我们进季后赛了。”陆遥嘟囔，“我想见你。”

陆遥发现，自从到了战队，远离学校后，李明珠和他的联系全靠电话。

每回自己想去见李明珠时，都能被李明珠用各种各样的理由推掉，不是高考忙就是复习忙。

陆遥心想：你都保送了还读什么书。

可李明珠就是用要读书没时间见面打发他的。

陆遥知道李明珠读书好，李明珠拿这个打发他，他没多想。

“等你生日。”

陆遥掐指一算，还有半年。

这一年两人就见了一面，次数少得陆遥整个人都不对劲了。

方天一天能给他接三个广告赞助，他除了日常训练，就是在赶通告。

方天知道陆遥不喜欢抛头露面，接广告的时候生怕这个小祖宗不肯配合，哪知道对方倒是意外地让他省心。

拍摄期间，陆遥总要打电话问李明珠医疗费够不够。

他那张卡李明珠一分钱都没动，他问的时候她才记得有这么一张卡。

李明珠支支吾吾地扯过去。

她在龙襄村折腾了一年，医院的病危通知书在后半年连续开了两张。

十一月的某天，苏天瑜一直躺在抢救室里，李明珠不得不放下手头的事情，彻夜不眠地往医院里赶。

她单薄的身子好似又被削薄了一层，风一吹就能把她从医院门口吹走。

医院里，王秀跑下来接她，见到她的时候，险些没认出她来。

李明珠问：“我妈呢？”

“急症室这边……你……”

李明珠没等她说完，跌跌撞撞往急症室跑。

苏天瑜躺着被推出来，李明珠的心悬在了喉咙，见苏天瑜脸上没有被盖上白布，她那口气才松了下来。

但接下来医生和她说的话，也没让她轻松到哪儿去。

“国内只能做到这样了。”医生还是这句话，“做好心理准备。”

李明珠四十八个小时没合眼，眼睛十分干涩，她颓然地靠在墙上，想哭两声发泄一下，结果眼泪也没有。

她听见自己干巴巴的声音：“我知道了。”

李明珠想：我真的走投无路了。

从妈妈倒下的那一刻开始，她做了许多于事无补的事情。明知道人是要死的，却还搭上了自己的前程；明知道救不回来的；明知道钱砸进去都是有去无回的……她明知道很多结果，却依旧不甘心地挣扎了一年多。

那是她妈妈，在她苦命的日子里唯一陪伴了她十几年的妈，哪怕是一个疯子，也是她妈妈。

她渴望奇迹发生在苏天瑜这副平凡的躯体上，然而没有，发生奇迹的事情都会上报纸，她显然没有上报纸的这个机会。

护士把苏天瑜换到重症监护室。

李明珠沉默地在外面坐了一个星期，浑浑噩噩，困了就闭一会儿眼睛，醒了就照顾苏天瑜。

小雪之前，李明珠破天荒地给陆遥打了一个电话。

陆遥接电话的时候睡得迷迷糊糊的，李明珠清冷的声音在他耳边响起，他第一个念头就是：这么晚不睡觉，身体不要了吗？

李明珠淡然道：“陆遥，你的生日在哪里过？”

陆遥黏糊道：“在你那里过。”

李明珠道：“嗯，今年你十八岁了吗？”

陆遥翻个身，嘀咕：“你问这个干什么？”

李明珠叹了一口气，说：“我送你一个礼物。”

上一回陆遥向李明珠讨生日礼物的时候，还是前年。

陆遥向她讨了一个拥抱。

李明珠不拒绝的事情多半就是默认，她这个人就算花一辈子时间也学不会坦率。

陆遥挂了电话，睡意也没了，一个翻身下床，把抽屉里战队一人一本的《勇者传说》纪念日历翻出来，往下一数，距离十一月的小雪节气还有五天。

陆遥这几年过生日过得不是很如意，生日那天正好是陆知的忌日。越多的粉丝为他庆祝，他便越觉得这些人是为陆知的离去敲锣打鼓。

因此，出道之后，陆遥不太喜欢过生日，连战队私底下给他开派对搞聚会，他都不情愿。

方天知道个中理由，搞了一次生日聚会后看陆遥的脸色不太好，就再没有提议在他生日时聚会。

但陆遥的存在感实在是太强了，在战队里，就算是方天不提议，也总有人记得他的生日。

小雪这一天，陆遥起了个大早。

平时两件队服换着穿的少年，今天早上在衣柜里扒拉了半个小时，翻出了积灰半年的私服。

麦小米起得早，听到走廊里的动静，于是滑着她的多功能旋转办公椅，从技术部探出了一个脑袋。

“早啊，陆遥……生日快乐。”麦小米想了一下，补充道，“明月的装备给你免费升级，独家材料包解析。”

陆遥挥挥手，说：“谢了。”

麦小米说完这话，脑袋立刻缩了回去，一句话都没了。

陆遥直接去经理办公室请假。

方天正在看厚厚的赛季资料，闻言抬起头。

“请几天假？”

“两天。”

“回去过生日啊？”

陆遥不耐烦道：“你快点把假条开给我。”

方天拉开抽屉，哀怨道：“这么凶的吗？你眼里根本没有我这个哥，唉，我这是造了……”

“方经理！”许杏敲了敲门。

方天的话被打断，他一边写请假单一边道。

“今天你们都起得挺早啊，不用小白去叫就起床了，可喜可贺，长大成人了。”

“不对，这儿还有个真长大成人的家伙。”方天一写完请假单，顺势从抽屉里拿了一款手表出来，做工简单大气，看着就是一个高级奢侈品，“送你啦，十八岁生日快乐。”

许杏“呀”了一声，说：“今天是陆遥生日啊？”

方天笑道：“装什么装，你别告诉我忘记了，忘记了起来这么早干什么？”

许杏吐了吐舌头，从背后拿出一条精致的手链，男士的。

“我发现经理送了手表，我送的手链陆遥就没地方戴了。”

“你应该编长一点儿，方便他当成项链。”

许杏摸了摸鼻子，说：“看起来不像买的吗？”

“得了吧，这么丑，哪家店这么黑心啊，连小姑娘的钱都要骗。”方天喝了一口水。

许杏在陆遥出门前把手链递给他：“生日快乐，陆遥，以后在战队里也要加油！”

她的眼睛很大，忽闪忽闪，性格十分外向。

陆遥拿了手链，许杏喊道：“陆遥，晚上你去哪里吃饭啊？”

方天开口：“别问了，这小子反正不在S市了。”

“他要去哪里？”许杏道。

方天停下笔，一副高深莫测的样子，道：“温柔乡。”

……

十一月第二个星期，苏天瑜被送到了国外。

李琛联系好了医院和医生，又事无巨细地打点好了一切，最后把机票放到李明珠手里：“二十三号的班机，你还有什么要收拾的都收拾好。”李琛顿了一下，开口，“你把录取通知书烧了？”

李明珠没说话，心想：关你屁事。

她这个态度李琛都已经习惯了，他道：“学生不读书，你还想干什么？”

“B大的学籍我给你保留了两年，这个是你大学校长的推荐信，你到了国外之后，去这里读书，听到没？”

李明珠诧异地看了一眼。

推荐信里面是国外那所大学的校徽，红得十分耀眼。

李琛把推荐信塞到她手里，说："这次不准烧了。"

"你怎么拿到的？"李明珠问他。

"和你没关系，我能拿到的东西比你想的多。"李琛道，"你的项目我会让它正常运转，等你过几年回来接手。"

李明珠心想：他为什么这么好心？黄鼠狼给鸡拜年吗？

李琛看着她冷淡的神情，就知道这个女人在想什么："明珠，你不要和全人类为敌。"

李明珠道："你别和我打感情牌，我不喜欢欠别人。"

"你没有欠我，作为交换，你回国之后立刻到董事会工作。"

李明珠嗤笑一声，说："你不怕我谋权篡位，把你爸弄死？"

李琛捏了捏手。

李文林恐怕活不到她回来的时候了，那个男人的病一日比一日严重，指不定哪天就归西了。

李琛道："你太固执了，为什么不为自己考虑一下？我如果是你，会选择对自己有利的东西。"

"可惜你不是我。"李明珠道。

李琛没再说什么，他就是过来把推荐信和学生证送到李明珠手里。

李明珠前几个月烧了大学录取通知书，她当时走投无路，从来没想过自己有朝一日还能把这张通知书拿回来。

当李琛拿大学通知书给她的时候，她有些恍惚。

她同父异母的哥哥和她不一样，这个人有的是钱，有的是权，对于她来说可望不可即的东西，李琛只要动点儿关系就能直接拿到。

李明珠站在原地，把推荐信捏得死紧。

李琛只来过这一次，后面就再也没来看过李明珠，好似叫她一个人安静地待几天。

曾辉把李明珠在龙襄村负责的项目接过去了，她出国的前一天，也正好是陆遥生日。

早上，曾辉和李明珠做了个告别。

李明珠让他把龙襄村这一块地方做好，过几年能赚一笔大的。

李明珠上一回提醒曾辉把茯苓卖了，结果今年茯苓的价格果然大跳水。曾辉心有余悸，看着同行哀号，如果当时李明珠没有提醒他，他现在就是哀号那一批人中的一个。

因此，曾辉对李明珠说的任何话都不抱疑问。

曾辉邀请李明珠晚上到他们家吃顿饭再走，被李明珠拒绝了。

曾辉没有强求，拍了拍她的肩膀，祝她一路顺风。

陆遥中午就到了H市，下了车就看见李明珠穿着一件黑色的连帽衫，站在地铁门口等。

陆遥格外珍惜和李明珠见面的机会，每一次见面都要抱着李明珠不撒手。

李明珠道："你的眼镜和口罩呢？"

她提醒陆遥把眼镜戴上，毕竟现在这个少年和以前不同，就两人站着的这个地铁站，边上全是陆遥的海报和广告。

陆遥不怎么情愿地戴上眼镜，李明珠怕他被人认出来，于是从兜里翻出一个黑色的口罩给他戴上。

陆遥好看的脸被遮了一大半。

他吐槽："我是去打游戏的，现在反而像去当明星的！"

"电子竞技再发展下去，过几年和娱乐圈也没差了。"李明珠淡定地回答。

两人绕开了人多的地方，特地选了一个稍微隐蔽一点儿的场所，开了一个小包厢吃饭。

陆遥发现，李明珠今天格外温顺。

李明珠唯一一次情绪外泄，就是苏天瑜进医院的头一个晚上，她抱着陆遥哭了大半个晚上。

除此之外，李明珠依旧每天板着一张脸，没什么变化。

但今天陆遥能够感觉到，李明珠软化得十分厉害。

他为了印证自己的想法，故意提出很多过分的要求。这些要求放在平时，李明珠一定不会答应，甚至会讽刺他两句。结果，今天他提的要求李明珠都默许了。

陆遥心想：这太奇怪了，太阳从西边升起来了吗？

他看着窗外，今天天气阴沉，没有太阳，适合离别，不适合相聚。

李明珠给他夹了一筷子菜，殷勤得不像她本人。

陆遥心里警铃大作：有阴谋！

两人吃完饭，下午看了一场电影，是李明珠不太喜欢的伤感疼痛青春电影，她看了一半睡了过去，醒来时其他观众已经散场。

两人从电影院出来的时候，外面的天已经黑了。

陆遥和她路过西湖的时候，看到了一小批聚集起来的粉丝，拉扯着写了陆遥名字的横幅，戴着小皇冠，中间似乎还有一个蛋糕，好像是给陆遥庆祝生日。

一帮女孩子聚在一起，身边是印了陆遥头像的小扇子和衣服，又是拍照又是录像。

李明珠觉得十分有趣，停下来看了很久。

陆遥脸上热得很，认为这些女粉丝狂热过头了。当然，他的脸皮也没厚到那种程度：一帮人围在一起喊爱他，换成谁都得脸红。

粉丝们的活动还没结束，有几个负责采访的似乎正在向路人推荐陆遥。

然后推荐到了李明珠身上。

两个人站得最近，领头的粉丝道："小哥哥玩游戏吗？"

李明珠摇头："我不怎么玩。"

粉丝又道："啊！那你要试试《勇者传说》吗？这个游戏超级好玩的！"

李明珠说："你们在给陆遥过生日吗？"

领头粉丝惊讶了一下："你知道陆遥？"

她看起来很激动。

李明珠说："知道，你的扇子能给我一把吗？"

李明珠注意到粉丝的后面有一大箱扇子，上面都印着陆遥的头像。

大冬天印扇子，显然这个粉丝头头没有一点儿商业思维。

所以扇子不是拿来卖的，是拿来送的。

粉丝准备了一箱用来推荐陆遥的东西，但显然十一月下雪的天气，任谁也不会带一把扇子回去。

李明珠开口要扇子，把粉丝高兴坏了，要了一把还送了一把。

李明珠建议道："你们应该印毛巾，要的人会多一些。"

粉丝道："没关系啦，印什么都好，今天给遥遥过生日……说起来今天大神也没发微博。"

粉丝泪流满面。

站在李明珠身后，被夜色遮掩的某大神脸皮一红。

李明珠道：“可以合影吗？”

粉丝愣了一下。

李明珠道：“我现在成为陆遥的粉丝，不晚吧？”

“不晚！当然不晚！”

正好粉丝要站在一起合影，李明珠往边上一站，不需要多少位置。

陆遥站在李明珠身边，和自己的粉丝合影了一张。

李明珠要了照片，发到陆遥的手机里。

她一边走一边说：“怎么，你不发微博吗？”

陆遥道：“你今天怪怪的。”他指着李明珠的扇子，“我本人都是你的，你要一把扇子干什么？”

“这扇子也是你，我为什么不能要？”李明珠看起来还很宝贝这把扇子。

陆遥发了微博，顺带放上了地址。

陆遥：谢谢。

照片是他全副武装，戴着口罩、墨镜，和粉丝的大合照。

微博底下一片哀号，说H市的粉丝上辈子拯救了世界。

也有人问怎么没把陆遥认出来。

至于那个送扇子的粉丝，现在已经一会儿吟诗作对，一会儿感慨人生，一会儿沿着西湖跑圈，精神状况很不稳定。

快十点的时候，天气越来越冷，下起了大雪。

去年这个时间也下了大雪，两个人也没有带伞。

李明珠的房子没有继续租下去，陆遥不知道这一点，但西湖区离他的小别墅很近。王奶奶因为不用照顾他了，回到了B市，所以现在小别墅没人住，空荡荡的。

陆遥打开门，首先把中央空调开起来，让屋子渐渐回暖。

二楼有主卧也有客房，陆遥翻了一套自己的睡衣扔给李明珠，督促李明珠赶紧去洗个热水澡。

十一点多，陆遥洗漱完毕，在客房门口和李明珠道了晚安，就回自己房间去了。

他点着小夜灯，打开电脑玩了一会儿游戏，突然想起李明珠还没给他生日礼物。

今天光是见面他就兴奋了一天，也就忘记了送礼物的事情，如果没看见自己右手的手表，他估计睡到明天都想不起来。

但他还没动身去找李明珠，自己房间的门突然被推开了。

李明珠穿着陆遥的睡衣，睡衣有点大，松松垮垮地套在她身上，衬得她有些娇小。

她倒是先找了过来。

陆遥本能地觉得李明珠今天晚上不对劲，但一时间察觉不到哪里不对劲。

她走进屋子，顺势把夜灯关了，电脑也恰到好处黑屏，房间里陷入一片漆黑。

陆遥还没来得及说话，李明珠已经走到了床边。

她相当果断，把陆遥往床上一推——陆遥防不胜防，摔在柔软的棉被里。

李明珠撑着手臂，待在他身体上方，一脸冷静道："你记不记得我说过，等你高中毕业告诉你一个秘密？"

陆遥心想：我前段时间还记得。

李明珠的声音有些抖："陆遥，你记得你前年生日许了什么愿望吗？"

陆遥发蒙的脑子努力地转动着。

李明珠靠他太近了，身上的香味刺激着他的荷尔蒙："我想……"

李明珠心想：很好，你还记得。

"我现在把礼物和秘密一起给你。"

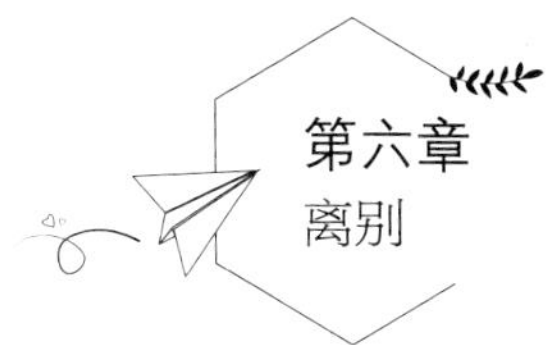

第六章
离别

陆遥很多年前是一个唯物主义者。

一个唯物主义者，他就不是一个唯心主义者。

唯物主义者相信自己眼前看到的，但是唯心主义者就会欺骗自己：我心即我所想。

作为一个唯物主义者，陆遥想过一些不靠谱的东西：比如天上掉下钱，比如走在路上能飞起来，比如全世界只有自己能看到毛毛雨。

最后一件事情是真的，陆遥小时候认为，大的暴雨人人都能看到，但是毛毛雨就只有自己能看到。

他对此坚信不疑，并觉得自己肩负着拯救世界的重任，直到有一天陆知告诉他：我也能看到毛毛雨。

可见陆知骨子里是一个坏蛋。

这个坏蛋因为太坏了，又喜欢恶作剧，上帝缺一个恶作剧的人调节冗长乏闷的永生，所以带走了陆知。

因此，这世上再没有陆知这样的坏蛋来告诉他：李明不是男的，是个女的。

他看到李明珠的嘴唇张张合合，说了一句自带消音的话。

陆遥身体里的血液沸腾起来，直往他的脑子里钻。

他一会儿觉得自己在做梦，一会儿觉得自己没睡醒。

当三魂六魄到处飘的时候，飘到了他的内心深处。

他的内心深处有一座光秃秃的山，山上有个小和尚正在撞钟，每撞一次，都把他撞得头晕眼花。

陆遥说：大师，你别撞钟了。

小和尚说：阿弥陀佛。

陆遥说：我该怎么办呢？

小和尚没说话，敲着木鱼咚咚咚地响，响了半天，陆遥发现这不是木鱼的声音，是他心脏跳动的声音。

小和尚不会把木鱼敲出双截棍的节奏，这是他的心脏狂跳落下的节点，跟双节棍还有点像。

陆遥说：我该怎么办呢？

小和尚说话高深莫测：你有大功德，要控制住自己，色即是空，空即是色……

小和尚说了很多，陆遥觉得小和尚很烦。

小和尚又说：我不入地狱，谁入地狱。

陆遥说：说得好！

可见他已经没有理智了。

陆遥的脑子整个晚上都拿来当成房间的装饰了，他什么都没想，早上从床上坐起来的时候，只记得李明珠清冷得如同冰块一样的声音。

他呆若木鸡地坐在床上，冷静地思考了三十秒，用于回顾一下昨天晚上发生的魔幻现实主义事件。

结果陆遥一回忆，什么玩意儿都没理出来，倒是肾上腺极速狂飙，血液噌噌噌地往脸上跑，一边跑一边拉帮结派，大呼小叫地搞起新时期大串联，这让陆遥现在看起来就像一列马上要开往霍格沃茨的蒸汽火车——只有火车头的那种。

陆遥干巴巴地想：她是个女的。

陆遥抱着被子，越抱越紧，最后把脸埋进被子里，砰的一下炸成了一朵稀奇古怪的烟花。

陆遥停顿了一会儿，压下心中的窃喜，故作生气。

陆遥心想：我非要找她算账不可！

天已经大亮，他睡得乱糟糟的头发固执地翘在头上。他猛地一掀被子，没看见李明珠。

陆遥想：畏罪潜逃，罪加一等！

此时，他还不知道自己这口“畏罪潜逃”的戏言被他说对了。

陆遥裸着上半身，穿了一条牛仔裤，楼上楼下都翻遍了，也没把李明珠翻出来。

她脱下的睡衣皱巴巴地缩在墙角，显得十分无辜。

陆遥拿起手机打李明珠的电话，电话无法接通。

显然李明珠拔了卡。

这时，陆遥回过味来，察觉到一丝不对劲。

就算李明珠畏罪潜逃，害羞腼腆，也不至于把电话卡都给拔了。

这可就超出情侣之间情趣游戏的范围了。

陆遥心里升起一股不祥的预感，这预感在很早之前就一直萦绕在他的心口，如今越来越明显。他急急忙忙地穿上衣服，往李明珠家里跑。

小小的阁楼已经被搬空，四楼也空了。

他站在楼梯口，碰到了徐程。

徐程在这里看到陆遥很惊讶，毕竟陆遥现在名气很响，玩游戏的男生都知道他的名字："陆遥？"

"李明人呢？"陆遥问道。

"李明？去年就搬走了，你没和李明联系吗？"

"去年就搬走了？"陆遥心里咯噔一响。

"对啊，李明办了退学手续之后，第二天就搬走了。"徐程说道。

陆遥的脸色逐渐惨白："退学……退什么学？"

徐程上来一趟打扫空房卫生，顺势就答了："李明啊，去年退学的，当时老罗急得焦头烂额，想留住李明，但没留住。"徐程道，"我还以为你们商量好了，一个前脚走一个后脚走……"

"她不是保送的吗？"陆遥瞳孔一缩。

"我不知道。"

徐程没说完，陆遥已经跑下楼了。

她搞什么鬼！

陆遥钻进车里。

他平复了一下心情，思路反倒清晰起来了。

李明珠要送他生日礼物，李明珠告诉他一个秘密，李明珠对他温顺乖巧，活像换了一个人。

三件事儿合到一块儿，陆遥无师自通，解出了一个答案——她不要我了。

这场由他一意孤行半强迫开始的感情突然宣告结束。

早上他还发散思维幻想了一下美好的婚后生活，要先有一个男孩，男孩叫什么名字，男孩要长得像她。然后再有一个女孩，女孩叫什么名字，女孩也得长得像她，以后哥哥就可以保护妹妹……

车里的广播响起，有一人问：“我在你心里有没有位置？”另一人回答：“你根本不在我心里啊。”

陆遥指尖苍白，急促地喘了一口气，像有一只尖锐的爪子勾着他的心脏，把这团肉往死里扯。

灰蒙蒙的现实越发突出他早上的幻想愚蠢到什么程度。

他一脸惶恐，看了一眼窗外，白茫茫的，大雪一落，把过往的一切印迹都盖住了。

她是一个职业撒谎家，中间有几次露出来的情绪险些叫陆遥信了：她是喜欢我的，她是要和我一直走下去的。

陆遥心想：她又骗我。

李明珠总是骗他，连自己是男是女都不告诉他，把他骗得团团转。

她穿上层层叠加的外壳，剥开了一层，露出里面的伪装物，叫陆遥以为她已经被感动了，其实不然，她露出来的这层还是外壳。

陆遥全身血液凝固，半秒后，他的嘴唇微微翕动。

原来昨天晚上不是开始，是结束。

他满心欢喜，以为自己终于得到了肖想很久的星星，结果星星啪的一下砸了下来。

陆遥面无表情，压下心中情绪。

他拦了一辆车，直接到了医院。

陆遥上来时没有做任何变装，在走廊里阴沉沉地走过。

护士认出了他，小声地惊呼。

陆遥推开门，果然，苏天瑜的病床已经空了。

陆遥印证了自己的猜想：她是因为苏天瑜的病才离开我。

曾辉站了起来。

陆遥脸色阴晴不定，开口：“这一床的女人呢？”

曾辉问道：“陆遥？”

陆遥看了他一眼。

曾辉从口袋里翻出一张银行卡，绿色的，是陆遥的工资卡。

“她什么意思？要还银行卡叫她自己来还。”

陆遥突然回过神："你知道她去哪儿了吗？"

曾辉接受了李明珠的请求，她告诉他，如果有个脾气很差的男人来找她，就把这张卡还给那个男人。

现在看来，这男的难不成是来讨债的？

曾辉道："我不知道，我就负责把这个给你。"

王秀推门而入，道："老曾，李明那孩子几点的飞机啊？我还想着去机场送李明一程，也是一个苦命的娃儿……"

她的话戛然而止。

房间里，陆遥本来就不好看的脸又黑了一度。

曾辉急了："你瞎说什么呢？"

王秀被陆遥这个高大的年轻人吓了一跳，口不择言："什么……什么瞎说啊……明儿出了国，还不知道啥时候回来呢……见一面咋的啦……"

机场，出国，陆遥的心猛地往下重重一沉，他夺门而出。

萧山机场。

李明珠的机票是下午一点的，此时距离飞机起飞还有半个小时。

李明珠双眼放空，坐在检票口前面发呆。

检票口很快来了人，广播里开始一遍又一遍地播报航班信息。

李明珠的座位离检票口近，但无奈今天她身体欠佳，走路的时候有点儿虚弱，排到了队伍中间。

前面一个一直刷微博的男人和同伴惊呼："你快上微博看热门！"

"怎么了？"

"陆遥在萧山机场！"

"真的假的？在哪里？"

"别人拍到的，好像在一号厅，可惜啊，要是现在没检票，我想下去问他要个签名。"

"他来萧山机场干什么？我看看，谁拍到的？"

"网友拍的，是一段视频，看起来好像在找人……"

李明珠背后一凉，顾不得按顺序排队的礼仪，往前走了好几步。

那两个脑袋凑一块儿的男人还在叽叽喳喳讨论，李明珠心里很惊讶：陆遥怎么找到这里来的？

她检完票，正好在手机里看见出现在一号候客室里的陆遥。

微博的八卦新闻推送得十分及时，视频里的陆遥还穿着昨天的衣服，已经被粉丝围得水泄不通。

李明珠看他寸步难行，松了一口气的同时，心脏跟着阵阵抽痛。

她心想：我们应当分开。

她重复了十几遍，不停地提醒自己。

陆遥是游戏人间的少爷，有着和她截然不同的未来和生活，她是在泥潭里挣扎的枯木，渴望在暗无天日的林荫中发芽。

空姐甜美的声音在她耳边响起，打断了她的思绪。

“小姐，请关上手机，谢谢您的配合。”

关上手机之前，她鬼使神差地换了一张电话卡。这张陆遥知道的电话卡已经被他打爆，未接来电全是他的号码，短信挤得满满的，最新的一条消息是半小时之前发的：你不能这样，不能走，昨天是我生日，你不能走，我可以工作，可以赚钱，可以养你。

陆遥急于证明自己，写的句子颠三倒四，却字字诛心，叫李明珠难以呼吸。

陆遥和他的生日似乎天生八字不合，他在生日的时候和陆知死别，又在生日的时候和李明珠生离。这世界上最难熬的苦都叫他尝了一遍。

她不忍再看短信，生怕自己心软，于是果断关机。

李明珠叹了一口气，心想：我真不是个东西。

她捏紧包，包里有她的身份证和护照。

照片是临时拍的，名字是：李明珠。

五年后，M国某单身公寓内。

客厅中间摆着一个白色的巨大行李箱，里面空荡荡的，叠在旁边的衣服还没有放进去。

片刻后，从左边卧室里冲出来一个卷着大波浪的女人。这女人穿着丝质睡衣，胸大腰细，一双长腿一跨，把自己完完整整地摔进行李箱里。

李明珠从右侧卧室出来时，就看到这一幕——自己的行李箱里长出了一个模样妖娆的美人。

该美人化着精致的妆，表情却很幼稚，扭动着身体，十分风骚地给她抛了一个媚眼。

李明珠不为所动，蹲下来又好气又好笑地开口：“你钻我箱子里干什么？”

“你带我回国嘛，我不想一个人住！”大波浪的美人声音也娇滴滴的。

李明珠说：“你把舌头给我捋直了说话。”

“我的舌头很直呀！”美人吐了吐舌头，示意李明珠查看自己的舌头。

“起开，我收拾衣服。”李明珠撩了一把她的头发。

美人不动，气鼓鼓地嘟着嘴。

李明珠提高了声音：“季瑶，你要逼我动手吗？”

季瑶嘴巴一撇，顺势往外一滚，在地毯上像猫咪一样滚来滚去，不依不饶地哀号着。

“你没追到人家的时候做梦都叫人家瑶瑶，现在追到人家了就叫人家季瑶，呜呜呜，李世美，你心里还有没有我了？”

李明珠懒得理这个一天到晚发神经的女人，她一边收拾衣服，一边皱眉：“我什么时候叫你瑶瑶了？”

季瑶一个鲤鱼打挺，翻身起来，像树袋熊似的拌在李明珠身上：“前天晚上呀，哎哟，你做梦都在喊我，你就这么喜欢我吗？”

季瑶眨了眨眼睛，涂得殷红的嘴唇嘟着，看着李明珠……看着看着就亲上了。

她十分无耻地在李明珠右脸上啵了一下，满眼星星，抱着李明珠的脖子乱蹭：“哎呀，我的小心肝儿，你长得真是太好看了！我看你也没有男朋友，我也没有男朋友，不如咱俩凑合一下，你跟我过吧，正所谓肥水不流外人田……”

李明珠：“……”

她嫌弃地抹了一把脸颊，把上面的口红印抹去：“离我一米远。”

季瑶的大半边丝质睡衣被蹭了下来。

“那你带我回国。”她说着，像一条小蛇一样，嗖地又滑进了行李箱里。

“我很乖的，我就偷偷地藏在你的行李箱里，一句话都不说，等你过了海关安检，我再偷偷地出来……”

“然后我们俩就可以登报了。”李明珠像提猫似的把她提起来，扔到一边。

季瑶虽然贼心不死，但是不敢捣乱了，撑着下巴趴在沙发上，两条洁白的小腿翘起来，不停地晃荡。

“明珠，你为什么突然回国啊？在这里工作不是挺好的？”

李明珠的手一顿，没解释。

季瑶看她这个样子，就知道自己再问下去也是做无用功，干脆闭上了嘴巴，专心致志地玩弄起李明珠的长发。

季瑶心想：如果明珠五年前留的是长发，我还不一定能认识她。

季瑶五年前在Har的开学典礼上遇见了李明珠。

她自小是一个走到哪儿都前呼后拥的人群焦点，长着一张祸国殃民的脸，眼睛贼锐利，一眼就看到了最后一排的李明珠。

李明珠不似周围人高马大、蓝眼金发的外国人，一身素净的衣服，头发和眼睛都是罕见的纯黑色，皮肤像白瓷似的，站在那儿宛如一个精致的装饰品。

季瑶长这么大，还没见过长成这副模样的男生（准确来说，是没和这种类型的男生交往过），当即起了贼心，非要上来搭讪。

季瑶自封万人迷，哪里见过对她爱搭不理的男人，搭讪不成，她的征服欲立马被激起来，一路打听李明珠的吃穿住行，追了李明珠大半个学期。什么早上偶遇，上课偶遇，平地摔，投怀送抱，她用了个遍，最后在看见李明珠学生证上的性别是女后沉默了。

季大小姐放着海边别墅不住，一定要住在李明珠的小公寓对门，美其名曰“千金大小姐和穷小子的异国浪漫恋曲”，当然，这段异国浪漫恋曲还没开始就结束了。

后来她知道李明珠是个女人，更加肆无忌惮，直接从隔壁住到李明珠家里来。

住到李明珠家里的第一步，就是沦陷的开始。

季瑶后来发现，这个女人洗衣做饭无所不能，不但品学兼优，而且还有商业头脑，独立自主赚钱，勤工俭学，照顾自己在医院的母亲。

季瑶每日吃着李明珠顺带做给她的饭，一日三餐要唏嘘三次：你为什么是个女人？

季瑶吃了人家的饭，也不能在人家这里白住，李明珠忙得没时间的时候，通常是她在医院里照顾苏天瑜。在她的脑补中：李明珠是一个在国外为了求学苦苦挣扎的穷小子。

这缘于李明珠十分低调，哪怕是和她如此亲近的季瑶，都不知道她是什么来头，更何况同系的学生。

季瑶在沙发上翻了个身。

“你记得咱们系里面那个富二代吗？前天他还在向我打听你的联系方式。”

李明珠站起身，走进卧室：“不记得。”

“哇！你好无情啊，人家追了你一年多，你连他的名字都不记得！”

李明珠走出来，手上拿了一条围巾。

“我为什么要记得他的名字？”

季瑶道：“哎，你这个人就是容易给我幻想，你是不是不喜欢男人啊？要不你和我试试吧，虽然我不喜欢女人，但是对象是你的话，完全没问题！”

“你找打吗？”李明珠淡然道。

季瑶习惯性嘟嘴：“那你为什么不答应人家？”

李明珠又不说话了。

季瑶怒道：“喂，明珠，你该不会是因为陆遥拒绝人家吧？”

李明珠的手一抖，心脏骤然停跳一秒。

季瑶下一刻就道：“我看见你房间里面的照片了，我说，你追星也别把自己耽误进去啊！当然啦，追星也没什么大不了，你不用对我遮遮掩掩的，我就是看到的时候有点儿惊讶，你也会追星啊……”

李明珠：“……”

季瑶坏笑道：“我去网上查了一下，陆遥是国内打电竞的啊。我看他女粉丝超多的，人长得超帅啊！帅哥为什么打游戏啊？”

李明珠收拾好了箱子，把箱子锁上。

季瑶嘟嘟囔囔：“明珠，明珠，你别走啊，我也挺喜欢打游戏的，要不然回国之后，我陪你去看他的现场比赛？”

砰的一声，李明珠关上卧室门。

与此同时，大洋彼岸。

“遥遥！”方天拿着一沓资料拦住他，“明月的手办模型出来了，你要不要去看一下，看有什么地方要改？”

“不用。”

“那你记得一会儿去录音室把你那两句话录了，游戏公司催了好几遍了！你再不录，我都怕你的粉丝堵俱乐部门口拉横幅抗议。”

陆遥捶了捶肩膀，说：“我知道了。”接着嘟囔，“烦死了。”

陆遥原本是去训练室，现在脚步一顿，拐进了边上暂时搭建的简易录音室里。

麦小米的多功能办公椅两年前坏了，这女人在俱乐部后院的假山后面给她的办公椅立了个坟，说是要怀念“亡妻”。因此，现在麦小米还在吊丧中，暂时用她宝贵的两条腿走路。

许杏正好在里面，把自己的两句台词说完了。

BS 游戏公司推出了一款和职业选手合作的抽卡游戏，每个职业选手的账号都被打造成了一张卡。陆遥的卡牌出来了，但是声音压缩包没放进去，于是微博上的粉丝闹得一天比一天厉害，催得陆遥不得不放下训练，先把自己的台词录了。

许杏看到他，打了声招呼：“陆队，来录音啊。”

陆遥“嗯”了一声。

他这几年话比以前更少，许杏习以为常，打了声招呼，却没有出录音棚。

等陆遥把两句台词录完，许杏才开口：“晚上你去哪里吃饭啊？”

麦小米道：“食堂呗，怎么，你们要出去吃？”

陆遥道：“回家吃。”

许杏“哦”了一声，有些郁闷道：“那好吧，你回家路上小心。”

陆遥走出俱乐部大门时，方天在楼上提醒他：“晚上记得直播啊，不然赞助商要投诉我们了！你好歹播够时间了再下线啊！”

陆遥往后挥挥手，表示知道。

他这两年在 S 市市中心买了一套公寓，没有住在俱乐部的职工宿舍里。

日常训练在晚上八点左右结束，如果需要留下来加训，俱乐部单独也给他空出来一套宿舍。

陆遥现在是苍水的摇钱树，季信然退役之后在俱乐部里当了技术指导，由他接任队长一职。

陆遥回家后，肚子抗议了一阵，他拿着手机点了外卖，等外卖的时候打开了游戏直播。

晚上八点，陆遥的直播开始。

蹲守他直播的粉丝立刻开始大面积刷屏，一边吵着“不要挡住我老公的脸”，一边疯狂尖叫着刷屏。

陆遥每回直播都不太高兴，撑着下巴百无聊赖，有气无力地开口打招呼。

弹幕刷着：

遥遥日常厌弃直播 1V1。

满脸都写着不高兴。

不高兴的老公也是最帅的老公。

陆遥看了一眼弹幕，随便挑了几个问题回答。

“等外卖。”

“不会。”

“还没来，半个小时前叫的。”

“勇者。”

“没玩过。”

“直播到我的外卖来为止。”

弹幕立刻刷起了：现在去绑架外卖小哥还来得及吗？

也许是粉丝的执念太强了，陆遥打了四十分钟游戏后，外卖依旧没动静。

陆遥饿得胃都抽了起来，他撩了一把头发，“啧”了一声。

弹幕刷着老公好帅。

陆遥套上外套，解释了一句：“等一下，我手机直播。”

他关了电脑，直播掉线了一会儿，接着粉丝通过他的手机看到了他正在穿鞋。

除了打游戏，这还是陆遥头一回正儿八经地直播他的日常。

弹幕又刷了一波：

外卖小哥你是天神！

我决定给外卖小哥磕三个响头。

我面朝 S 市给 S 市的外卖产业鞠躬了！

陆遥出门前，网友提醒他戴上口罩和围巾，免得便宜了 S 市的粉丝偶遇他。

他少年出道，粉丝共同陪着他，见证他成长，也见证了他是怎么从一个呆萌少年长成了一个冰山帅哥的。

他下楼的时候几乎没话，好在这年头粉丝就吃他高冷这一套，哪怕他不说话，粉丝也在嗷嗷叫着好温柔。

市中心下面的小店还挺多的，临近圣诞节，周围的店门口都立起了圣诞树，音乐叮叮咚咚地响，十分热闹。

陆遥在马路上逛了一圈，拿着手机的他还是挺显眼的，没走几步就被一些粉丝堵住了。

直播间的粉丝刷着羡慕的同时，也在叮嘱陆遥先去买饭吃，别照顾粉丝。

他在购物中心门口被围住，也就是这个时候，在他身后，回国一个星期不到的季瑶大包小包地提着战利品，正在打电话给李明珠："太多啦，你都不怜香惜玉，来陪我一下？"

"好了好了，我知道你忙，有这么忙吗？你是不是外面有别的女人了？呜呜呜，你嫌弃我是黄脸婆吗？"

"那当然，你晚上回家的吧？我买了菜，你做给我吃好不好？"

"哎呀，别挂别挂——"

对方还是冷酷无情地挂了电话。

季瑶"哼"了一声，把电话放进兜里，转身便看见前面围了一帮人。

季瑶是一个天生爱凑热闹的人，她抻长了脖子往里面看，不由自主地走到人群外围。

"这里在干什么？搞活动吗？"她随意地问了一个神情激动的女生。

"我在路上遇到陆遥了！他在给粉丝签名！"

季瑶心想：陆遥？好耳熟的名字。

她走了两步，恍然大悟：这不是明珠那个偶像吗？

季瑶笑了一声，乐得眼睛都没了。她连忙从袋子里翻出纸和笔，心想：给她带个签名回去，把她哄开心了，晚上好骗一顿夜宵吃！

季瑶等粉丝都签完了，才从陆遥手里拿到一个龙飞凤舞的签名。

她出现的时候，直播间的粉丝跟发现新大陆似的，狂刷这个女粉丝是哪位天仙。也有吃醋的诋毁季瑶是妖艳贱货，等等。

陆遥签完名，季瑶欢天喜地地拿着签名走了。

她到了购物中心门口，李明珠的电话打了回来。

"你在哪里？我正好下班来接你。晚上在外面吃饭。"

季瑶看着手里的签名，笑得十分阴险："嘿嘿，好啊，你过来，我要给你一个惊喜！"

李明珠回国之后图方便，买了一辆代步车。

驾照的事情还没办妥，李琛就给她配了一个司机。

李明珠到购物中心的时候，季瑶正光着大长腿，踩着七八厘米的高跟鞋，站在路口瑟瑟发抖。

李明珠开门下车，把风衣往她腰上一裹，动作一气呵成。

“我看你是不要命了。”

季瑶呜呜呜地发抖，往她怀里钻，不要脸地哀号：“霸道总裁，千里救命，我投怀送抱表示感激。”

李明珠无奈道：“我不是叫你出门多穿一件衣服，你听了吗？”

“光着两条腿，冷不冷？”

季瑶的牙齿上下打战：“我觉得这是一个不需要回答的问题。”

她狡辩：“我出来的时候还是不冷的，但是晚上就特别冷，不是我的问题，是 S 市的天气问题！”

季瑶瑟瑟发抖，倔强道：“我知道你要说什么，我绝对不会穿秋裤，那是人类历史上最失败的发明！”

李明珠替她打开门，她钻进车里，回温后才感到自己活了过来。

“你什么时候买的车啊？不是刚上班吗，你哪儿来的钱？”

季瑶这个女人，吃喝玩乐样样在行，就是工作不行。

她的理想就是找一个可以养她的男人，每天在家里面混吃等死，等着老公养。

所以李明珠对付这个草包美人，几乎不费什么功夫，她不需要撒谎，因为季瑶对她工作上的事情根本不感兴趣。

果然，没等到李明珠的回答，季瑶自己就把注意力转移：“我们去哪里吃饭啊？我想吃日式料理了。哎，吃完了饭我们去酒吧里坐一会儿，我已经单身两个月了，不能再单身下去了，我需要一场恋爱来安慰我枯燥的生活！”

李明珠揉着眉心说：“我不去，太吵。”

季瑶嘟囔：“明珠啊，不是我说你，你看看，你现在是二十四岁，又不是三十四岁，喝茶还要泡枸杞，你这什么老年人的生活啊……”

李明珠不理她，头靠在车背上，目光投向陌生的大街上。

司机从单行道绕了一个大圈才绕出购物中心，从它的大门口经过时，李明珠看到那里围着一圈人。

她没注意看，瞥了一眼，匆匆略过。

与此同时，陆遥在购物中心门口意识到自己做了一个多么错误的决定。

弹幕里的粉丝看到他一路狂奔，又心疼又觉得好笑。

结果到最后，陆遥也没吃上一顿晚饭。

晚上的微博热搜赫然是“陆遥被粉丝狂追”。

季瑶吃完饭就去了酒吧，李明珠一个人回到公寓里，换了鞋，打开电视，让屋子里不显得这么冷清。

她打开电脑，把李琛发来的邮件翻出来看。

她看了一会儿，手机自动跳出了微博的推送消息。

李明珠向来不理微博推送消息，通常是看一眼就直接无视，哪知道这次只是这一眼，她的目光就再也挪不开了。

微博推送的消息正是陆遥被粉丝追着跑了半条街。

李明珠放下手头的文件，拿起手机，打开了微博。

推送的消息还配了一段视频，一看就是路人拍的，该路人抖成了帕金森，屏幕晃得看不清人。

但不知怎么的，李明珠一眼就看到了陆遥。

模糊成了马赛克的视频内容，被她翻来覆去地看了十几遍。

李明珠心想：我不应该再看他了。

她心里这么想，行为却完全不受控制。

李明珠在搜索栏里面搜了陆遥的微博。

最上面的微博显示已关注，李明珠才想起，自己这个宛如僵尸号的微博似乎只关注了陆遥一个人，这还是五年前的事情。

她五年前走得一点儿也不拖泥带水，陆遥在机场没找到她。当年就和现在一样，他被粉丝堵得寸步难行，最后还是方天从 S 市赶过来，把他抓回了俱乐部。

这件事情挂在微博上讨论了一个星期，热度才消下去。

李明珠当年关注他之后很勤快，他一有什么风吹草动，她总能第一时间知道。

所以她也知道，陆遥过得不太好。

她在国外，能关注到的陆遥的消息太少了，每回偷偷地收集到一点儿，她都能翻来覆去地看几天。

陆遥前两年过得不好，李明珠一开始只当他没有遭受过失恋的打击，颓废两天，把她忘了，就能欢天喜地地找他的下一任女朋友。结果他没有，他的状态很差，缓了一年多才恢复正常。

李明珠既偷偷地高兴陆遥没忘了自己，又担心陆遥一直这么得过且过下去。她心里的愧疚和后悔成倍地往上翻。在国外的头一年，她几乎天天晚上都在想一件事情：我如果告诉陆遥真相，我如果不离开他，事情会变成什么样？

她不该因为这段感情把陆遥拖进泥潭，陆遥有着光明坦荡的大路要走，不必跟她一起走独木桥。

世界上没有后悔药吃，所以李明珠无论怎么想，都想不出做另一个选择会有什么结果。

第三年，陆遥如她所愿，一改颓废的模样，终于振作起来。他除了打游戏，也开始有了些日常活动。

大概是从李明珠的不告而别中回神了，陆遥的生活渐渐地步入正轨。

李明珠也是这个时候逐渐减少对陆遥的关注。总不能对方已经放下了，她还念念不忘，这显得她太不是个东西了。

李明珠翻了陆遥近几年的微博，她发现陆遥的微博寥寥无几，几乎是公式化的转发消息。

李琛的短信打断了她的动作，她也正好把陆遥的微博翻到了底。

李琛的短信简单明了，就是让她到公司里来实习。

李明珠这几年过得比以前顺利很多，李琛帮了她不少忙。她不再像以前一样固执己见，开始学会接纳一些自己从前不会接纳的人和事。

李文林半年前咽了气，她也没缺德到真的跑去放两箱鞭炮。只是在大洋彼岸这一晚，她破天荒地请季瑶吃饭，她喝了点酒，兴致很高，说这辈子就这样了。

李明珠晕乎乎的，季瑶不记得她说了什么，她替苏天瑜哭了一场，嘴里骂道："老东西，死得好！"

她回国也是李琛要求的，苏天瑜的病情稳定下来，医院用着高昂的药品替苏天瑜续命，这些钱有她投进去的，也有李琛投进去的。作为回报，她得进董事会工作一段时间。

李明珠不喜欢欠别人人情，她欠了李琛一个人情，始终是要还的。

前一段时间，曾辉给她打了电话，告诉她龙襄村的种植基地今年赚了多少钱——曾辉说这话的时候，眼睛笑成了一条缝，可见赚得不少。

他把大部分钱打到了李明珠的账户上，李明珠看着这笔钱，又想起了几年前搁置的那个项目。

这项目还掐在李琛的手里，她回来之后早晚要启动。

“我有很多的事情要做，我不该去想他。”

李明珠关上手机，继续浏览文件。

“我没有资格了。”

……

COL 传媒公司投资，运营电影、电视剧、艺人经纪、唱片、娱乐营销等领域，主要在电影电视剧和艺人经纪方面做得比较完善。

这个公司是李氏集团下面的子公司，这几年由于电竞产业的飞速发展，公司艺人和有名的电竞选手频繁互动，创造人设吸粉。

COL 在 S 市发展得风生水起，搭上了 S 市王牌战队苍水，搞活动的时候，艺人和选手常常混在一起出席，让每场活动的门票卖爆了。

李明珠起了个大早，坐车到了 COL。

李琛把她安排到了宣传部门，她在这个部门里工作了一两个星期，很快就会被李琛找个理由调到总公司的宣传部，然后接着升职加薪，一路升到董事会。

李琛的目的在于把她搞进董事会里，要想不被人说闲话，就得折腾一番。

李明珠被生活折腾惯了，所以李琛折腾这一路，她也没什么意见。

现在她的心思根本不在这个公司，她一心挂念着自己出国前的那个项目，一回国就在暗地里通过曾辉联系了不少药材市场上的人，准备把她的项目重新立起来。

部门经理带她到办公室后，没引起多大的注意。

办公室的人都在各忙各的，李明珠刚来就被丢了一套宣传图，是公司准备新推出的一个偶像组合的原片，人长得有点儿不尽如人意。经理的意思是，要她把这些小白脸修得人模狗样。

李明珠学的是金融管理，对于修图只能算略懂皮毛，她有段时间兼职了摄影，跟着老师学过一段时间 PS，上手还不算太难。

她叠加了十几个蒙版，勉强把其中一个黑得跟一块炭一样的男艺人修白了。

隔壁桌的一个男人笑道：“很无语吧，长成这样还想当艺人呢，我都比他帅！”

李明珠瞥了他一眼，这男人长得歪眼斜嘴，哪里帅了！

男人自我介绍：“我姓王，叫王斌，我看你年纪不大，你喊我王哥就成了。”

李明珠充耳不闻。

王斌被当成空气，失了面子，却也没生气。任哪一个男人看到李明珠的脸，也生不起气来。

王斌在李明珠进来的时候就注意到她了，这是一个漂亮的女人，身上的气质更是清冷得让人心醉。男人就喜欢这种冷冰冰、不爱理人的，其实内在指不定多开放。

李明珠显然冰冷过头了，王斌在她旁边说了一个上午，口水都快说干了。换作普通人，就算讨厌也应该会回一句，或者抱怨一声，可她一句话都没回。

她就这么目不斜视地修了一上午图，王斌说到后面，再怎么看她漂亮心里都来火了。

“我说妹妹，你太不礼貌了吧，好歹回我一句啊。”

李明珠冷淡地看了他一眼，如愿以偿地满足他：“吵死了。”

王斌说：“你！”

李明珠站起身，推开凳子，看了一眼时间就往外走。

中午有一个小时吃饭时间，她就在王斌青黑的脸色中走出了办公室。

她一出来没多久，在路上就被一个娇小的女人堵住了。

“哎！新来的同事！你太厉害了！哈哈，你是第一个这么不给王斌面子的人！”

李明珠被对方搭话，点点头当作回应。

女人道：“不过你以后小心一点儿，王斌的姐姐是总经理的老婆，他仗着这个，在办公室里整天目中无人，连我们经理都要让他三分，我早就看他不爽了！”

李明珠心中了然：原来其中还有这么一层关系，怪不得王斌在上班的时候敢开小差说话。

午饭过后，李明珠回到自己的座位上继续修图。

没过多久，部门经理突然推门而入，一连点了三四个人，让他们跟他去六楼。

李明珠就是其中之一，王斌也在。

王斌上午丢了面子，下午再怎么起色心，对李明珠也不可能有好感了。

他面色不善，看了李明珠一眼。

部门经理把他们带到了六楼，进电梯的时候，一个留长发的女人问：“经理，我们去干什么啊？”

“六楼拍宣传照，来的人多，人手不够了，从我们宣传部要了几个人，我看你们都比较机灵，知道什么该做什么不该做，就带你们上去见见世面。”

部门经理说了“见见世面”，女人就懂了。能用到这四个字，多半是来了什么当红艺人，要不就是大明星。

一行人都有些兴奋。

在 S 市这个国际化大都市里，想见到明星也不是一件难事，特别是在 COL 公司，他们自己都有捧艺人。

但对于宣传部的人来说，艺人多数是在电脑软件里见到的，还是没修过的原片，像这样见活人的机会确实不多。

四个人里，加上李明珠，一共有三个小姑娘，此时除了她，另外两个都有点激动。

王斌看了一眼李明珠，他由于搭讪不成丢了面子，心生恨意，这时候怎么看她都不爽，认为她假清高。

电梯门开，六楼到了。

这是一个面积达四百多平方米的平台，里面人来人往，众人都像旋转的陀螺，忙得停不下来。

地面上密密麻麻全是摄影机拖下来的线，边上是成排的时装和衣服，最中间是一块白色布景板，这就是拍照的地方了。

化妆处已经来了几个艺人。

宣传部另外两个女人，一个叫小蓉，一个叫阿梅。

李明珠听到部门经理是这么叫她们的。

小蓉年纪比较小，也比较兴奋，东张西望，道：“好像除了我们，人事部也上来了几个人帮忙。”

“那还挺缺人手啊，人事部的都来了。”

经理道：“你们别站在原地磨叽，快点儿上来帮忙。”

李明珠先一步上去。

她们就是上来充当廉价劳动力的，根本没有经理说的什么增长见识。

但对于那两个女人来说，上来看明星似乎就是一件很有意思的事情，哪怕像一只山地大猩猩一样把这里的衣服推到那里，她们都表现出了极高的热情。

李明珠显然对当山地大猩猩没什么兴趣，但她也没拒绝，在六楼忙前忙后，收拾好堆在沙发上的衣服。

这里的衣服好像永远都收拾不完，一批艺人走了之后，下一批艺人又来。

忙到快晚上的时候，电梯里冲出来一个穿紫色衣服、浓妆艳抹的女人，看着好像是这里的领头人。

“等会儿啊，他们很快就来了，把冬季比赛的宣传照拍完了就走。”

李明珠没听到这句话，她忙着分门别类地整理一堆衣服。

小蓉听到这话，问起了边上的摄影师：“还有人来啊？”

“最后一批了。”摄影师答。

“哪个明星？”

“不是明星，好像是什么职业战队的，打游戏的，我也不清楚……之前他们一直在我们这儿拍宣传片，有时候拍广告也是我们帮忙的。”

S 市的传媒公司都走得挺近，这倒没什么奇怪的。

小梅惊讶道：“职业战队？我们市还有什么职业战队啊？”

小蓉捂着嘴巴，说：“不会是苍水吧？”

看她这样子，也是关注过电竞圈的。

两个女人对视一眼，压下好奇心八卦心。

苍水战队……那来的人里岂不是会有……

电梯门开得很是时候，一打开，方天就从里面走出来，从善如流地和方才浓妆艳抹的女人打招呼：“杨姐，又麻烦你们啦！”

杨姐笑道：“以后有我们合作的机会，你说这些见外话，就是要我把你赶出去。”

方天身后，战队的主要成员从电梯里出来。

李明珠站起身，扭了下脖子。

“我去趟洗手间。”她把衣服递给经理。

陆遥走进来，正好和她擦肩而过。

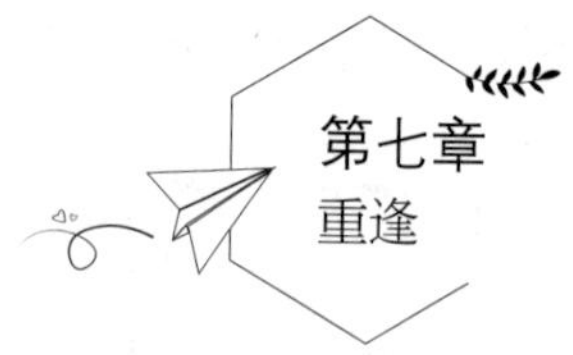

第七章 重逢

洗手间在六楼走廊深处。

陆遥从外面的电梯进来，她拐了个弯，消失在六楼的转弯口。

李明珠洗了个手，还没出去，外头就突然拥进来六七个女人，把原本不大的洗手间挤得满满当当的。

李明珠往外退了一些。

这群女人看着不像来上厕所的，进来后一窝蜂围着镜子，然后打开化妆包，拿起口红，对着镜子狂涂嘴唇。

李明珠这几年因为工作，出门也会化淡妆，但她没见过口红不要钱似的往嘴上涂的操作。

她出门时，听到女人激动地断断续续地讨论。

“真的呀！我看到他了！本人看起来更帅！”

“你说他长得这么帅去打什么游戏啊！”

“刚才那个男的是哪个明星啊？我怎么没印象？”

“快说快说，你们这么兴奋干什么？他是谁？”

“你们不打游戏的呀？这个是苍水的队长，你们连他都不知道！”

“不打呀，就他进来的时候……天哪，他长得好帅啊，比明星都帅！”

李明珠没多想，径直往外走，却撞到了一个女人。

这个女人就是许杏，此刻她穿着自己的私服，没有穿冬季的队服。

许杏问道：“请问卫生间是往这里走吗？”

李明珠意识到对方在问自己，点点头，替她指了个方向。

许杏进去卫生间前，不好意思地对李明珠说：“那个，你能帮我拿一下包吗？”

李明珠看了眼时间，说：“三分钟够不够？”

许杏一愣，连忙点头：“谢谢，够了。”

许杏进了洗手间，李明珠又在外面等了一会儿。部门经理给她打了一个电话，问她怎么还没回来，她只说马上到，也没解释理由。

这一天和她平常的每一天一样，看不出任何变化。

许杏从洗手间里出来，显然听到了里面的女人对陆遥的讨论，她无奈地摇了摇头。

李明珠把包还给许杏，许杏和她正好一道往回走。

走了一会儿，许杏有些惊讶，转过头看着李明珠：“你是演员还是明星啊？”

李明珠说：“都不是。”

她的话很少，不说话的时候那张脸也不像从前那样板着。随着年纪的增长，她没有高中那会儿的样子，面部轮廓渐渐地柔和起来，不再有少年时的锐利，棺材板儿模样的身材也好歹有了曲线。

李明珠在国外待了几年，越长越精致，头发垂在肩上，这模样哪怕是放在美人如云的娱乐圈也是出类拔萃的。

许杏这么问，就是这个道理。

李明珠长了一张不太像路人的脸，许杏以为她是过来拍摄的艺人，但是看她周围没有前呼后拥的助理，心中就有些疑惑，所以最后没忍住，问了这么一句。

许杏道：“我看你长得这么好看，还以为你是哪个明星呢，哈哈，我差点儿就向你要签名了。”

两人绕过走廊的拐弯处。

许杏到了拍摄场地，李明珠留在了摄影机后面，继续收拾衣服。

小白招了招手，说：“杏儿，赶紧的，队长拍完就到你了，你们俩还得拍个双人照。”

苍水里面就只有许杏一个女生，每回拍宣传照都是她和陆遥一起拍。

许杏三两步跑过去。

小白帮她穿上队服，说：“你看下这个尺码行不行。”

小白挑眉道：“你这么高兴干什么？”

许杏道：“没啊。哎，我跟你说，我刚去卫生间的时候，看到里面全是女人，你猜她们在干什么？”

小白说：“我又没去女厕所，我怎么知道她们在干什么？”

许杏笑了两声，说：“她们在里面补妆。”

她压低了声音道：“她们都在打听陆遥是哪个明星，哈哈哈！”

小白无语道：“我看队长的女粉丝说得很对。”

方天听到两人说话，连忙凑过来搭一句：“你们说什么？说来听听。”

小白模仿起陆遥的女粉丝，捧着一张脸，花痴地喊道：“遥遥简直就是被电竞事业耽误的偶像！”

大概是小白模仿得太像了，许杏和方天笑得前仰后合，引起了那边正在化妆的战队其他人的注意。

老于道：“你们仨笑什么呢？小白乐得牙都没了。”

小白开口：“什么叫乐得牙都没了啊，牙怎么乐没，你给我演示一下！”

皮圈道：“老于的意思就是你的眼睛乐没了，他年纪大了说话不利索，你体谅一下呗！”

“你们还没说乐什么呢，我化妆都快无聊死了，说出来大家一起开心一下啊！”

小白开口：“没啥，我模仿了一下队长的女粉丝，他们就笑成这样了。”

老于不知道想到了什么，看了一眼面无表情刷手机的陆遥，道：“怎么现在的小女生都喜欢高冷的啊，你看队长这样，嫁给他还不得冻死。”

方天说：“遥遥前几年性格还没这么高冷，这几年被你们这几个话痨烦死了，当队长要是不拿出气势来，怎么收拾你们？”

“那也不用变成一个面瘫啊，话又说回来，从刚才进门开始，就有不下五个女人偷拍队长了。”

“人长得帅没办法啊。”皮圈唏嘘，“我对这个看脸的世界很绝望！”

小白对许杏挤眉弄眼：“哎，杏儿，有没有觉得压力很大？”

许杏翻了个白眼，说：“你干吗？”

皮圈也道：“就是啊，杏儿，队长单身这么多年，你都没把他拿下，你不行啊！”

老于安慰道：“你别听他们瞎说，我看这里的女人都没你好看，你拿出一点儿自信来，那什么……近水楼台先得月。”

许杏嘟囔：“什么近水楼台先得月，他要是我的早就是我的了！”

她突然道：“再说了，哪里没有好看的女人啊，我刚去卫生间就看见一个美女，我还以为她是哪个大明星呢，结果只是一个工作人员。”

老于道：“比你好看啊？”

许杏乐呵一声，说：“不知道哪个天仙下了凡，以我女人的眼光来看，她相当好看。”

“得，你太没出息了，你怎么说别的女人比你好看呢，拿出一点儿自信来啊！”

许杏摆摆手，说：“你们少给我灌迷魂药啊，别挑拨我和队长纯洁的队友情，他要是哪天不搭理我了，你们全是幕后凶手！”

一直没出声的小幺开口：“队长不会是……”

在边上喝水的方天那一口水还没吞下去，直接从嘴里吐了出来。

小幺道：“很可疑啊，队长这么多年都没表现出对哪个女人有意思，万一他喜欢的是……”

小幺说罢，眼神诡异地看了一眼方天。

“季队……”

方天龇牙咧嘴道：“你找抽吗？”

小幺果断闭嘴。

杨姐招呼道：“拍双人照了，小许衣服换好了没？你们队长就等你了！”

许杏道：“我上去拍照啦，晚上出去聚餐记得挑好饭店啊！”

小幺道：“我去那边翻一下有没有其他尺码的衣服，我这件不合适。”

小幺说完这话，就往衣架那边走。

他转过来，就看到被衣架遮住的李明珠。

李明珠穿着白色的兜帽衫，光给了他一个背影。

小幺道：“小姐，XL 码的衣服有吗？”

他拍了一下李明珠，李明珠回头看了他一眼。

小幺心想：嚯！美女啊！

李明珠没说话，从衣服堆里挑了一套尺码合适的拿给他。

小幺见着美女就走不动路，拿着衣服舍不得走了，站在这儿没事找事儿多问了两句。

“你是这里的工作人员吗？”

李明珠被搭讪的经历很多，此时她面对小幺这种宅男，也熟练地拒绝。

“不是。”她道，“我很忙。”

她拒绝得相当干脆。

小幺干巴巴地笑了一声，心想：高冷！

杨姐喊道：“那边有没有得空的人？帮忙扶一下摄像机。”

部门经理说：“明珠，你去帮一下杨姐，这边我来整理。”

小幺听到明珠两个字，下意识地念了一遍。

陆遥的游戏角色现在就是苍水的摇钱树，手办都是流水线生产的，所以“明月还珠”四个字，哪两个字拿出来都会叫队里的人心里一动。

李明珠倒也没拒绝部门经理的要求，她放下手里的衣服，往摄像机的方向走去。

摄像机对着白色的背景布，背景布前搭建了简易的场景，摆了一张沙发供战队拍一些比较有生活气息的宣传照——主要是拍给粉丝看的，所以陆遥的衣服换得比较多。

李明珠扶着摄像机，起初一切都是正常的，直到杨姐喊了声：“陆遥，你坐过去一点儿。”

她的身体就僵住了。

摄像机把她挡住了大半，但通过镜头，陆遥就坐在她前面不远处的沙发上，正在任杨姐摆弄。

她通过摄像机看到陆遥的一刹那，浑身的血液都在凝固，时间像恶作剧似的把她看到的动作都放慢了十几倍。

李明珠的脑子空白了几秒。

这个重逢实在来得突然，突然到她一点儿准备都没有，命运就把所有和陆遥相关的回忆强制性地统统塞进她的脑子里。

李明珠险些扶不住摄像机。

她下意识后退一步，结果绊住了地上的电线，电线缠在她脚上，把摄像机往边上一扯。

部门经理看到李明珠扶着的摄像机倒了，惊得大喊一声：“李明珠，你干什么呢？”

这一声把原本坐在沙发上无精打采凹着造型的陆遥喊清醒了。

李明珠生平头一回慌得不知所措，手忙脚乱地把倒向一旁的摄像机扶正。经理眼见这十几万的摄像机摇摇欲坠，差点儿吓出心脏病。他一个健步冲上来，把李明珠怀里的机器抢过来。

此时陆遥已经从沙发上站起来，皱着眉头往这边看。

李明珠在慌乱之中低着头，肩上的头发遮住了大半张脸。她很少这么慌张，茫然得先动哪一只脚都反应不过来。

摄像机这里的动静闹得很大，在场的不少人都往这里打量。

陆遥道：“怎么回事？”

杨姐开口：“你们那儿的摄像机怎么了？来的是个新人吗，这么点小事都办不好！”

经理连忙道歉：“不好意思，不好意思，杨姐，没注意，我们很快弄好！”

李明珠小声道：“抱歉。”

她说完这句，急急忙忙地往后面走。这些年她的气质越发沉稳，像这样慌不择路的表现已经很久没有过了。她曾经也想过自己会怎么跟陆遥偶遇，想象中的自己总是风轻云淡，只可惜真的到了这一刻，她发现自己根本不能不介怀。

她还是很爱陆遥，爱这一件事就容易让人发疯，让人变得不像自己，让人无法预控未来的发展方向。

经理一看她闯了祸还想跑，连忙抓着她：“你给我在这儿站着，东西弄坏了就想走！”

李明珠全程低着头，陆遥越看越觉得这个女人奇怪，他往摄像机这边走来。

杨姐拍到一半，见陆遥走了，于是喊道：“陆遥，你去哪儿？”

李明珠心想：这不是个见面的时机。

她的心脏剧烈跳动，耳边所有的声音都在这一瞬间消失了。陆遥走过来时的脚步声被无限放大，像踩在水里似的，叫她听得很不真切。

“我不应该见他。”

在这一刻，李明珠把自己以前做的缺德事儿想起来了，她既心虚又后怕，当年走得爽快——这女人压根儿就没想过这辈子还能和陆遥偶遇。

她回国的时候是这么想的，但也没想到报应来得这么快。

李明珠脑子里只剩下一个念头：我得跑。

她二十多年的冷静在此时全部付之东流，她活像回到了高中初见陆遥那一次，她后退了几步……拔腿就跑。

历史总是惊人的相似。

陆遥还没走到她面前，她就跟一只兔子似的往电梯口跑去。

她啪啪啪地按着电梯按钮，仿佛后面有什么洪水猛兽追着她。

电梯门如她所愿打开，但她跨进去后，也不再背对着陆遥，按电梯楼层的时候，她的视线终于和陆遥的视线撞到了一起。

李明珠这些年变化不大，头发留长了，眼睛变细了些，鼻子高挺，和她十九岁那时候没差多少。

陆遥反倒变化大了一些，他身上的气质发生了惊人的变化。至少在李明珠看来，他已经不是以前那个老爱撒娇的“遥遥”了。

陆遥看到她时，表情凝固了片刻，好似被按了暂停按钮，整个人都没动静了。

这五年他经常做梦，前两年总是梦见李明珠回来了。他想了一百二十种方法找她算账，结果到了第三年，他意识到她可能不打算回来了，也意识到她要消失在他的生命中。他开始不想找她算账了，只想她回来。

他感到无限的不安和恐慌，因此这段时间，他总是梦见在世界的某个不知名的角落遇到李明珠。有时候他知道自己在做梦，早上总是克制自己翻身——梦这个东西一旦打断了就不可能再续上，所以他格外珍惜难得梦见她的时候。

毕竟自己的想象永远都达不到做梦的真实性，陆遥深刻地了解这一点。

但这时候就算是做梦也太真实了。

方天喊了一声：“遥遥？”

陆遥的暂停键终于被人点开。

电梯门徐徐关上，陆遥脚步一动，猛地朝着电梯跑过去。

他到的时候，电梯门正好关上。

众人都被这一幕吓到了，陆遥狠狠地敲了两下电梯门，门未开，他的眼眶红了一圈，揪着边上工作人员的领子凶巴巴地问：“楼梯在哪里？”

工作人员被他一吼，腿都软了，直接哆哆嗦嗦地往边上一指。陆遥推开他，长腿一跨，便往楼下跑去。

从六楼下来，他十多秒就跑完了。

一楼，电梯门一开，李明珠就看到撑在门口气喘吁吁的陆遥。

狭窄的空间让她无法逃，她的心往下一沉，干巴巴地看着他。

陆遥因为跑得太用力了，脸色发白。他走到电梯里面，把电梯门一关，按了二十三楼——顶层，让电梯往上升。

陆遥和她面对面，空气凝固了十几秒，他从牙缝里挤出一句话："在它到二十三楼之前，你给我解释。"

李明珠嗫嚅片刻，一双眼睛盯着陆遥。

电梯到三楼的时候，陆遥打破了沉默："很好，你没话说对吗？"

"接下来你也不用说话了。"

李明珠还没来得及反应，肩膀蓦然被陆遥攥住，一股不容抗拒的力量将她往前一扯，她的手挡在他胸口。

"陆——"她的话音还没出口，嘴唇便被陆遥含住了。

这个亲吻没有温柔可言，陆遥几乎是咬上来的，嘴唇相撞的时候，李明珠就尝到了一丝血腥味。

李明珠拼命别开脸，企图换口气，她争分夺秒地开口："陆遥……我看你疯了！"

陆遥掐着她的下巴，强迫她和自己对视。她的下巴被他拧着，被动地抬起头。

她这才注意到，陆遥眼里竟然含泪。

李明珠愣住了，顿时没了反抗的力量。

她内心痛苦提醒自己：这五年他过得很不好，我让他受委屈了。

陆遥看着她，手上松了力气，慢慢地靠过去，这回他轻轻地蹭着她的嘴唇，沿着她的唇线，在她的下唇上咬了一口。

陆遥把头埋在她的肩颈上，这个动作让她十分熟悉。

片刻后，陆遥的眼泪把她肩膀上的衣服打湿了。她心里最柔软的地方被一根尖锐的针戳了一下，不一会儿就鲜血淋漓。

陆遥带着鼻音，闷声质问李明珠："你为什么不要我？"

"我……"

李明珠心想：这要怎么回答？我没有不要你，我还喜欢你，我可不可以再和你试试？

所有的话争先恐后地往嘴边挤，结果话太多了，反而堵在喉咙，一句都说不出来。

说不出来才好，李明珠警告自己：你说出来了，还是个人吗？

当初走的是她，她还有什么资格说这些。

李明珠的目光缓缓地移开，放在陆遥胸口的手轻轻地推了一把：

“陆遥，你长大了。”

她还是这句话，从他十六岁开始，这话她挂在嘴边说个不停，很烦人。

这句话像一个魔咒一样，时时刻刻都在警告陆遥，叫陆遥成熟一点儿，懂事一点儿。

换作十六岁的陆遥，这句话确实能把他唬住，可惜李明珠低估了两人没有交流的这五年，她对这五年的他的了解是空白的。

“你说得很好，既然我长大了，就做点大人做的事情。”陆遥冷哼一声，桎梏着她的手腕。电梯门打开，陆遥关上，按了一楼。

下楼的时间在沉默中被拉得十分漫长。

李明珠盯着自己被拉住的手，做了几分钟的思想工作。理智叫她赶紧甩开陆遥的手，感性却又贪恋这点儿联系。

她摇摆不定的时候，一楼到了。

陆遥几乎是把李明珠扯出去的，李明珠被他拉扯得一个踉跄，险些站不稳。

她猛地回过神，说：“陆遥，你停下！”

她年少时和陆遥的身高差得有些大，这些年陆遥似乎又长了一些，两人的身高差拉得更大。

李明珠尚未习惯穿高跟鞋，现在踩着低跟鞋，被陆遥一扯，走得磕磕绊绊。

大家在大楼底下看着这一幕，纷纷把目光投向陆遥身上。

苍水经常来 COL，陆遥作为队长，被众人熟知。

COL 楼下的接待人员经常能看见陆遥，但从来没看见过陆遥拉着一个女人啊！

这简直是一个劲爆新闻，某个接待人员下意识地拿出手机拍照。

“松手！陆遥！”

陆遥非但不松手，反而拽得更紧了。

李明珠挣脱不开，力气也没他大，被拽着走了一段路，脚下一崴，险些摔在地上。

陆遥反应及时，扶住了她。

他索性将李明珠拦腰抱起，往大门口走。

她惊呼一声，大厅内的围观群众也跟着惊呼一声，后者顿时看热闹不嫌事大，纷纷起哄。

李明珠震惊到没来得及反应什么。

她的脑子里瞬间蹦出两个念头：陆遥疯了！这兔崽子反了！

她的后脚跟被低跟鞋子磨破了，陆遥直接替她脱了鞋，将它拿在手里，他问道："你还跑吗？"

李明珠："……"

苍水的车在地下车库停着，陆遥把她整个人塞进车里。

李明珠坐在副驾驶座上，陆遥替她系上安全带，手下带着力气，好似要把她绑死在车上。

李明珠恼羞成怒："你把鞋还给我！"

"不还。"陆遥从另一边上车，"吃什么？"

"我不饿。"

"可以，那跳过吃饭这个步骤，我们直接上床。"

李明珠："……"

"吃饭。"

陆遥看起来情绪稳定了许多，至少没有像刚才两人见面时那样吓人。

他现在心情不错，重复道："吃什么？"

"随你。"李明珠揉了下眉心。

"地址。"

"什么？"

"你的家庭住址。"

李明珠顿时想起自己家里还有一个现在很可能睡得四仰八叉没清醒的"瑶瑶"，果断拒绝。

"我住在酒店。"她面不改色地撒谎。

"酒店地址。"陆遥问。

李明珠沉默了一会儿。

陆遥在她不知道的五年里，练成了她难以把控的性格，她现在完全摸不清他在想什么。

"骗子。"陆遥下了个结论。

他却没追问李明珠住在哪里，直接往自己家里驶去。

方天在半路上给他打了一个电话，电话里方天的语气激烈："陆遥，你人呢？"

"有事，请假。"陆遥补充，"私人感情问题。"

方天道："废话！全世界都知道你的私人感情问题了！你上微博看一眼！我看你是嫌自己还不够红，是不是？"

陆遥皱眉道："微博怎么了？"

"你还好意思问我，陆遥神秘女友，陆遥COL大门口公主抱，你想听热门的哪一个？"

"是真的。"

"我当然知道是真的！我眼睛没瞎！你还真是大方啊，照片视频要什么给什么！平时我怎么没见你这么给记者面子？现在微博全是实锤……"

陆遥打断他："我说是真的。"

方天说："什么？"

"神秘女友。"

方天："……"

"所以不用公关。"

"你……你人呢？"方天无奈了。

陆遥一只手把着方向盘，另一只手抽空打开微博，看了一眼实时热门。

热门上赫然是十分夺人眼球的话题：

"陆遥COL大门口公主抱神秘女人"

"陆遥女人"

"陆遥COL"

"陆遥恋情"

他翻了一条新闻，把四个字标题读给方天听。

"密会女友。"他说完，就挂了电话。

李明珠在一旁听着，全程沉默。

她除了刚开始见到陆遥有些慌张之外，现在已经完全冷静下来。

五年没有见面，突然遇到，确实让两个人都措手不及。

尤其李明珠还是当年拍拍屁股就走人的人，什么也没给陆遥交代，她是愧疚的。

她过了慌张的时间段，此时冷静下来，心里却也一团乱麻。

这样面对陆遥，那样面对陆遥，怎么面对他，都叫李明珠脑仁疼。

陆遥倒是一副老神在在的模样。

下午六点多，陆遥把车停在小区车库里。

他打开车门，从后面把李明珠的鞋拿出来。

陆遥单膝屈起，距离地面有三厘米，半跪在车门口，看着姿势跟求婚似的。

李明珠脸上一热，说："你干什么？"

"脚。"

李明珠没动静。

陆遥现在对李明珠来说就叫作"翅膀硬了"，说一次李明珠没动静，他就懒得说第二次，直接上手了。

他伸手就逮住了李明珠的脚踝，她的脚腕白生生的，纤细小巧，一只手就握住了。

李明珠往后退了一下。

"陆遥！"

陆遥不管不顾，小心替她把鞋子扣上。

"你不想被我抱着逛超市，就把鞋穿好。"

李明珠不动声色地想：很好，很好，现在你还会威胁我了。

陆遥一只手放在车门上，另一只手放在椅子上，他整个人挡在门口，十分具有压迫性。

陆遥问："你还跑吗？"

李明珠："……"

陆遥道："不说话？"

她不可避免地想到刚才自己不说话的下场，嘴唇被陆遥咬过的感觉还清晰地刻在骨子里。

李明珠拍开他的手，说："起开。"

陆遥让出了一条小道。

李明珠气急败坏地走在路上，一边想着陆遥这个兔崽子"反了天了"，一边又想"我真是疯了，才会让他带我到这里"，她气得身体都晃晃悠悠的。

陆遥跟得很紧，几乎是贴在她身边走路。

李明珠的语气有些冲："你贴我这么近干什么？锅贴吗？"

陆遥自然道："我怕你跑了。"

李明珠听罢，心虚了："我不会跑……"

陆遥道："你说得对。"

他突然抓住李明珠的手，固执地和她十指相扣。

李明珠甩了两下，没甩掉，反而动作太大，把自己甩到陆遥怀里去了。

她根本不是自己甩进去的，而是陆遥故意拉了一把，把她整个人抱在怀里，走路都不方便。

“陆遥，我走不了路了。”李明珠叹了一口气，“你抱得太紧了。”

“是吗？那换你抱着我走。”

李明珠说：“我不是这个意思，你……”

陆遥打断李明珠的话，道：“去超市。”

陆遥晚上低调了一些，他害怕李明珠被围观，所以戴上了口罩和黑框眼镜。

他像变魔术一样把这东西从口袋里变出来，一看就是饱受粉丝围堵的折磨。

李明珠在国外的时候很少逛超市，回国之后更是没有时间逛。这次陆遥带着她来超市，还是她五年后头一回正儿八经地逛。

李明珠的手被他拽着，全凭他的喜好瞎转悠。他一会儿去熟食区，一会儿去生鲜区，看到什么就买什么。

他买的时候还问问李明珠：“吃虾吗？”

“这条鱼挺像你的。”

“补充，摆摆尾巴游走的时候最像。”

“你喜欢吃肉吗？”

“我记得你以前不喜欢吃。”

“补充，五年前。”

……

陆遥每说一句话，都要强调一遍“五年前”，似乎时时刻刻在提醒李明珠自己有多渣。

在超市逛了四十分钟后，陆遥拖着她付完了钱。

付钱的时候，收银台旁边摆着一大堆花花绿绿的小盒子，陆遥多看了两眼，把李明珠看火了：“你往哪儿看呢？”

陆遥收回目光，笑了一声：“没看。”

他一只手扣着李明珠不让她跑，另一只手拎着一大袋子东西，两人看上去就像正常的小情侣。

陆遥一路把她带进了屋子。

陆遥的房间装修十分简洁，以黑白灰为基调的北欧风，一如他多年前的洁癖，干净得一塌糊涂。

陆少爷肯定不会自己打扫，而是请了钟点工，一天两扫，比住酒店的待遇都高。

陆遥进门落了两道锁，咔嚓咔嚓转好，把钥匙塞进自己口袋里。

李明珠："……"

陆遥道："这里是十六楼，你别想从窗外跑。"

这得有多大的阴影。

李明珠觉得无语："幼稚。"

陆遥提着一袋子菜进了厨房。

李明珠一脸诧异：他还会做饭了？

陆遥没有让她诧异太久，很快，里面传来了锅碗瓢盆争先恐后"跳台自杀"的清脆声音。

李明珠靠在门口，看着陆遥手忙脚乱地刮鱼鳞，以及那条半死不活、蹦跶得很是欢快的鱼——它还很英勇地甩了陆遥一脸水。

李明珠不知道自己今天第几回叹气。

"我来吧。"

李明珠做饭时，这些厨具又乖了起来。陆遥哪儿都不去，就在厨房门口靠着，看她做饭。

他看着李明珠，占有欲和深沉的欲望从眼底漫出来，瘆人得很。

李明珠顶着他的目光，艰难地做了几个家常菜——她按照记忆里陆遥的口味放的调料。

一顿饭吃完，李明珠眼看就要九点了，心平气和地开口："没别的事我就回去了。"

陆遥放下筷子，说："我有事。"

李明珠心里咯噔一声响。

陆遥今天下午看着跟没事人一样，没有追问李明珠为什么离开，现在吃完了饭，李明珠估摸着他是要来算总账了。

哪知道陆遥开口："等我洗完碗。"

李明珠愣了一下。

陆遥淡定地把碗收拾好，真去厨房洗碗了。

他抽空和李明珠讲话："浴室在主卧里面，家里没客房，只有双人床，睡衣在柜子最下面的抽屉里。”

李明珠不作声。

陆遥洗完碗出来，看见她站在客厅中间没动，问道：“要我帮你拿吗？”

李明珠冷静地开口：“陆遥，我得回家了。”

陆遥坐在沙发上，打开电视，长腿往茶几上一搭，随意道：“回家？回哪个家？你不就在家里吗？”

“别闹。”李明珠答。

陆遥眼皮一抬，说：“你觉得我看起来像闹吗？”

大门锁着，除非知道密码或有指纹，钥匙在陆遥手里，陆遥不开门，她走不了。

李明珠的手指颤了一下：“陆遥，你长大——”

一阵天旋地转后，她猛地被压在沙发上。

李明珠倒下来时磕到了遥控器，电视机啪的一下关上，顿时，房间里一点儿声音都没有了。

四下一片静谧，只有陆遥的呼吸声在她耳边放大了十倍。

这是今天她第二次说这句话，也是今天第二次被打断。

陆遥撑着身体，双手压在她耳侧，双腿压在她身上。

然后他腾出一只手，饶有兴趣地玩弄着李明珠的头发，打了几个卷，忽然凑到她耳边小声道：“我有没有长大，你不是很清楚吗？”

陆遥道：“你要再试一次吗？”

“陆遥！”她真的生气了。

陆遥收起了坏笑，望着她的双眼。

两人就这么耗着，谁也不肯先移开视线，好似要把对方的灵魂都看个干净。

半晌后，陆遥问道：“李明珠，我是你从垃圾堆里捡来的垃圾吗？”

“大家把垃圾扔进垃圾桶的时候，都知道扎一下塑料袋口提示它，我连垃圾都不如吗？”

李明珠哑然。

陆遥的身体渐渐地压下去，无限亲密地贴在李明珠身上。

他收紧了手臂，把李明珠扣在怀里，抱得满满当当。

“我做梦的时候这样抱过你，醒来的时候你就不见了。”

“第一年，我总是想到你，你走的时候打我一顿就好了，我就不会老觉得你好。”

“我想过你要过得比我好，别让我知道了，我想过很多……”

“后来我还是想见你。”

“我又不是神仙。”

李明珠听他说完，一时间什么话都答不出来。针扎着心脏那种密密麻麻的疼又泛了上来，堵得她呼吸困难。

她心想：我真不是个东西。

陆遥锁了她一晚上，还真没让她回家。

如果不是第二天早上他要去俱乐部训练，他估计能把她锁一个星期。

李明珠早上起来准备走的时候，陆遥还紧紧地盯着她，看这架势，仿佛要在她手机里装一个GPS卫星定位系统。

李明珠站在门口，说：“开门。”

陆遥开门。

李明珠走了一步，被他猛地一拽胳膊。

“别闹。”

陆遥说：“晚上你几点回来？”

“我……”

“六点，我下班就要看到你，你如果不回来……现在你也不用走。”

李明珠说：“我有我的事情，陆遥，你也有你的事情。”

“我没有。”陆遥十分肯定，几乎是立刻回答了，“我的事情就是你。”

“无理取闹。”李明珠往外走。

“你下午回来吗？”

“说话。”

李明珠被他逼到墙角，十分无力，因为又出现了那种她无法掌控的局面。

她无可奈何道：“回来，你可以放开我了。”

陆遥道：“六点，我去接你下班。”

“你几点下班？”

“六点。”

陆遥心情很好，道：“你在门口等我，不要让我找不到你。”

李明珠想起自己五年前爬起来就跑的那件事儿，此刻听到陆遥这句话，简直被戳中了死穴。

“你不用来接我，我自己回来。”

“那不行，你跑了怎么办？”

李明珠最后拗不过他，只能让他下午来接。

陆遥在去俱乐部的路上，心里七上八下，直到目送李明珠到了 COL，他也不敢很快离去，而是在门口驻足了一会儿。

李明珠到了办公室，立刻受到瞩目。

显然，昨天在场的那两个小姑娘早上已经分享了这个八卦。

众人看她的眼神都变得暧昧起来。

李明珠只好拿出高中那会儿生人勿进的气场，冷冰冰地坐着。

尽管如此，也有人不怕死，凑上来询问。

小梅一脸八卦：“新来的，你和陆遥是什么关系啊？”

李明珠一脸漠然。

小梅道：“昨天大家可都看见了，陆遥追着你下去的，还有下午那个新闻，微博上说的被公主抱的人是不是你啊？”

李明珠无视她。

小梅锲而不舍：“你是陆遥女朋友吗？”

李明珠的手在键盘上顿了一下，冷冷道：“你吵到我了。”

她相当不给小梅面子。

小梅被堵了一下，见李明珠一副清高的样子，顿时心里有些不爽。

昨天被李明珠拂了面子的王斌嘀咕一句：“装什么装。”

李明珠权当没有听见。

她很快就要跳出这个宣传部，没必要花工夫跟这群人打好关系。

中午，季瑶打电话给李明珠。

她一接通电话，就听到季瑶拖长了声音的撒娇：“明珠——饿死了——”

李明珠一边整理这几年国内药材的价格变动资料，一边回答：“我没死，你哭丧哭得早了点。”

“你没有死，是我饿死了，你昨天晚上怎么没回来呀？你是不是外面有人了？呜呜呜，我好惨啊，我这个——”

李明珠的耳朵要被她喊出血，便挂了电话。

没几秒，季瑶又打了电话过来。

这回李明珠先说话：“还喊不喊？”

季瑶乖得像一只小狗，拼命摇头：“不喊了。”

李明珠道：“你想吃什么……”

“炒虾仁儿，炒腰花儿，炒蹄筋儿，锅烧海参，锅烧白菜，炸海耳，浇田鸡，桂花翅子，清蒸翅子，炸飞禽，炸葱，炸排骨，烩鸡肠肚儿，烩南荠，盐水肘花儿，拌瓤子，炖吊子，锅烧猪蹄儿——”

“都没有。”李明珠冷酷无情地打断她。

“白水面和青菜面，二选一。”

“唔……”季瑶蔫了。

“还是你想吃巴掌？”

“青菜面！”季瑶识时务者为俊杰，高举双手，“报告李老师！”

“说。”

“我能申请加个鸡蛋吗？”

“给你加两个。”

季瑶欢呼着从床上跳下来，发出咚的一声。

李明珠听到声音，就知道她光着脚。

“你穿上鞋，别着凉了。”

季瑶大声道：“我知道了，爸爸！”

李明珠：“……”

下午六点，陆遥掐着时间，一分不差地在COL门口等着李明珠。

李明珠刚出门，就被他堵住了。

陆遥这次知道戴墨镜和帽子了。

但是昨天他在COL门口闹了那么高调的一出，今天就算是做了伪装，楼底下的接待员还是认出他了。

一次两次的……这还真是他女朋友？

李明珠在车边站了一会儿，陆遥道：“上车。”

陆遥的攻势弄得李明珠措手不及，她来不及想如何应对，只好上车，报了地址。

陆遥的手一顿，没说其他话，照着李明珠给的地址开去。

季瑶在家里等着李明珠的加蛋青菜面。

到了楼下，陆遥接了一个电话，李明珠先上楼。

一开门，季瑶本来瘫在沙发上，听闻她的声音，立刻从沙发上跳起来。

她正在刷微博，昨天晚上从酒吧回来之后睡到现在，她错过了一些精彩的事情。

显然，刚才她刷微博的时候把那些都补回来了。

李明珠一只脚踏进客厅，季瑶就飞扑上来。

她胸前软绵绵的，蹭在李明珠的胳膊上，先是质问："你昨晚去哪儿了？"

李明珠："……"

季瑶很热衷于扮演"自己独守空闺"的弃妇，一天控诉三次李明珠不爱她。

李明珠习以为常，推开她，问道："你想把鸡蛋换成巴掌吃吗？"

季瑶一下子就软了，她黏着李明珠，一边刷微博一边挂在李明珠身上。刷到一半，她突然尖叫起来。

李明珠险些被她喊得耳膜穿孔："你鬼叫什么？"

季瑶猛地抱着李明珠，说："明珠，我说了你不要激动，我知道你们追星的都接受不了偶像和别的女人谈恋爱，但是你要知道，这段感情从一开始就是错误的！"

李明珠："……"

季瑶道："陆遥好像有女朋友了，你要不换个偶像追吧，我看最近出道的那个什么组合里面的队长就挺好看的。"

李明珠从冰箱里拿出面条。

季瑶喋喋不休地安慰她："我知道你很喜欢他，但是你要想开一点儿，哪个男人不谈恋爱呢？"

"哎！对了，说起这个，我上回在购物中心还偶遇他了，向他拿了签名，原本打算给你的，我把这事儿忘了，我去找找签名，你等我呀！"

季瑶穿着一双毛茸茸的兔子拖鞋，蹦跶回了自己卧室。她在卧室里翻箱倒柜地找签名时，陆遥打完电话，按照李明珠给的楼层号码找了上来。

门没关，他直接换了鞋进入屋子。

厨房里有人在忙活，鸡蛋在锅里吱啦吱啦响。

陆遥心想：还算你有良心，知道给我做饭吃。

他完全没注意到客厅里放着的两个杯子，鞋柜里摆放的十几厘米尖细的、完全不属于李明珠的鞋子。

季瑶翻到了签名，喊着李明珠的名字跑出来："我找到啦！明珠，你看看我——”

陆遥和她对视。

季瑶的话戛然而止。

李明珠这碗加两个鸡蛋的青菜面没做多长时间，一端出来，就看见客厅里的两个人震惊地对望着。

陆遥率先反应过来，看见季瑶穿着睡衣，头发凌乱，散在背后——明眼人一看就知道她是长时间住在这里的。

鉴于李明珠曾经有过辉煌的被女人暗恋的情史，这让陆遥无差别针对接近李明珠的男女，更别说季瑶这种长得风情万种、前凸后翘的女人。

陆遥开口：“她是谁？”

李明珠心想：什么口气！

李明珠无奈道：“我室友。”

季瑶猛地回过神，她还没来得及询问陆遥怎么会在这里，就被李明珠头一回这么刻意的回答激怒了。

季瑶一开始就是打着追李明珠的想法接近她，后来发现她是个女人之后，这个念头就没了。但这几年季瑶贼心不死，天天以“明珠背后的优秀女人”自居，现在这家里来了一个陌生男人，男人还一副捉奸的样子问李明珠，她是谁。

先不管陆遥是不是李明珠的偶像，也不管他是来干什么的，季瑶的第一反应就是委屈，李明珠这两个字“伤透了”她的心。

“室友？”她提高声音。

李明珠暗道：不好，这个也要作。

她咳嗽一声，说：“先吃饭。”

“吃饭？”陆遥的声音比她更高。

他的目光投向这碗面上——这碗三分钟之前还是（自认为）李明珠为他下的面。

李明珠虽然五年不见陆遥，但对陆遥的某些性格却很了解。

她一下就明白陆遥想什么，这回更麻烦了。

我怎么只做了一碗面。李明珠在内心深处拷问自己：你为什么不多做一碗面，能把你的手下断了还是怎么样？

季瑶的一双大眼睛看着面，陆遥看着李明珠。

李明珠被陆遥看得背后发毛，顾不得什么五年前五年后，他到底想干什么等问题。

条件反射地，她换上了多年前的腔调，哄道："遥遥，不要闹。"

季瑶嘟嘴，自然地接话："我没有闹。"

李明珠："……"

对了，这个也是瑶瑶。

季瑶浑然不知，立刻把陆遥的签名扔了。

此时他的签名不是可以拿来讨李明珠欢心的东西，好似洪水猛兽，季瑶拿在手里很不舒服。

陆遥站着，脸黑得跟墨水打翻了似的，咬牙切齿道："遥遥？"

季瑶开口："你喊这么亲热干什么？我可不认识你。"

她的话语充满敌意。

李明珠后退了一步，心想：小祖宗，你不说话没人把你当哑巴。

陆遥回过头，盯着李明珠。

季瑶像小狗似的竖起耳朵，面也不吃了，索性问道："明珠，他是来找你的吗？"

"闭嘴！"李明珠终于把这话说出来了。

她的语气略凶了些，季瑶天生爱演戏，一看她凶自己，眼泪立刻泛了上来。

她声泪俱下道："你凶我！"

"你以前从来没凶过我……"

李明珠听到她这个熟悉的开头，心中警铃大作。果不其然，后面就是季瑶万变不离其宗的弃妇台词。

"你没追到人家的时候叫人家瑶瑶，现在追到人家了就凶人家！呜呜呜，李世美，我跟你的日子过不下去了！"

她一边说，一边作得起劲，但还是小心翼翼地端面，没打翻自己的碗。

看来她还有点儿理智。

但是那边的遥遥还有没有理智，就很难说。

陆遥周身的气压低得可怕。

"你不肯告诉我你家地址，就是因为她吗？"

李明珠不知道陆遥吃哪门子飞醋，解释得头都大了。

"她是女人。"

"你以前还是男人！"

李明珠说："那是以前……"

她觉得无语，干巴巴说到一半，又愣住了，心想：我为什么要和他解释？

陆遥看她不说话，便当她默认了。他的心简直被打击得千疮百孔，就差给他打一束追光灯，配上一段《回家的诱惑》主题曲，再给他即兴来一段二胡，让他委屈巴巴地闹一场了。

"你为什么不解释了？"陆遥赌气道。

"我没必要和你解释。"李明珠干脆摊牌，"我们已经分手了。"

季瑶听罢，先是一愣，然后一阵咳嗽，面条呛到喉咙里，呛得她面红耳赤。

李明珠这几年照顾她都快成习惯了，下意识帮她拍了拍背。

她的动作轻柔，脸上有藏不住的担忧，也有对季瑶这么大了还照顾不好自己的无奈。

这些熟悉的表情和动作——以前都是他的。

陆遥看着此景，眼尾都气红了。

这个女人是哪里来的强盗、小偷，把原本属于他的东西全部偷走了，而且是整整五年。

陆遥说："我有同意你分手吗？"

"五年前你提过分手吗？"

五年前李明珠确实没有提过分手，但是她那么一走了之，明眼人都明白那是分手的意思。

陆遥在和她抠字眼儿。

季瑶好不容易缓过来，震惊道："你谈过恋爱？"

"不懂事，闹着玩儿的。"李明珠淡然道。

陆遥捏紧了拳头。

季瑶本能地感到了一股杀气！

她的直觉向来敏锐，立刻瑟缩了一下，钻到李明珠身后："他要在我们家住下吗？"

陆遥心想：很好，闹着玩儿，还"我们家"，李明珠，很好很好。

李明珠开口："不会，我送他出门。"

季瑶开口："别让他住啊，我怕他往我水杯里投毒，我这么年轻貌美，还想多活几年！"

李明珠推她一把，说：“你别乱说话，时间不早了，赶紧去洗漱。”

折腾到现在，也才八点左右，季瑶的夜生活都还没开始。

她听出了李明珠的弦外之音，估摸着李明珠和前男友多半有事情要解决，于是干脆地站了起来。

季瑶不作不死，嘚瑟地拿着毛巾朝李明珠挥了挥：“晚上我和你一起睡哦，明珠，我洗干净了在床上等你哟！”

末了，她挑衅地看了陆遥一眼，欢脱地蹦跶进了浴室。

李明珠收拾好碗筷，打开门，说：“走吧，我送你下去。”

李明珠住的地方是一个年代久远的小区，住在里面的都是一些老头老太太，晚上七点左右，小区里基本就没动静了。

陆遥的车停在小区里的停车场，李明珠送他到车前。

车子正好对着李明珠的房间。

陆遥说：“你跟我一起回去。”

李明珠说：“别闹。”

陆遥突然不想和她闹了。

他抱着李明珠的腰，把她拖进车里，按平了椅子，压在她身上。

短短一秒不到，李明珠就动弹不得。

“你在外面有别的女人。”陆遥肯定地开口。

李明珠：“……”

“你听听你说的这句话，合适吗？”

“她也叫遥遥。”陆遥面无表情道。

“她叫什么名字是我能决定的吗？”

“那你刚才叫的是我还是她？”

“你有毛病吗，陆遥？”

大晚上他把她拖进车里，就为了吃这么点儿什么都不存在的醋？

陆遥固执道：“她还说要和你一起睡，你晚上要和她一起睡吗？”

“她是女人。”

“女人也不行。”陆遥道，“你只能和你男朋友睡。”

李明珠心里一跳：“起来。”

“我不！”

“你给我起来！”李明珠使劲地推了一把。

陆遥吃醋吃得毫无道理，行为十分霸道。

他就是不肯起来，抱着李明珠死活不肯撒手，结果车内的空间就这么大，两个人蹭来蹭去，很快就蹭出问题了。

她的小腹被抵住，身体瞬间僵住了。

陆遥道："你得负责。"

"不知羞耻！"李明珠恼了，咬着牙用手敲了他一下，"你这五年来，除了长脸皮，什么都不长吗？"

陆遥一笔一笔和她算账："你刚才说，和我谈恋爱是不懂事，闹着玩儿，你是认真的吗？"

李明珠无话可说，她当年到底是怎么想的，现在就连她自己都说不出来。

十几岁的少年脑子里想什么，谁都不知道。

她生来不是事事都能考虑周到的。

陆遥听不到她的回答，心里多了一分怒气。

他心想：我非要把你收拾老实。

奈何他心里想得威风凛凛，身体却做不出任何行动。

李明珠多骄傲的一个人，他越是硬来，越会把她戳得笔直的一根筋折断，除此之外，什么好处都没有。

因此，时隔五年，陆遥重新拾起了老本行，他对这个老本行的业务很熟练。

高冷了五年的陆哥眼尾垂下，委屈地撒娇："我没说过分手，也没闹着玩儿，我是认真的，你一个人说了不算，我现在要重新开始追你。"

他补充道："这是合法的。"

李明珠心里动荡不已，她压下这段感情，黑暗中红着耳朵，挤出一句话："你就是这么追求我的吗？"

陆遥理所当然道："是你先睡了我就跑的，我有权利睡回来，一人一次，公平起见。"

"当然，我不会跑的，我比你可靠。"

李明珠推开他："你先起来，压得我喘不过气了。"

陆遥道："我不起来，我起来了好让你去见那个低配山寨版遥遥吗？"

"什么低配山寨版——"

陆遥的眼睛一眨一眨，望着她："你只能叫我，不能叫她。"

"她是假的。"

李明珠："……"

陆遥道："你叫一声听听。"

"不叫？"

"遥遥。"李明珠眉头一皱，"你无不无聊？"

陆遥顺势堵住她的嘴，车内的氧气一下子变得稀薄起来。

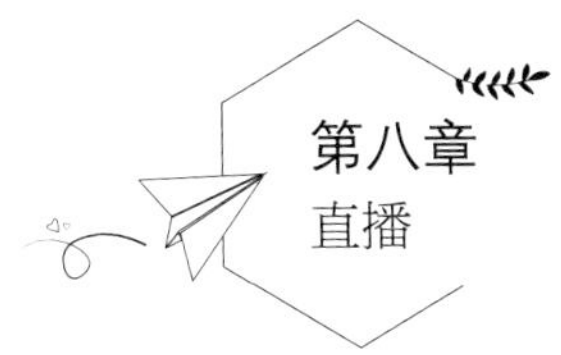

第八章 直播

李明珠倒没推开他。

陆遥认为，李明珠的心肠也没有那么硬，至少她现在软乎乎的，整个人充满了生动的气息。

陆遥说：“你和我回家。”

李明珠纠结着他的衣服，思绪也纠结成了一片。

至今陆遥表现得像一个没事人一样，虽然偶尔拿她不辞而别的事情堵她，但不是真心要找她麻烦。

李明珠惆怅地想：他难道不会恨我吗？他只记吃不记打吗？

李明珠记得当年自己只让陆遥在他的狐朋狗友面前丢过一次人，陆遥就硬生生记了她一年的仇。

陆遥现在缠着她，缠得她喘不过气：“你现在说话就非要离我这么近吗？”

陆遥闷声道：“我怕你跑了。”

李明珠沉默了。

片刻后，她问道：“陆遥，你不恨我吗？”

陆遥抱着她，道：“本来是恨的。”

李明珠心里一紧。

他又说：“后来我就不恨了，只想你回来。”

“我生日的时候许过愿望，只要你回来我就不恨你了。”

李明珠心情复杂。

“你没想过报复我？”她道，“我就这么走了，什么都没和你说。”

“不想。”陆遥十分认真道，“你走的五年我很痛苦，我不想让你也尝到这种痛苦。”

他很快补充道：“我等你告诉我，你为什么要走。”

李明珠的心软成了一摊水。

陆遥不是不在乎，反而是太在乎了，所以才表现得和以前一样。

他失去李明珠五年，五年间，对方发生了什么，喜欢了什么，遇见了什么，对他而言都是空白的。

陆遥从一开始就抓不住李明珠，她像一阵风一样到处飘，他从来都没有握在手里的踏实感，更别说面对五年后的她了。

所以陆遥什么都不敢变，他和以前一样，耍赖撒娇，无所不用其极。

但是当他看到季瑶的时候，心里又动了一下。

他没变，总有人要变。

这个世界大得不得了，李明珠这辈子不可能就认识他一个人，哪怕她再怎么高冷、固执刻板，身边也迟早会有朋友。

现在会有女人，以后就会有男人，李明珠不再是学校里顾着学习的少女，她将要挣脱束缚，走在社会的刀尖上，和形形色色的人打交道。

一千个人里面，一定有一个能走到她身边，不管是作为朋友还是恋人。

陆遥越抱越紧，像李明珠当年在医院里抱着他一样，抓着唯一的浮木，怎么也不肯松手。

陆遥觉得十分委屈：我不是她的唯一。

他这么想的时候，李明珠开口：“季瑶和你很像。”

陆遥伤春悲秋之时，被李明珠一说，没反应过来，只“啊”了一声。

“我在国外的时候，她有事没事就来缠着我，和你很像，说话，撒娇，不要脸，都很像。”

陆遥心想：我哪有不要脸？

“我以为我这辈子再也见不到你了。”李明珠叹了一口气，“我做得不好。”

陆遥听出了一丝不一样的滋味儿：她在和我解释？

陆遥坐直了身体。

他脑子里瞬间冒出了无数“霸道总裁替身前妻”的小说桥段（王奶奶经常看）。

李明珠道："这个世界上有很多陆遥，同名同姓……"

这个世界上有很多玫瑰花，小王子走上了一条所有人都会走的路，在路的尽头找到了一座玫瑰盛开的庄园，这些花儿和自己的玫瑰花一模一样，一共有五千朵一模一样的玫瑰。

要是让自己的"花儿"知道了，他一定会非常生气，会拼命闹，还会假装死去，他会吃醋，会无理取闹。

"她也不像你，她是我一个普通朋友。"

陆遥小心地听着。

小王子没有养其他玫瑰，他路过玫瑰庄园，见到的玫瑰没有被任何人养过，它们和成千上万的玫瑰一样。

小王子只给自己的玫瑰浇过水，给自己的花儿盖过罩子，听过它的撒娇和耍赖，这是自己独一无二的玫瑰。

"我只给一个陆遥整理过资料，只收过他的围巾，只让他拉着去看过难看的电影。"李明珠拍了拍他的肩膀，"我不会陪季瑶去看《小时代》，也不喜欢《爱的供养》。"

陆遥的眼眶红了一圈，搂着她的腰说："那你喜欢什么？"

李明珠道："王小波。"

陆遥把眼睛瞪大。

"王小波是你哪个同事？"

李明珠无语片刻，突然笑了一声："陆遥，我真的很喜欢你。"

换作别的男人拉她去看《小时代》，质问她王小波是她哪个同事，她大概会当场翻个白眼就离去，这辈子也不会和对方再有什么交集了。

她的爱像一种纵容。

她不喜欢的东西很多，且不愿意迁就别人。

所以李明珠这辈子唯一迁就过的人只有陆遥。

陆遥问她："那你五年前为什么要走？"

"你是不懂事，闹着玩儿才和我在一起的吗？"

李明珠说："你好好坐着。"

陆遥不好好坐，一定要半个身子挂在她身上："你先回答我。"

李明珠是一个不知道坦率为何物的别扭人，只要不给她打直拳，她的弯弯绕绕能把陆遥急死。

"不是我，是你。"李明珠说，"你不懂事，和我闹着玩儿。"

陆遥冤啊，他当即反驳："我怎么不懂事和你闹着玩了，我很认真的！"

半晌后，李明珠道："你认为我该用什么与众不同、别出心裁的思考模式，才能认为你是认真的，不是耍我的？"

陆遥："……"

李明珠还有更多话没有说。

高中那会儿她的生活过得很不如意，陆遥和她完全是两个世界的人。

她提醒过自己，陆遥只是走在泥潭边上的小少爷，因为他从来没见过泥潭里面还能住人，于是对泥潭升起了一丝兴趣，想要玩一场过家家性质的恋爱。

苏天瑜就是最好的例子。

李文林和陆遥一样，李文林是一个行走人间、不知疾苦的大少爷，某一天看到泥潭的边上竟然开出如此娇艳的花朵，他想都没想就把花摘了下来。

对他而言，他只是摘了一朵花，但对苏天瑜而言，她的根没有了，等来的就是一场劫难。

李明珠清楚地看到了自己未来的下场，即使如此，她也没有下定决心拒绝陆遥。

那时候李明珠不想放手，哪怕是被苦难压垮了都没想放手，她一个人固执地坚持了一年多。最后，妄想终究无法照进现实，她不放手，命运就把她的双手砍了，鲜血淋漓，把她带到了异国。

李明珠想说：我没有不要你，我是真的走投无路，没有办法了。

但她到现在都不肯和陆遥说，陆遥有些生气。

"你就是这么想我的吗？"

"李明珠，我要是把心挖出来放在你面前，你是不是也嫌它脏？"

李明珠道："你这是什么比喻？"

陆遥抱着她说："我不管，你刚才说喜欢我，你不能反悔。"

"我没有反悔。"

"那你和我回家。"

"陆遥，我还有工作。"

"你和我住在一起也能工作。"

“不方便。”

“有什么不方便的？你就是舍不得那个女人。”

“我没有。”

“你有！”

陆遥瞪着她说：“你晚上还要回去和她睡觉。”

“我不会的。”

“谁知道呢？你这个人总是撒谎，当着我的面一套，背对着我又是一套。”

“你和她不一样。”李明珠无语了。

陆遥不依不饶：“哪儿不一样了？”

“我喜欢你，不喜欢她。”李明珠推了他一把，“行了，你满意了吧？”

陆遥在她肩膀上蹭了两下，嘴角上扬，得意扬扬道：“那你今天晚上别和她睡。”

“不睡。”

“那你和我睡。”

“不行。”

陆遥问道：“为什么不行？”

他顿了一下，突然坏笑一声，拖长了声音，揶揄道：“你是不是想了一些下流的东西？”

李明珠看他越说越没有正行，口无遮拦，心想：我跟这个人没有任何话可以说！

她几番挣扎，总算挣脱了陆遥的桎梏。

李明珠下车后冷漠道：“你赶紧回去睡觉。”

她说完，也不管陆遥什么意见，直接上了楼。

陆遥闹了这么一下，倒让她把一些藏在心里不敢说的问题说出来了，她浑身轻松，打开了门。

她一打开门，便看到季瑶坐在沙发上，脸上写满了八卦，用探究的眼神打量她。

李明珠看到季瑶，脸色一沉：“季瑶。”

季瑶猛地站起来：“到！”

“我说过什么？”

季瑶装傻，眨了眨眼睛：“我忘了。”

“忘了是吗？需要我提醒你一遍吗？”

季瑶光速跪在沙发上：“我错了……”她眼泪汪汪，“你能不能不赶我走？”

季瑶补充道：“我不知道你和他的关系，天地良心！”

“你看啊，你对其他男人都很冷酷啊，我想嘛，反正你不喜欢男人，我可以帮你解决一半烦恼……我哪知道他是你前男友啊！”

她分明知道之后还在作妖。

李明珠冷酷地盯着她。

季瑶被李明珠越看越心虚，越看越害怕，她心想：完了，明珠生气了，撒娇都不管用了。

李明珠瞥了她一眼，内里含义十分明显：面壁思过。

季瑶嘟着嘴，凄凄惨惨地抱着被子滚回了自己房间。

她回到自己房间的时候，开了一条门缝暗中观察李明珠，同时慢慢地反应过来，心想：明珠从来没有对任何一个人上心过，所以陆遥真的是前男友吗？我才不会对前男友这么心软。

其次，这个女人想说：李明珠竟然会有喜欢的人！天哪！我可以去买明天的彩票，估计能中个大奖！

虽然她不需要这么多钱。

另一边，李明珠回到房间，洗漱完毕，开了夜灯，在书桌上开始工作。

她戴上眼镜，一动不动地坐了两三个小时。

快十二点的时候，李明珠揉了揉眉心，伸了个懒腰，关掉夜灯。

她拉上窗帘，准备就寝。

结果她的手刚碰到窗帘，人就愣住了。

透过窗户，她可以直接看到对面的木廊。

陆遥的车停在那里，到现在都没有开走。

李明珠没戴眼镜，看得不太真切。她抓起眼镜架在自己鼻梁上，仔细一看：陆遥靠在车边，竟然没走！

大冬天的，南方天气阴冷，陆遥外面只穿了一件风衣，风吹在窗户上发出诡异的声音。

她站在窗边，陆遥似乎发现她了，还招了招手。

李明珠：“……”

这都是什么事儿！这兔崽子还学会用苦肉计了！

李明珠从柜子里翻出一件羽绒服，开了门就往下面走。

陆遥站在车边，看她来了，连忙故意搓了搓手。

李明珠把羽绒服往他身上一披。

陆遥道："好冷哦……"

"你还知道冷！大晚上不回家睡觉，站在下面拍电视剧吗？"

陆遥用冻得冰凉的双手捧住她的脸，说道："电视剧的女主角来了。"

李明珠耳根泛红，捉着他的手，开口："我真是服了你了，上楼。"

陆遥得逞地笑着，跟在李明珠身后走到楼上。

"我要睡你房间里。"陆遥道，"我得查一下房间。"

李明珠就知道这个人不会老实听话回家，但是她也没想到，陆遥会在楼下站到凌晨。

她心想：我这是给他造成了多大的阴影，导致他这么不信任我？

陆遥满意地打量李明珠的房间。

房间里没有其他人，只有一张单人床，小得正合陆遥的意。

他偷偷比画了一下，李明珠要么睡他身上，要么睡他怀里，否则怎么睡都睡不下。

但事与愿违，李明珠从柜子里拖出了一床新的棉被铺在地上，铺好了便倒头睡在了地上。

陆遥坐在床边，怀疑人生。

他心想：她就睡地上了吗？

半晌后，李明珠也没有要起来的意思。

陆遥坐了一会儿，坐不住了，他直接把李明珠从被窝里挖出来。

李明珠睡得迷糊，惊呼一声。

陆遥动作迅速地把她往床上一塞，他还没睡进去，所以被子里面冰凉，冻得李明珠一哆嗦。

很快，陆遥跟着李明珠一起躺了进来，李明珠被他搂在怀里。

"快睡，我什么都不会做的。"

陆遥的怀抱比被子暖和，李明珠被他抱着，心跳骤然加速。

她心想：这样怎么睡得着？

她怀疑自己的心跳声陆遥能听到。

陆遥的双手紧紧地桎梏着她的腰。

李明珠睡意全无，甚至越来越清醒，她在黑暗中瞪着眼睛，不自然地动了几下。

陆遥闭了一会儿眼睛，感受到李明珠不安分的动作。

他贴着她的耳朵说：“你要是睡不着，我们就做一点儿很快入睡的事情。”

李明珠道：“我已经睡着了。”

陆遥伸手按在她的胸口，惊得她险些从床上跳起来。

陆遥本人却十分无辜，压根儿没往那方面想，他道：“你的心跳这么快，哪里睡着了。”

李明珠眉头一皱，说：“手拿开。”

陆遥这才意识到自己的手放在什么地方了，他的脸一红，嘟囔：“我又不是没……”

李明珠果断用手肘给了他一下：“睡觉！”

陆遥抱着她，嘀嘀咕咕地睡去了。

……

第二天一大早，李明珠掰开他乱放的手，洗脸刷牙，穿好衣服，来到客厅。

今天季瑶起得十分早，她穿好了衣服，正举着手机自言自语。

李明珠随口一问：“你干什么呢？”

“我刚下了个直播软件，Amy 推荐给我的，她说我长得这么好看，不当女主播可惜了！”

李明珠道：“吃什么？”

季瑶刚注册直播软件，只有几个路人偶然点进她的直播间，发现这个美人长得怪好看的。

就这么几个人，季瑶也大呼小叫地介绍道：“这个是我的室友，好看吧，不给你们看，嘻嘻嘻！”

李明珠走进厨房。

不一会儿，陆遥从她的房间里走出来，季瑶看见了，吓得从沙发上滚到了地上。

她的手机也跟着砸了下来。

手机砸下来之前，直播间冒出了一句话：我的天！刚才出来的那个男人是陆遥？

季瑶的直播间被关掉了。

但是陆遥出来的一瞬间，那张图还是被人截了下来。

图截得模模糊糊，又因为他出来的时候低着头抓头发，所以没有正脸，只是身形十分像陆遥。

虽然只有一个身影，也足够在网上掀起轩然大波了。

陆遥出现在某个陌生女人家里？

上回他在COL的大门口抱着一个女人，这回又从另一个女人的房间里出来。

网络上对陆遥女朋友的讨论度噌噌往上涨。

结果上回COL的事情还没结束，现在又出了一个直播事件。

COL的事情，苍水官方也没及时公关，和他们以往的作风完全不一样，留下大量让人遐想的空间。

直播图片一出，相信陆遥有女朋友的人有一半。

网上大部分的言论是：人家是电竞选手，又不是偶像明星，谈场恋爱无可厚非。

但小部分粉丝很激动，苍水俱乐部门口一大早就站了一些女孩子，纷纷蹲守着，想要找方天问个清楚。

这些女孩儿毅力可嘉，大冬天的，站楼下也不嫌冷。

这可就苦了方天，陆遥捅了一娄子的麻烦，全等着他收拾。

他立刻打电话给陆遥。

此刻，陆遥正在吃早饭，李明珠给他倒了一杯牛奶，他一边吃一边回答："我不知道。"

"你还说不知道？你现在哪儿？"

陆遥理所当然道："我老婆家里。"

李明珠："……"

方天说："老婆什么？什么老婆？你什么时候结婚了？我怎么不知道？"

"快了，我先喊着熟悉一下称呼。"

方天觉得无语。

他片刻未言，又问道："你真谈恋爱了？"

"我一直都在谈恋爱。"

方天听得一头雾水。

“你赶紧来俱乐部，从俱乐部后面绕进来啊，你的女粉丝都疯了，蹲在楼下大半天了，保安劝了几次，她们就走远了一点儿。你小心啊，来的时候别被她们抓住。”

陆遥皱眉道：“这么冷的天，她们生病了怎么办？”

方天扶额：“我也担心这个问题，我们不好赶人，也不好明说，你都给我惹出了些什么麻烦！”

陆遥嘟囔一句：“你好烦。”

方天怒摔手机，季信然接住了。

“摔坏了别号。”他理智地劝道。

方天又把手机拿起来：“反正我在电话里和你说不清楚，你赶紧给我回来！”

陆遥答应了一声，挂了电话。

李明珠道：“什么事？”

陆遥说：“方天问我们什么时候结婚，他要包十万红包。”

“噗”的一声，季瑶把水喷在桌子上。

陆遥嫌弃地看了她一眼。

季瑶自从昨天被李明珠收拾了一顿，早上老实了很多，暗搓搓地观察陆遥。

陆遥对她的敌意直白地写在脸上：我看你不爽。

季瑶识时务者为俊杰，吃完饭就利索地滚回了房间。

陆遥像一只巡视领地的大猫，看到季瑶小猫害怕，心中很是满意。

李明珠道：“扯淡！”

“什么扯淡啊，你不结婚啊？”陆遥撑着下巴，笑眯眯地看着她。

“你只能和我结婚，你和谁结婚都不行，我会去做掉新郎的。”

李明珠夹了一个鸡蛋塞进他嘴里，道：“胡说八道。”

陆遥心里美滋滋的：她没拒绝，那就是默认了。

早饭过后，陆遥姗姗来迟。

方天沉着脸色，站在门口等了他半天。

“你被粉丝发现了吗？”

“没有，我从后门进来的。”

陆遥春光满面，一改往日高冷脸打游戏的模样。

方天挑眉：“你真谈恋爱了？”

“嗯。”

方天说：“你那个谁呢，把你甩了的，你终于从失恋的打击中走出来，奔向第二春啦？”

陆遥反驳他：“没有第二春，还是她。”

方天说：“你够长情的！那人不是甩了你去国外了吗？”

“什么甩了我？没甩，暂时分开，异地恋懂不懂？”

陆遥往前走。

方天在原地站了一会儿，瞪大眼睛说：“哎！等等，遥遥，不对，你那个……不是……”

陆遥知道方天要说什么，回答道：“说来话长，我不想解释，你自己意会一下。”

方天说：“那你网上的事情怎么办？公开恋情？”

陆遥想起李明珠那个性格，在心里权衡了一下：“暂时不要。我不是明星，不需要对公众交代自己的感情生活，我也不造梦。”

况且逼得太紧了，他怕李明珠又跑了。

说完，他转身进了训练室。

他一到训练室，众人立刻围上来。

老于道：“队长，真的假的？你谈恋爱了？嫂子谁啊？带过来让我们看看呗？”

皮圈说：“我很好奇，什么样的女人能把队长收了。”

这事儿他们刚才在私底下偷偷讨论过了。陆遥这个人，面对李明珠的时候娇气，但是面对外人，那就是一个大写的高冷帅哥。

在苍水众人眼里，陆遥简直是最难摘的一朵高岭之花，他们平时无聊就喜欢讨论自家队长有女朋友了会怎么样，最后得出一致的结论。

第一：陆遥不可能有女朋友。

第二：他有女朋友了也高冷，酷哥的酷不受任何影响，电子竞技没有爱情。

显然，今天早上众人看到那张直播的截图时，第一条已经被推翻了。

别人不知道他们队长是什么样，这群人天天和陆遥待在一起，还能不知道陆遥是什么样吗？大家一看到图片就认出他来了好吗！再一看早上方天的样子，立刻知道这事儿十有八九是真的。

陆遥瞥了他们一眼，冷漠道：“你们很闲吗？”

他们当然不闲，训练的事情杂七杂八多得很，但是为了队长的八卦，必须挤出一点儿时间来啊！

可惜陆遥不给他们机会，打开电脑，戴上耳机，无视了众人。

方天站在门外，摸了摸下巴。

苍水这一次对于陆遥的绯闻依旧没有公关。

战队俱乐部没有处理，任由网友讨论了一个多星期，热度就慢慢地消下去了。

李明珠在COL宣传部里面待了一个星期，李琛就直接把她调进了总部。

这个星期，陆遥天天在李明珠房间里赖着不走，小小的床压根儿支撑不住两个人，特别是陆遥这种睡觉喜欢乱动的人，大晚上踢被子，睡了不到一个星期，两人就感冒了。

某天早上，季瑶咬着筷子道："要不你和陆遥住吧？"

李明珠顿了一下，说："怎么了？"

季瑶抽抽搭搭，很是委屈："他老瞪我……好像我是抢了你的小三，我压力大，你还不如搬去和他住。这几天我每天失眠，美容觉都睡不了！"

李明珠说："陆遥威胁你了？"

"没有，我只是替自己考虑。"季瑶大义凛然道，"要不然你一三五和他住，二四六和我住。"

陆遥立刻在沙发上反驳："做梦。"

季瑶耸了耸肩膀，说："你看！"

她哀怨地叹了一口气，说："明珠，三个人的感情我累了。"

李明珠："……"

陆遥："……"

李明珠叹了一口气。

她还是没和陆遥住在一起，至于原因，她也不肯说。

李明珠从一个小古板变成了一个老古板，老古板认为：没有结婚，怎么能随便同居？

当年她要不是以为自己再也见不到陆遥了，怎么可能会发生后来的事儿。

不过李明珠也没有一天到晚都在自己屋子里住，有时候陆遥要赖撒娇，也能把李明珠骗到他房间里睡两天。

他除了踢被子，其余时候十分老实，什么想法都没有，这倒让李明珠有些惊讶。

一月初，距离全明星赛还有三天，方天拉到了一个赞助。

这个赞助是直播软件的赞助，要求苍水战队挑一天给他们打广告，出的价钱十分可观。作为资本主义小奸商的方天，当即一锤定音，接下赞助了。

赞助商那边的人还特别叮嘱战队，一定要陆遥多出镜，多宣传一下他们的直播软件，方天一并答应。

但是直播什么内容，就成了一个问题。

方天把直播的事情和队员们一说，皮圈道："怎么直播啊？要不就直播队长快乐的一天，从早上直播到晚上，我相信会有很多人看的。"

老于说："你觉得队长能快乐一天吗？你看他的脸！"

皮圈转过头，看到陆遥正冷淡地看着他们。

"没关系，让小幺和他一块儿直播！"皮圈补充，"小幺油嘴滑舌，跟队长正好搭在一起讲相声，哈哈！"

"别提小幺，他最近发春。"

"他怎么啦？"

"上回我们不是去COL拍冬季宣传片吗，小幺说自己被爱情砸中了，痴迷里头一个员工，最近魂不守舍的，天天想着去打听人家手机号。"

"不是吧，他这种眼睛长在头顶上的男人，也会有看上的女人？"老于感叹。

此时小幺正捧着下巴，看着窗外。

"上回回来他就一直这个德行，我瞧不起他！"

方天敲了敲桌子，说："说正事儿呢，又给我跑火车，直播的事情你们怎么说？"

"还能怎么说，要么你决定，要么队长决定吧。"

"我是说直播的地点，你们有想去的地方吗？"方天挑眉，"给你们的带薪旅游。"

"旅游？"许杏的兔子耳朵立刻竖起来了。

不只她，训练室里听到这两个字的其他人眼睛一亮。

"没错，这次咱们就出去直播一日游，老直播打游戏多没新意，要让粉丝感受到我们战队平时私底下的团结友爱，和谐美好嘛。”

方天说得冠冕堂皇，却笑得很不怀好意。冬季赛之后，除了全明星赛，没有其他事情，苍水夺冠，众人也该放松放松。

陆遥打了个激灵。

……

李明珠被内线电话叫到了办公室。

李琛把桌上的资料给她，道：“成乾公司的景点规划，你看一下他们的茶园开发。”

李明珠接过资料，粗略地浏览了一下，说：“翻修？”

“这片茶园靠近景点，上面是有名的××山泉，外面连接野生动物园，成乾想把茶园翻修，设成一处新的景点，具体的策划都在里面，景区概况，开发现状，客源市场……”

李明珠眉头一皱：“这都是四年前的资料了。”

“对，所以要你走一趟。”

李明珠望着他说：“助理去走一趟？”

“和我。”李琛站起来，“你把这个项目拿下来，做好它。”

李琛顿了一下，说：“等这个项目结束之后，我会把你带到董事会里面。”

最后方天把直播旅游的地方定在了H市。

陆遥听到的时候恍惚了一下。

方天问道：“遥遥是不是在这儿读的高中？”

陆遥没心思听他讲话。

方天习惯了陆遥爱搭不理的模样，心想：你有本事以后对你女朋友也这样！

战队确定下来直播时间，把时间公布在微博上，却没有公布地点。

他们主要是怕公布了地点，陆遥的女粉丝组队来堵他。

旅游日当天，心情不大好的陆遥上了车，原因是李明珠前天出差，到今天都没回来。

他独守空闺两个晚上，心情怎么都好不起来。

方天在战队的大巴上摆弄手机，嚷嚷：“充电宝你们都带了吧？我怕直播到一半手机没电了。”

皮圈自告奋勇，把自己的三个充电宝都贡献了出来。

方天表示给他加分。

直播时间是上午九点到下午三点，分为阶段性直播和队员轮流直播。

直播顺序抽签决定，陆遥抽到了中午十二点左右。他的粉丝乐坏了，这时间点正好开饭，女粉丝表示看着陆遥的脸，能一口气吃三碗饭。

第一个直播的是老于，老于是战队里的老好人，别人打游戏脾气越打越暴躁，他跟人家反着来，越打越心平气和，堪称佛系电子竞技选手。

老于的脸一到屏幕里，屏幕就炸开了。

毕竟是刚开的直播，粉丝都有些兴奋。

弹幕一下子刷上来一大片，快得老于就算有十双眼睛都不够用。

"哎！你们别刷这么快啊！我啥都没看见！"

"我真看不见，你们不会是欺负我打游戏近视眼吧？"

"这我不知道，队长直播的时候你们问他吧。"

"网上的东西嘛，真真假假的，谁说得清呢！"

"冠军？必须啊！有你们遥哥在，谁来了都得跪！"

"让他们永争第二去，我没意见！"

老于和粉丝什么都聊得起来，避重就轻，四两拨千斤，很快就把他负责直播的一个半小时混过去了。

方天把手机交给第二棒直播的小白。

他在镜头外使了个眼色，让小白到车前面去直播，小白心领神会，拿着手机远离了方天。

他一走，方天就问老于："网友都怎么说？"

"还能怎么说，全是问队长是不是有女朋友了，问我们为什么不出来澄清。"老于看起来很郁闷，"没几条不问的，我强行找了几个和队长不搭边的问题回答了。"

方天摸了摸下巴。

"那中午陆遥直播的时候，岂不是更壮观？"

老于想了一下那个场景，认可地点点头。

"何止壮观，粉丝这么问队长，按照队长那个性格，多问两句他就甩脸色不肯回答了，搞不好，烦起来了直接承认。"

陆遥脾气不好，是整个战队公认的，但他作为队长，团队指挥和平时训练却又负责得叫人挑不出错误，所以他的队长位置坐得稳稳的，没人能动摇。

也正因为如此，陆遥在队里就成了最难搞的一个人。

方天面对自己的摇钱树，深深地叹了一口气，说：“麻烦啊！”

老于观察方天这个神情，心里一动，八卦道：“队长真的谈恋爱啦？”

“你说呢？”方天反问他。

老于心想：看你这个表情，我就知道很有问题啊！

小白直播的时候，战队全员都已经到了H市。

陆遥多年后重新踏上这一片土地，有些感慨。

方天挑选的景点是一处野生动物园。

冬天大部分动物都冬眠了，不知道有什么好看的。

一行人下了车，果然，动物园里面的游客寥寥无几。

弹幕一片调侃，问方天怎么想的，冬天来参观动物园，简直有毒！

方天心想：不找个人少的地方，就轮到你们参观我们了！

这几年电竞行业发展迅速，电竞选手的代言接得不少，热门一点儿的选手人气都能相当于娱乐圈的三线明星。

特别是像陆遥这种脸长得好看，扔到娱乐圈里都帅得一塌糊涂的选手，从首场比赛开始，人气就一路水涨船高，关注度十分高。

粉他的很大一部分女粉丝甚至根本不关注电竞，就按照追星的套路来追他，搞得方天头疼得要命。

私生饭简直是世上头等难题。

直播逐渐交接到第三棒的人手里，众人对陆遥的感情问题都避而不谈，一大片弹幕问过去，大家都很有默契地装死。

围观动物园似乎成了苍水战队现在最专注的事情。

陆遥做这件事情尤为专注。

弹幕里的粉丝有三分之二是冲着陆遥来的，每个队友直播时——只要不是陆遥直播，弹幕就嚷嚷着要看陆遥在干什么。

于是乎，一个上午，这帮粉丝就看着陆遥用堪称严谨的眼神打量了所有动物。

快到中午，粉丝等了四个多小时，终于快等到陆遥的直播。

这时候陆遥接到了一个电话。

电话是李明珠打来的，他一看到来电显示，立刻拉开了和队友的距离，一个人越走越慢，走到了最后。

“干什么，你想我啦？”

李明珠忽略了陆遥这句话，直接开口：“你在H市？”

陆遥说：“是啊，你怎么知道？“

李明珠没回答陆遥这个问题。

她怎么知道的？这还不简单，刷微博知道的呗！

李明珠当年就关注了陆遥的微博，还设为特别关注，她开了一上午的研讨会，刚打开手机，就看到微博提示她，陆遥发微博了。

陆遥的这个微博转发十分公式化，多余的废话一句都没有，就是系统自动的“转发微博”。

但是原微博里面的内容废话一大堆，李明珠快速浏览一遍，直接提取了重点：陆遥来H市了。

她心里和陆遥想的一样，很是感慨。

这地方是他们相遇的地方，也是他们分开的地方。

“你不用管我怎么知道。”李明珠问道，“中午有空吗？”

陆遥听出了一丝不对劲。

“你什么意思？”

“我在你隔壁。”

陆遥：“……”

“什么？”

李明珠看了一眼手表，说：“五分钟，你来得了吗？”

陆遥道：“具体位置！”

李明珠笑了一声，报了个地址，然后迟疑了片刻，说：“你们中午有直播吗？”

陆遥说：“你管我这么多干什么？”

他挂了电话，喊道：“方天！”

方天道：“你喊哥干什么？有话快说。”

陆遥给了他一个十分灿烂的笑容。

方天后背一寒。

陆遥出现这个笑容，可不是什么好兆头。

方天道：“不要谄媚，你想干什么？”

“我什么都不想干。”陆遥严肃道，“我要去吃中饭。你把手机给我，我自己会直播的。”

方天疑惑道：“你不和我们一起吃饭吗？”

“有事儿。”陆遥也不解释有什么事，拿着他的手机朝方天晃了晃，意思就是自己要走了。

他根本不是要听方天的意见，就是知会他一声。

许杏一直关注着陆遥的动静，看他往动物园外走，连忙问了一句：“队长去哪里？”

方天无奈道：“我也想知道，再说了，你管他呢，他一直都这么不合群。”

许杏望着他离去的背影，惆怅了片刻：“他是不是永远都这么冷酷，都不会留下来看一眼身边的人吗？”

方天听罢，说了一句：“陆遥的性格你还不清楚吗，除非你站在他前面。这小子从来不知道往回看。”

此时，陆遥已经走远了。

李明珠和景区开发负责人道别之后，陆遥没一会儿就找到她了。

今天李明珠工作，穿了一身西装，白色的衬衫上扣子扣到了最上面一颗，窄窄的裙子裹着她两条纤细笔直的腿。

黑色十分适合李明珠，她就是在黑暗中开出来的荆棘花朵，黑暗让她充满危险和显得美丽。

陆遥远远看着李明珠，这朵危险的花看见他，露出了一个堪称温柔的笑容。

陆遥心想：我怎么做到的？

他至今都在佩服十六岁的自己，不知道他当年是如何排除万难，死缠烂打，竟然让他融化了这座冰山。

李明珠开口：“你怎么没戴口罩？”

陆遥指了指手表，说：“我女朋友只给了我五分钟。”

李明珠：“……”

陆遥笑嘻嘻的，那模样和他在队里的模样判若两人，叫老于他们过来看，他们都不一定认这个队长。

李明珠说：“你想吃什么？”

“随便，和你一起吃就成。”

李明珠咳嗽了一声，找了一家附近的酒店，订了一间小包厢。

方天在微信上提醒他时间到了，准备一下直播。

陆遥翻出手机，打开刚下载的直播软件。

微博上等了他一上午的粉丝沸腾了。

陆遥把手机扔在桌上，后来因为拍不到脸遭到了抗议，陆遥又只好把手机立起来。

李明珠正好点完菜，她抬起头，看见陆遥玩手机，皱了下眉：“陆遥，吃饭不要玩手机。”

看直播的人也听到了这句话。

李明珠的声音清冷干净，不似小女人的娇嗔，从屏幕里传出来，还有一些失真，因此听不太清楚是男是女。

弹幕刷着：

“对面那个谁啊，我佩服他的勇气。”

“上一个用这副口气和遥哥说话的人，坟头草已经三米高了。”

……

陆遥撑着下巴看弹幕，头一回觉得弹幕有趣。

李明珠别过头，说：“你在干什么？”

“直播。”陆遥坦然道。

李明珠顿时想起在微博上看到的直播事件。

她再开口说话时，刻意压低了声音。

“怎么在吃饭的时候直播？”

“抽签抽到的。”陆遥开口，“冬季赛打完了有一段假期，过两天就是全明星，然后放春假。”

李明珠那时候对电竞行业感兴趣，完全是因为陆遥喜欢打游戏，并且看起来很容易将这个兴趣爱好当职业。

李明珠热血上头的时候，也想过两个人的未来，甚至为之努力挣扎了一下，但结果不如人意。

李明珠“嗯”了一声。

陆遥在直播，她就很少开口，包厢里只听得到陆遥偶尔回答粉丝问题的声音。

弹幕里依旧大片大片关于陆遥女朋友的问题，陆遥抬头看了李明珠一眼。

李明珠回望他，做了一个疑惑的表情。

陆遥心想：这不是我一个人能决定的事情，我得先问女朋友。

等到饭菜上来，“女朋友”李明珠给陆遥盛了一碗饭。

“吃饭。”

陆遥笑了一声，说：“等下，他们要看我吃什么。”

李明珠：“……”

陆遥把饭菜拍了拍，弹幕里问他和谁一起吃饭，听声音不像老于他们。

陆遥随口一扯：“神秘人L。”

“神秘人L”一脸无语地看着他。

李明珠平时忙于工作，很少去了解直播软件、拍照软件等娱乐性质的东西，她的手机里只有系统自带的软件和两个聊天软件，唯一看着比较年轻的软件就只剩下微博了。

李明珠看了一会儿陆遥，陆遥的目光投向屏幕上，他正在和粉丝交流游戏技巧。

她拿出手机，找到了软件中心摸索了片刻。

李明珠靠着微博上的提示，把陆遥用的这款直播软件下载下来，按照提示注册了一个活像僵尸号的账号。

李明珠在首页找到陆遥，点进了陆遥的直播间。

她心想：我总不能不知道他喜欢什么。

第九章 要遥遥亲亲才起来

李明珠的僵尸号头像没有，签名没有，名字是一串英文和数字，不仔细看跟乱码似的。

这个账号进入直播间的时候，没有引起任何人注意，因为每分钟进直播间的粉丝太多了。

陆遥吃饭的时候不说话，粉丝再怎么起哄他也不开口。

他吃两口饭，抬起头给李明珠夹菜，次数多了，粉丝就感到奇怪了：陆遥的手怎么老往对面支。

一次两次就算了，次次都往对面去……一开始粉丝还以为他在夹菜吃，但是他的筷子拿回来的时候上面没有菜。

难道他有这么无聊，筷子就伸出去晃一圈，然后收回来？

陆遥显然不是这种性格的人。

这点儿小细节很快被粉丝发现了，弹幕里的粉丝纷纷化身福尔摩斯，一个两个相当专业，分析起陆遥这个动作是什么含义。

他的女粉丝是出了名的厉害，今天他在俱乐部门前喝口水，手上只要露出一条链子，第二天，这条链子是不是手工做的，在哪家店买的，多少钱买的，同款分分钟就扒出来。

所以粉丝的火眼金睛不是盖的，并且发现之后立刻在弹幕里问他：

“遥遥你在干什么，筷子怎么拿来拿去的？”

“我感觉你吃饭好乖，像一只白色的小松鼠，腮帮子一鼓一鼓的。”

“遥遥你挑食啊，我看桌上的青椒和胡萝卜你都没吃。”

当年陆遥吃饭吃得很是放荡不羁，一双筷子用出了夺命判官笔的气势。现在他吃饭的习惯，完全是后来跟李明珠在一起的时候，被李明珠强行矫正过来的。

他闭着嘴嚼菜，吃菜时吃得小口，光用一边牙齿咬，这样子让直播间的粉丝满地打滚，大叫好可爱。

当然，这也可能有大量的粉丝滤镜在里面，说不定陆遥就像当年那么吃饭，粉丝一样会喊好可爱。

十几万人在直播间口头“打滚”。

他们滚了一会儿，把问陆遥的正事儿忘了，到最后，一干人只顾着看陆遥吃饭。

后来这个问题被再一次提起的时候，是陆遥吃完饭的时候。

陆遥嘴上沾了点奶油，不知道他怎么沾上的，白白的一点，看着很是可爱。

陆遥去前台找服务员埋单，似乎没注意到自己嘴上的东西。

李明珠看到他嘴上那点儿东西，无语了。

她知道陆遥要面子，那是这一辈子都拧不过来的。

他现在和以前不一样，怎么说在电竞圈也是一个大神了。据李明珠所知，他还是一个高冷的大神。

他受到万千粉丝的瞩目，特别是现在还在直播，关注他的人就更多了。

因此，她的眉头轻轻皱起，自然地用手在他的嘴角处抹了一下。

这个动作在李明珠看来是非常正常的，她和陆遥更亲密的事情都做过了，擦一下嘴角，对她而言就是举手之劳。

众人在这一刻都看见了——屏幕里突然出现一双骨节分明的手，指尖圆润，跟玉雕琢的似的，往陆遥嘴上一蹭，弹幕瞬间就暂停了。

这双手出现了不到五秒，后来它进入关于陆遥十大未解之谜的前三条。

粉丝这么大惊小怪的主要原因，是陆遥这个人有洁癖，这是尽人皆知的，他的洁癖没有随着时间的推移而消失，反而越来越严重。

队友喝过的水不喝这可以理解，但是队友靠他近了一点儿，他就嫌弃地挪开了，这也太洁癖了！

他们在等陆遥的反应，只要陆遥的反应够大，表现出一丁点儿不耐烦，粉丝都有办法自圆其说。

结果他们等了一会儿，陆遥什么反应都没有。

也不能说什么反应都没有，反应还是有一些的：他歪过头，冲着边上的人笑了一下。

那笑容奶味儿十足，就差给他一双小狗耳朵叫他动一动了，和传说中的高冷大神完全不一样啊！

粉丝怒号：陆哥！遥遥！你的人设崩了啊！

弹幕全是：

“我现在深刻怀疑我喜欢了一个假陆遥！”

“对面那个……怕不是陆遥的老妈来了吧？”

“什么？婆婆来了？婆婆你看我，你喜欢我这样的女孩儿吗？我什么都不会，只会喜欢你儿子！”

“没人好奇对面那个人是谁吗？遥遥到现在都没给我们介绍，遮遮掩掩的，太奇怪了好不好？”

“是不是苍水的所有工作人员都得介绍给你认识认识啊？我劝某些女粉丝别太把自己当回事儿，真当自己是陆遥女朋友了？什么都要了如指掌？”

“估计是圈外的朋友吧，人家不愿意露脸也是情有可原的，大家别整天大惊小怪的，动不动就谈恋爱！”

……

弹幕快速刷过。

陆遥没看弹幕，他出门之后，围上了一圈围巾，把自己的脸遮掉了一大半。

李明珠低头摆弄着手机。

陆遥的保护意识很强，镜头根本拍不到李明珠，他把李明珠藏得很严实。

网友对陆遥交什么朋友不感兴趣，他们感兴趣的是陆遥本人。

特别是距离直播结束还有十来分钟，众人都很珍惜最后和陆遥聊天的机会。之前有什么不愉快的，到最后都自然地化解了。

李明珠没来打扰，她难得走路的时候拿着手机，低头研究着什么。

放在以前，这是根本不可能发生在李明珠身上的事情。

李明珠前几年很喜欢教训陆遥，叫他走在路上不能看手机，要看车。现在自己倒看起了手机，关键是看得比任何人都起劲。

陆遥把镜头调成后置，屏幕里只能看到马路前面的景色。

他探过身子，问道：“你看什么呢，我不好看吗？你要看手机。”

李明珠没想到走在前面一点儿的陆遥会杀个回马枪，她措手不及。

陆遥的脑袋已经凑到她的手机上面。

李明珠的手机界面正好是陆遥的直播间，弹幕都在喊陆遥把脸露出来，不要隐藏自己的帅气。

陆遥愣了一下。

李明珠不自然地咳嗽一声，面上泛红，眼明手快地就要关掉直播。

陆遥突然笑了一声，压低了声音在她边上和她咬耳朵：“你干吗真人不看，非要看视频里的啊？”

李明珠推开他，说：“好好走路。”

陆遥道：“喂，你不讲道理啊！明明是你先偷偷摸摸看我的……拿过来我看一下，你的名字叫什么？”

李明珠道：“你管我叫什么。”

陆遥笑道：“我不但要管你叫什么，我以后还要管你儿子叫什么。”

李明珠：“……”

陆遥手长，又仗着比李明珠高，轻轻松松地就从李明珠手里把手机抢过来了。

李明珠的名字是系统自动分配的：FJDJV8546189。

陆遥“啧”了一声，心想：这是什么名字？难看死了。

他大手一挥，果断地把李明珠的名字改了：要遥遥亲亲才起来。

李明珠无奈道：“你有意思吗？”

陆遥改名字改得不亦乐乎，一看就是觉得非常有意思。

他改完了名字，又认为系统的头像实在难看，和她的名字难分高下。他顺手打开了前置摄像头，对着自己自拍。

陆遥长得好看，自拍哪怕十分随意，拍出来的照片质量都是上乘的。

他将图像换成自己的照片后，拿着李明珠的手机噼里啪啦地打字：

“我最喜欢陆遥，陆遥是我的心肝宝贝，是我生命的四分之三。”

“我最喜欢陆遥，陆遥是我的心肝宝贝，是我生命的四分之三。”

“我最喜欢陆遥，陆遥是我的心肝宝贝，是我生命的四分之三。”

……

他一连刷了十条弹幕。

职业选手的手速很快，十条弹幕只被打断过一次。

弹幕齐刷刷地排着，十分壮观。

陆遥用李明珠的手机快速截屏，保存到手机里。

李明珠："……"

陆遥截图完了，一看时间差不多了，和粉丝打过招呼，就关了直播。

李明珠见他工作结束了，于是走快了一步，和他并肩。

她伸出手说："你把手机还给我。"

陆遥道："不要，我发条微博。"

李明珠说："用你自己的发不行吗？"

她嘴上拒绝，行动上却默认了。

李明珠回国和陆遥重逢，在一开始的不知所措和茫然过去之后，剩下的就是浓得化不开的愧疚。

她年少时没有勇气和陆遥一起承担苦难，也固执地不想让陆遥承担不属于他的苦难，她问也不问他一句，不和他商量，擅自做好一切决定，然后执行。

所以李明珠一直认为是自己让陆遥受委屈了，即使陆遥近来做了很多在五年前属于得寸进尺要挨打的行为（比如，动不动就对她上手），李明珠也会纵容他。

她就是没完全适应，嘴上还要说两句，心里却没有阻止的意思。

陆遥把她的手机拿过去乱搞，她完全没想到陆遥打开微博，首先会看到的就是自己账号这一点。

等他看到微博的时候，李明珠反应过来要抢手机也来不及了。

她的微博没怎么关注其他东西，首页几乎全是与陆遥相关的东西。

又因为她不常玩微博，更新的微博也少，五年里只有五条，每一条都是转发苍水战队每年祝陆遥生日快乐的官博，她什么都没说，光发了一个生日蛋糕的表情。

陆遥看了一会儿，心想：她五年都没有忘记我。

他越想越嘚瑟，心里被一阵暖流冲刷，人走得都要飘起来了。

陆遥原先怀疑李明珠在国外这几年也许和其他人在一起过，现在这个问题不存在了。

陆遥想表现得不动声色一些，但是那股得意劲儿全写在脸上了。

李明珠的微博被陆遥看到了，她的脸有些红，恼怒道："现在你可以把手机还给我了吗？"

陆遥哼唧一声，说：“那怎么行，你这么喜欢我，我得有点儿表示才行。”

李明珠的嘴角抽了一下，说：“你别给我添乱就是最好的表示。”

陆遥偏偏要给她添乱。

李明珠没拿回手机，陆遥在两个人聊天的时候，编辑好了微博，上传好了截图，点击，发送。

陆遥：准了！

配的图片就是陆遥自导自演拿李明珠账号刷的弹幕。

名叫“要遥遥亲亲才起来”的直播账号立刻火了。

微博下面的评论被炸开了花：

“什么情况？陆遥终于不转发微博，学会自己发微博了？”

“翻牌？”

“这个‘要遥遥亲亲才起来’上辈子是拯救银河系了吗？”

“突如其来的原创微博，我还以为陆哥的微博账号被盗了！”

“准了？什么准了？没人关注到这个吗？”

“亲亲准了，还是我是你的心肝宝贝准了？”

“上面的别恶心人，只是翻牌而已，别想多了。”

“陆哥换手机啦？客户端咋不一样了？”

……

陆遥发完微博，不管网友怎么讨论，直接把手机往李明珠口袋里一塞。

她的手也在口袋里，外面天气冷，她又是个怕冷的，口袋里她的手十分暖和，手心像握了一个小太阳。

陆遥恬不知耻地把两只手合拢，将李明珠的手拢住。

李明珠条件反射，回握他的手。

“你的手怎么这么冷？”

“因为我上辈子是折翼的天使？”

李明珠说：“就你这样的，两天就被天堂开除了。”

陆遥把外套脱下来，利索地裹在李明珠露出来的大腿上。

她穿着西装裙，下面就算有袜子，也不能抵挡严寒。先前她一直在室内，所以没什么感觉。到了室外之后确实有些冷，虽然她没表现出来，但陆遥注意到了。

陆遥开口：“你下午上班吗？”

李明珠说：“有考察。”

“你就穿这个去考察？”

“我会换一套衣服。”

陆遥像一个人形挂件，挂在李明珠身上。

他突然道：“我全明星赛之后就没活动了，要回家一趟。”

李明珠一脸疑惑。

陆遥把她抱得紧了些。

“你和我一起回去。”

李明珠心想：什么意思？

“就是你想的那个意思。”

李明珠道：“我什么都没想。”

她显然在撒谎。

陆遥不管她说什么，十分自然地把话接下去。

“我订机票，你和我一起回 B 市。”

李明珠掰开他的手，说：“我过年要加班。”

“加什么班啊，我重要还是加班重要？”陆遥委屈道。

李明珠：“……”

“你少拿这一套威胁我。”

陆遥这一套玩得如鱼得水，表情收放自如。

“那我留下来陪你。”

李明珠说：“你回去陪你父母。”

陆遥看着她。

李明珠说：“你看着我干什么？”

“你快点问啊，老婆重要还是父母重要。”陆遥大惊。

李明珠说：“我没你这么无聊。”

陆遥笑嘻嘻地又抱着她。

“那你承认是我老婆啦？”

她推了他一把：“起开，别黏着我，好好走路。”

李明珠的电话响起。

“你在哪儿？”来电话的是李琛。

陆遥抱着她，两人离得很近。

这男人光明正大地偷听李明珠的电话，几乎贴着她的脸。

李明珠抬头，把地址报给李琛。

李琛在电话那头又交代了一些工作上的事情，最后收尾时，问了一句："饭吃了吗？"

陆遥眉头一皱。

他心想：现在的老板都这么不知检点吗？不知道女下属有男朋友的吗？有什么好问的？吃没吃饭关你屁事？

李明珠道："和你无关。"

陆遥满意地点点头。

李琛习以为常，道："你不要空腹工作，自己把身体照顾好，半小时后来我房间一趟，我把修改方案给你。"

李明珠应允后，挂了电话。

陆遥立刻跳起来："他是谁？"

"领导。"

陆遥的脑子转不过弯，但是这不妨碍他查岗："你领导为什么要你去他房间？"

"你不是听到了吗？拿策划案。"

"不能在外面拿吗？"陆遥嘀咕，"孤男寡女共处一室……"

陆遥叽叽歪歪，模样十分可爱，李明珠被逗乐了。

陆遥噘着嘴嚷嚷："我不管，我要跟着去监督你！"他捡回撒娇这个本事，只用了一个星期，并且有越来越厉害的感觉。

李明珠招架不住，老实交代："行了，我和他没关系，和你最有关系，可以吗？"

陆遥一脸惆怅："你变了，现在都学会用甜言蜜语来哄人了。"

"你想讨骂就直说。"

陆遥闭嘴。

李明珠拒绝他跟着，如果他有耳朵和尾巴，现在一定全趴下来了。

直播到了晚上正式结束，陆遥后面那一棒是谁，他没关注。

方天打电话喊他晚上出来聚餐。

战队开了一个包厢，就等他一个人。他过来的路上下起了小雪，一顿饭吃完之后，小雪成了大雪。

方天很赶时髦，点了炸鸡啤酒，结果只有他一个人喝得晕乎乎的。

职业选手不喝酒，喝多了手抖，在场的人都有基本的职业素养，啤酒被换成了可乐，大家端着可乐对吹。

炸鸡吃完，方天摸出电话打给季信然，非要季信然来接他。

他在H市打电话叫人从S市赶过来接他，简直醉得一塌糊涂。

老于道：“这么大的雪，你别想先走啊，方经理！说好的战队是我家，患难靠大家呢？你想一个人脱离苦海吗？”

小幺嘿嘿一笑，说：“他都醉成这样了，胡言乱语说了一堆，别理他，叫他别点啤酒他非要点，以为自己拍韩剧呢。”

方天瘫在凳子上。

一个多小时后，季信然打电话给方天，接电话的是陆遥。

“几楼？”

“五楼。”

“包厢号。”

季信然打开门，拖走了凳子上半死不活的方天，留下一干震惊得嘴巴都合不拢的人。

“厉害！”

皮圈哀号：“他从S市赶过来虐狗，我没法儿在这个战队待下去了！”

他号着号着，开始踩一捧一。

“还是我们陆队好啊，和兄弟们同甘共苦，说单身就单身，谁先脱团谁是狗！”

陆遥说：“谁和你说好的？”

皮圈一脸疑惑。

李明珠的电话正好打过来：“晚上住哪儿？”

陆遥接通电话，说：“你是在邀请我和你一起住吗？我的房间是要买门票的。”

陆遥嘚瑟了一下，李明珠面无表情地挂了电话。

她心想：蹬鼻子上脸。

陆遥第二句话还没说出来，卡在嘴里，电话已经响起“嘟嘟嘟”的提示音，李明珠把他的电话挂了。

陆遥：“……”

许杏问：“谁呀？”

她问这么一句，是因为陆遥的表情十分柔和，接通电话的时候，几乎瞬间就变了一个样。

包厢里太闹，陆遥没听见许杏的话，他打了电话回去。

提示音响了很长时间后，那边的人才接起电话。

“你最好想清楚你要说什么。”李明珠道。

“我想好了，我要和你住。”

“还收门票吗？”

“我倒贴钱！”

李明珠笑了一声。

“酒店地址。”她问道，“你有车吗？”

那必须没有啊！

陆遥果断道：“没有，你过来接我？”

“嗯。”

李明珠说话干净利落，说完了直接挂电话。

小白离陆遥近，看到陆遥打完电话后，问道：“队长，晚上唱歌去吗？”

陆遥说：“不去。”

唱什么，他这辈子唯一唱过的歌就是破音版《爱的供养》，还留下了永久的黑历史，存在李明珠手机里。之后，他怎么都不肯去唱歌。

小白说：“那晚上那么长时间，多无聊啊，要不然打游戏呗，一起？”

宅男，特别是电竞宅男，就是打游戏。

显然，在场的人里没有几个有女人。

许杏自己是女人，排除在外。

小幺最近陷入单方面热恋，疯狂暗恋一个只见过一面的女人。

其余几人都是二十好几了还没拉过女生的小手，退役的那一年可以转职大魔法师。

所以小白提议打游戏。

但是陆遥有女人，他就不用打游戏。

从李明珠考察的地方到这里，开车十分钟就到了。

陆遥结了账，走到楼下就看见李明珠站在车旁。

晚上下雪，她换了一套衣服，穿着黑色的风衣，腰带系得一丝不苟，把她的腰线勾勒得十分明显。

李明珠的腰很细，哪怕穿了三四件厚重的衣服，腰看起来依旧很细。

这女人从小到大都站得笔直，人也刻板，此时撑了一把黑色的雨伞，站在马路对面——看着就像电影画报。

陆遥笑了一声。

李明珠看到他从酒店里出来，迈开步子朝着他走去。

她手里还搂着一件衣服，顺势递给陆遥。

皮圈他们跟在陆遥后面下的楼，一下楼就看见陆遥旁边出现了一个陌生女人。

皮圈心想：队长在H市有认识什么朋友吗？

——李明珠拿着伞，又拿着衣服，显然不是一个陌生人，也不会是滴滴女司机。

陆遥穿好衣服后，还是冻得哆嗦了一下。

酒店大门内外温差明显。

李明珠道：“赶紧上车。”

皮圈喊了声：“队长，明天要不要集合啊？”

方天走了，剩下的事由陆遥决定。

陆遥回道：“老时间集合。”

小白疑惑地看着陆遥：“你不和我们回酒店吗？”

“不了。”

李明珠往后一看，看到陆遥的几个同事。

她向来没什么多余的表情，像一幅精致的油画，看到陆遥的同时，却扯了一下嘴角，露出了一个十分难得的笑容。

皮圈被戳了一下，心想：队长哪里的朋友？我心动了！

李明珠的气质十分清冷，在背后的大雪衬托下，更显得孤寂冷漠。

皮圈越发觉得李明珠惊艳，李明珠就像深夜里跑出来的精灵，不像一个活人。

陆遥注意到他的眼神，顿时道：“你看什么呢，要不要把你的眼珠子抠下来放在她身上？”

皮圈回过神，不好意思地笑了一下。

“没，队长，这你朋友啊？”他看着很像要套近乎。

男人对漂亮的女人天生就有股亲近感，特别是神秘又漂亮的女人，套近乎套得理所当然！

“怎么称呼呀？”皮圈乐呵一声。

陆遥道：“和你有什么关系，快滚回酒店睡觉。”

李明珠喊了一声：“陆遥。”

陆遥的气势弱了些。

小白看到这一幕，诧异地想：这女人什么来头？

也是这一瞬间，他想到了陆遥的绯闻。

小白脸色一变，看李明珠的眼神顿时暧昧起来。

老于小声道："你干什么用这种变态的眼神打量人家？"

小白道："我这是变态的眼神吗？先不说这个，你叫皮圈别问了，一会儿把队长惹毛了。"

老于道："他没惹队长啊……"

小白说："还没惹，我上赶着和你女朋友套近乎，你生不生气？"

老于说："当然生气了——"

他的眼睛陡然睁大："你说什么？女朋友？谁？队长？"

小白扯着他的袖子说："你小声一点！队长这不是没承认吗，我也是瞎猜的！"

他们俩的位置比较靠后，又是咬耳朵说的悄悄话，陆遥没听见他们在讨论什么。

老于不由得用另一种眼光打量李明珠，心里十分敬佩她：就是这种类型的女人把陆遥拿下的？看着果然不是凡人的样子！

"我感觉这女人段位很高啊，能把队长拿下来。"老于说出来。

小白道："何止段位高，人家颜值也很高好不好！"

上厕所的小幺回来，说："你们怎么堵在这儿不走？"

"看队长女朋友呢。"老于答。

"女朋友？这事儿是真的啊？"

"还真的假的，现在那人都来接队长了。"小白吐槽。

小幺拨开两人，说："我看看，长啥样。"

他一眼看到陆遥边上站着的李明珠，一瞬间脸色惨白。

老于被他吓了一跳，说："你什么表情啊？"

小幺哽咽半天，憋出一句话："我失恋了！"

……

李明珠话不多，接到陆遥之后直接去了酒店。

陆遥把队员安排好了，浑身轻松地跟在她后面。

要是老于他们晚一点儿走，就可以看到自家高冷的队长是如何撒娇耍赖的，简直像被鬼上身了一样！

陆遥性格固执，揪着过年回家的事情和李明珠说个没完。

李明珠被他问得不耐烦了，这才想起自己过年期间确实要去B市谈一个合同，她干脆答应了他，陪他一起回B市。

季瑶是B市人，之前就买了机票回B市浪了。

李明珠回去的时候，就只剩她和陆遥两个人。

她当初答应得爽快，可真的要去B市了，终于显出了一些紧张。

在候机厅的时候，李明珠坐着，沉默了很久，严肃道："我要不要带一点儿H市的特产回去？"

她紧张得话都变多了："我来的时候看到机场里面有特产店，我去买一些。"

陆遥包得严严实实，扯住她："买什么啊，别乱花钱，我妈又不爱吃那个。"

"那陆老师呢？"李明珠还保留着当年那个称呼，叫陆兴为"老师"。

提到陆兴，陆遥嘟囔了一句。

过了这么多年，他也不是一个不明白事理的人，随着年纪增长，肩上的责任也越发沉重起来。

陆遥不再和以前一样幼稚难搞，他近些年和陆兴的关系缓和，不说父慈子孝，至少他不会见了陆兴就跑。

但李明珠提到陆兴，还是别扭："不用买，我不知道他喜欢什么。"

李明珠摸着鼻子，看上去有些坐立不安。

陆遥见李明珠不同于往常，心被李明珠萌得一颤一颤的。陆遥见李明珠认认真真思考怎么给自己父母留下好印象，美得全身都在冒泡。

他还要故作镇定："你什么都不用带，就这么去好了。陆兴一直都很喜欢你，前段时间还在拿你刺激我。"

陆兴对李明珠的印象还停留在"李明是个品学兼优的少年"，他并不知道李明是个女孩儿，只知道李明是陆遥的好友，这几年陆遥不求上进的时候，陆兴总要拿李明来教训他。

李明珠人在国外，却在国内做了几年"别人家的孩子"。

虽然陆遥说什么都不用带，但到了B市，李明珠还是特意去买了一盒做工精致的象棋。

除此之外，她还带了几条江南手工高定的丝巾给傅清寒。

陆遥吐槽她："你又不是没见过他们。"

李明珠道："这是一样的吗？"

陆遥笑了一声，美滋滋地说："不一样。"

可惜事与愿违，李明珠做了几天见陆遥家长的心理准备，陆遥倒像个没事人一样，把她气坏了，到最后还出现了一点儿意外。

她刚到B市，酒店的凳子都还没坐热乎，就被李琛一个电话叫了过去。

B市有李氏集团的分部，苏天瑜也在李氏旗下的疗养院里休养。

她这几年情绪稳定，又有高级护理和药吊着，那条命摇摇欲坠，竟然也奇迹般地活了下来。

李琛给她打电话，也是因为苏天瑜的事情。

事关苏天瑜，李明珠和陆遥解释了几句，立刻赶到了疗养院。

到了疗养院门口，李琛正在等她。

李明珠问："她怎么了？"

李琛开口："你自己进去看看，她一醒来就说要见你。"

过了一会儿，李琛补充道："她的神志很清醒，和平时不太一样。"

李明珠看了他一眼，快速地走进疗养院。

疗养院里面的设备十分先进，苏天瑜又在条件最好的五楼。电梯上了五楼，护士见她来了，熟络地打招呼。

李明珠点点头。

房间在走廊尽头。

苏天瑜已经坐了起来，脸色苍白，病痛折磨得她瘦骨嶙峋。

李明珠快步走到门口，接着慢慢地停下脚步，她平缓了一下呼吸，推开了门。

苏天瑜听到动静，像一个僵尸一样，头一点一点地转动过来，最后将目光投向李明珠身上。

李明珠开口："你醒了。"

她已经很久没有和苏天瑜说过话了。

苏天瑜的病十分难治，她不是在抢救室里就是在去抢救室的路上。

而其余在病房的日子，她大部分时间是在睡觉。

李明珠每一回见到她，都只能看着她的睡颜。

苏天瑜在药物的控制下睡得十分熟，看那模样好似要这么一睡不起。所以她每回守着苏天瑜，都胆战心惊。

李明珠心想：她答应过我的，她不会死。

“明珠……”苏天瑜开口叫她。

这个女疯子很多年没有用如此温和的声音叫过她。

李明珠坐到床边的凳子上。

苏天瑜声音沙哑，这是很久没说话的症状。

她叫李明珠的名字叫得很不熟练。

李明珠直直地望着苏天瑜。

“我要走了……”苏天瑜慢吞吞地说着，语气却很坚定。

李明珠听罢，骤然捏紧了拳头：“你要走哪儿去，在这里给我好好看病。”

苏天瑜眼神无光，嗫嚅道：“我给你添麻烦了。”

李明珠提高声音，像感受到什么，爆发似的吼了一句：“你在这儿治病，谁嫌你麻烦了？”

李明珠喊完，站起来，急匆匆地要走，一边走一边说：“你给我添的麻烦还少吗？我去给你拿药……”

办大瑜的声音很低沉，却很决绝：“明珠，我走了，你怎么办？”

“你走哪儿去？”李明珠转过身，眼眶发红，浑身轻微地颤抖。

苏天瑜没说话。

“我问你话呢，你走哪儿去？”李明珠喊出来，“我花钱给你治病，你要走哪儿去？”

她语无伦次，接着强迫自己冷静下来。

李明珠的喉咙滚动了一下，手握在门把手上，补充道：“苏天瑜，你不是个东西。”

苏天瑜抓着床单，把床单的一角抓得皱巴巴的。

李明珠道：“你要疯就疯得彻底一点儿，别一会儿疯一会儿清醒，我看你现在不如疯了好！”

“明珠，你恨我吗？”苏天瑜问她。

“睡觉。”李明珠强行镇定，“我去拿药。”

“你过来陪我一会儿，这几天我的身体不受自己控制，坐也坐不起来，都是门外的护士扶我起来的。”苏天瑜不知道搭错了哪根筋，说起话来语气堪称温柔。

李明珠这辈子就没听到过苏天瑜几句温柔的话，所以这几句话的语气把她的脚步硬是拉住了。

“你想说什么？”李明珠折返后，又坐到她的床边。

“我想和你说话。”苏天瑜哑着声音道，“说什么都可以。”

沉默片刻后，她道：“说说你自己。”

李明珠对自己没有什么好说的。

“我就这样，你看不见吗？”

“我大部分时间是看不见的。”苏天瑜想笑一声，扯一下嘴巴，却笑得比哭还难看。

“我早上从床上起来，感到浑身轻松。明珠，我知道我解脱了。”

李明珠眼睛一眨不眨地看着苏天瑜。

苏天瑜重复道：“我解脱了。”

“我花了大半辈子去恨一个人，现在我解脱了。”

李明珠的喉咙腥甜，涌上来一股剧痛。

护士推门而入，将苏天瑜平放下来。

她不能长时间坐着，否则身体会加速变坏。

李明珠捂着嘴，咳嗽了两声，咳得心脏都扯着疼。

她像一个重感冒患者，浑身都疼。

苏天瑜说“我解脱了”时，她疼得内脏绞在一起，头晕眼花，险些昏倒。

李明珠心想：她把死亡说成解脱，那我是什么？我活这么多年，是什么东西？

她从小到大听了不少闲言碎语，却没有苏天瑜说的这四个字给她的打击来得沉重。

李明珠从来没有这样想过：我是多余的。

苏天瑜生她下来就是一个错误，她是多余的，是不该存在的。

苏天瑜为了李文林把她的上半辈子毁了，苏天瑜本来就该死。苏天瑜要的不是她，要的是个男孩，一个可以让苏天瑜过上好日子的男孩。

李明珠一直花时间证明给苏天瑜看，虽然我是一个女人，但也一样能让你过上好日子。

可是命运总是在她前行的道路上设关卡，直到刚才，彻底击溃了她的防线。

她这个疯子妈从来没有觉得自己的存在是什么慰藉，行将就木之时说出了“解脱”二字。

李明珠童年时从无数个噩梦一样的深夜中醒来，伸手碰到苏天瑜鲜活的肉体，幼小无助的心总能得到一丝安慰。

她好歹还有一个妈，身边还有一个活人。

六七岁的年纪，她被残酷的现实打压，无师自通地学会了生活。

她把苏天瑜当光，苏天瑜却说死亡是解脱，那她算什么，一个笑话吗？

苏天瑜曾经是捆住她心中野兽的牢笼，如今牢笼破损，她几欲挣扎，最终节节败退。

李明珠如丧考妣，脚步沉重，一步一步往楼下走。

李琛看她下来，问道："怎么样？她……"

李琛话没说完，看到李明珠的脸色，吓了一大跳："你怎么了？"

看她这样子，好像下一秒就会死去，眼睛里唯一的光点都没了。

李明珠摆摆手，说："我去疗养院后面坐一会儿。"她说得轻松，语气无异常。

李琛皱眉，招来护士询问："苏天瑜和她说什么了？"

护士道："我在外面，没听清楚。"

李琛说："那苏天瑜呢，她不是疯了吗？怎么突然清醒了？"

护士一脸为难："这……我们也不太清楚。"

李琛皱眉："你不是医生吗？"

护士心想：我是个护士！

但她不敢和自己老板顶嘴，低眉顺眼地退去了一边，聪明地保持沉默。

李明珠从前面走到后面，疗养院后面有个小池塘，用瓷砖团团围住，水很浅，但是里面的睡莲多，冬天枯萎了也是浑水，导致一眼望不到池塘底部。

李明珠坐在长凳上，凳子上还有昨天晚上落的大雪，雪堆成厚厚的一层，十分坚硬，冷冰冰的，瞬间浸透了她的衣服。

李明珠对此毫无感觉，就这么干巴巴地坐着。

她心想：要不然我也这么解脱吧。

她真是万念俱灰，一时间怎么去死都想好了。

她想到投湖自杀，结果一看这池塘，水至多到她的腰部。

据她观察，如果在这个池塘里面自杀，除了把她下半辈子泡得月月痛经外，得不到任何好处。

李明珠想：我需要把整个头都埋进水里，这样死得才快。

她就这么想了一会儿，想到了陆遥。

李明珠指尖一动，从这个细小的动作开始，指尖的神经牵动着心脏，她好似整个人又活了过来。

李明珠这才感觉到坐在雪上面很冷，外面的风吹得很冷，脸上的眼泪也很冷。

她冻得嘴唇发紫，从凳子上站起来。

李明珠打了个电话给陆遥，问他在哪里。

在她打电话之前，陆遥刚好把手机放在桌子中间，牢牢地盯着手机，仿佛要把手机盯出一个洞来。

他心想：我不能总是给她打电话，爱情都是欲擒故纵的，万一她不喜欢倒贴的怎么办？

陆遥刚才就做了这么一个决定：在李明珠给他打电话之前，他绝对不打回去。

于是他盯着手机，每三分钟警告自己一次别拨号码。他从中午等到了下午，李明珠的电话终于来了。

陆遥立刻忘记“欲擒故纵法”，秒接电话。

“陆遥，你在哪里？”

陆遥默念：欲擒故纵、欲擒故纵、欲擒故纵、欲擒故纵……

李明珠道：“我现在想见你。”

欲……

“我现在就来。”陆遥立刻起身，从凳子上拿起外套，飞快地跑了出去，“地址。”

李明珠把疗养院的地址报了一遍。

陆遥用导航一查，发现李明珠在疗养院，心里就有些忐忑不安。

他上一回这么忐忑，也是因为苏天瑜。

那还是五年前，苏天瑜被检查出渐冻症，李明珠大半夜在医院里接他的电话。

现在这感觉又来了。

陆遥开着车，立刻找到了疗养院。

李明珠在疗养院的门口站着，陆遥走过去，一走近就发现她的下半身全湿透了。

陆遥的脸色一变，紧张道："你掉水里去了吗？"

李明珠摇摇头，说："我去酒店换一套衣服。"

陆遥往她后面摸了一把，拧得出水。

他皱眉："酒店那么远，你怎么换衣服，附近有没有商店？我去给你买一套。"

他一边说一边扯着李明珠走："先去车子里，我开空调了，暖和一点儿。"

李明珠顺从地被他带进车里，乖得像一个刚学会走路的小孩儿。

陆遥捧着她的脸，嘀咕："怎么脸也这么冷？"

他关上车门，把自己的外套往李明珠腿上一盖。

"等我。"

外套上还有陆遥的温度，怪烫的，和李明珠冰冷的身体形成鲜明对比。

陆遥动作迅速，在店里简单地买了一套看起来最厚的人衣，还被店员认出来是陆遥，中途签了个名。

他用这么短的时间回来，李明珠都能睡着。

衣服盖在腿上，脑袋歪在一边，她刚刚睡着。

陆遥见她穿着湿衣服睡觉，生怕她感冒，车内空间不够，又不好给她换衣服，只好把车子开回酒店。

他停好车，把李明珠抱着，从地下车库直接上高楼层，进了房间。

酒店是五星级的，因此普通的家庭套房也很是奢华。

穿过客厅，左侧就是卧室。

陆遥将她放在床上，小心翼翼地替她换好衣服，打开空调，给她盖上棉被。

他原本还想和李明珠说些其他的，但是她睡着了，他也不能把人家晃醒。

半夜，李明珠发高烧了。

陆遥睡在她身边，第一时间感受到怀里的人身体热得异常。

他睡得迷迷糊糊，从床上爬起来，用额头试了试李明珠的温度。

B 市晚上飘雪，陆遥下午抱着李明珠睡觉，穿着睡衣，没一点儿毅力还真起不来。

他担心李明珠的身体，半梦半醒间从床上爬下来，取了外套，睡眼惺忪地下楼买药。

他一连走了两条街都没有发现药店，到了第三条街才找到。

他买了些常见的退烧药，返回酒店。

陆遥给李明珠换了一件睡衣，换得自己脸色通红，看着比发烧的李明珠脸色还红。

他喂李明珠吃了两粒药，自己却是不敢睡觉了，趴在床边眼巴巴地守着李明珠。

片刻后，陆遥没忍住，伸手握住了她的手，和她十指相扣。

此刻李明珠神志不清，只能模模糊糊地感受到自己身边有人。

她的嗓音哑哑的，喊起陆遥的名字来格外动听：“陆遥……”

陆遥往前探了探身子，半搂着她，轻声细语：“要什么？”

李明珠似乎用了很大的力气，才堪堪用手抓住他的前襟，松松垮垮，却怎么也掉不下来。

李明珠呢喃：“我只有你了。”

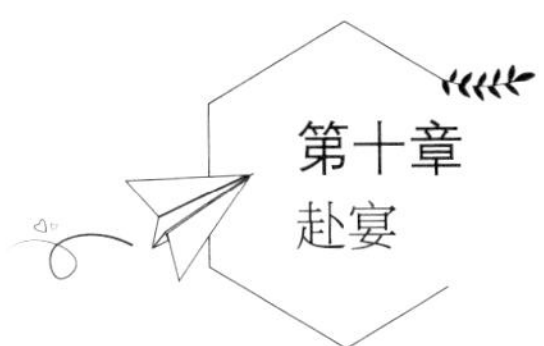

第十章 赴宴

李明珠这场病来得突然，直到早上都不见好转。

陆遥守了她一晚上。

她上午清醒了片刻，陆遥给她端了白粥，小口小口地喂她。

李明珠病恹恹的，始终不肯去医院。

她固执得很，陆遥好说歹说都没有用，只能给她买药吃。

李明珠就在酒店里昏睡了三天，整个人浑浑噩噩。等第四天感冒好了，她像彻底变了一个人。

陆遥这几天没睡好，眼眶下面黑了一圈，看着很招人疼。

他把房间里的单人沙发拖到了床前，长腿缩在上面，像一只求宠爱的小奶狗，一动不动地盯着李明珠。

她道：“你看着我干什么？”

陆遥见她醒了，立刻扶着她的肩膀：“要喝水吗？”

“不渴。”

“你之前一直喊渴。”

“现在不渴了。”李明珠往他怀里靠了靠，他心里一动。

这个动作实在是过分依赖，按照李明珠以前那个德行，绝对做不出来。

陆遥心里一软，他想：人生病了都格外脆弱。

李明珠的头发软软的，绕在他手上。

陆遥这个家伙有个直男的通病：长发白裙子女生情结。他在懵懵懂懂的年少时期幻想过白裙子少女。李明珠虽然不穿白裙子，但现在也有一头乌黑的长发。

李明珠大病初愈，却只在他怀里软了一会儿，就执意要起来。

陆遥虚虚地抱着她。

“你再躺一会儿。”

李明珠摆摆手，说：“不了，我还有事。”

陆遥心想：你还有什么事，比身体还重要吗？

片刻后，他又想：都还没有见过父母。

还挺委屈的。

李明珠洗漱好后，陆遥黏上去，争取当一个大型挂件。

“你挡着我穿衣服了。”

陆遥道：“我帮你穿。”

房间里开着空调，陆遥又和她靠得近，把她热着了。

“你离我远点儿。”李明珠扣上扣子。

她慢吞吞地穿上衣服，从陆遥的角度看，能看到她白嫩的皮肤。

她一只手扣上扣子，遮住了里面的风景。

李明珠推开他。

她的肩膀被压垮了。

陆遥亦步亦趋地跟在她身边。

“你什么时候和我回家？”

李明珠想起这事儿了。

她往桌上一看，看到客厅里摆得整整齐齐的见面礼。

李明珠叹了一口气。

苏天瑜的事情把她打击得不轻，她从灰烬里挣扎出来，陆遥拉了她一把，将她拉到了自己的怀里。

光就落在他身上，并在此刻匀了一半给她。

李明珠看了一眼手机日历，算了下时间，离除夕只差两天。

她回过头道：“再等等我。”

陆遥委屈巴巴，搂着她的腰：“我都等了五年了。”

李明珠道：“很快的。”

她安顿好陆遥后，马不停蹄地赶到疗养院。

苏天瑜安安静静地睡在床上，她这次没有进去，在窗外怔怔地看了一会儿，转身走了。

李氏集团的分部位于市中心，在商业圈的南面。

B 市分部主要负责景区开发，正好和李明珠手上的项目方向一致。

李琛在公司等李明珠，李明珠一到，李琛就让秘书给她准备了一件晚礼服。

李明珠接过晚礼服。

李琛简单地解释了一句：“晚上有个宴会，你准备一下，和我一起去。”

他看了一眼李明珠手里的资料，说：“和茶园开发有关，北面的原住民老房子要拆掉，遇到了些麻烦，我们这次要去宴会上见这个房东。”

李明珠立刻想起：茶园北面确实有 H 市的当地居民，房子是他们自己用水泥和木头搭建的，世世代代在这儿扎根，不知道住了多少年。

“这块地方的房东是谁？”李明珠问道。

“今天晚上你见到就知道了。”李琛松了松领口，“只要他肯开价，我们就出得起。”

李明珠道：“不怕他开天价？”

“他敢。”李琛淡然道。

这倒是和李明珠有九成像，两个人 样冷傲。

李明珠走了没多久，陆遥也被一个电话叫回家。

傅清寒一见他回来，才到院子门口，她就迎了上来。

家里的小保姆欢欢喜喜地叫了一声小少爷。

陆遥道：“你这么急干什么？”

傅清寒挽着他的手臂，说：“我急死了，你快进来把西装换上。”

陆遥：“……”

他不太喜欢穿西装，职业原因，他也很少有穿西装的机会。

穿着西装打游戏？有毛病吗？叫他的黑粉看到了，能嘲笑他一年！

傅清寒半强迫地让陆遥把西装穿上。

他穿好了衣服，从房间下来的时候，傅清寒眼睛一亮。

陆遥的身高很有优势，他是一个天生的衣架子，穿什么都惹眼得要命。

傅清寒欢喜道：“不愧是我儿子，太帅了！”

陆遥无奈道：“怎么突然要我穿西装？”

傅清寒拉着他到沙发上坐下，突然严肃道：“我问你，你说带女朋友回家，这事儿是真的还是假的？”

陆遥面上一红，嘟囔：“当然是真的。”

傅清寒一脸惆怅，掰着手指头数了数："这么多天了，别说你女朋友，我连你朋友都没见到！你带的是一个幽灵女友吗？"

陆遥反驳傅清寒："她工作忙。"

"工作忙？"傅清寒有些诧异。

陆遥道："惊讶什么，她不能工作吗？"

傅清寒笑眯眯地说："我以为你会喜欢那种娇滴滴的女生。"

陆遥道："我只喜欢她那样的。"

傅清寒看着陆遥这模样，心里松了一口气。

她欣慰道："你愿意走出上一段感情，我很高兴……"

陆遥听了，立刻打断她："什么走出上一段感情？"

傅清寒眨了眨眼，说："你不用装，妈妈知道，你那个出国的小同学……前几年，我每次去看你，你都要死不活的，还说自己不是失恋？"

陆遥想解释，但一想到解释起来要花那么长时间，他顿时犯懒。

陆遥心想：等李明珠和她见面了，我再解释也不迟。

他道："你别管这个，你还没说穿西装干什么呢？"

傅清寒说："晚上有个宴会。你还记得小时候和你一起玩的那个皮小子吗？"

陆遥努力回想了一下，他小时候大部分时间都跟在陆知屁股后面打转，像一只小跟屁虫似的，和谁玩儿了，他一点儿印象都没有。

傅清寒提醒他："小时候和你争着当阿知弟弟的那个小孩儿，你还因为这个揍了他一顿。"

听傅清寒这么一说，陆遥倒想起来了。

小时候确实有个小男孩儿娘得很，天天在大院里哭哭啼啼，别的小朋友们瞧不起他，都欺负他。

陆知十五岁的时候，梦想是当大英雄，拯救全世界被欺负的小孩儿。

这个爱哭包也算在被拯救的范围，陆知帮着赶跑了其他欺负他的小朋友。哪知道，在那一回之后，小孩儿黏上陆知了，一路屁颠屁颠地跟着陆知回家，怎么赶都赶不走，一让他回家他就哭。

陆遥那时候才四岁，看到有个挂着鼻涕、脏兮兮的爱哭包扯着自己哥哥的衣角，要和自己争陆知，顿时怒了！

陆遥小时候就十分任性，但凡自己不爽，就要所有人跟着他一起不爽。

陆遥穿着背带裤，小皮球都不玩了，一路从二楼追下来，对着这个小哭包就是一顿抽。

后来还是小哭包的爷爷从家里赶来，陆兴夫妇才知道这个小哭包竟然是季老将军的外孙。

陆遥说道："他怎么了？"

"结婚了。"傅清寒道。

"结婚？"陆遥一脸惊讶。

"人家二十四岁就结婚了，多让父母省心，过两年他爸妈就能抱上孙子。你呢，你今年多大了，你自己算一算。"傅清寒抱怨，"女朋友带回来了也不给我们看。"

陆遥在心里唏嘘，他对童年玩伴的记忆已经很模糊了，只依稀记得后来两人被陆知连哄带骗哄成了好朋友。

当然，小陆遥一直也难搞，他表面上和人家做朋友，暗地里其实天天欺负人家。

不过季老将军这个孙子也是个"傻白甜"，还真把陆遥当成了朋友，天天乐呵呵地找陆遥搭积木。

"他结婚怎么没和我说？"陆遥道。

"婚礼请柬他给你发过去了，但是你没给他回信，手机号也换了，联系不上。"傅清寒道，"好在这孩子给家里也发了一份，要不然我们还真的去不了。"

陆遥拿起保姆递上来的婚礼请柬，上头写着新郎的名字：季松。

傅清寒拍拍他的肩膀，说："你准备一下，婚礼在红树林公馆里举行，晚上去。"

她补充："还有啊，老吴家那个小女儿回国了，你小心点啊，她到现在还惦记着你呢。"

陆遥挑眉："老吴家哪个小女儿？"

"就你那个粉丝啊……"傅清寒打开电视，"老吴和我提过好几次了，要你的签名。他那个女儿迷恋你迷恋得不行，在国外书都不要读了，听说你回B市过年，前几天就到了，还来过我们家。"

陆遥："……"

"别说啊，老吴这个女儿还挺懂礼貌的，你要是没有女朋友，我都想介绍你们认识一下。"傅清寒道，"你吴叔也有这么点儿意思，所以妈妈问你，你的女朋友到底在哪里……”

“有了女朋友就要告诉大家，知道吗？我儿子这么优秀，单身会耽误很多其他优秀的小姑娘。”

陆遥道：“我是要结婚的。”

傅清寒道：“你最好是这样想的，妈妈最近和她们打麻将……就我一个没抱孙子，唉，面子都没有了……”

陆遥偷偷摸摸地上了楼。

天色渐暗。

红树林公馆是一个高档的私人会所，此时，公馆外面停满了豪车。

李明珠随着李琛一道来，两人下车后，引起了人群瞩目。

李琛在各大财经杂志上频繁露面，又生了一张俊俏的脸蛋，因此很受B市千金名媛的追捧。

他无论出席什么活动，身边都没带过女人，这回参加婚礼，身边却跟着李明珠，这不得不让人遐想。

李明珠穿的一身黑色礼服，把她的身体曲线勾勒得十分曼妙。

礼服的款式十分端庄，她平时气势就十分凛冽，这套昂贵奢侈的礼服把她衬得更加惊艳，像一个从黑暗中走出来的精灵。

李明珠实在不像一个女伴，既没有小鸟依人地靠着李琛，也没有笑语晏晏地和熟人打招呼，因此众人好奇地打量了她片刻。

她冷着一张脸，和李琛各走各的，两人虽是一路同行，但中间隔出来的位置还能再站两个人。

李明珠的模样在人群中十分出挑，一路走进来，不少来参加婚礼的豪门子弟目光慢悠悠地投向她身上。

她看起来像不可亵渎的神明，长了一张清冷的脸，显得高高在上，冷若冰霜。

这种女人十分能激起男人的征服欲。

李明珠进来不到十分钟，和她搭讪的男人已经有五六个了。

李琛皱了下眉头，替她拦下一个男人。

李明珠显然也不耐烦，问道：“你找的人还没来吗？”

李琛开口：“还没找到。”

合着还不是事先约好的！

李琛的茶园景点开发项目做得很大，其间难免会遇到一些刺头，这个房东就是其中之一。

李琛在H市的时候联系他，怎么都联系不上，他一会儿说自己在国外，一会儿说自己在B市。李琛打听了半天，打听到这人年前会参加季松的婚礼，这才带着李明珠到了B市。

众人还在入场，已经过了半小时，却没见到这人。

同父异母的兄妹没有话聊——两个人都是不爱说废话的性格，所以两人站在宴会厅里，没有交流互动，活像商店里两个价格高昂的模特。

李琛先觉得尴尬，咳嗽一声，想开一个话题，他道："你肚子饿吗？"

冷场。

李明珠并没有回答他。

半晌后，李琛又想说什么，便听到有人喊李明珠的名字，语气听起来分外耳熟。

季瑶穿过人群，惊喜地喊了一句："明珠！"

李明珠抬了一下眼皮。

季瑶穿着十分清凉的礼服，该露的全部露了出来，踩着高跟鞋，欣喜地抱住她。

李明珠晃了一下。

季瑶道："我还以为我看错啦，你怎么在这里？"

李明珠扒开她，说："我来参加婚礼。"

季瑶笑道："哎呀，好巧啊，我也是来参加婚礼的！哎，你认识季松啊？我还以为……"

她的话没说完，就被李琛打断了："季瑶？"

季瑶回头一看，正好看到李琛，她的笑容僵了一下，接着慢慢垮下来，变成了一个惊悚的表情。

"我的天！"她倒抽一口冷气。

李明珠说："什么？"

季瑶果断提着裙子，话也不说了，转过身，跑得贼快，一溜烟就没影了。

李琛脸色一黑，嘱咐李明珠："我有点儿事要办，你在这儿等我。"

他说完，朝着季瑶离去的方向跑。

李明珠心想：莫名其妙。

她站了一会儿，站得有些累，于是找了一张凳子坐下。

结果她刚坐下，又被搭讪。

这回搭讪她的是一个十分英俊的青年，穿着黑色的西装，咳嗽一声，礼貌道："小姐，请问你有男伴吗？"

李明珠看着他，挑眉："男伴没有。"

"男朋友有吗？"

"你觉得呢？"

男人笑道："没有的话，我毛遂自荐。"

李明珠不和他闹了，开口："陆遥，你怎么在这里？"

这一次来跟李明珠搭讪的正是陆遥。

他刚到公馆，没走几步就看到了坐着的李明珠。

李明珠今天很不一样，大约是他从来没见过李明珠穿礼服，初见时愣了片刻。

陆遥道："可能这就是命运。"

他答非所问。

李明珠说："什么？"

陆遥严肃地开口："你要抢捧花吗？"

"我听说第一个抢到捧花的人就会结婚。"

李明珠："……"

"你是初中女生吗？相信这些东西？"

"你不好意思的话，我帮你抢也是可以的！"陆遥无视李明珠的嘲讽。

你一个大男人，好意思跟人家小姑娘抢捧花吗？

陆遥似乎看出了李明珠想要表达的想法，理直气壮道："我凭自己的本事抢花，怎么就不好意思了？"

他如此理直气壮，李明珠想了一会儿，竟然找不出理由反驳。

陆遥上上下下看了看李明珠，顿时又不乐意了。

"你怎么穿开衩这么高的裙子？"

李明珠道："不是我买的。"

"谁买的都不行，居心叵测！"陆遥果断脱了西装外套，裹在李明珠的腿上。

李明珠道："你这样我走不动路。"

"走不动最好，我抱着你走吧。"陆遥回答得十分自然。

李明珠不和他扯淡。

陆遥的外套脱了之后，就只剩下一件白色的衬衫，好在公馆里面暖气十足，不至于冻着。

陆遥哪儿都不去，就在她身边坐着。

周围投向李明珠身上跟火烧似的目光都收了回去。陆遥坐在她身边，长了眼睛的人都不敢有想法。

陆遥皱着眉，嘟囔："你下次出来不要穿得太好看了。"

李明珠说："无理取闹。"

"他们一双眼珠子都要黏到你身上了！"陆遥委屈道，并挨得她更近了些。

以往在公众场合，特别是人这么多的场合，李明珠不喜欢陆遥离她太近。她这个老古板，思想总是停留在二十世纪八十年代，特别是对感情的理解。

公共场合秀恩爱，这件事和李明珠八竿子打不到一块儿去。

但陆遥发现，李明珠在发烧一场后，似乎把脑子烧坏了，无论陆遥对她做什么过分的举动，她都选择纵容。

陆遥心想：不得了，上回吃了顿好的，这女人拍拍屁股就从床上爬起来跑了。

因此，他这回一边享受李明珠对他的纵容，一边提心吊胆地观察李明珠，生怕她故技重施，跑第二次。

陆遥离得近，李明珠没推开他。

他离得更近了些，干脆伸手搂着她的腰，她只看了他一眼，什么都没说。

四周偷偷观察着陆遥的人纷纷诧异。

"陆遥和这个女人什么关系？"

众人的脑袋里打了一个问号。

李琛带进来的女人，怎么最后被陆遥搂住了？这关系错综复杂，一下子理不清楚，众人得出一个结论：这女人厉害！

能参加季松婚礼的人，多半是有钱人。

放眼望去，这婚礼上，不少秃头啤酒肚的中年男人身边都跟着一个年轻貌美的女人，看着能当女儿。

所以众人看到李明珠跟着李琛进来，便先入为主地认为这是李琛的情人，结果现在看她和陆遥关系匪浅，又发散思维，觉得她是业务双开。

再看李明珠这张动人的脸，十有八九自己的猜测是正确的。

可陆遥的态度又不太像对待情人，他十分慎重，甚至有些小心翼翼。

陆遥是什么人大家都知道，陆兴现在就这么一个儿子，上赶着巴结他的人都排到了太平洋，摇号抽奖都轮不到自个儿。

就这么一个含着金汤匙出生的太子爷，什么时候会对一个女人小心翼翼了？

况且，以陆兴那个老头子的性格，能允许自己儿子在外面这么胡来吗？显然是不允许的。

他和李明珠的身份好似完全反过来了，倒是这个女人冷着一张脸，对他不冷不热，很是高冷。

吴玲看到这一幕的时候，揪了下头发，牙齿咬着下唇。

她边上还有一个男人，是她的表哥，叫吴川，是一个花花公子。

吴川道：“你看上的是哪个男人啊？”

吴玲道：“喏，那边！”

“那边？哪边啊？”吴川望去，只看到前面人来人往。

吴玲道：“他和别的女人在一起。”

“他有女朋友了？”

“没有。”吴玲否认，“傅阿姨没和我说过，我没听说他有女朋友。”

吴川笑了一声，说：“那就是情人咯，那你瞎担心什么？”

吴玲道：“我担心了吗？”

“瞧你这一副嫉妒的嘴脸，我不拦着你，你能上去把人吃了！”吴川“嘁”了一声。

吴玲翻了个白眼。

吴川安慰她：“男人嘛，身边哪会没个女人啊？玲玲，你要知道，这些女人都是贪慕权势的，你给她们一点儿钱，她们滚得比谁都快。怎么样，要不要表哥帮你一下？”

吴玲看着他：“你怎么帮我？”

“帮你让那个女人滚啊。”

吴川一边说，一边往陆遥的方向走去。

陆遥正和李明珠说游戏里的事情，他原本是想叫李明珠去见一见傅清寒的，但他在关键的时候虚了，临时打算曲线救国，神不知鬼不觉地把话题移到见傅清寒上。

所以陆遥打算从游戏说起，慢慢地说到生活上来。

李明珠的话向来少，陆遥只好充当话多的那个人。

他这回没说话。

吴川欣喜道："这不是陆遥吗？哎呀，好多年没见啦！"

陆遥心想：这是谁？

吴川顺势看向李明珠。

他愣了一下，随即笑道："这位是……"

陆遥开口："你哪位？"

他说话就是这么嚣张，从小到大都不知道谦逊两字儿怎么写。

吴川的笑容显得十分尴尬，他万万没想到，陆遥会这么不给他面子。

吴川压下怒意，准备自我介绍。

陆遥打住他："我没兴趣知道你是谁。"

李明珠笑了一声。

这一声彻底把吴川弄得恼火了，他憋着怒火，转身就走。

李明珠说："你这么针对他干什么？"

"他看你的眼神很恶心。"陆遥眼神一黯，脸色很不好。

李明珠安慰了他两句。

宴会上觥筹交错，陆遥不能一直待在李明珠身边，没一会儿傅清寒就叫他了。

他迟疑片刻，看着李明珠。

李明珠看懂了他眼里的意思，站起身说："走吧。"

陆遥一副受宠若惊的模样。

李明珠笑道："还不走？那我坐下了。"

陆遥拉着她说："那不行！"

他那颗心跳得厉害，神情十分激动。

李明珠没比他轻松多少，手心出了薄薄的一层汗。她走过去时，一会儿想着自己早上该把见面礼带过来，一会儿又想着怎么介绍自己。

前面还好，后面的问题就很严重了。

傅清寒知道她是女人，但陆兴知道吗？

当年陆兴见到她的时候，她还是一个根正苗红的好"少年"，他儿子的好朋友。

结果五年后，她就和人家儿子交往了，她愁得眉头都拧在一起。

这要怎么和陆兴解释？

她出国五年求学，又不是去整容，当年和现在的容貌差不了多少，陆兴只要没失忆，绝不可能忘掉她的模样。

李明珠还在思考的时候，陆遥已经把她带到傅清寒面前了。

傅清寒正在和一帮阔太太聊天，刚聊到陆遥，陆遥就过来了。

傅清寒转过头，想将陆遥拉出来炫耀一下，结果回头就看见李明珠站在陆遥身边。

她长大了不少，又留着长发，不似当年那副模样，脸上化着精致的淡妆，傅清寒险些没认出来。

她愣了一下，看了一眼陆遥，见陆遥神色别扭，脸上浮现一丝红晕，那点儿迟疑顿时没了。

她道："明珠？"

李明珠点点头，说："傅阿姨。"

傅清寒眼睛一亮，心情有些激动。

"哎呀，你这孩子……阿姨差点儿没认出你来。"

周围一圈人暗自打量李明珠。

李明珠被傅清寒握着手，顿觉一阵紧张。

傅清寒感受到她的僵硬，轻轻地拍了拍她的肩膀。

傅清寒什么都没说，陆遥带过来的人，自然一切都明了。

她在心里感慨：怎么兜兜转转的，还是这丫头。

李明珠摸了摸鼻子。

她晃点人的口才都不管用了，见着傅清寒，光顾着紧张，什么都忘了说。

傅清寒拉着她，和身边的朋友打了声招呼，然后和她到边上的沙发上坐下。

陆遥坐在李明珠边上，片刻不离。

傅清寒和她聊了一会儿家常，她有问必答，十分乖顺。

聊得差不多了，傅清寒才问："过年你和遥遥一起回家吗？"

李明珠道："我住在酒店。"

傅清寒听罢，有些惆怅：住在酒店哪儿来的孙子啊。

"你住得还习惯吗？"傅清寒望着她，眼里明晃晃地写着：你住不习惯的。

“还可以。”李明珠迟疑了一会儿。

傅清寒道：“晚上你到家里来一趟，你陆叔叔要回来，一会儿你好见见他。”

傅清寒还不知道陆兴见过李明珠。

李明珠心想：这速度也太快了。

她显然不知道，就算这样，傅清寒都嫌慢了，他们最好是一月结婚，十月份抱个孙子，傅清寒才觉得满意。

两人没说多久，婚礼开始了。

李明珠想起之前陆遥说要抢捧花的事儿，连忙看了一眼陆遥，生怕这家伙脑子一抽，真的去跟人家小姑娘抢捧花了。

李明珠安安静静地看完了婚礼全程，陆遥冷不丁地开口：“你有什么想法？”

李明珠不动声色。

陆遥见她不回答，急了：“你没想法吗？”

李明珠说：“我要有什么想法？”

陆遥心想：不对啊，网上都说女孩子很向往穿婚纱的。

李明珠看着完全没有任何向往穿婚纱的意思。

陆遥恐怕忘了，这个女人前十八年都在装男人，能对穿婚纱有个什么向往。

陆遥决定提醒她一下，势必要激发一下李明珠潜在的女性思维。

“难道你不想穿婚纱吗？”

李明珠沉默了一会儿，打趣道：“你想穿？”

陆遥：“……”

“我看你很想穿婚纱，明天我给你买一套。”她多年未用的伶俐嘴舌功力全回来了，“看你的体形，恐怕要提前定制。”

陆遥气结：这个女人怎么这么不讲道理？

李明珠的心情好了些。

婚礼结束后又是一轮敬酒，陆遥作为来宾，没被拉去灌酒，倒是新郎跑过来找了他几次，和他回忆了一会儿童年。

季松端着酒杯过来，和陆遥喝了两杯。

陆遥不擅长喝酒，倒了一杯可乐充数。

季松看着李明珠，问道：“这位……”

陆遥十分直白地说："你嫂子。"

季松从善如流："嫂子好！"

李明珠："……"

季松笑眯眯地说："遥哥有福气啊，嫂子是哪路天仙下的凡啊？"

人家夸李明珠，陆遥心里却美滋滋的，心道：我老婆能不好看吗？

季松道："刚才吴玲还到处找你，好险我没告诉她你在哪儿。"

吴玲已经找过陆遥了，季松还不知道。

陆遥道："吴玲是谁？"

季松哈哈大笑，话却是对着李明珠说的："嫂子放心，遥哥压根儿不记得吴玲。"

李明珠一脸淡然，表情不变。

季松小声问陆遥："嫂子是明星吗？"

太子爷都喜欢和女明星谈恋爱，不知怎么的，这样好像能显得自己很有面子似的。

季松看李明珠姿色非凡，第一个念头就是：娱乐圈什么时候出了这号人物了？

那个圈子说大也大，说小也小，特别是B市的娱乐圈，出个什么人，这群太子爷肯定是第一个知道的，更别说李明珠这样的绝色，要是真有这号人，八百年前就被人下手了。

陆遥道："和你有什么关系？"

季松听到陆遥这个答非所问的解释，权当陆遥默认了，他想：果然是个小明星。

吴川等急了，陆遥一走，他就忍不住上去问道："怎么样，你帮我打听出来没有？"

他问的正是季松。

季松不知道吴川打听这个干什么，但他先前欠了人家一份人情，吴川现在有求于他，他也不好推托。况且，就是打听个人的事情，这不算过分。

"是个小明星，应该还没出道。"季松考虑了一会儿，说道。

吴川听到这个答案后，嗤笑了一声。

他立刻回去告诉吴玲。

吴玲听罢，眼睛瞬间亮了起来："真的是个明星？"

"季松说的，他和陆遥的关系还有假吗？"

吴玲的手卷着头发。

吴川道："现在你放心了吧，陆遥最多和她玩一玩，她和陆遥身份悬殊，陆兴怎么可能让她嫁到陆家。"

"我看你不如再让你爸爸和傅阿姨说一下，我看傅阿姨挺喜欢你的，你加把劲，陆遥就是你的了。"

吴玲纳闷道："你这么好心帮我做什么？"

吴川笑了一声，说："等陆遥和你在一起，那个女人不就归我了吗？"

吴玲嘟囔："她有什么好的？"

"长得好啊。"吴川想了一下李明珠的相貌和她周身冷冽的气场，心里顿时像过电一样酥麻，"太带感了，我这辈子还没见过这种气质的女人。"

吴玲嘀咕："见识短浅。"

其间，李明珠终于堵到了她和李琛要找的人，对方是一个谢顶的富二代，李明珠没和他废话，直接开了价。

她准备充足，哪怕李琛不在，她一个人也搞定了这个刺头。

李琛说她天生是个精明的商人，这话说得不错，李明珠还很适合当个精明的领导者。

她的事情谈完了，时间也到了晚上，嘉宾陆续散场。

陆遥在她谈生意的时候很识趣地在一旁等待，不去打扰。

等李明珠工作结束后，陆遥才溜上去抱怨："你怎么这时候都要工作？"

李明珠像变魔术似的，不知道从晚礼服哪个犄角旮旯里掏出了一支笔和一张纸。陆遥前前后后看了两遍，也没找到李明珠这个异次元口袋。

他很快就不找了，当务之急是把李明珠带回家。

"晚上你还回酒店吗？"陆遥问她。

李明珠答："嗯。"

陆遥的声音降低了几个分贝，李明珠一听他这个起调，就知道他要撒娇。

果然，下一刻陆遥就缠上来了："你答应我回家的。"

"我答应的事情多得很。"李明珠一脸淡然。

陆遥心想：现在她渣得连敷衍一下都不愿意了吗？

李明珠道："怎么了？"

陆遥开口："陆兴一会儿来接我妈，你回酒店的话，我跟你一起走。"

李明珠："……"

"你威胁我。"

"我没有。"陆遥道，"我都跟他们夸下海口要带女朋友回家了，结果快过年了，连女朋友的裙子边都没带回去。"他说完，业务熟练地开始装可怜。

李明珠没说话，吴玲叫住了陆遥。

"陆遥！"她从酒店里出来，和吴川等人一起，后面的人应该是她的朋友。

陆遥对吴玲没印象，看了几眼，没认出这人是谁。

吴玲笑着开口："你有空吗？好久没见了，赏个脸一块儿聚一聚。"

陆遥看了看后面一群人，心想：也不认识。

李明珠垂下眼。

陆遥道："我没空。"他拒绝得很是干脆。

吴玲继续笑道："要不叫上这个女的一起吧，她是你朋友吗？"

"这个女的"就是指李明珠。

陆遥的脸色顿时沉了下去。

后面的人小声问道："这就是你说的那个小明星吗？长得不错啊！"

"废话，她长得差陆遥能看得上吗？"

"她挺厉害的，能抱上陆遥的大腿。"

"陆遥过两天就玩腻了，到时候我们跟她玩玩。"

这人声音很小，只有后排的人听到了。

吴玲还在邀请陆遥："我爸晚上好像和陆叔叔还有点儿事情谈，要不我过去也可以……"

老吴正好走出来，他看见自家女儿和陆遥站在一起。

吴玲开口："爸！"

老吴说："你站门口干什么？"

吴玲说："我遇见陆遥了，和他说话呢。"虽然是单方面的说话。

老吴知道自己女儿喜欢陆遥，此时见陆遥在这里，也有撮合的意思。

但他还没来得及撮合，就看见陆遥边上的李明珠。

老吴吃惊道："明珠！"

李明珠抬头一看，看见老吴，也有些惊讶："吴总。"

吴玲一愣，说："你们认识？"

"哎呀，怎么在这里碰见你啊？"老吴无视了自己女儿的话，很是欣喜地看着李明珠，"我正好要去陆委员那里和他商量你那个策划案，李总把项目拿给我们看过了，很不错！"

李琛手里需要和政府合作的大项目，就只有李明珠早年搁浅的那个建立国内外药材运输产业链的项目。

李明珠虽然人在国外，但实际上暗地里推动这件事情已经有一两年，如今正在慢慢成熟。

老吴看到李明珠，对她毫不掩饰地赞赏："你的策划案非常好，我原本想和陆委员转达，现在碰到你就太好了！走，晚上你和我一块儿上陆委员家里。"

老吴还怕她不习惯，补充道："陆委员人很亲切，你不用害怕。"

老吴看到陆遥，立刻介绍："你身边这位就是他儿子。哎，你说怎么这么巧，今天大家都碰到一块儿了。"

李明珠脸上挂上了职业笑容，显得得体大方："麻烦吴总了。"

陆遥心想：她还有多少我不知道的事情？

吴玲终于不能忍了，又问了一次："爸，你怎么和她认识？"

后面的人也震惊啊，特别是吴川，季松不是说这个女人是小明星吗？小明星怎么会认识老吴？

老吴解释道："这位是李氏集团的副董事长。"

一帮纨绔子弟像被雷劈了似的，全愣住了。

李家的产业众人都听说过，此时听到眼前这个精致漂亮得像一个娃娃一样的女人竟然是副董事长，简直惊得下巴都掉了！

李琛为了带着李明珠好办事，出门前在董事会给她挂了一个职位，此时说出来，似乎都带着风。

老吴刚说完，陆兴的车就来了。

傅清寒怕冷，等陆兴来了，她才从酒店里出来。

"等多久了？"傅清寒一来，就拉着李明珠。

这下换成老吴诧异了。

这是什么情况？

傅清寒这才看到老吴，开口："老吴，晚上你找陆兴，不如现在和我们一块儿走，省得你开车跑一趟。"

陆兴从车上下来。

傅清寒说完，顿时顾不上老吴了，她忙着和陆兴介绍李明珠：“老陆，你猜这是谁？”

她把李明珠拉了过来，很是亲昵。

陆兴看着她，颇为眼熟。

李明珠的职业笑容挂不住了，沉默了一会儿，老老实实地喊了一声：“陆老师……”

这一声把陆兴脑子里的迷雾驱散了，同时，也把一旁的老吴弄得更蒙了。

他想：这……都认识吗？

吴玲的脸色渐渐惨白。

陆兴活了这么久，没见过“男人”长成“女人”。

他的第一反应是李明珠是个异装达人。

陆兴虽然年纪大，但也听过这些特殊的名词。

李明珠小小年纪就沉稳大气，出类拔萃，有一点儿个人兴趣爱好无伤大雅。

陆兴安慰自己：不要老古板，要学会接受年轻人的爱好。

傅清寒道：“遥遥年前就说带她回来给我看看，结果到今天才看到。”

陆兴听罢，隐约听出了一丝不对劲：“陆遥带回来给你看？”

陆遥不是带女朋友回家吗？

咔嚓一声，陆兴的脖子僵住了。

他脑子里那句话还在打转：要接受年轻人的爱好，要与时俱进……但这也太与时俱进了！

陆兴开口：“这……”

李明珠一看便知陆兴想岔了，她连忙解释：“陆老师，这事说来话长。”

陆遥双手抱臂，说：“那就不用跟他说，你和我结婚，又不是和他结婚。”

陆遥脱口而出，几乎是理所当然。

陆兴原本心里存的那点儿侥幸心理，这下全被陆遥打碎了。

陆兴兀自震惊，一旁的老吴没比他淡定多少。

陆遥一句话出来，秒杀了一众人，唯一知情的傅清寒笑道：“干什么，外面这么冷，上车说。”

老吴丈二和尚摸不着头脑，左看右看，最后目光投向李明珠身上。

李明珠扶额：场面还能更乱一点儿吗？

显然是可以的。

正值婚礼结束，里面的嘉宾陆续退场，他们一行人站在外面，人又多，很是瞩目。

李琛出门后，还没给李明珠打电话，就直接看到她了，同时看到的还有老吴。

他一脸诧异，朝这边走来。

老吴看到李琛，连忙开口：“李总！”

李琛和老吴打了招呼，环顾一周，最后看着李明珠，说：“怎么回事？”

李明珠心想：宴会进行到一半你人没了，现在问我怎么回事？

陆兴和李琛虽然一个从政，一个从商，但都属于领头的一批人，互相认识是正常的。

他和陆兴寒暄了几句。

陆遥没问李琛是谁，但他越看李琛越眼熟，到最后也没想起自己在哪里见过这人。

倒是李明珠被这一幕搞得头有点大。

傅清寒看到李琛，又联想到李明珠的姓氏，压下惊讶，有了思路。

李琛和陆兴说完了话，这才表明自己主要的目的：他就是看到李明珠在这里才过来的。

是他带李明珠来的，如今他要走，当然也要带李明珠走：“走吧。”

李明珠没动。

陆遥紧张道：“你去哪儿？”

李明珠说：“和你一起。”

陆遥听到这个答案，心里很是满意。

李琛心里一动，看着陆遥的目光顿时深邃了起来。

虽然近两年来李明珠和他的关系缓和了一些，没有这么显而易见地排斥他，但也算不上和睦。

李明珠对他十分疏远，冷冷淡淡，叫人捉摸不透。

一开始李琛还以为李明珠只对他一个人这么冷淡，结果他不动声色地观察了一段时间，发现李明珠对所有人都这么冷淡，他心里有了些慰藉，平衡了一点儿。

结果刚平衡没多久，李琛又发现，李明珠也不是真的对所有人冷淡，至少她对陆遥就很温情。

李明珠的性格他很清楚，一个又固执又倔强的女人，像一台不要钱的制冷空调，方圆五米都没人敢靠近。

这么一个女人，面对陆遥的时候卸下了所有防备，语气称得上温柔了。

李琛越看陆遥越眼熟，就跟陆遥看他似的，虽然看着眼熟，但是互看不爽。

老吴完全在状态外，一看李明珠在这里，李琛在这里，陆兴也在这里，脑子一时没转过弯，就在马路边上聊起了李明珠的项目。

大冬天的，冷风能在身上割出几道血痕，自己的老婆不在这里，老吴不心疼。陆遥的准老婆在这里，他先心疼起来。

陆遥的西装外套已经解下来给李明珠披上了，李明珠穿得单薄，北方的冬夜离开暖气，那是分分钟要人命的节奏。

李琛见她轻轻发抖，作为兄长，下意识地把自己的衣服给她："穿上。"

她身上有陆遥的一件衣服了，穿两件西装外套，这模样不是来搞笑的吗？

陆遥眼神不善地盯着他。

李明珠了解陆遥，当他还没找李琛麻烦的时候，就先开口拒绝了："我不用。"

傅清寒笑了一声，说："好啦，大家先到车里坐，外面冷得很。"她看着李琛，"你是明珠的哥哥吗？"

陆遥微微诧异。

傅清寒没猜错，李明珠听到这句话后，什么表示都没有。

陆遥知道这是默认的意思。

李琛点头。

"哎呀，那真是太巧了，天下再没有这样的巧合了，正好人都在这儿了，我看你们工作上的事情也不忙着谈，宴会上大家都没吃几口，不如去酒店吃顿晚饭？"

傅清寒这话说得没错，大冬天站在门口，一个个又不是什么无名小卒，再这么站下去，一会儿来攀谈的人越来越多。

接着傅清寒问了一下李明珠的意见。

她的逻辑很清楚。

短短几个小时相处下来，作为一个了解儿子的母亲，还能看不出这两个人之间谁说了算吗？所以傅清寒根本不征求自己儿子意见。

至于陆兴，陆兴的意见等于没意见，傅清寒自己做决定。

“明珠呢？回家还是去酒店？”

李明珠尚未想好，如果一下子就去陆遥家里，之后怎么办？于是答了去酒店。

能拖一会儿是一会儿，让她有个缓冲，打一下腹稿。

毕竟这么多年李明珠没晃点过别人，现在口才不如高中那会儿厉害，在长篇大论解释前，她需要一份稿子。

傅清寒当即打电话叫人订好了酒店。

老吴听到这里，就算不怎么了解情况，也能知道一二。

陆遥和李明珠的关系呼之欲出，这女人年纪轻轻就是李氏集团的副董事长，论才情相貌，和陆遥门当户对，他倒也看得出来。

更何况傅清寒的态度十分明显，俨然是把李明珠当女儿看了。

老吴开口：“我就不去了，你们一家人聚聚。”

老吴这话说得漂亮，把陆遥心里说舒服了。

傅清寒道：“不好意思啊，老吴，今天不赶巧。”

老吴笑道：“哪儿的话，那我先走了！”

吴玲犹豫片刻，叫了一声：“爸！”

老吴答了一声，道：“你叫我干什么？正好，你跟我一块儿回去。”

吴玲和吴川本就是这一个纨绔小团体的领头人，此时吴玲被老吴拉着走，剩下的人面面相觑，不知道干什么。

一人道：“走吗？”

其余人看向吴川。

吴川脸色难看，显然是丢了这么大的脸，心里十分不甘心。

他阴沉着脸色离开，一句话都没说。

等那边的人走得差不多了，傅清寒收回目光，才道：“咱们到酒店里说，这儿太冷，不好讲话。”

众人遂上了车，一共三辆，李琛自己开车来，便没和陆家的人坐在一块儿。

他跟着傅清寒的车开走时，还有些没反应过来。

傅清寒虽然没有明说，但他也猜到了，李明珠和陆遥的关系一看就看出来了。只不过他这个半路找来的妹妹，什么都不愿意跟自己说，要不是他误打误撞撞上傅清寒等人，恐怕等李明珠结婚了，他也不一定知道。

他不但不知道，恐怕按照李明珠这女人薄情的程度，连请柬都不发给他。

李琛越想头越疼，怎么自己带着妹妹来参加婚宴，谈一谈工作……最后就成谈婚论嫁了？

什么诡异的剧情发展！

不管李琛怎么想，他最后都跟着去了酒店。

李明珠在路上串好了稿子，到了酒店里，人就不虚了。

傅清寒柔声问了几句，李明珠便和陆兴解释了来龙去脉。

她隐去了一些重要内容，只把光鲜亮丽、能拿得上台面的东西说了说，那些烂在淤泥里的东西，就永远地埋在她心里。

陆兴听到李明珠嘴里改版后的故事，恍然大悟，顿时疼惜起这个小丫头来了。

陆兴对李明珠的评价本就很高，当年见到她的时候，内心便十分欣赏她。

当初对于陆遥能结交到这么优秀的同学，陆兴心里十分欣慰，甚至还想着以后陆遥在人生的道路中，能被李明珠拉一把，两人兄弟同舟，互相帮助。

但他万万没想到，自己的儿子能干过头了，不仅结交到这么优秀的苗子，还打算跟这个苗子结婚！

这实在是超出他的想象。

饶是陆兴如此稳重的一个人，这会儿也有些哭笑不得。

李琛很少听李明珠提起她过去的事情，现在坐在饭桌边，托陆兴的福，让他从只言片语中了解到她的过去。

他听完，看了一眼陆遥，恍然大悟。

他就说陆遥怎么这么眼熟，这小子不就是当年和李明珠在一起的那个少年吗？

李琛当年以为陆遥是个骗李明珠的小无赖，哪知道过了这么多年，这小无赖还真和李明珠走到一块儿了。

李琛想到李明珠不声不响地出国五年，对谁都没有提起过，不由得唏嘘，心想这两个人五年后能走到一起，实在是缘分。

李明珠把事情解释完了，陆兴心里明了，看李明珠越发顺眼。

他又忍不住多问了几句，得知李明珠现在是李氏集团的副董事长，和李琛又是兄妹，行为举止各方面都大方得体，行事作风果断干净，一如当年他看到的模样。

还有老吴要和他谈的药材项目——陆兴早在几个月前就看过相关资料。

岭南恒良区是一个依山靠水的好地方，又和东南边部分国家相邻，是一个天然的药材发育地。但不知道怎么回事，这几年也投了不少钱，那地方却始终发展不起来，到现在都还是一个小山村。

这时候李明珠的项目如同雪中送炭，把所有的规划一步一步完整罗列出来，送到了陆兴的手里。

这一幅宏伟的画卷徐徐展开，叫陆兴眼睛一亮。

如果不是项目十分出彩，它也送不到陆兴眼前来。

因此，陆兴当时看到项目，就打听写这份策划案的是谁。

老吴只说是个年轻人，具体是哪个年轻人，老吴又说找时间带给他看看。

陆兴心想：这是一个不可多得的人才。

现下，这个人才不但被带到他面前了，还是自己儿子带回来的，甚至会带进自己家里。

这叫陆兴怎么会不满意李明珠。

他向来认为陆遥烂泥扶不上墙，书也读不好，唯独一点儿好，就是打游戏把自己养活了，还算不是彻底的废物。

但在这个老古董眼里，打游戏也不是什么入流的工作，吃青春饭的事业，始终不能长久。

因此陆兴对陆遥无话可说，不过陆遥到底是自己儿子，怎么扶不上墙都只能认了。

哪知道陆遥在“上进”这方面扶不上墙，运气却十足好，离家出走跑去H市，都能让他顺路捡一个宝贝回来。

陆兴难得笑得开怀，而李琛在这天晚上也彻底见识到了李明珠的口才。

他平时见自己妹妹一天蹦不出两句话，万万没想到李明珠竟然是一个能说单口相声的人，说话中听漂亮，不显得特别拍马屁，又把人心里说得舒舒服服，叫人不得不对她产生好感。

一瞬间，李琛感慨起自己的处境：他恐怕真是一个捡来的哥哥，能让她这么不上心。

晚饭吃得其乐融融，陆兴对李家兄妹的好感度噌噌噌地往上涨。

李明珠巧舌如簧，李琛也不是个木讷的人，相比李明珠的贴心，他更加严肃客气一些，但也让陆兴感受到年轻人的潜力。

两个人都不是省油的灯，如果给他们一片天地，一定能有一番大作为。

饭毕，李琛先行告辞。

傅清寒又邀请李明珠到家里做客，她把话都说到这个份上，天色又这么晚了，于情于理都不能不去。

李明珠不再拒绝，和陆遥一块儿回家。

到了家里，傅清寒拉着李明珠说东说西。

从踏进院子开始，李明珠就四处打量。

外面的小院子，内里三层的小洋房，门口的复古吊灯，都彰显着住在这里的女主人是一个十分有情调的人。

她心想：陆遥和陆知就在这里长大的吗？

两人一边走，傅清寒一边和李明珠说陆遥小时候的糗事。

从门口的果子树到后院的小池塘，她说了个遍。

陆遥小时候就是一个停不下来的主，糗事有一箩筐，李明珠听傅清寒说着，就听入迷了。

她鲜少对别的人产生兴趣，但傅清寒说的关于陆遥的一切，她都听得开心。

再晚一些，傅清寒就不再和李明珠聊天，因为大家这时候都该睡觉，她给李明珠安排了一间客房。

李明珠穿着高跟鞋站了一个晚上，此时也站累了。她洗漱完毕，坐在床前揉了揉自己的小腿。

她刚坐下没一会儿，门口就出现了一阵响动。李明珠不用思考，就知道来人是谁。

果然，下一秒陆遥就从外面闪进来了，像做贼似的。他自己房间不住，穿着睡衣，抱着枕头，可怜兮兮地站在门口。

李明珠说：“你做什么？”

陆遥委屈道：“来睡觉。”

“你自己房间呢？”

陆遥果断走进来：“今天我都没和你好好说上话。”

确实，李明珠一直和陆兴交谈，其余时间又被傅清寒拉着说话，陆遥始终找不到机会开口。

他嘟囔：“明明你是我的，我反而最没地位了！”

李明珠笑了一声，说：“我想给陆老师和傅阿姨留下一个好印象。”

她这句话说得坦诚，一下子把陆遥所有的不满和委屈都堵回去了。

他心想：她也会想这些吗？

李明珠平时表现得太冷漠，太高冷，以至于陆遥以为这人吸口仙气便能活下去。她对周围的事物都冷冷淡淡，没想到如今为了自己沾上了人间的烟火气息。

陆遥不要抱枕头了，缠着要来抱她。

房间里开着空调，李明珠只穿了一件薄薄的丝绸衣，她刚洗完澡，身上全是折磨人的暗香。

陆遥好似抱着一块软软的糕点，抱着就不想撒手。

李明珠被他抱得太紧，不得不开口：“放手，要睡就好好睡。”

陆遥不松手，使了点力气，将李明珠摁倒在床上。

李明珠心里一惊，连忙开口：“不要乱来。”

陆遥亲她，心想：这怎么叫乱来，我们是男女朋友！

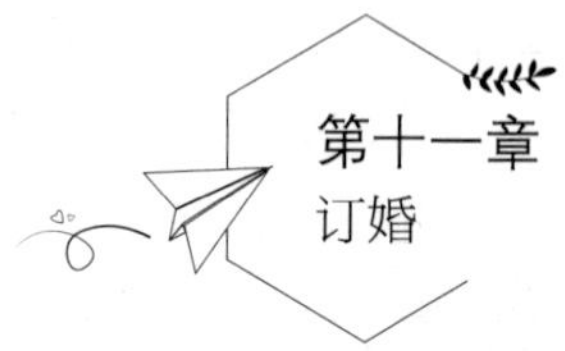

第十一章 订婚

李明珠断然不会让他乱来。

她眼明手快用被子遮住了陆遥的脑袋，然后用枕头砸他：“回自己房间去！”

陆遥扒开棉被，接住枕头，不依不饶：“你和我一起去。”

李明珠看他那模样，险些笑出声。

陆遥道：“我的房间在三楼，你放心。”

“你找死吗？”李明珠一脸冷漠。

陆遥笑道：“人之常情啊，我是陆遥，又不是陆下惠。”

这回两人久别重逢，双方家长见了，就差结婚了，临门一脚——女朋友就在边上，结果只能看，不能睡，这叫什么事儿啊？

陆遥把自己摔在床上，大长腿夹着枕头和被子，打起滚来。

李明珠：“……”

他可能是第一次打滚，业务还有点儿不熟练，好几次撞上她的腰。

李明珠默默拿出手机，打开了录像。

陆遥在床上滚得不亦乐乎，抱着被子，拖长了声音撒娇：“让我睡——让我睡——”

他滚了几圈，没得到李明珠的回应。

他把埋在被子里的头抬了起来，眼睛闭得太久了，隐约看得到一点儿泪光。

他的头发乱糟糟地翘着，奶气十足。

李明珠按了暂停键，开口：“你怎么不滚了？”

陆遥嘴一咧，露出两颗虎牙，张牙舞爪地扑上来。

李明珠高举手机，被他扑了个正着，陷进被子里。

陆遥压着她，把她的双腿都困住。

李明珠道："下来。"

陆遥说："这段怎么不拍进去？"

他会威胁人了。

李明珠十分喜欢给陆遥拍照，有陆遥知道的，也有他不知道的，她的手机里有好几G内容——有睡得四仰八叉的，吃饭吃到一半趴桌上睡过去的，形象全无的，美得像画报的……数不胜数。

刚才还加上了一段耍赖打滚的小视频。

陆遥啄了一下她的嘴唇："我们结婚好不好？"

李明珠脸上一热，没说话。

陆遥道："你和我结婚了，就没有什么理由拒绝我了。"

李明珠说："你脑子里不能想点别的吗？"

"我脑子里想的全是你。"

陆遥道："我们明天就结婚。"

"你在做梦吗？"

陆遥道："我等了五年。"

李明珠心虚，没话了。

她沉默一会儿，转移话题："你的工作呢？"

李明珠想起网络上热情高涨的陆遥女粉丝。

陆遥道："我还有三年退役，我们先结婚，不然我一想到你在外面工作，我就不放心。"

他严肃道："外面的狐狸精很多。"

李明珠觉得无语："陆遥，你多大了，还在看什么奇怪的小说吗？"

"我不管，你和我结婚，结了婚我才放心。"

陆遥心酸地想：人家防男人就好了，我就惨了，我还得防女人！

李明珠拗不过他，说道："你先起来，你总要从我身上起来，我们才能商量这件事情。"

陆遥大惊："这还用商量吗？你和我结婚，我同意了，不用商量。"

李明珠哭笑不得："你光长身体不长脑子。"

"结婚之后你的工作呢？你的粉丝怎么办？还有叔叔阿姨，他们知道吗？"

陆遥道："结婚不影响工作。"

他补充："除了婚假。"

李明珠说："你还没结婚就想到婚假？"

"我连产假都想好了！"陆遥双眼放光。

李明珠沉默地推开了他。

"滚回自己房间去。"

最后陆遥还是回到自己房间，不过靠着耍赖，他把李明珠也拐去他房间了。

他的房间在三楼走廊右边，左边是陆知的房间，这么多年里面的摆设都没变过。

李明珠被陆遥推进房间后，扑面而来全是陆遥身上的气息。

不知道他用的什么洗衣液，好似这是全世界独一无二的味道，只要陆遥靠近她，她就能闻到。

这房间里也充斥着这股清新好闻的味道，叫人十分舒心。

陆遥的床比客房的床大，李明珠被他一路拖上床，抱着就睡过去。

睡到中途，他又坐起来，把自己珍藏多年、最宝贝的东西都拿出来给李明珠显摆了一遍。

显摆到半夜，李明珠实在困了，他才和她交换了一个绵长的亲吻，睡了过去。

李明珠是在陆家过年的。

傅清寒留了李明珠整个春节，一共一个多星期。

陆兴专门给她腾出了一个书房办公，陆遥不甘寂寞，把书房里两台电脑占掉了一台，用来打游戏。

前两天陆兴还担心陆遥打游戏耽误李明珠工作，后来发现李明珠似乎自带屏蔽仪，能过滤掉陆遥的声音。

李明珠不看书的时候，陆遥就会挑这个时间来直播。

赞助战队的直播平台当初在合同上约定了，一个月规定直播多少时间，得播完。

陆遥是一个不爱直播的主，放着一张帅气的脸不用，非要刷技术。

他一个月的直播量往往都攒到最后几天，掐指一算还有几个小时播完，然后他一次性播了。

陆遥算得倒还挺准，每次都踩着线过，方天也揪不到他什么把柄。

二月末，春节假快放完了，陆遥还有老长一段直播时间没凑够。

他就成天趴在书房里直播打游戏，有时候出去端杯水，粉丝就把他背后的书啊，摆件啊，窗外的景色啊，扒了个干净，接着立刻上网购买同款。

陆遥除了直播，每月还得完成的任务就是更新微博。

他的微博有专门的人打理，但他作为半个公众人物，也不能一条日常微博也没有。

因此，方天给他硬性规定一个月发一张自拍，两条日常。

陆遥二月份就发了一张自拍，还穿着夏天的短袖，粉丝大呼忽悠人！

后来的两条日常，陆遥大约是觉得自己过分了，所以拍得很认真。

一条微博是吃年夜饭，他拍照时家里的猫正跳到桌上，提着爪儿想偷吃中间的鱼，李明珠把它抱走，他恰好就拍到了她半个身子。

这张照片没引起什么人注意，只是粉丝们感慨了几句，没想到陆遥还养猫。

那只被粉丝们羡慕的猫后来又出镜了一次，这回是二月末，依旧是它和李明珠一块儿被拍下来：李明珠坐在院子的躺椅上看书，很是惬意，猫窝在她怀里。

陆遥看着这张照片，感觉岁月静好。

第二张照片出来的时候，粉丝才开始疑惑，抱着猫的这双手是谁的。

说是陆遥母亲的，但也太年轻了。

不过众人没听说过陆遥有姐妹啊！

粉丝纳闷了半天，猜不出来，小小的风波很快就过去了。

三月份大家陆续上班，陆遥收拾了行李，和李明珠一块儿回了S市。

其间，傅清寒提了一句订婚的事情，陆兴也同意早点把婚事定下来——他是相当满意李明珠的，生怕她哪天“被猪油蒙了的脑子”突然清醒了，不和陆遥好了。

陆兴对于自己儿子的人格魅力是一点儿把握都没有的。

到了这个地步，李明珠也没有再回避这个问题。

她这辈子就在陆遥一个人身上花过心思，再没有去尝试喜欢别人，也不想去尝试，再加上陆遥老盯着她，跟小偷盯人钱包似的，她心想：干脆遂了他的愿，省得他整天在自己身边打转。

订婚的时间就定在春季赛后。

春季赛陆遥打得十分顺畅，方天大感惊讶，抽空问他："你打鸡血啦？"

陆遥嘴上不说，心里却想：这可比打鸡血厉害多了！

与此同时，李明珠的项目正式提上日程。

她比陆遥更忙，整天不是在加班，就是在加班的路上。

有时候她出差十天半个月，陆遥一个人独守空闺，每晚凄凄惨惨地抱怨她是个工作狂。

李明珠只有晚上有时间敷衍他两句，很快也要挂断视频去忙工作。

李琛渐渐地把集团实权交到她手上，董事会里明争暗斗的，她要坐稳位置，除了李琛在背后推波助澜，她也得干出一点儿实绩来。

好在这个项目是老天给她送经验来的，政府这边全由陆兴牵头，他甫一开口说话，下面的人效率快得跟高铁似的，一眨眼，盖章不到半个月就走完了全部程序。

董事会的老头觉得李明珠有后台，又找不出她的后台是什么，只觉得这个李琛不知道从哪里捡回来的年轻人能力高得让人心惊。

有李明珠从旁辅助，李琛总算是把心放下了。

董事会这边暂时不用他操心，李明珠几乎掌握了所有的话语权。她本身就一板一眼，长着一张冷酷无情的脸，端起来时气势骇人，做决定雷厉风行，董事会里也没几个人敢和她唱反调。

在她的衬托下，一向严肃刻板的李琛都变得柔情似水起来。

五月中旬，傅清寒的电话打到了李明珠的私人手机里。

她刚开完会，一路往办公室走。

傅清寒打这通电话是特意提醒李明珠订婚的事，叫她和陆遥留心一下时间，免得忘了。

李明珠怎么可能会忘记这事，这两天陆遥跟一个唐僧似的有事儿没事儿就在她耳边念叨，要她挤也得挤出一点儿时间去买戒指。

陆遥春季赛打完之后就是两个月的夏休期，他在家里无所事事，就想着撩拨她。

李明珠和傅清寒打完电话，开着车就往家里赶。

陆遥早在屋子里等她，一听到开门的声音就在门口守着了。

李明珠道："你怎么每次都要到门口守着？"

"让你一回来就见到我，不是很好吗？"陆遥理直气壮。

李明珠心想：他跟小狗似的，就差叼一双拖鞋来了。

陆遥从鞋柜里把她的拖鞋翻了出来。

李明珠："……"

陆遥浑然不觉，眼睛还盯着她的袋子："今天吃什么？"

李明珠洗菜做饭，说："吃饭的时候你就知道了。"

即使再忙，她也还是一个顾家的女人，但在外面别人看不出来。

要是让董事会那帮一天到晚看李明珠冷脸的人看到她站在厨房里洗菜做饭，恐怕眼珠子都要滚下来。

陆遥喊道："我开直播了。"

李明珠点头："你开吧。"

陆遥上回开直播，险些把李明珠录进去。

陆遥对她的保护可以说是滴水不漏，粉丝就算发现千般疑点，也找不到这个频繁出现在陆遥镜头里的人是谁。

因此，他后来只要开直播，都会提前通知李明珠。

李明珠做完晚饭，陆遥洗完碗，甩着手出来。

李明珠道："你别把水甩得到处都是。"

陆遥听话地扯了一条毛巾，拿来擦手，擦到一半，李明珠把毛巾拿了过去，替他小心地擦拭。

陆遥的手金贵得很，李明珠擦完了，冷不丁地问了一句："戴上戒指的话，不会影响你的操作吧？"

陆遥反应了一会儿，才回过神："不会。"

他逐渐笑开，猛地抱住李明珠，把李明珠抱了一个满怀。

"你在暗示我什么？"

李明珠脸上泛起薄红，心里恼怒地想：你明知故问！

陆遥就是要明知故问。

他这人有时候挺坏的，李明珠越是小古板，脸皮薄，他就越要去撩拨一下，很是作死。

俗称：欠打。

陆遥被轻轻地拍了两下，老实了。

他把李明珠抱在怀里，几乎将李明珠遮得严严实实。

陆遥将头搁在她的肩膀上，黏糊道：“那你有没有安排时间去挑戒指？”

李明珠说：“需要亲力亲为吗？”

她一副诧异的模样，叫陆遥险些吐血。

李明珠意识到自己说错话了，立刻闭嘴。

陆遥委屈道：“你怎么不干脆结婚也随便找个人？”

李明珠摸了摸鼻子，咳嗽了一声，说：“我没经验。”

头一回结婚，谁有经验？

但显然陆遥抓错了重点，他手上一用力，拖着李明珠往自己怀里一压：“你还想有点儿经验啊？”

李明珠受不了陆遥这样，这人说话时，不抱着她就不能开口。五年前她没见他有这么严重的毛病，五年后成了没骨头的人，动不动就贴着她，不靠着她好像不能站立了一样。

李明珠闹不过他，干脆把茶几上昨天没看完的书拿起来，打算继续看。

陆遥一看李明珠毫不为他的美色所动，瞬间怀疑起网络上夸他美颜盛世的粉丝，他们都是骗他的。

陆遥扳正她的脸，说：“难道我还没有书好看吗？”

李明珠心想：书比你好看多了。

但陆遥气鼓鼓的，李明珠需要给他顺一下毛。

她把刚拿起的书放下，回到两人最开始的话题：“你夏休期休到什么时候？”

陆遥道：“什么？你要约我买戒指吗？我得考虑考虑。”

“你不用考虑了，取消。”

陆遥大喊：“耍赖啊！你不按套路出牌！”

他开口：“我什么时候都有空，主要是你，你在搞什么啊？害得我每天独守空闺。”

李明珠觉得无语：“你这是什么形容词？”

陆遥道："我高中都没读完，你能指望我用什么形容词？"

他郑重其事地把手放到李明珠的小腹上面，道："以后孩子的教育很重要，成绩要随你。"

她一时间不知道该不该提醒陆遥，成绩这种事情是遗传不了的。

李明珠说："八字还没一撇呢。"

"这不是正在写那一撇吗？"陆遥笑眯眯地说，他趁她不注意，咬了她一口，"什么时候让我把一撇写完啊？"

李明珠又拿起了书，不再理他。

买戒指的时间是陆遥定的，他一本正经地把皇历拿出来翻了几遍，最终敲定了一个风和日丽的日子。

阳光很好，适合求婚。

李明珠肯定想不到，陆遥八百年前就把戒指订好了。

李明珠和他说的时候，他只想拉着人去走个仪式。

但如果他提前告诉李明珠，他把戒指订好了，这女人会不去！

星期六这天天气晴朗，太阳甚至有些大。

陆遥是一个十分怕热的主，来到店门口后，竟然坐在车里不肯下来了。

李明珠一脸无奈，心想陆遥的"小姐脾气"沉寂多年后重出江湖了。

还有一个原因，就是躲一部分比较狂热的粉丝，她们粉陆遥的目的不是电竞，而是想和陆遥谈恋爱，她们甚至不看电竞比赛。

这一类粉丝比较热情，无论陆遥走到哪儿都跟着他，调查他的行程比狗仔还熟练。但凡他出门，都非常小心翼翼。

大热天的戴墨镜倒不奇怪，但是他总不能夏天了还戴一条围巾吧？

因此，为了低调出行，陆遥决定全程坐在车里。

显然，车子是没法儿开进店里的，它只能停在路边。

李明珠在车里合上电脑，推了他一把："下车。"

陆遥言听计从，瞬间把自己那点儿小九九忘到脑后。他推开车门，外面一阵热浪扑面而来，他惨叫："我会化掉的。"

李明珠无奈道："你是吸血鬼吗？"

陆遥道："我是陆小倩。"

李明珠："……"

司机先下车，撑开了伞。

陆遥接过伞，顺势拉着李明珠下来。

李明珠被他搂在怀里，热得很。

“你知道热还靠得这么近？”

陆遥蹭着她，像一只爱撒娇的猫：“你身上好冰啊。”

李明珠刚从车里下来，冷冰冰的，很是舒服。

两人姿势亲昵，走入一家高定珠宝店，什么关系一目了然。

正午的阳光十分刺眼，因此草丛里的闪光灯被忽略了。

李明珠进去后，服务员已经把戒指送上来了。

她看了陆遥一眼，陆遥拿过戒指，直接套在她手指上：“大小正合适。”

李明珠心想：那当然，不合适的话，今天要你横着走出这个店。

订婚时间安排在下个星期，陆遥没什么朋友，李明珠的交际圈虽然广，但仔细一数，也没几个要请的宾客。

最后来的人不多，订婚仪式符合李明珠的想法，简单低调，大家吃了一顿饭就散了。

季瑶拉着李明珠要合照，她是一个有点儿事情不发朋友圈就会憋死的人。

恰逢李明珠这天穿了一条白裙子，仙气十足。

季瑶拍完照就欢欢喜喜地跑了，她踩着高跟鞋蹦跶得很是欢快。李琛看着头疼，压着声音喊了一句：“季瑶，好好走路！”

李明珠和她拍完照，被陆遥逮住。

“我也要拍。”

“你今天拍得还不够多吗？”

陆遥小孩子气道：“我要拍一张和她一模一样的，你必须发朋友圈。”

李明珠的朋友圈只有一条直线——也就是什么都没有。

陆遥拿着手机咔嚓咔嚓拍了两张，两人颜值颇高，根本不需要后期修图。

陆遥指挥她：“现在可以发朋友圈了。”

李明珠慢吞吞地摁着手机。

陆遥嫌她按得慢，立刻拿过手机，噼里啪啦一顿编辑。

李明珠纵容他的结果就是，她人生中第一条朋友圈矫揉造作得根本不像她本人发的。

这条朋友圈陆遥是这么编辑的：我和最最最最最帅最英俊的老公，订婚宴。

一排丰富多彩的表情符号下面是两张照片。

虽然李明珠从不发朋友圈，但是加她的人很多，所以这条朋友圈瞬间被刷爆了。

其一是那些商界大佬，和李明珠有过合作的人，多少都知道李明珠是什么性格，这条和她本人完全不符的言论是啥？她被下降头了吗？

其二是众人没见过穿白裙子的李明珠，她工作的时候要么板着一张脸，要么挂着职业假笑。可这两张照片上的她笑得温柔，一双眼睛含情脉脉，弯得像小桥似的……简直充满了贤妻的气质！

一想到贤妻这词儿，众人就愣了。

他们平时怎么想也不可能把李明珠和贤妻这个词儿搭上边啊！这个女人实在是太可怕了，比男人还可怕！和她一起工作，半个月能去掉半条命！

那时候一帮人私底下遇见了，偶尔在饭桌上谈起这位年纪轻轻的李副总，总要感慨一番，说这样的女人，哪个男人能搞定她？搞不好她就一生和工作为伴，孤独终老了。

也有人说也许她会找个和她的性格正好相反、软绵绵的男人，两人一拍即合。就是可怜那个男人，一辈子都要在她冷酷的手段下度日，妻管严啊，懦夫啊，大佬对这些八卦也很有兴趣。

但李明珠就这么不声不响地订婚了……这……还一副娇妻的模样……简直让大佬们不敢相信自己的所见所闻！

一时间，众人都盯着手机，恨不得把照片盯出一个窟窿，看看是哪个男人这么有能耐，把大魔王变成了小娇妻！

八卦过她的男人们一看李副总的未婚夫，眉眼俊俏，气质出众，而且……怎么越看越眼熟？

直到下面有一个留言的，率先说出这个搞定李副总的男人究竟是何方神圣，马屁就拍起来了：哎呀！恭喜陆少啊！

众人一看，陆少？B 市还有哪个陆少？

大佬们一想，门儿清了。

除了陆兴那个儿子，还会有谁？

一人心想：我说这人怎么这么眼熟呢，原来是陆遥啊。

……

竟然是陆遥啊！这是什么？强强联手？李副总这是……不给人留活路啊！

半晌后，李明珠的朋友圈又被刷爆了。

这回除了朋友圈，她的聊天对话框也挤得满满当当，认识的不认识的人，统统发来祝福，以及旁敲侧击问她接下来是不是要搞什么大事情。

还有几条私信一看就是事先编辑过才发给李明珠的，通篇拍了陆遥的马屁，遣词造句十分高明。

李明珠哭笑不得，一时间不知道怎么回复热情的众人。

陆遥见她一直捣鼓手机，头探了过来："哟，这么多人祝福啊，你人气挺高的嘛！"

他心里酸溜溜的。

李明珠觉得无语："这你也要吃醋吗？"

"我没吃醋。"陆遥鼓着嘴，拒不承认。

他很快就破功，原形毕露，扑上来问道："有没有男的？你说！"

"你觉得呢？"李明珠反问他。

这不是显而易见的吗？哪可能只得到女人的祝福，没有男人的？

她朋友圈什么人都有，陆遥提这个问题实在是不讲道理。

不过他不讲道理惯了，这半年仗着李明珠心有愧疚宠着他，越来越无法无天。就算是没道理，他也要哄得李明珠给他凭空捏造一个道理出来。

陆遥道："我帮你统一回复了。"

统一回复：我老公不让我和陌生人讲话……

他的字没打完，李明珠眼明手快把手机抢了过来。

陆遥对于没发出去这句占有欲十足的话，还有点儿不甘心。

订婚宴结束后，陆兴安排他们去了婚房。

这套小别墅离傅清寒住的地方不远，是陆遥前几年买下来的，搁置着一直没用，如今他抱得美人归了，临时拿它充当一下婚房。

李明珠在去婚房的路上，对于"为什么订婚之后也有婚房"这件事情做了思考，没得出结论。

这地方以后多半要常住，李明珠心想下午正好有空，干脆回家一趟，多少拿一些陆遥的衣服过来。

陆遥在那边的屋子住了十几年，东西相当多。

新房的家具和被褥都是现成的，叫保姆打扫过好几遍卫生了，李明珠便督促陆遥回家拿衣服。

她和陆遥一道回去，在房间里挑拣了几件衣服。

拿好衣服后，陆遥又去书房晃荡了一圈，抱了一个箱子回来。

这箱子李明珠没看到过，不知道陆遥以前把它藏哪儿。她见陆遥拿进来时，疑惑地看了一眼。

陆遥注意到她的眼神，也没藏着掖着，直接开口解释："我哥的遗物。"

他以为李明珠已经忘记他还有个哥哥，补充道："我以前和你说过，你可能忘了。"

李明珠沉默片刻，心想：我怎么可能忘？

与此同时，李明珠心想：我好像没和他说过我和陆知的事情。

这个想法只冒出来片刻，很快就被她否决了。

逝者已矣，多提只是伤感，对陆遥而言，知不知道她和陆知的事情，其实不重要。

哪知道老天决定要陆遥知道，李明珠人为的因素根本不能左右。

陆遥把箱子放在桌上，箱子上面落了一层灰，一看就是没怎么打开过。

陆遥抽了几张餐巾纸，小心地把箱子外面擦干净。

这些年他一直逃避陆知死亡的事实，对于哥哥的遗物，他始终没有勇气翻开仔细看。如今十几年过去了，这个箱子再一次被他打开。

在他开箱子的一瞬间，李明珠就不受控制似的，走到了他身边。

陆遥查看箱子里面的遗物时，也没想着避开李明珠。

箱子里的东西很少，上面是陆知生前用过的一些东西，一本《小王子》的画册和一瓶干枯了的玫瑰花瓣——这还是当年陆知惹李明珠生气了，他大冬天跑去花店买的。

李明珠看到这个，也愣住了。

她下意识把玻璃瓶拿起来，瓶子被拿开，露出了最下面的本子。

一本薄薄的本子，边上夹着一张照片。

陆遥一脸疑惑，没注意到李明珠的反常，而是先把本子里夹着的照片抽了出来。

他捏着那张照片的角，抽出来，翻开正面。

照片上赫然是小时候的李明珠，她穿着小学校服，坐在凳子上一板一眼地写作业。

出现在相片最下面的，还有陆知骨节分明的手，一看就是故意入镜的。

相片上还有拍摄的时间和落款，以及一句简短的话：小明珠生日快乐！

陆遥呆立在原地。

李明珠察觉到陆遥的动静。

她心里升起一股不好的预感，别过头看时，果然看到陆遥手中的照片。

那张照片年代过于久远，但看得出来主人精心保护过，相片外面覆盖了一层膜，这才让它保存至今。

本子里还夹着其他相片，陆遥头也没回，沉默地翻开本子，剩余的照片都落到他手上。

无一例外，都是李明珠的照片。

不知道陆知怎么拍的，每一次抓拍的时机都非常妙，照片里的李明珠稚气未褪，脸上还有点儿婴儿肥。

本子里的内容不多，寥寥数笔，像是随笔，也像是日记，大多是一些无聊的小事。

映入陆遥眼帘的，就这么几条：

小明珠的脾气越来越坏了，前天我说错一句话，她和我冷战到今天。

今天天气不错，我发现小明珠眼馋别人的冰棍，头一回像一个小孩了，我决定给她买一根冰棍。

小明珠今天上学路上又揍人家，原因是别人说她坏话。我听了，觉得揍得好！

小明珠今天长高了两厘米，她装男人的业务越来越熟练，但不知道为什么，她要和我讲男女授受不亲的道理。

她一定不爱我了，今天格外冷酷。

李明珠是世界上最难搞定的小孩子，我不能轻易放弃！

……

一条一条，全是陆知随意写下来的东西，他连格子线都没对准。

李明珠小时候没有条件拍照片，所有童年时期的照片几乎是陆知拍的。陆知走后，这些照片也不知道去了哪里。

今天陆遥翻出这个箱子，李明珠才知道照片原来没丢。

她站在陆遥身后，一时半会儿没想好怎么解释。

李明珠原本是不打算告诉陆遥这件事的，但是被他误打误撞地看见了，这就难办了。她主动说出来和被发现，是两种含义。

陆遥翻到最后，还看见了李明珠的手写贺卡，一张教师节贺卡，十多年前的款式，土得要命。

她好看的字迹发了黄，内容就几个字：赠陆知老师。

一瞬间，陆遥的手颤了一下。

他是一个记忆力很好的人，一个记忆力很好的人没把这优势用来读书，而是全用来记录和李明珠的一点一滴了。

特别是在那五年里，他一厢情愿认为这辈子再也不会和她见面了，因此每天都在用放空的时间回忆两人的琐碎小事。

从初见到现在，李明珠说的话，做的事，没有哪一件他不记得。

高二那年聚餐结束回去的路上，她像一块牛皮糖似的挂在自己身上，嘴里嘟囔的话，这一刻他全部想了起来。

她说的是："陆老师。"

"陆老师你为什么越长越年轻了？"

"我要去B大读书，等下个星期我把通知书烧给你。你不是也想考B大吗？我考上了，我厉不厉害？"

"什么风和雨……我告诉你……你想用空间说说打发我……你做梦……"

"我见到陆遥了。"

……

一字不差，他全部记着。

她抱着陆遥说："我见到陆遥了。"

陆遥当年以为她说胡话，没当回事，如今想来，里面却大有一番道理。

陆遥心里"咯噔"一声响。

以前别人开玩笑说他和他哥长得像，他没什么感觉，现在怎么觉得……这么难受呢？

李明珠迟疑片刻，开口："陆遥？"

她想这么说：陆遥，你听我解释。

或者说：陆遥，你坐下来，我慢慢和你讲。

但是她话到嘴边，不受控制，变成了："陆遥，你生气了吗？"气我没告诉你，气我一直瞒着你？

凭借李明珠对陆遥的了解，已经在心里猜测了陆遥的几种回答，但无一例外都是发小姐脾气。她已经做好心理准备，要哄这个小祖宗一晚上了。

结果半天后，她听到陆遥有些发抖的声音："我不敢。"

"什么？"李明珠愣住了。

她想了一万种回复，却想不到陆遥的回复是这个。

什么叫"我不敢"？

有一颗七窍玲珑心的李明珠也捉摸不透陆遥了。

陆遥把东西收拾好，放回原位。

李明珠预想中的撒娇和小姐脾气都没有出现。

陆遥转过头看着她，她被他小狗似的可怜模样看蒙了。

她心想：有点儿不对劲。

订婚的日子，陆遥却像霜打的茄子似的，声音也闷闷的："我和我哥长得很像吗？"

李明珠一听，郁闷了：这是什么套路？亲兄弟能不像吗？

但她还是在心里犹豫了片刻，慎重地筛选了一会儿词语，开口："像。"

陆遥一副泫然欲泣的模样。

李明珠蒙了：我说错了吗？

李明珠干巴巴地拍了拍他的肩膀，说："遥遥……"

这下连陆遥都不叫了。

陆遥听罢，出其不意地抱着她的腰，将头埋在她的衣服里，语气更委屈了："你和我哥是怎么认识的？"

李明珠就知道陆遥要问了。

"巧合。"她两个字就总结完了。

陆遥听了，不知怎么的，更委屈了："那你为什么不告诉我？"

李明珠说："找不到合适的时间。"

"我和他很像吗？"

又来了！

这回李明珠学聪明了，她斩钉截铁道："不像！"

陆遥抬起头，控诉李明珠："你刚才还说像！"

看他这架势，就差骂一句她渣了！

李明珠刚要开口："我……"

陆遥说："你是不是因为我哥才对我好的？"

李明珠卡住了。

她皱眉道："你脑子里都在想什么东西？"

陆遥前几天陪着小侄女看偶像剧，此时听到这句话，想也不想就回答："显然是和你不一样的东西。"

李明珠面无表情，说："你把手机给我拿出来。"

陆遥不肯，李明珠就硬来。

她点开微信，看到了小侄女给他发的：《总裁的替身前妻》《总裁的替身娇妻》《总裁的冒牌新娘》《总裁的替嫁新娘》……

李明珠的脸色都黑了："这都是什么东西？"

陆遥抢回手机，说："你先回答我，你是不是……"

李明珠这下明白陆遥在纠结什么。当年对李明珠示好的人那么多，男人女人都有，偏偏只有陆遥成功了。

李明珠对他是不一样的，这让他沾沾自喜了许多年，但今天看到陆知的遗物，他能沾沾自喜的优势没有了。他还惊恐地发现，李明珠可能是因为陆知才对他好的。因为他是陆知的弟弟，因为他和陆知长得像，不是因为他陆遥哪里特殊。

陆遥有了这个猜想，如同梗了一根鱼刺在喉咙里，吞咽的时候喉咙都在痛。

李明珠一脸无奈，敲了一下他的脑袋："你到底在胡思乱想什么？"

陆遥抱紧她："我没有胡思乱想。"

李明珠反问："你觉得我是因为你长得像你哥，就能和你结婚的人吗？"

她道："天下再伟大的人都不会这么做吧？"

陆遥听了，心情好了一些。

事实上，他当然明白这个道理，但就是不甘心，一定要听到李明珠亲口回答。

李明珠道："那你呢，为什么不敢？"

他刚才说的这三个字，让李明珠心里很不淡定。

陆遥相当坦然："我怕你真的是为了我哥和我在一起，我要是还闹脾气，你不要我了怎么办？"

陆遥的心理其实很好理解。

这就像一直以为自己是亲生的小孩儿，突然有一天发现自己是捡来的，曾经十几年的偏爱都是自己从另一个人身上偷来的，换成谁，谁也不敢。

李明珠哭笑不得："陆遥，别想太多。"

李明珠亲了一下他的额头，以示安抚。哪知他得寸进尺，拉紧她亲了个够本。

等她被压到床上时，才推开他："别闹了。"

大白天的，他们这样被人看见了像什么样子。

李明珠就是这么古板。

陆遥于是作罢。

订婚宴结束后，陆遥的夏休期也结束了。

下半年还有季后赛打，比赛没开始，一家电竞杂志爆了个料。

为了表示劲爆，满满一面都是大红色的标题。

这个爆料是：电竞大神陆遥被人包养了。

方天一大早就接到了电话。昨天晚上众人训练到很晚，早上在训练室训练的时候，一个两个昏昏欲睡，杂志和电话一块儿来的，把一群人弄清醒了。

方天挂了电话，就看到季信然买回来的杂志，标题劲爆，有图有真相。

照片就是陆遥和李明珠去买戒指的时候偷拍的。

拍了一个侧面，镜头离得有一点儿远，拍照的人手也有点抖，但是不妨碍众人一眼看出这就是陆遥。

方天一看，晕死。

"这不是明珠吗？"

季信然和方天刚参加完订婚宴回来，早上方天一听陆遥被包养，心里还纳闷：这对方得多有钱，才能包养陆遥啊！

电竞圈始终不像娱乐圈，虽然这两年发展得和娱乐圈没差多少，但是知名度远远没有明星高。

陆遥算个特例，喜欢他的一部分小姑娘不玩游戏，纯粹把他当男朋友喜欢，这也是方天比较头疼的一点。

陆遥的身份背景保密工作全是方天做的，做得十分妥帖，至少粉丝和圈内人不知道陆遥是什么来头。

如果他们知道了，这个狗仔也不敢这么乱写了。

方天道："早上我看到时也吓了一跳，你说话怎么不说清楚？"

他唏嘘："我还以为遥遥狗胆包天，才和明珠订婚，转头就被人包养。"

季信然说："我说得很清楚。"

他一指杂志，果然清楚！

杂志上写什么，他就说什么，还不清楚吗？

方天一边翻开杂志，一边往训练室走，准备问问陆遥这件事情怎么办。

陆遥刚到训练室，就察觉到训练室里诡异的气氛。

在圈子里，这个八卦已经算是一个大新闻了，除了这个不怎么正规的杂志胡言乱语一通，在微博上也引发了热议。

网瘾少年们一大早爬起来就吃了这么重要的一个瓜，此时看着自家队长，眼神很是飘忽。

以他们对陆遥的理解，是坚决认为陆遥不可能被包养的。

虽然自己队长确实长得帅，皮肤白，气质好……

结果这么一想，他们差点儿被自己洗脑：还真是挺符合富婆的择偶标准啊！

陆遥皱眉："你们看着我干什么？"

皮圈欲言又止："队……"

皮圈才说了一个字，许杏就眼尖地发现陆遥无名指上的戒指："队长，你手上是啥？"

众人的目光一下子投向陆遥手上，简单低调的戒指闪瞎了一帮人的眼睛。

"戒指。"陆遥回答。

众人在心里呐喊：这不是废话吗？

他们想问的是这枚戒指怎么来的。

此时，方天从门口进来，说："遥遥，你看今天的杂志了吗？你和明珠订戒指的时候被拍到了，要公开吗？"

他的话一说完，训练室一片寂静。

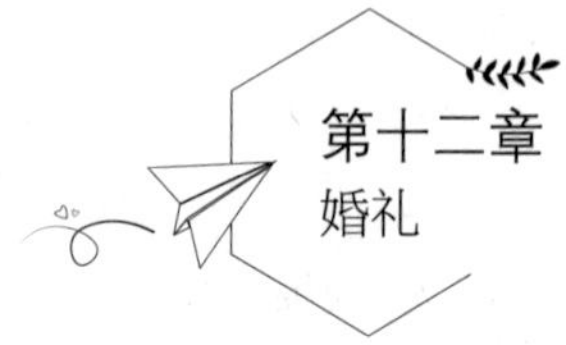

第十二章
婚礼

方天眉头一皱，说：“你们什么表情？”

小白先反应过来，大惊失色，看着陆遥：“队长，你订婚怎么没说一声啊！”

陆遥心想：订婚又不是结婚，要告诉这么多人干什么？

他高冷，他不说。

许杏道：“好突然啊……”

方天说：“不突然。”他走进训练室，直接对陆遥说：“你来我办公室一趟。”

这个意思，多半是要私聊了。

陆遥没多话，跟着方天去了经理办公室。

当事人走后，训练室里剩下的人面面相觑。

皮圈道：“那啥，你们看了早上的长微博没？”

皮圈提到的，正是那个电竞杂志发布的长微博。

这家杂志社办的不是正规杂志，就是普通的小杂志，专门不学好，研究电竞圈的八卦研究得很起劲。平时他们抓不到什么大新闻，也就没什么存在感，哪知道这回一搞就是一个大事情，官博涨粉飞快，网友纷纷都想来八卦一下陆遥的事。

该杂志社吃到了甜头，今天一上午什么事儿都没干，光把时间用在编辑长微博上面了。

皮圈说的长微博，就是他们弄了一上午的东西。

这条长微博图文并茂，言之凿凿地说陆遥被包养了。

他们就用拍到的那几张图进行说话，发散思维，锁定了商业圈几个富婆，一个一个扒。

可惜他们扒了这么多人，都没扒到李明珠头上。

这家杂志社始终认为包养陆遥的富婆一定是一个年纪大的女人，并且立志于抹黑陆遥，便使出了吃奶的劲儿想把陆遥从神坛上拉下来。

好似把陆遥拉下来对他们有什么好处。

两个当事人却一副无所谓的模样。

李明珠坐在办公室里，刚打发了总经理，秘书便推门而入。

“副总。”他喊了一声。

秘书是一个一板一眼的男人，由李琛提拔上来的，是他们这派的人。

李明珠见他进来，以为他有什么要紧的事情说：“嗯？”

她随手翻了下眼前的资料，揉了揉眉心，秘书贴心地给她递了一瓶眼药水。

李明珠愣了一下，说：“谢谢。”

她想了想，没接眼药水，补充道：“我不需要，下次不用买了。”

那瓶眼药水被放到了桌上。

李明珠道：“有事？”

她心想：这人进来不会只是给我送一瓶眼药水吧？

秘书道：“网上有一些关于您的言论……”

“网上？”李明珠的眉头皱得更深。

她一个商人，低调赚钱，又没在外面抛头露面，网上能有什么关于她的言论？

李明珠心里一推测，恍然大悟。

她问道：“和陆遥有关吗？”

秘书听到陆遥的名字，愣了一下，仔细思索片刻，记起网上另一位当事人的名字了：“是的。”

李明珠终于放下工作，开口：“你把东西拿过来给我看看。”

秘书把网上所有的八卦言论都整理了一份，按照时间线，递到了李明珠面前。

上午发生的事情一目了然。

李明珠看完整理的资料后，秘书问道：“要辟谣吗？”

“辟什么，有人猜出来是我了吗？”李明珠淡然道。

早上宣传部经理提醒了一下他这个秘书，让他去问一下李副总，照片里这个模糊的背影是不是她。

公司高层和李明珠打交道的次数多，对李明珠也还算熟悉，主要是她的性格实在是令人害怕。因此，公司里这些天天被她虐待的下属，一眼就认出她。

认出她的时候，众人都吓了一跳。

毕竟在他们眼中，集团这个突然空降的女总裁简直冷酷得没朋友，每天板着一张脸，活像吸一口仙气就能活下去的角色。

一帮人估计是没见过李明珠在家里洗菜做饭的模样，要是见着了，恐怕第二天都要去挂眼科。

李明珠道："我有分寸，你出去吧。"

秘书刚出去，陆遥的电话就打过来了。

他二话没说，就要到李明珠公司接她下班。

李明珠笑道："怎么，你来自投罗网吗？"

陆遥吃了一惊，说："你也看到这个了？"

李明珠说："我又不是不上网。"

陆遥："……"

在他眼里，李明珠显然是那种不太上网的人。

陆遥嘟囔："那我也要去接你。"他像想起什么似的，猛地问道，"上回我去你办公室，看到的那个狐狸精秘书换了没？"

门口的秘书中了一枪。

李明珠无奈道："你想什么呢？"

"快换！我觉得他对你图谋不轨，俨然是想和你搞办公室恋情，我今天过来收拾他！"

李明珠胡扯道："换了，已经换了。"

陆遥不相信她，迟疑地问："真的换了？你没骗我？"

李明珠说："真的，我怎么会骗你呢？"这话说得脸不红心不跳。

陆遥将信将疑挂了电话。

他的电话刚挂断，李明珠就招呼秘书进来。

"你去帮我送一份文件，两个小时内不要回来。"

秘书心想：这是什么操作？

李明珠等了半天，见他没有动静，于是问道："有问题吗？"

秘书说："没问题。"

领导发话，他哪敢不从。

陆遥来的时候，秘书还在“发配”中。

陆遥直接从电梯上来，没有预约，直奔办公室。

陆遥推开门，左看右看，果然在找那个“狐狸精”男秘书。他找了半天没找到，这才相信李明珠把男秘书辞了。

李明珠道：“中饭吃了吗？”

“没吃。”陆遥腻歪腻歪着，就腻歪到她身上了。

办公椅就这么大，坐不下两个人，陆遥便将李明珠抱起，让她坐在自己腿上。

办公室的门关着，李明珠被他这么抱着，脸有些红。

“大……”

“大白天的干什么呢？”陆遥帮她说了。

李明珠：“……”

“你翻来覆去就这么几句话说我，有意思吗？我的老婆还不准我抱啦？有没有天理？”

陆遥嬉皮笑脸，李明珠纠正他：“我们还没有结婚。”

陆遥道：“我来就是和你说这件事情的。”

他故作严肃道：“李总，请问你愿意养我一辈子吗？”

李明珠：“……”

陆遥脸色惨白：“你为什么犹豫了？”

“我没有！”李明珠扶额，“我那是无语好吗！”

陆遥道：“你分明是犹豫了！你犹豫了 0.2 秒！”

“你怎么算出来的？”

陆遥强词夺理：“你别管我怎么算出来的，你就是犹豫了！我不管，你得亲我一下，不然我就在这里发脾气。”

李明珠道：“我现在把你抓到你的粉丝面前，让她们好好看看你什么德行，看完了还敢不敢说你高冷。”

陆遥嘟着嘴，很是不要脸。

“你舍得啊？万一她们把我绑架了怎么办？”

李明珠道：“少来！”

陆遥又和她腻歪了一会儿，提到了正事：“我来找你去领证。”

他说完，在自己的衣服口袋里摸了摸，又在自己的裤子口袋里摸了摸。

陆遥出门永远都是两袖清风，作风很是清廉，因此他摸了半天，终于从右边的裤子口袋里摸出了皱巴巴的十块钱。

“我们去领结婚证吧。”

李明珠的心骤然一跳。

“我只有这十块钱，领完证就没钱吃午饭，你说好养我的啊，一日三餐都得负责。”

李明珠掰开他放在自己腰上的手，走下来。

“我养一个祖宗让自己成天找气受？”

陆遥一听就不乐意了，追上去拉着她：“你会做饭，我会吃饭，我们是天生一对啊！”

李明珠道：“赶紧滚！”

陆遥滚了，他不仅自己滚了，还带着李明珠一起滚了，滚的大致方向是民政局。

今天婚姻登记处人不多，陆遥戴着一副墨镜进去也没引起别人注意，结果拍证件照的时候被摄影师认出来了。

这个摄影师是一个游戏爱好者，陆遥进来时，他就觉得眼熟。后来果真印证了他的猜想，这个身材高挑的男人一摘墨镜就露出了他熟悉的脸。

摄影师惊呼一声。

陆遥拍完了照，他拿着纸笔，说话期期艾艾：“大神，可不可以给我签个名？”

陆遥愣了一下，摄影师连忙道：“陆哥，我是你的粉丝！真的！真的粉丝！”他生怕陆遥误会。

陆遥看了一眼李明珠。

李明珠高居上位，自带一股凌厉的气场，站在这里，把周围的温度都带下去几度。

摄影师十分懂套路，立刻就喊道：“嫂子好！”

他喊的是李明珠，陆遥心里却乐开了花。

他大手一挥，果断给了摄影师一个签名。

摄影师要求合影，陆遥也答应了。

不到片刻，两人的结婚证就出来了。

红艳艳的本子，相当喜庆。

证件照拍得很自然，可见摄影师真的是陆遥的粉丝。

陆遥拿到结婚证后，立刻宝贝地把它塞进口袋里：“我回去就要把它锁进保险柜。”

李明珠说：“至于吗？”

陆遥道：“当然至于，万一你偷偷地把结婚证拿走跑掉了，我是不是太惨了？”

得，他还惦记着李明珠以前跑路的事情。

陆遥嘀咕：“我可不能把保险柜的密码告诉你，我要设置一个史诗级复杂的密码！”

他嘟嘟囔囔，一会儿对着李明珠撒娇，一会儿又笑嘻嘻地蹭着她，虎牙明晃晃的……摄影师看得都震惊了。

摄影师宛如见鬼，心想：这是谁？陆遥吗？那个高冷的大神去哪里了？眼前这个奶里奶气的人是谁？

陆遥浑然不知摄影师的目光已经称得上惊悚了。

就陆遥拍结婚证这么点儿时间，中午他们出去吃顿饭，下午网上的言论已经发酵得十分厉害。

方天打了个电话来，说要不就直接公开，公关还得花钱呢。

陆遥心想：这么穷？

但方天的想法也正合了他的意。

陆遥先问李明珠的意见：“我要公开我们的关系了。”

李明珠开着车，往俱乐部的方向去。

陆遥拍了结婚证，发了一条微博：

陆遥：今天决定被她养一辈子。（图片）

方天一看陆遥发微博了，第一时间用苍水的官博转发。

没等微博炸开，陆遥机智地关了手机。

车正好停到俱乐部楼下。

陆遥还舍不得这点儿独处时光，委屈地说：“你不上来坐一下吗？”

“我上去干什么，我又不会打游戏。”李明珠冷酷拒绝。

陆遥道：“你坐在边上陪我。”

李明珠说：“下午我还要上班。”

陆遥拖长了声音，撒娇道：“小明珠——”

她原本坚定要走的心，一下子如同十级海啸过境，晃动不已。

李明珠懊恼地想：你乱叫什么！

“小明珠”这个梗，说来有点儿历史了。

当年陆知把她惹毛了，就这么喊她。他拿着一根不知道从哪里捡来的狗尾巴草，像逗猫似的在她眼前晃，一边晃一边这么喊，很是委屈。

那天陆遥在陆知的日记里见到这个称呼，不知怎么的，茅塞顿开，刚才如有神助，一下就念了出来。

果然，李明珠一副羞涩模样，显然是对他的无耻感到震惊。

陆遥比她低一届，年龄也小一些，因此撒起娇来毫无底线可言。

他喊完“小明珠”，双眼一眨不眨地盯着她，目光灼灼，眼里全是她的倒影。

李明珠心想：只有这一次。

她开门下车，说：“走吧，半个小时，不能再多了。”

陆遥嘀咕：“半个小时，骗上去再说。”

进这个门容易，想出来可就难了。

俱乐部训练室在四楼，李明珠和陆遥从电梯里出来。

麦小米走出了“丧妻之痛”的悲伤，换了新的多功能椅，拿着喇叭在走廊里喊，一如多年前那样：“方天，你的资料呢？还不送过来？”

她喊完后，注意到从电梯里走出来的陆遥，大老远地打了声招呼。

陆遥和麦小米关系不错，麦小米打招呼之后，看到李明珠了。

陆遥介绍道：“技术部的麦小米。”

李明珠点点头。

麦小米是一个邋遢惯了的女人，乍一看李明珠这一丝不苟的做派，还以为什么上级领导下来巡查了。

麦小米用脚一蹬，椅子往前一滑，陆遥往前走，替她把椅子扶住。

麦小米打量着李明珠，目光投向两人手上的戒指。

“哦——”她拉长了声调，促狭地看了一眼陆遥。

陆遥道：“哦什么？”

他朝麦小米介绍李明珠：“李明珠。”

麦小米于是“哦”得更嚣张了：“你好，你好！”

李明珠点头：“你好。”

“陆遥的账号名出自你啊！”麦小米恍然大悟。

李明珠说："嗯？"

她猛地想起陆遥那个被粉丝吐槽像一个小公主似的游戏名字，笑了一声。

"我不清楚。"

陆遥道："对对对，你说得对。"

他猛地推了一把麦小米的凳子，直接把她推回了技术部。

"别理她，这个女人有毛病的。"

李明珠一路无话，陆遥说什么，她就点点头。

两人路过训练室，被出来倒水的老于看见了。

老于端着水杯，原本目不斜视地往前走，结果走了两步就看见自家队长……身边还有一个美人。

老于直接脚步一拐，倒回训练室。

他把门猛地一关，大惊失色地坐回自己的位子。

小白道："你干什么？一副见了鬼的样子。"

老于想喝口水冷静一下，结果杯子往嘴里一灌，没水，干巴巴的。

他张了张嘴，冷静道："比见鬼还恐怖。"

"啥？"小白反问。

"你还记不记得上次我们在酒店里见过的那个女人？"

小白说："你说话说清楚啊，我们去过那么多酒店，见了那么多女人，你说的哪个啊？"

老于提炼总结："队长的女朋友！"

小白的脑子瞬间清醒了，他一拍大腿，说："啊，那个女的！"

李明珠清冷的脸几乎立刻在他的脑中勾勒出来了。

这二十多年他见过的女人不少，职业原因，有时候还能跟一些女明星合作，好看的不在少数，但是那个晚上穿着黑衣的李明珠却是他印象最深刻的女人。

也可能是时间长了，还有记忆加持，他只记得那女人好似电影里走出来的精灵，气质清冷，却勾人得很。

小白说："怎么了？"

"我在门口看见她了。"老于开口。

训练室其他人都凑了过来，说："门口？"

"对，门口！"老于信誓旦旦，"队长带来的！"

小白感慨了一声。

毕竟上午他们才吃了一波自家队长被包养的八卦，刚刷到微博，又看到陆遥风轻云淡地发了一条结婚微博，一群人稀里糊涂的，都还没反应过来怎么回事。

皮圈说："我冷静思考一下，来给大家理一理逻辑。"

皮圈拿了一支笔，把草稿纸摊开在桌上，一条一条写了下来：

一、队长结婚了。

二、队长还有个女朋友。

得出结论：队长劈腿！

一道惊雷劈在众人的头顶。

小白颤颤巍巍道："喂……这话不是我说的啊……这玩意儿也不是我总结的……"

许杏双手举高，说："我也没参与，我去训练了，你们就当我死了吧！"

老于说："我什么都没看见！"

皮圈怒道："你们干什么，我可不背这个锅啊！"

"什么锅？"陆遥推门进来说。

皮圈立刻萎靡了。

小幺立刻出卖队友："队长，你问皮圈！我们都是无辜的！"

皮圈道："他胡扯！"

由于皮圈反驳得特别激烈，慌不择路，后退一步，手碰到了桌子，把上面写着推测结果的白纸挥到了地上。

白纸晃晃悠悠，正好落在陆遥脚边。

陆遥捡起来一看，白纸黑字，最后一条：队长劈腿。

他眉头一皱，说："你们很闲？"

小白补刀："都是皮圈算的！队长，为了您的清白，面对皮圈的暴力镇压，我们抵死不从啊！"

皮圈大喊："白成飞，你别血口喷人啊！"

陆遥冷酷道："你们都给我回到位子上。"

众人互看一眼，心里纳闷：怎么回事，队长好像不是很生气啊？

陆遥确实没怎么生气。

李明珠和方天在办公室里聊天，这女人和五年前相比没什么变化，和方天这种奸商十分谈得来。

皮圈见陆遥不生气，忍不住问："队长，你那条微博……"

陆遥刚发的微博，果不其然又引发了新一轮讨论。

粉丝说小杂志被打脸了，人家根本没有被包养，结婚证都出来了！

小杂志怎么可能看着自己被打脸，立刻颠倒是非，又给陆遥泼了一盆脏水，说陆遥这个心机男为了洗白自己，连假结婚这种事情都干得出来，太不要脸了！

陆遥道："训练。"

众人噤声。

关于陆遥假结婚的事情，炒了整整一个季后赛，几乎快炒成真的了。

直到年末，李氏集团官方微博发了一条结婚祝福。

微博内容十分简洁明了，简单地恭喜了一下李明珠，配图有两张，其中一张由陆遥友情提供。

李明珠都不知道他什么时候拍的这张照片，两人在照片里十分稚气，看模样是高二那年拍的，是个下雪天，李明珠围着那条全是疙瘩的围巾，对着镜头笑得很无奈。陆遥比了个"耶"，身上穿的是省一中早年的那款校服。

第二张照片是教堂门口拍的，正儿八经的结婚照，当事人穿着婚纱和西装，显得十分庄严。

这条微博一出，直接被送上了热搜。

小杂志的记者把这条微博翻来覆去看了十几遍，才确定自己没有眼花，发微博的确实是李氏集团。

这……这可不是一个小公司，国内谁不知道这个公司的来头。关键是陆遥结婚的这位主不是公司里的小员工，而是集团的二把手，这就搞笑了。

小杂志想再抹黑一次陆遥，却实在牵强。

第一张图片，两人分明是十六七岁的模样，显然他们认识了快十年。

这下谣言不攻自破。

陆遥人在国外，微博是李琛授意公司的人发的。

秘书发完微博后，知会了李琛一声，后者点点头，坐在教堂的座位上，关上了手机。

举行婚礼的日子在他们订婚的时候就决定了，准备了几个月，请了一些圈内好友，拒绝了一切国内媒体。

李琛找了国内几个关系还可以，又玩摄影的朋友，记录了这场婚礼的全过程。

苏天瑜是在婚礼举行前两个月走的，安安静静——某一天清晨，护士查房的时候，发现她躺在床上，没了声息。

护士第一时间告诉了李明珠这个消息，陆遥比她慢一秒收到消息，但他更加惶恐。他知道苏天瑜对李明珠意味着什么，连夜从国外飞了回来。

李明珠站在苏天瑜床前，一动不动，站了一整天，滴水未进。

陆遥回来时，李明珠这才崩溃地哭了一场。

陆遥抱着李明珠，切身地感受到李明珠之前说的那句话是什么意思。

虽然时机不对，但他的内心很雀跃，心想：她只有我了。

李明珠此生只有他了。

当牧师让两人交换结婚戒指的时候，陆遥才回过神，慎重地给李明珠戴上戒指。

“这下好了，她归我了。”

婚礼进行到晚上，折腾了一天，两人都有些累。

陆遥比李明珠浪漫多了，可见平时没少受奇怪的总裁电视剧和总裁小说影响。婚纱是他挑的，繁重复杂，穿都要穿半小时，裙撑还特别大，走起路来重心都不稳。

陆遥挑婚纱的时候很是严肃，听设计师介绍了一遍后，专挑后摆能拖得老长的那种款式，用他的话来说，后摆越长越能突出结婚的氛围。

这是什么逻辑？

李明珠对这些小事倒没怎么过问，直到穿上这套婚纱时，她才深感不能让陆遥挑衣服。

晚上的酒宴，李明珠脱了那套复杂的婚纱，换回了平时穿着的白衬衫西装裤，混迹在人群里，谁知道这人是新娘？

陆遥找到拍照的摄影师，递给他一个硬盘，要求他把李明珠的照片通通拷一份进去。

战队的几个人为了一睹嫂子的风采，愣是排除万难挤时间过来了。

平时坚决不喝酒的几个人，在队长大喜的日子里，也多多少少喝了一两杯。

结果没想到，哥几个全是一杯倒，喝完之后立刻神志不清，当场表演胡言乱语，对着李明珠就是一通抱怨。

皮圈哭喊得尤为惨烈，趁陆遥不在，把陆遥平时多凶残，多没人性，全给李明珠说了一遍。

皮圈说："嫂子，队长面对你简直跟鬼上身一样，我头一回看见的时候，还以为他有个双胞胎弟弟！"

这事儿要说到婚礼前几天，皮圈他们被安排在酒店里，有几次去找陆遥，正逢陆遥不知道和李明珠说什么，李明珠没同意，这家伙当场就不干了，又闹脾气又耍赖，语气软得很，惊得门外的皮圈下巴差点儿掉地上，捡都捡不起来！

此事之后，战队的众人看李明珠都心怀敬畏，俨然用一种看"崇敬"的眼神看她。

李明珠哭笑不得，又因为她那几年不在陆遥身边，对陆遥的一切都很好奇，皮圈絮絮叨叨地说了一两个小时，最后陆遥忍无可忍，打了皮圈一顿，把他打跑了。

李明珠道："你这么凶干什么？"

陆遥很不服气："他不知道春宵一刻值千金啊！当你是树洞呢，占用我宝贵的时间。"

陆遥任性惯了，李明珠向来纵容他。

婚房在酒店的顶楼，很有情调，带了一个小小的阳台。

大冬天的，李明珠才不愿意上顶楼的阳台吹风，她这个"直男癌患者"一点儿文艺细胞都没有，陆遥招呼她好几次，她都不肯出来。

李明珠捧着一杯白开水，坐在落地窗前，淡定道："你站在外面，我看得到你的。"

陆遥心想：我要你看我干什么？

"你出来和我一块儿看风景！"

办婚礼的地方在一个浪漫的国度，外面是成排的风车，景色无限好。

夜深的时候，外面飘起了大雪，李明珠更不愿意出去了。

她心想：我在房间里坐得好好的，出去淋什么雪，拍电视剧吗？

陆遥从房间里翻了一把伞，把李明珠拽了出去。

外面的小天台装修得很复古，有花花草草，藤蔓和粗糙的石头高高低低地摆着，还自带音乐。

李明珠裹着毯子出来，陆遥吐槽她像一个老太太。

李明珠趴在天台的栏杆上头，陆遥抱着她，和她十指相扣。

两人手上的戒指磕在一起，陆遥把她的手拿起来，研究了一会儿。

李明珠道："你看什么？"

"看戒指。"陆遥笑道，"我十七岁的时候用一条围巾把你套住了，现在换成了这个小铁环。"

李明珠纠正他："铂金的。"这个商人补充，"很贵的。"

陆遥嘀咕："我当然知道它很贵。"

他笑了一声，说："不过我不亏，哥套到了更贵的！"

陆遥在星空明月下吻住了她。

他想：除了生老病死，再也没人可以把她从我身边带走。

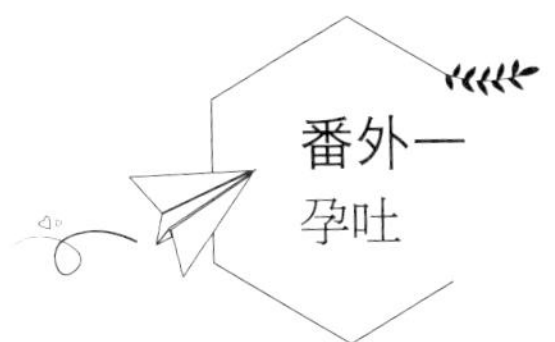

番外一 孕吐

李明珠很少在办公室里使用电脑上的浏览器，她的电脑一般用来接收邮件，或者安排工作。

这天她坐在办公室里——明明是新婚度蜜月回来，但她的表情不是特别轻松。

她的双手放在键盘上，慎重地在百度搜索一栏打下一行字：吃什么药可以减少夫妻生活？

李明珠一只手托着下巴，另一只手控制着鼠标往下翻了两页，又觉得不太好。

雌激素是什么东西？激素对身体总是不好的。

她严肃地思考了一会儿，把搜索内容改成了——吃什么食物可以减少夫妻生活？

网页界面又跳出来一大堆毫无用处的帖子。

李明珠翻了几页，“啧”了一声，似乎给不出她要的答案。

李明珠搜了一上午，火气有点儿上来，她喝了一口凉茶，最后自暴自弃地搜索——腰疼怎么解决？

百度这下给她答案了：去医院解决。

李明珠：“……”

她坐了一上午，何止腰酸，浑身都酸。

李明珠打内线电话把秘书叫了进来。

这个被陆遥认为是“狐狸精”的男秘书战战兢兢地立在李明珠面前。

李明珠一般不叫他进来，叫他进来多半是公司里面有什么事情需要她出手解决。

一旦是要这个可怕的女人动手解决的事情，那就不会是小事。

因此，秘书小心地倾听。

他等了半天，等到李明珠高深莫测地问了一句：“晚上要加班吗？”

秘书说：“啊？”

这……晚上加不加班的事情，不是一向由你说了算的吗？

李明珠咳嗽了一声。

举行婚礼后，陆遥缠着她去度蜜月，她原本是想直接回来上班的，结果抵不住陆遥撒娇，连哄带骗地把她骗去国外玩了一个月。

这一个月，白天李明珠陪陆遥东逛西逛，晚上就任由他胡闹。

胡闹过头，现在报应来了。

李明珠道：“我刚回来，还不清楚你们最近的工作。”

这话说得纯属扯淡。

李明珠这个女人，哪怕人在千里之外，都能知道公司里的人在干什么。

她扯起谎来脸不红心不跳，秘书都替她汗颜。

不过领导发话，下属不得不从。

哪怕领导说的话奇怪得不得了，他也只能顺着猜测：“您觉得要加班吗？”

这话题又绕了回来。

李明珠心想：加班？当然是加班！不仅要加班，还要通宵加班，最好是一晚上都回不了家。

李明珠道：“你先下去，我安排一下。”

于是一连一个星期，李明珠全在办公室里睡觉，一个晚上都没回去过。

星期天，从岭南来了一个大客户，是一个暴发户，穿金戴银，脖子上挂着一条大项链，逢人就喊“王老师”“于老师”“毛老师”。

别人喊他丁老板，他嫌土气，非得文绉绉的，追求一个称号，让人也管他叫丁老师。

轮到李明珠这里，她就成了李老师。

董事会原本没让李明珠负责这个案子，但是这个丁老师是个大款，书读得不多，就钱多，花起钱来一点儿也不手软，在众人眼里，他简直就是肥得流油的羔羊。

董事会一帮人怎么宰都觉得不妥当，于是立刻想到了李明珠。这女人一出马，那宰得人都要脱一层皮。

于是，丁老师准备在星期天中午和李明珠会面。

岭南那地方，这几年开发得好，搭着李明珠的项目，人都变得越来越富裕。

丁老师本名丁成功，就是这些年在岭南借着上面的东风率先成功的。

丁成功这次来，还带着自己最贴心的小秘书——一个前凸后翘的热辣女郎。

丁成功就好这一口浑然天成的，他老婆跑了好几年，他又四十几岁了，有了一点儿钱后，恨不得把岭南所有长得好看的女人都扒拉到自己身边轮番当秘书。

丁成功听说这位李副总是岭南制药商业链的总策划人，一来到S市就要见一见人。

董事会的人正好想宰他一笔，两边一拍即合。

除了李明珠和丁成功，陪同的还有一部分大老板，基本是S市里有头有脸的人物。

当然，这些精明的商人肯定不是冲着岭南这个土大款来的，一个两个直奔李明珠。

李明珠是出了名的难约，想约她出来吃一顿饭，谈一谈生意，在S市简直比登天还难。

想和李家合作的人犹如过江之鲫，这回不知怎么的，众人挤破了脑袋都没拿到的一个名额，却让岭南这位丁老师拿到了。

一时间，S市的商人闻风而动，纷纷和丁成功攀起交情来。

丁成功受宠若惊，他一个小地方的暴发户，来到S市这样国际化的大都市里，还有这么多老总对他热情招待，叫他狠狠地膨胀了一次。

丁老板想：看来有钱真的是可以为所欲为的。

殊不知，这些老总等的只是今天的一顿中饭。

李明珠尚未来，丁成功就在包厢里和他刚认识的王老师、刘老师、龚老师、苏老师等一帮大老板谈笑风生。

众人谈着谈着，话题就从股市慢慢地转移到李明珠身上。

这个话题是丁老板先提起的，他来之前虽然知道李明珠这个人，但是从来没见过，不知道她长什么样子，一听竟然是个女总裁，心里便生出了无限好奇。

众人一听丁老板提起李明珠，脸色纷纷一变。

他们在S市可听说过不少李明珠的事情，这女人手段狠厉，能力十分卓越，和她撞上，少不了喝一壶。

李明珠是出了名的不讲情面，不到一年，就把李氏那个董事会的老古董收拾得服服帖帖，叫众人不得不服。

因此，这帮老总一旦开口说了，就停不下来。

丁成功听着听着，听得毛骨悚然。

他笑道："照你们这么形容，那位李副总岂不是一个女魔头？"

其中一人道："哈哈，你这话千万别叫其他人听去了。"

丁成功又道："听说李老师还结婚了？"

他喊了一句，又把"李副总"变成了"李老师"。

"是啊，她刚结婚不久，可能在过新婚蜜月呢！"

丁成功啧啧称叹："哪个男人这么倒霉，这不是娶了一个母夜叉回去吗？"

按照刚才这帮老总的形容，这女人固执刻板，又是一个事业心这么强的人，李氏集团又不是什么皮包公司，那是实打实的跨国大集团，这女人能坐到二把手的位置，性格岂不是凶暴残酷吗？他又听他们说，这个女总裁性格还十分高冷，这……这样的女人娶回家，不得供着啊？

丁成功唏嘘："这简直是娶了一个祖宗回家啊！"

他问道："这是哪路英雄娶到了她啊？"

众人但笑不语。

丁成功立刻发散思维了。虽然他是一个土大款，但是也听说过有那么些小白脸，家里穷，不学无术，专门去骗富婆。

丁成功顿时在脑子里勾勒出一个相貌英俊的小白脸，以及一个五大三粗的母老虎。

他被自己的脑补折服了。

这时候，被人称呼为王总的男人用手蘸了点茶水，写了一个名字。

丁老板一看，写的是个"陆"字。

丁老板一脸诧异："王老师，你写个陆字是什么意思？"

王总写完，"陆遥"二字很快在桌面上出现，片刻后又消失了。

陆遥也算半个公众人物，但因为是打游戏的，所以这些大老板很少去关注他。

但前段时间陆遥和李明珠的婚礼一曝光，他们一见到陆遥就认出来了。

陆遥的身份不用去查，方天的那一套仅仅是避免大部分粉丝知道他的背景，但这群混在社会上的老油条，怎么可能不知道他的背景。

可他们知道归知道，却不敢说，毕竟人家父亲是一个天天出现在新闻里的大人物。

丁成功这厢还没搞懂，李明珠就来了。

今天她穿的是职业装，她嫁作人妻后，身上的气质柔和了一些。

当李明珠走进来时，丁成功还在想：现在酒店胆子这么大了，还敢明目张胆地送特殊服务！

他打量了一下李明珠，又想：大城市果然不一样，送来的人竟然这么好看，比女明星都好看！

丁成功这厮脑内跑了十几个小剧场，却见周围的人纷纷站起。

一个两个平时不怒自威的老总们，脸上纷纷堆上笑意，对进来的这个美人颇有些讨好，一一问候。

丁成功听见大家喊她：李副总。

李明珠一眼就看到了丁成功。

不是她刻意去看丁成功，而是丁成功呆愣的神情让她感到有些奇怪，她自然地笑道："这位就是丁总吧，我脸上有什么东西吗？"

她的声音婉转动听，气质温文尔雅……

丁成功晕了：之前这帮人说李明珠凶残，合着是骗我的吗？这哪有一点儿凶残的样子啊！这简直是天仙下凡送温暖来了！

事实上，李明珠虽然性格比较高冷，但是面对合作伙伴，她也不能板着一张脸去和别人谈生意吧？

更何况今天来见的这位丁老板，她还要狠狠地宰人家一笔，打狗之前都还得给个肉包子呢！而且她不是打狗，是要赚钱。

丁老板被美色耽误，晕乎乎地就坐在李明珠边上，谈起生意。

李明珠在饭桌上谈生意向来速战速决，丁老板一会儿看见美人笑眼弯弯，一会儿听见美人说"我敬丁老板一杯"，身体像软了似的，一句重话都说不出来。

可见美色误人，确实有道理。

好几个亿的生意就在李明珠的笑语晏晏中拿下来了。

丁成功不由得感慨：娶了她的那个穷小子，这是走了八辈子运吧，上辈子是去拯救苍生了吗？

他俨然忘记自己先前还在为这个穷小子。

丁成功内心这么想，也这么说出来了。

只不过他说的话没那么直白，稍微润色了一下。

李明珠听见丁成功谈到自己的婚姻，心想：我都宰了他这么多钱，理应给个面子谈一谈。

因此李明珠没有避讳这个问题。

丁成功问：“李老师这么优秀，这么强势，您丈夫得多持家啊！”

他的话外之意，便是说陆遥是一个在家里洗衣做饭，每天负责给李明珠端茶递水的男保姆。

这是一般人的惯性思维，李明珠所表现出来的一面实在是霸道，因此众人能想到的只能是这个……

李明珠怎么会听不出他的言外之意，她回答：“丁总说笑了。”

没等李明珠回答，边上的王总笑了几声，说：“丁老板初来乍到，有所不知，李总那口子是打游戏的，职业选手的手金贵得很，碰不得家务，洗菜做饭的事儿全是李总做的。”

一人又道：“李总在咱们圈子里是出了名的贤妻，你这话可就说错了啊！”

丁成功一听，蒙圈了。

他看着李明珠，眨了眨眼睛，使劲儿地上下打量，怎么看……这女人都不像一个在家洗衣做饭的贤妻良母啊！

而且她丈夫是打游戏的？打游戏？这是什么不入流的工作？合着对方不但是一个穷小子，还打游戏，还不照顾她，还要她反过来伺候他？

丁成功怀疑起人生，因此得出了一个结论：这小白脸上辈子恐怕不是拯救苍生这么简单，他可能是拯救了银河系。

李明珠在外是优秀强势霸道的女总裁，在家是对丈夫温柔贤淑体贴乖巧的贤妻，模样还跟天仙似的，气质非凡……这，做梦也没有做得这么美的吧？

丁成功哑然，彻底增长见识了。

王总笑道：“你是不是没见过？哈哈，李总简直是男人梦寐以求的老婆，可惜咱们都没这个福气啊！”

丁成功忍不住了，开口问道：“那……李老师的丈夫是怎么认识她的啊？”

他怎么没这个运气，真是人比人气死人！

丁成功和李明珠吃完一顿饭后，对李明珠魂牵梦绕，满脑子都是李明珠那张漂亮的脸蛋。

晚上，丁成功抱着自己的小秘书食之无味。

丁成功心心念念了许久，实在是想得紧，看了眼李明珠的名片。他明知道这张名片上的电话多半是工作电话，他打过去李明珠也接不上。

但他思来想去，还是拨了一个电话过去，哪知道竟然接通了！

丁成功大喜过望：“李……”

他话音未落，就听到一个男人的声音：“你就是丁成功？”

丁成功没想明白李明珠的手机里怎么会出现一个男人的声音。

他下意识接话：“对……你……”

“你有毛病吗？大晚上打电话给我老婆干什么？”

丁成功愣住了。

那边的男人喋喋不休，一顿狂骂：“几点了还打过来，你找死啊！”

丁成功被连名带姓骂了一长串，骂得他在这头蒙圈了。

电话另一头终于传来了李明珠的声音，她颇为无奈道：“陆遥，你把手机还给我。”

陆遥还没跟李明珠兴师问罪呢，一看李明珠躲了他一个星期，没和他吃饭就算了，居然先和这个什么岭南的丁老板吃饭！

更过分的是，这丁老板十一二点了还给李明珠打电话，在陆遥的眼里……简直厚颜无耻，其心可诛！

晚上李明珠回来的时候就知道陆遥要闹一通脾气，她的腰刚好没几天，一看他这架势，心里一乐：最好他闹一场，然后他顺理成章地去客厅里睡觉。

显然，陆遥要闹脾气，人也要睡，很不讲道理。

陆遥气鼓鼓的，眉头拧在一起：“他就是对你图谋不轨，我看他是活腻了。”

李明珠解释道：“这是工作号码。”

陆遥哼了一声，说：“最好是工作号码，他连工作号码都敢打过来，没人教他自己的名字是怎么写的吗？”

陆遥无理取闹，李明珠只能点头：“好好好，你把电话放下。”

夫妻吵架，丁成功却没挂电话，原因是李明珠现在的声音委实温软、动人。

中午吃饭那会儿，李明珠说话虽然也如沐春风，但总有一股疏离的感觉，骨子里冷冰冰的，拒所有人于千里之外。

她那模样，好似怎么都焐不热一样，丁成功听着如沐春风，心里却没感受到她的半点亲近。

可现在李明珠的声音和中午大有不同，就算是隔着几千米的无线电波，传送过来的声音有些失真，但也难掩她声音中的温柔。

丁成功明知道现在应该挂电话，可人就像被施了定身术一般，一动不动。

电话那头与其说是吵架，倒不如说是陆遥单方面吃醋——虽然李明珠完全不理解，这有什么好吃醋的！

他恐怕还是在抱怨李明珠一个星期没回家的事情。

这事儿李明珠自己理亏，因此陆遥如何撒泼耍赖，她都一并受着。

陆遥不依不饶，委屈上了，手机估计还拿在他手上，没有挂机，但声音离得远了一些。丁老板的耳朵贴在手机上，克制不住地去听李明珠的声音。陆遥闹完之后，没说话，就等着李明珠哄自己两句。

她哄人的时候，离陆遥近，同理离手机也近。

李明珠压低了的声音从手机里传过来，丁老板心里跟过电似的酥麻，手无法克制地一抖，不小心挂了电话。

他反应过来，懊悔万分，再打过去却也是不可能的了。

这厢挂了电话，那头的事情还在继续。

手机被陆遥扔到了沙发上，“嘟”的一声，没了动静。

陆遥这个人有个本事，私底下面对李明珠的时候运用得很是熟练，就是光红眼眶，不掉眼泪。

李明珠一开始还会被他骗到，后来发现他只打雷不下雨，再想骗她就难了。

陆遥见这一招失效，装都懒得装一下，直接把人打横抱起，往卧室走。

李明珠的身体乍一悬空，惊呼了一声，愠怒道：“你干什么？”

陆遥笑道：“显然不是我……”

李明珠："……"

她被压在床上，双手抵在陆遥胸前，说："说话就说话，坐起来说话。"

"我不，我就要和你躺着聊天。"

"可以，你躺到边上去，别躺我身上。"

陆遥道："我最近吃得很少，很轻的。"

他压根儿没把身体压在她身上，把双手撑在她耳侧，笑嘻嘻地说："现在我要开始审问你。"

李明珠："……"

陆遥说："你不许用沉默敷衍我！"

李明珠说："你问什么？"

"你为什么躲我？"他一上来就是这个问题。

李明珠的脸一红，冷酷地笑了一声，说："你怎么不去问问神奇海螺？"

她难得讲一次冷笑话，陆遥没听懂，问："神奇海螺是什么？"

李明珠开口："换一个问题问。"

她为什么躲着陆遥？那不是很明显的事情吗？这小兔崽子精力旺盛，白天训练一天，晚上还能生龙活虎地折腾她。她一个成天坐办公室的文职人员，哪儿有那么多力气陪他胡闹。

关键是陆遥说一套做一套。李明珠看穿了他的心思，惹不起，她还躲不起吗？

李明珠这一躲就是一个星期，躲得自己的腰终于没那么酸了，现下又被陆遥带到了床上。

李明珠很头疼。

"陆遥，我们得商量一下。"

陆遥挨着她，声音低哑地问："商量什么？"

李明珠别开脸，说："你还年轻，你得节制。"

陆遥道："我不。"

李明珠："……"

"你怎么说不听呢！"她立刻摆出古板老头子的说教模样，"我这么说都是为了你好，我难道会害你吗？"

陆遥知道不能和她硬来，只能软着来，立刻可怜兮兮地卖惨："当初你一声不吭就走了，一走还是五年，五年一共是一千八百二十五天，你欠了我一千多个晚上，我们按正常水平来算，你再乘个四……”

他越说越不像话，李明珠的脸皮尚且没能和他一样厚，连忙喊停：“你这是什么强盗逻辑？”

陆遥一本正经地反驳她：“是老公逻辑。”

他的手速比话语快，李明珠还在震惊他日渐厚实的脸皮时，衬衫扣子已经被解了大半。

又是一夜未眠。

在外头风光无限的李总，此时活像一条咸鱼，背部曲线一直延绵进被子里，里面也风光无限。

陆遥连本带利地讨回来了，心情大好，也不闹了，责任也不追究了，起了个大早，在厨房里面折腾早饭。

他的厨艺李明珠不敢恭维，今天他煎两个鸡蛋没有煎坏，已然是他史诗级的进步。

陆遥把李明珠从被窝里挖出来，她仿佛产生了幻听，听到了自己腰杆折断的声音。

陆遥把她连人带被子团团裹好，用一只手将她抱在怀里，另一只手很不老实地探进被子里。

大冬天的，陆遥的手冰凉，直接摸到李明珠的小腹上，冻得她一哆嗦。

她扭了一下身体，喊道：“你把手拿出去！”

陆遥很有想法地开口：“焐一会儿就不冷了。”

她除了裹一床被子，未着寸缕，青天白日的，叫她脸皮一热。

“起开，我穿衣服。”

陆遥就在这时候哀怨地叹了一口气。

李明珠的思想也古板，听着陆遥叹气就不舒服：“年纪轻轻的，不要总是叹气。”

陆遥道：“为什么还没有动静啊？”

“什么？”李明珠没反应过来。

陆遥哀怨道：“不应该啊，我有这么不行吗？”

按照他这么不分日夜地乱来，在陆遥的理想世界里，儿子都该下地跑了。

李明珠登时听懂了他说什么，眉头一皱，想训斥他两句，结果又不知道训斥什么。

李明珠见陆遥小心翼翼地在她肚子上捏来捏去，捏到了腰上，碰到软肉，叫她笑了两声。

“别闹。”她道，“你这么想要孩子，可以自己去生，我没有意见。”

陆遥好似真的考虑了一下：“我要是能生，一定给你生一堆。”

李明珠被他的坦诚和天马行空打败了。

她一看时间，已经九点了。

昨晚闹过头了，导致她今天直接翘班，颇有些昏君不早朝的气势。

李明珠一看上班要迟到了，而且和陆遥有一个星期没见，早上又让他抓着机会腻歪了一会儿，自己现在也有点儿舍不得，因此现下也不急着去公司。

她问道：“你很喜欢小孩儿？”

陆遥道：“我喜欢长得像你的小孩儿。”

这事儿归根结底还得说到赶在他们之前结婚的季松，他和自家老婆估摸着是奉子成婚，孩子来得实在是太快了，结婚一年不到，小孩儿就生下来了。

男人到了一定年纪，就不得不服一些生物规律，特别是有了孩子的男人，特别是孩子刚生下来，还在新鲜期的爸爸。

无论他年轻的时候是怎样一个高冷帅哥，你爱我我爱你的……在爱情中撕心裂肺，开着机车上江边，大声呼喊单身万岁，并立下我是一个不婚主义者，我不会被一个女人绑死，我不会结婚等目标……

一旦结婚有了小孩儿，都会变成季松这副德行。

陆遥一刷朋友圈，就会看到昔日在朋友圈高呼“独身主义”，发着伤感说说，配图是抽烟的季大少爷，最近的朋友圈来了个九十度大转弯，画风成了以下状态：

宝贝想起床，又想睡，开始耍赖了，爸爸爱你。

为了宝宝，爸爸一定好好戒烟，宝宝今天要被爸爸宠上天。

早上好啊，朋友圈。记录我女儿一个月大的时候。

宝贝出生 ×× 天啦，这眼睛和我长得贼像！

今天降温了，大家注意保暖啊。

女儿一直嗯啊呀啊的，和妈妈一样可爱呢。

……

天知道，一年前这家伙的朋友圈画风还是：只喝烈酒，不谈过往；

做不到所有人满意，也不怕全世界对我开枪；我就是这样，注定和你不一样，谢谢你的不欣赏，我的风格是限量版……

配图不是高冷的金属风就是张扬个性的朋克风，谁知道一年后他的配图竟然全成了宝宝照和宠物照！

还有，明明是和女儿无关的事情，为什么他也要配自己女儿的照片？请问，祝陆遥新婚快乐配自己女儿的图片，到底是几个意思？

是挑衅吧？绝对是挑衅吧？

多么可怕！

陆遥每天打开朋友圈，就看到季松发的他老婆和女儿的照片，他一边秀一边还要问“羡慕我吗”“嫉妒我吗”。

陆遥当然羡慕嫉妒！

但是他这么酷，怎么可能说出来。

他连赞都不给人家点。

陆遥思及此，很是郁闷。

季松家那个宝贝咿咿呀呀的模样确实戳中了他心里最柔软的部分，如果有个模样长得像李明珠的儿子或女儿，每天抱着自己的大腿喊爸爸，钉个钉子孩子都能在旁边高呼爸爸万岁，并且真情实感地认为爸爸是万能的，是世界上最厉害的男人……

仅仅是脑补这一个画面，陆遥就惦记上生孩子这事了。

李明珠看他说话期期艾艾，觉得十分可爱，心里一软，开口道：“这种事情不能急。”

陆遥死鸭子嘴硬，不承认：“我没有急。”

大哥，你现在看起来好像恨不得自己去奈何桥抓个小鬼，亲自帮人家投胎了好吗！

李明珠笑了一会儿，心想：他这样怪有意思的。

这天早上两人聊过这事儿后，就翻篇了。

李明珠在公司里照样忙，陆遥的比赛也照样打。

结果今年五月份的某天，李明珠在公司的独立餐厅吃完饭没多久，就出现了一件怪事——她吃了什么，就吐了什么。

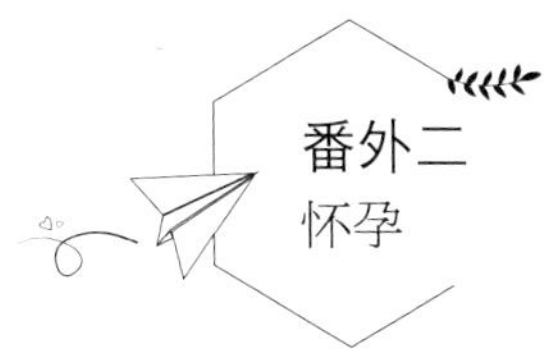

番外二 怀孕

李明珠下午一下班就直接去了医院。检查走了特殊通道，没多久检查结果就出来了。

医生满脸笑容，恭喜她怀孕了。

李明珠心里一动，开车回去的时候，拐去了超市，买了一堆无用的东西。

她也不太清楚自己来超市干什么，但是她需要到处走走，消化一下这个事实。

她虽然知道怀孕是时间问题，但陆遥想要，她一向无法拒绝。

只不过当一个小生命真出现在自己的身体里时，李明珠登时迷茫了。

她推着车，慢吞吞地在超市里闲逛。

她买了什么也没特别注意，倒是走着走着就走到了婴幼儿日用品专卖区。

超市占地面积十分大，因此摆在婴幼儿专区的东西也十分多，一半国产的，一半进口的。

李明珠站在货架边上，傻乎乎地站了一会儿，一点儿也没有平时的精英派头，甚至显得有些拘束了。

导购员一看到李明珠这架势，就猜她是准妈妈，又见她呆立在货架前，半天没想好选什么，便干脆走过来，问道："请问您需要什么帮助吗？"

李明珠刚才正在沉思，导购员的声音乍一下在她耳边响起，吓了她一大跳。

导购员也没想到李明珠反应这么大，连忙道："不好意思……"她抬起头，看见李明珠的脸，夸赞道："您长得真漂亮。"

导购员一天要夸上百个人长得漂亮，长得一般的也要夸人漂亮，丑的也要夸人漂亮，昧着良心夸了一天，此时见着李明珠，她却是真心实意地说出这句话。

导购员见到美人茫然无措地站在货架前，起了一丝善心。

李明珠的表现和大部分准妈妈的表现差不多，心情一激动就想来这边看看婴儿用品，但孩子还有十个月才出生呢！

导购员显然也这么理解，她道："太太是一个人来的吗？需要看些什么？我可以为您服务。"

李明珠只愣了一下，立刻恢复了平时的待人姿态："不用。"

导购员笑道："太太不用害羞，您怀的是头胎吧？"

李明珠的神情出现了片刻不自然。

导购员灵敏地抓住了她的表情变化，立刻接话："我给您介绍一下吧……"

她也不管李明珠到底听不听，自顾自地开始介绍。

导购员一看就是有丰富经验的人，不知道有没有生过小孩儿，但是讲起婴儿用品头头是道。

隔行如隔山，李大总裁从来没了解过这些五花八门的小东西，现在听得头昏脑涨，仿佛一夜之间回到了高中。

导购员的嘴皮子上下翻飞，把李明珠说得一愣一愣的，最后道："太太需要什么？我马上给您打包！"

还在云里雾里的李明珠什么都没听明白，乱七八糟买了一堆东西，刷完卡，提着几个袋子回家，站在客厅里却沉默了。

明明还有十个月，她现在买这么多东西干什么啊？

李明珠把东西往沙发角落一堆，就做饭去了。

今天陆遥回来得晚，一回来就闻到了饭菜香。

反正他一日不见李明珠，就觉得如隔三秋，于是他一边喊她的名字一边往厨房跑。

饭做到一半，李明珠猛地被人搂住了，她不用回头看就知道来人是陆遥。

"放手，汤洒你手上了。"

陆遥闻了闻香味，脸一垮，说："是不是萝卜汤啊？"

李明珠笑了一声，说："小狗鼻子。"

陆遥可怜兮兮道："我不喜欢萝卜汤……"

他又开始撒娇，李明珠习以为常了。

“没关系，萝卜汤也不喜欢你。”

陆遥无耻地用手从锅里偷了一片肉。

李明珠“啧”了一声，说：“找死啊！”

陆遥嚼着肉，回道：“放心，不烫。”

李明珠送了他一个白眼。

陆遥讨她欢心，故意装傻：“萝卜汤，你为什么不喜欢我？”

李明珠吩咐他把萝卜汤往外端，顺便提醒他别烫手，她看到他自言自语式搞怪，笑了一声，说：“陆五岁，你玩够了没？”

陆遥一本正经地反驳她：“是三岁。”

自称三岁的陆遥很幼稚，现在他和高中那几年相比没什么变化，挑食得要命，无论李明珠把萝卜汤弄得多香多好吃，他都不屑一顾。

“我是看在我老婆的面子上，才让它出现在我的眼里，否则它根本没有上桌的资格！”

李明珠毫不留情地戳穿他：“你可以自己做饭。”

陆遥夹了一大块萝卜吃，立马赞不绝口：“萝卜真是太好吃了！”

看，他果然是作的，这不是吃得好好的吗？能毒死他吗？

吃完饭，陆遥主动收拾桌子。

李明珠心不在焉地吃了一顿晚饭，食之无味，像嚼蜡似的，吃完连自己吃了什么都不知道。

亏这些菜还是她自己做的。

陆遥收拾了一半，李明珠终于做好了心理准备。

“陆遥。”

她喊了一声陆遥，因为和她平时喊陆遥的声调一样，所以陆遥不以为意，一边收拾桌子一边答：“嗯。”

李明珠云淡风轻道：“我怀孕了。”

陆遥：“……”

陆遥道：“哦。”

他端起碗，往卫生间走。

李明珠皱眉道：“你干什么去？”

陆遥道：“洗碗。”

李明珠咳嗽一声，说：“那是卫生间。”

陆遥恍恍惚惚，又折回来，往厨房走去，结果撞在玻璃门上，碗摔了一地。

好在都是木碗，没摔碎，就是把地弄脏了。

陆遥这下终于回神了，他从厨房门口跑到李明珠身边，问道："你刚才说什么？"

李明珠重复了一遍："我怀孕了。"

她心想：陆遥这是什么反应？他不是很想……

这个想法在脑子里尚未成型，立刻被陆遥打断了。

陆遥猛地抱住李明珠，她无奈道："你干什么？"

陆遥说："我激动。"

李明珠说："我看得出来，你能把我放下了吗？"

"我抱一会儿。"

李明珠退了一步，和他商量："那你能别抱这么紧吗？"她故意吓唬陆遥："万一把……"

陆遥立刻知道李明珠要说什么，他抬起头，紧张道："不行不行，你不能说这个！"

李明珠很少见到他这副如临大敌的模样，觉得十分好笑。

"你干什么？怀孕的是你吗？这么紧张？"

陆遥牛头不对马嘴，回了一句："我能摸摸你的肚子吗？"

李明珠说："你至于吗？"

陆遥的动作比以前更加小心翼翼，他把手轻轻放在李明珠的肚子上。

李明珠道："你干什么？"

陆遥严肃道："我感受一下。"

……

陆遥没打算瞒着这件事，只一个晚上，这件事儿就以傅清寒为中心扩散，最后七大姑八大姨都知道了。

李明珠早上醒来，手机就被短信和微信消息塞得满满当当。

陆遥的一双眼睛亮晶晶的，看着她一动不动。

她都不用想，铁定是陆遥干的事。

李明珠开口："我以前怎么没看出来，你的宣传手段这么强？你不做宣传策划，真是可惜你这个人才。"

陆遥赞同道："看，你也这么觉得吧？我也觉得不太重视，我应该先做一张海报，把我要炫耀的东西一条一条罗列起来，然后发微信。"

李明珠的手机叮咚一响，收到了微博晨间消息，赫然是推送了陆遥的微博。这记者也太尽职了，跑得比八条腿的螃蟹都快，陆遥六点钟发微博公布自己要当爸爸，记者的新闻稿六点三十九分就赶出来了。

李明珠心想：估计错别字都没来得及改。

陆遥把这事儿奔走相告，用李明珠的话来说，他活像一个陀螺，转得停都停不下来。

而且陆遥还大惊小怪，看那架势，恨不得二十四小时挂在李明珠身上。

一个星期之后，李明珠忍无可忍："陆遥，你离我一米远！"

陆遥可怜道："我担心你嘛。"

李明珠眉头一皱，说："我能把你儿子怀没了吗？"

陆遥如果有条尾巴，此刻应该已经晃起来了。

他避重就轻，感慨："我觉得要是龙凤胎就好了。"

李明珠："……"

她真是上辈子欠陆遥的。

陆遥几乎寸步不离地守护她，还艰难地学起了做菜。

李明珠生怕他用那把刀把手指头切了，那样的话，方天大概能在他们家门口撒泼打滚。为了避免这个惨案，李明珠最后选择找一个保姆。

结果保姆没找多久，傅清寒就来了。

今年她的巡演减少了很多，俨然是准备在家养老，听说李明珠怀孕，不知道操的哪门子心，非要过来照顾李明珠。

李明珠长这么大，还没有被人照顾过，她这辈子都在照顾别人。因此，傅清寒刚开始和她住一起的时候，她几乎是受宠若惊的。

好在这个婆婆很有亲和力，在家里每天就负责做饭，扫地和洗衣都有保姆。她变着花样做了几顿饭，又照顾着李明珠是南方人，口味和他们不一样，陆遥跟着吃了几天放糖的炖鸡，一时间感觉这世界上什么口味的鸡肉他都能吃下了。

有傅清寒在，解决了李明珠不少怀孕上的麻烦。

她虽然在医生那儿听了很多注意事项，但医生总是医生，有些实践中得出来的经验医生是没有办法给予她的。

傅清寒在这里就很是方便，作为一个过来人，这段时间她把李明珠当宝贝来养，让李明珠头一回感受到自己这个名字赋予的意义。

李明珠怀胎十月后，陆家即将迎来一个新的生命。

陆遥非要进去陪产，孩子一出生，他是除了医生之外，第一个抱孩子的人。

医生道："是一个男孩儿。"

陆遥抱一下过了瘾，赶紧把孩子还给医生，抱自己老婆去了。

李明珠虽然脸色惨白，但是情绪还好。

陆遥就不一样了，他比较丢脸，紧张兮兮的，老婆没哭，他这个当爸爸的哭得起劲。

傅清寒在外面等的时候，对护士吐槽："我儿子喊得比儿媳还响，搞得我都不知道他们俩谁进去生孩子了。"

喊得很响的陆遥第二天理直气壮地和方天请了产假。

方天道："请问你儿子是你生的吗？"

陆遥嘚瑟："我接生的！"

参与，这两字他没补充。

方天道："生和接生能一样吗？你一大老爷们儿请什么产假！"

陆遥理所当然道："我要照顾明珠啊！"

"少来，你给我照常上班！"

陆遥请假不成，只能一下班就往医院跑。

有高级陪护照顾李明珠他都不放心，生怕人家把自己老婆弄得散架了。

傅清寒体谅他第一次当爸爸，没当着众人的面说他像一个傻瓜，但眼里表达出来的含义，显然是觉得他没救了。

孩子的名字是李明珠决定的，孩子六个月大就取好了，叫陆想。

只要是她取的名字，陆遥怎么念都好听。

陆想躺在小床上，眼睛小小的，鼻子也小小的。

陆遥看了一会儿，嫌弃道："他怎么这么丑啊？"

傅清寒满心欢喜地看着自己的孙子，觉得怎么看都好看，甚至超常发挥，觉得陆想那个根本没长起来的鼻子和陆遥的很像。

傅清寒道："你小时候也这么丑的。"

陆遥不服："我哪有这么丑！"

他忧心忡忡："不会抱错孩子了吧？"

傅清寒白了他一眼，把他推开："去去去，你别对着我孙子瞎说话。"

喔，典型的隔代亲，有了孙子，儿子就是浮云。

当然，陆遥的家庭地位也从这一天开始日益下滑。

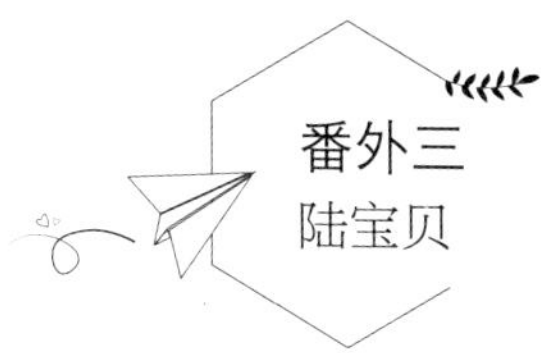

番外三 陆宝贝

下午五点，苍水官方微博终于发布了陆遥的直播地址。

等了整整一个下午的百万粉丝立刻在微博上互道“新年好，新年快乐”。

陆遥退役后，又被方天带进了BS开发游戏公司工作，上一天轮休一天，日子很清闲。

人一旦得到了一些东西，就得失去一点儿东西，这就叫作舍得。

这个道理大家都懂。

因此，陆遥得到了一份清闲工作的同时，也失去了轮休一天的自由。

方天要求他开直播。

十分简单的游戏直播，退役选手大部分进了联盟，像陆遥这种和方天关系不错的就去了游戏公司。

直播平台看中他的人气，方天则是立志要物尽其用，打电话给陆遥时是这么说的：“反正你在家闲着也是闲着，不如给我们直播，带点儿流量。”

每周星期二、星期四、星期六下午五点，成了陆遥直播的时间。

粉丝们掐点守候，一到时间，陆遥打开直播，直播间立刻爆棚。

“下午好。”陆遥开口。

他很快进入主题，直接打开游戏。

但是弹幕热闹了好一阵子都没有谈起游戏。

大家在弹幕刷的都是：新年快乐新年好，大家好大家好，过年了，又过年了——和微博上的状态差不多。

粉丝们相互祝福新年快乐后，陆遥的游戏账号已经登上去了。

他今天用的角色是一个奶妈。

网友调侃道：史上最暴力奶妈马上就会出现了。

直播分两个窗口，大窗口是游戏界面，小窗口是陆遥的脸。

本来他只想开一个窗口，奈何直播平台的老板规定了：你陆遥必须得露脸！

不露脸，哪儿来的粉丝？

显然，这个老板也深谙陆遥粉丝的心理。

小窗口里，是陆遥坐在凳子上的模样。虽然窗口小，但粉丝还是乐不思蜀地截了不少图，甚至有做动图的。开场没几分钟，微博上的照片已经转发开了。

陆遥的背景就是自家客厅。

他以往都是在书房直播，背景就是一摞厚厚的、不知道叫什么的书籍，各种类型的都有。

粉丝问过他几次，这书是他看的还是李明珠看的，他想都没想就回答了："她。"

只不过今天不凑巧，书房的网线断了，还没接上，陆遥抱着笔记本在客厅直播。

因为他很少换直播背景，因此没过多久，粉丝就发现他换地方直播了。

客厅的摆设十分居家温馨，绝对不是什么工作室。

网友问道：

"遥遥，你在哪儿直播啊？"

"我仿佛看到了客厅的饮水机。"

"是在客厅直播吧？我都看到沙发了！"

"遥遥在客厅直播！新素材！"

陆遥扫了一眼弹幕，答道："客厅。"

他看着刷屏似的"遥遥"二字，心里已经淡定了。

自从陆遥退役在家直播后，他所谓的高冷人设在粉丝眼里一天比一天崩塌得快。

有几回李明珠回来时，他还在直播，两人的一些日常互动就被录进去了。

陆遥在李明珠面前撒娇撒得熟练，但是粉丝没见过啊！

而另一位当事人也被粉丝频繁提起。

李明珠虽然露脸次数不多，但声音好听，光看身材就十分动人。

在一个看脸的时代，光长得好看，这就足够赢得好感度了。更何况，几年前两人结婚的时候，公司官博放过李明珠的照片，陆太太是什么颜值，大家心里都有数。

陆遥早年的女粉丝现在都成家立业，一个两个再没吵着非陆遥不嫁，到现在也没脱粉，在直播间还能看到他们发言。

但陆遥的人设崩到现在，从高冷的帅哥变成奶里奶气的遥遥，粉丝渐渐地开始不要脸起来。

陆遥直播到一半，弹幕里突然开始刷：

“遥遥，你今天家务做了吗？”

“遥遥，你的衣服洗了吗？”

“遥遥，地拖了吗？”

“遥遥，陆宝贝的奶喂了吗？”

“遥遥，像你这样四体不勤、五谷不分、好吃懒做、家务不做、天天打游戏的男人会娶不到老婆的！”

“前面的人别忘了，人家已经当上豪门老公了。”

“可能总裁都喜欢这种笨笨的不会做家务的男人吧，顺便问一下李总，有兴趣收二房吗？遥遥做大我做小，以后就是一家人了。”

“做梦吧，梦里什么都有了。”

“请你找一面镜子照一照自己的脸，总裁喜欢的是笨笨的不会做家务的天仙，重点在天仙，不在笨笨的不做家务，好吗？”

“李总，会生小孩儿的要吗？我一口气能生十五个！”

“前面的母猪投的胎？”

“公，谢谢。”

……

陆遥高冷地看了一眼弹幕，“嗤”了一声。

他皱着眉头，突然拿起鼠标往上翻弹幕。

粉丝大惊：“天哪，我知道他要做什么了！”

陆遥一口气报出了十来个 ID，都是嚷嚷着要和陆遥“姐妹”相称、你做大我做小、手拉手嫁给李明珠的人。

他报完 ID，冷酷道：“拉黑了。”

网友对这种现象喜闻乐见：

“哈哈哈，出现了，遥式拉黑！”

“遥娘娘：拖下去赐一丈红。”

“遥遥啊，你再这么拉黑下去，我怕有一天你的微博就没人转发了，大家都在黑名单斗地主。”

“哈哈哈，画面感十足！”

……

陆遥拉黑粉丝这个操作，粉丝们已经习惯了。

他当然不是真的拉黑粉丝，就是在直播的时候嘴上一说，变相等于翻牌。

粉丝怎么对陆遥示爱他都不理，但是一旦粉丝把自己和李明珠的照片放一块儿了，八百里开外都能听到陆遥冷酷的话：拉黑了！

这都快成粉丝调戏陆遥的传统段子。

陆遥哼了几声，继续直播。

弹幕消停了一会儿，直到陆遥做了一个副本任务。

这个副本任务就是很常见的任务，里面有个场景，就是要照顾一下王大侠两岁的孩子。

网友们看到这个剧情，开始刷弹幕：

“遥遥，宝贝呢？今天怎么没看到他啊？”

“快把我宝贝放出来！你把他藏哪儿了？”

“今天宝贝好乖啊，都没怎么哭，平时遥遥打游戏他早就哭起来了。”

“遥遥，你清醒一点儿！你该不会是妒忌宝贝深受李总宠爱，然后把他扔了吧？”

“细思恐极，我总觉得这是遥遥做得出来的事情。”

“宝贝送到舅舅家去啦？”

“我想宝贝了，遥遥，让宝贝出来和大家打声招呼嘛！”

……

陆宝贝就是陆想。

之前陆遥直播的时候，直播间里粉丝不消停，陆想在桌子上趴着也不消停。

平时陆遥打游戏，陆想就趴在桌子上，他打一会儿游戏，就得哄一会儿儿子，弄得手忙脚乱。

但今天陆遥打游戏时，陆想却不在桌上。

陆遥道：“他在桌下玩儿。”

陆想在家里喜欢到处爬，尖锐的桌角都被保姆用海绵包裹起来了，可就算这样，陆想摔跤的姿势也是花样百出。

粉丝道：“在桌下玩？宝贝今天这么乖呀？”

显然，陆遥的粉丝也知道他儿子有多好动。

“这么乖”的陆想在桌子下漂亮得像一个洋娃娃。

他一只手抱着小汽车，一只手抱着陆遥的大腿，玩得十分开心。

陆想今天不知道中了哪门子邪，突然对自己老爸的大腿感兴趣得不得了，从早上起床就抱着不撒手，陆遥一把他提开，他就号啕大哭。

这厢粉丝问完，这个小机灵好似感应到什么，手舞足蹈地叫：“PAPA！ PAPA！”

陆想叽里咕噜，口齿不清地讲了一串英文。

学前班的老师全英文教学，李明珠回到家和他交流也全是英语，导致他讲话中英夹半。

这个年纪的孩子，中文都讲不清楚，英文就更讲不清楚了。

陆遥听中文时便十分费力，他儿子的英文一讲起来——他基本靠猜。

陆遥道：“你干吗呢？别闹，我打游戏呢。”

这句话不像当爸爸的人说的。

陆宝贝听不懂陆遥说什么，他历经千辛万苦，终于爬到了陆遥的腿上。

陆遥空出一只手抱了他一下。

陆想看见游戏里的小人，咿咿呀呀地叫。

他一出镜，弹幕就开始疯狂往上飙：

“啊啊啊！天哪，宝贝太可爱了！”

“呜呜呜，我怎么生不出这么可爱的宝贝？”

“他是我的小心肝！我要脱饭三秒成为陆宝贝的妈妈粉！”

……

一阵号叫后，陆宝贝一蹦一跳，在他腿上跳起了舞。

陆遥摁住他，说：“别动。”

陆想蹦跶得更厉害了，一双小短手啪嗒啪嗒拍在陆遥的键盘上。

游戏里的角色顿时一阵视线颠倒。

直播收音效果绝佳，粉丝一听就知道陆想动键盘了。

陆遥把角色停在地图上，双手架着陆想，把他放到了后面。

陆想被他放到后面，小嘴一噘，哭上了。

陆遥当着百万观众的面，面无表情地戴上了耳机。

他这样子十分冷酷无情。

网友道：

“遥遥，这就是你不对了，儿子哭得这么惨，你竟然还打游戏！”

“遥遥：一个大写的冷漠。”

“这已然不是第一次遥遥弃陆宝贝于不顾，遥遥现在有多冷漠就能推测出陆宝贝平时有多受宠！”

“遥遥，你快看一下时间，已经五点半了，目测李总五点四十五分到家，十五分钟你哄不好陆宝贝就完蛋了！”

前面的弹幕都没引起陆遥的注意，提到李明珠的这一条，他倒是看到了。

“她回来我肯定知道。”

他还挺骄傲的。

陆遥补充：“我听得出她走路的声音。”

弹幕上一片狂笑。

这是因为上一回陆遥打游戏太投入，过了时间，李明珠开门的时候他才听到声音。

这家伙用了两个枕头把陆想夹起来，跟一块夹心饼干一样，夹好了之后，他又拿柔软的丝巾把陆想的一只脚绑在床头。陆宝贝一脸呆萌，周边围了一圈机器人和小车，显得傻乎乎的。

李明珠因为这事儿晾了陆遥几天，陆遥至今想起都十分后怕。

他挑眉看了一眼自家天真烂漫的儿子，模样确实可爱，像白糯米团子似的。

弹幕里说：“遥遥，你仔细听，有没有听到开门的声音？”

陆遥敷衍道：“嗯？什么？”

他原本不打算听，结果门口传来了开门的声音。

陆想还在沙发上撕心裂肺地哭，那架势仿佛要哭倒长城。

陆遥：“……”

陆遥火速扔了键盘，一个箭步冲到沙发上，把陆想抱起来狂抖：“别哭了，别哭了！宝贝，听爸爸话，笑一个笑一个。”

陆想哭得撕心裂肺。

网友见陆遥这副灰样，满屏的“哈哈哈”。

陆遥哄了半天都哄不好，无计可施，一想到上回李明珠和他冷战的模样，心里“咯噔”一响。

生死攸关，求生欲战胜本能，他突然茅塞顿开，想出了一个自以为绝妙的主意。

陆遥心想：不就是哭吗，谁还没一双眼睛？

于是李明珠一开门，先听见儿子的哭声，再一抬头，看见自己老公也挂着两行眼泪。

陆遥的眼泪说来就来，比起陆想的号啕大哭，他的梨花带雨、委委屈屈，此时无声胜有声。

李明珠：“……”

是我今天开门的方式不对吗？

看陆遥那模样，好似在质问她：我和你儿子，你先哄谁？

陆遥恶人先告状：“陆想打我！”

他纯属欺负陆宝贝现在说不清话，还得忙着大哭，没工夫开口告状。

陆遥说得飞快，把陆想形容成了一个十足的小恶魔：“他用玩具车砸我，像这样。”

陆遥模拟了一下案发现场，并活灵活现地还原了陆想是怎么用玩具车砸他的。

弹幕里的人都快笑疯了。

除了“啊哈哈哈”这几个字，他们已经失去了其他语言组织能力。

还有一半稍微理智的网友，虽然也笑得很猖狂，但还能在猖狂中保持一分清醒。

这群人在直播间里狂刷：

“李总，遥遥他是骗你的！根本没有这回事！”

“我实名举报陆遥撒谎！”

“遥遥，你不诚！你不诚！”

“撒谎的孩子今天晚上要睡沙发，李总看我看我看我，陆遥这种小孩真是没法儿要了！”

……

奈何手提电脑距离房间门口太远了，陆遥的身体还挡住了一半。

他倒在沙发上，尽职尽责地演了一个被陆想欺负的小可怜，眼泪还委屈巴巴地挂在脸上。

李明珠看他演了一会儿，无视他，抱起了陆想。

陆遥心想：我还是不是你最爱的人了？

陆遥不服气道："李明珠，你偏心啊！"

李明珠抱儿子的姿势很是熟练，哄儿子的模样温柔动人，叫陆遥嫉妒得冒火。

可恶啊！

这个陆大宝贝站起来，不依不饶地戳着李明珠的腰窝。

"你为什么不哄我？陆想是犯罪嫌疑人，我是受害者，你应当先哄受害者！"

李明珠冷淡地看了他一眼，说："陆想三岁，你也三岁吗？"

陆遥破罐子破摔："我两岁！"

嗯，他挺厉害的，还两岁。

弹幕彻底乱了，不知道多少粉丝用录屏软件，将陆遥撒泼耍赖的画面真实地记录下来，成了剪辑影像资料中不可缺少的一幕。

陆想被李明珠抱着，仿佛找到靠山了，很快就止住了哭声，他小小的手抓着李明珠的衣襟，嘚瑟地看着陆遥。

陆遥原本已经洗脑式灌输自己：他是我儿子，他是我儿子，我要的儿子哭着也得忍着。

结果他一抬头就看见陆想挑衅的眼神。

陆宝贝理所当然地缩在李明珠的怀里，仗着陆遥不能欺负他，得意地扭了扭腰。

这么小的孩子，就知道炫耀了。

陆遥心想：看来不打他一顿，他不知道自己姓什么！

陆遥深吸一口气，摆出慈眉善目的模样："宝贝，来，到爸爸怀里来，爸爸抱抱。"

他的声音同时也被收录在后面的直播间里。

网友又刷了一波弹幕：

"这语气！这和善的语气！这不是我认识的陆遥！"

"宝贝快跑！你爸疯了！"

"暴风雨前的宁静……"

“遥遥这么温柔一定有鬼，我似乎看到了陆宝贝小屁股悲惨的未来！”

“陆遥！住手！他还是个孩子！他是你儿子！他只有三岁！你三岁吗？连自己儿子的醋都要吃！”

……

陆遥背对着笔记本电脑，根本看不见满屏的弹幕。

李明珠哄着陆宝贝，听到陆遥的声音，眉头一挑，说：“太阳打西边出来了？”

陆遥道：“你不信我？”他委屈极了。

李明珠：“……”

不是她不相信陆遥，是陆遥长这么大，简直越活越回去，陆想的醋他都要吃一吃。

儿子刚满月时天天哭，李明珠心软没办法，只好把陆想的婴儿床拖到床边。

这样一来，睡在她边上的陆遥就不满意了。

陆想一到半夜就号，一号李明珠就得起来。

陆遥提议找个保姆照顾这个“警报器”不下数十次，但是李明珠统统驳回。

孩子才这么大，万一保姆照顾不好他怎么办？

这是天下母亲的通病，李明珠虽然人强势了一点儿，但这会儿心是软的。

她的童年过得很不如人意，所以对陆想的溺爱几乎是没有边的，一天两天还好，十天半个月，一年两年的，陆遥就爆发了。

李明珠颇为无语：这儿子是你要的，现在要了儿子，你又摆脸色给自己儿子看。

她真的想问问陆遥：成天和一个三岁小孩儿作对，你很开心吗？

陆遥显然是乐在其中的。

因此，现在陆遥这么好心，要哄陆宝贝，李明珠很是迟疑。

陆遥看了一眼手表，说：“你已经抱了他五分四十二秒了，你等一下也要抱我这么久。”

网友道：“不要脸！”

李明珠觉得无语：“你这么斤斤计较干什么？”

“公平公正！”陆遥提高声音，“你要耍赖吗？这是你答应我的！”

“我什么……”李明珠话说到一半，惊觉电脑开着，“你开着电脑干什么？”

“直播啊。”陆遥道。

李明珠嘴角一抽，说：“直播？”

她问道：“你从什么时候开始直播的？”

“你进门开始。”

房间里罕见地沉默了一段时间。

李明珠的眉头越皱越深：“胡闹！”

她把陆宝贝往陆遥怀里一放，陆遥抱着儿子，看见自己老婆往笔记本电脑那里走。

李明珠走过来时没有给任何预告，那张好看得过分的脸就这么毫无预兆地出现在直播间里。

起初李明珠站在门口，摄像头只拍得到她腰部以下的地方，光看见一双大长腿，加上陆遥走位风骚，把李明珠挡了一大半，所以准确来说，直播间的网友只能看到她半条腿。

此时李明珠俯下身，立刻带给直播间一阵美颜暴击。

弹幕除了刷好看，啥都没有了。

但这个美颜福利只有两三秒。

李明珠转摄像头的速度快得不得了，众人还来不及截图，摄像头就已经对着阳台外的天空了。

直播间还刷着“小娇妻视角”“遥遥日常视角”等弹幕时，李明珠已然起身。

“下回你有直播的时候提醒我。”

陆遥无所谓道：“怕什么，我虽然长得很帅，但是心里只有你的。”

李明珠说：“皮这一下，你很开心？”

陆遥登时就不敢皮了。

直播时间凑够后，陆遥关了电脑。

他抱着陆想，陆想不怎么乐意，两条小短腿晃荡晃荡，没过一会儿就哭着要李明珠抱。

李明珠在家里，有兴致的时候会下厨做饭，没兴致的时候就由保姆负责。

今天她没进厨房，反而进了书房。

陆遥趁老婆去书房了，立刻板着脸威胁自己的儿子：“哭什么哭，再哭我就把你吃掉！”

陆遥轻轻地咬了陆宝贝粉嫩粉嫩的腮帮子一口，把陆宝贝吓坏了，但陆宝贝不敢哭，打了个嗝。

陆宝贝虽然说话口齿不清，但是陆遥说的东西他倒听得清楚。

陆遥那一口实际上是亲在陆想的小脸蛋上的，不过他信以为真——当真以为他爸爸要把他吃掉了。

当李明珠从屋子里出来的时候，陆宝贝学会了人生中第一个技能，也是今后陆遥最头疼的技能——告状。

屁大点儿的孩子，还知道自己老爸的英文水平烂得很，他用英文告状，陆遥听得一知半解，这样一来，陆遥完全不知道儿子告了哪门子状。

陆想叽里咕噜的，一边说一边瞥陆遥。

陆遥补救道：“喂，你别听他乱说啊，童言无忌，意思就是说出来的话都是假的！”

陆遥慌张得连成语都开始乱用。

不知道陆想跟李明珠说了什么，把她逗乐了，她看了陆遥几眼。

陆遥被她看得毛骨悚然。

“我先说好，我不会睡沙发的，你要是赶我去沙发上睡，我就把沙发拖到卧室床上！”

他这话说得好像李明珠把他赶去沙发上睡过。

哪一回不是陆遥撒娇卖萌，抱着被子在床上滚成一团，但凡李明珠给他一点儿脸色看，他直接就抱着人不撒手，不制造夫妻感情破裂的机会。

陆遥抱过陆宝贝，威胁道：“你和妈妈说什么了？快点，限你十秒内把刚才那一段话翻译给我听。”

陆遥怕儿子听不懂，继续补充：“就是用中文再说一遍。”

陆宝贝嘻嘻哈哈地笑，把小脸一捂，埋到陆遥胸前。

陆遥心想：嘁，撒娇这套对我没用，我是这一派的祖师爷。

“祖师爷”陆遥最后被残忍打脸，依旧没抵过儿子的撒娇攻击，把收拾他小屁股的事情忘到了九霄云外。

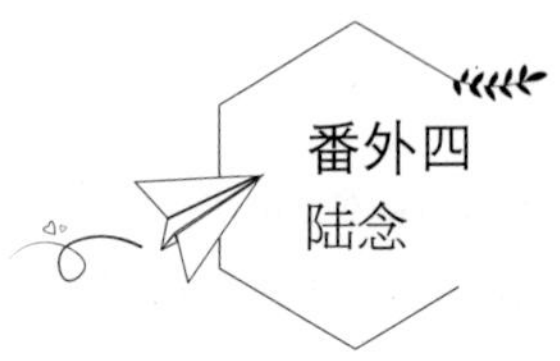

番外四 陆念

陆遥和儿子争风吃醋这件事情被季瑶听到了，她便狠狠地嘲笑了陆遥几次。

她家里也有个宝贝疙瘩，比陆想小两岁，是个女儿，刚刚满一岁，眉眼间已经看得出她的模样了。

季瑶吐槽的时候，就踩一捧一，捧一捧陆宝贝，踩一踩陆遥。

她这个小舅妈对陆宝贝宠爱得很，节假日到李明珠家玩，第一件事情就是找陆宝贝。

而陆遥也一直吃自己儿子的醋，吃到自己儿子四岁的时候，终于消停了，因为李明珠这时候怀上了陆念。

两人都没想过要第二个孩子，这孩子就像天赐的礼物，来得猝不及防。

陆遥虽然每日都在忧心忡忡地拿个圆盘算百分比，算一算等到陆念出生，李明珠的爱要分成三份，他能分到多少。

陆遥还搞了个“明珠宠爱股份制”，谁年纪大谁持有股份多，无耻得很有境界。

不过不论陆遥如何忧心，他对陆念的到来都是充满期待的。

陆念是李明珠怀的第二胎，相比第一次的手忙脚乱，第二次时她显得很有经验。她没什么太大的感觉，陆念小公主就这么哇哇哇地哭着，来到了人间。

陆遥一看，是个女儿。

当他把婴儿抱在怀里的时候，整个人都轻飘飘的。

傅清寒这回也大老远地赶来医院，看见陆遥这傻样，说他没出息。

陆遥开口："是个女儿……妈，你有没有觉得……"

傅清寒竖起耳朵听。

"念念长得好像明珠啊！"

他显然是高兴得昏了头！

刚出生的孩子，看不出像谁。

陆想这时候四岁多，看见自己老爸魂不守舍的，顿感自己不是亲生的。

陆想拉着奶奶的衣角，委屈地开口："是不是我长得像爸爸，爸爸才不喜欢我呀？"

傅清寒摸着小小陆的头，慈爱地开口："不是的，是因为你太招你妈妈的喜欢了，傻孩子，你这抓重点的本事怎么全遗传了你爸啊……"

今天奶奶也愁得白了两根头发啊。

陆想到底是个小孩子，难过没多久就活蹦乱跳了。

家里除了陆遥最期待陆念出生，其次就是陆想了。

当陆念还在妈妈肚子里的时候，他每天都要在李明珠肚子上摸一摸，还自发地拿了很多童话故事书，美其名曰给小宝贝读书。

陆念长了两三年，模样就大变样，美颜立现。

陆想肖父，陆念肖母。

陆念的模样水灵灵的，和李明珠有七八分像，陆遥一改当年和陆想每日争风吃醋的模样，抱着女儿就不撒手。

可惜陆念这个小团子只这样听话到五岁。

陆念五岁后，不知道陆遥这爸爸怎么当的，在他的悉心教导下，李明珠一不注意，陆念就长成了一个混世魔王。

当李明珠发现的时候，为时已晚。

因为陆念这时候正背着小书包，命令幼儿园隔壁班的小朋友给她当"压寨夫人"。

这个男小朋友是整个幼儿园里长得最好看的。

李明珠坐在总裁办公室里，幼儿园周园长是这么告诉她的："您女儿带了一大帮中班小朋友，到学前班里威风凛凛地下聘礼了，并且要求我们每个老师都为她鼓鼓掌。"

李明珠听罢，久久没有动静。

"什么？"

番外五 奶遥奇幻漂流记

陆遥不经常做梦，做梦最频繁的时候是李明珠离开的那五年，梦的内容基本单调乏味，梦境最后的走向是一片漆黑。他醒了，李明珠也没了。

所以陆遥对梦不是特别期待。

但后来李明珠又回来了，不但回来了，还回到了他的床上，这样美的事情，做梦是梦不到的。因此，他这些年都不太做梦了，哪怕偶尔梦见什么，早上起来的时候也会全部忘记。

他不再害怕梦见李明珠时，她会在梦里，消失在黑暗里。

陆遥梦里梦见的人，现实中就睡在他身边。

他的生活比梦更甜。

多年无梦的陆遥，大年初一的夜晚，突如其来地做了一个关于李明珠的梦。

起因估计是一件神神道道的事情，这件事情发生在两人新婚不久之后。

他虽然是一个无神论者，但李明珠这个老古板却很信佛。大年初一的早上，天才蒙蒙亮，她就动身去了灵隐寺。

陆遥生平最怕起床，特别是冬天，起床困难指数增加了百分之三十。

也正是在去灵隐寺的路上，李明珠问他要许什么愿。

陆遥一个打游戏的，能许什么愿望，只希望苍水今年也能夺冠。

李明珠驳回他的愿望，叫他认真一点儿，说许愿要心诚。

陆遥挑着眉看自己的太太，心想：她怎么在国外待了五年，整个人更加迷信了？

陆遥严肃道："陆太太，你现在的思想很危险啊。"

陆太太亲力亲为，给陆先生上了一课：什么叫身体上的危险。

陆遥挨了打，老实了。

他坐在车里，认认真真思考许什么愿望。

他的脑子里冒出一大堆以"李明珠"开头，随机组合"身体健康""万事如意""不要加班"等词语的句式。

李明珠道："许愿要许和自己相关的事情，我的愿望我会许的。"

陆遥道："那我没有了。"

李明珠："……"

她就知道！

陆遥黏着她，笑嘻嘻地说："我只有和你相关的愿望，你要是让我许自己的，我就没了。"

这几年陆遥过得很如意。

他天生是一个不懂得上进的人，懵懵懂懂地过日子。

陆遥过得开心，因此注重当下。

他这辈子所有的上进心，都花在打游戏和李明珠身上了。

除了打游戏，他的愿望十有八九和李明珠有关，这一点毋庸置疑，因为当事人也看出来了。

陆遥花了很多运气用来遇见一朵淤泥里开出的花，又千辛万苦地把这朵"高岭之花"焐热了。他始终处于被动的状态，李明珠向来掌握主动权，因此离开或回来，爱不爱你，都是她说了算。

活着的人总比死去的人痛苦，被动的感情也是这个道理，难过总是翻倍叠加。

她自己决定走了，又自己决定回来。

陆遥原本想兴师问罪一番，结果到最后还是不敢。

他到底不确定自己在李明珠心里有没有位置，万一自己不在她心里怎么办？自己还上赶着兴师问罪，那不是找死吗？

陆遥二十三岁的时候，没这个本事了，他被丢怕了。

这样的感情日积月累，最后成了汪洋大海。

他生活的中心越来越往李明珠这边倾斜，有时候叫李明珠看着，心里生出了一丝难以言喻的猜想：他这样就好像没了我会死似的。

李明珠这辈子都没被谁这么对待过。

她的一辈子也分得清楚，上半辈子一直坚信自己活在世界上是多余的，爹不要娘不爱，下半辈子莫名其妙地出现一个陆遥，非要插手她的人生，并且摆出一副离了她就快死的样子，叫她的心晃动得厉害。

有些人天生该在一起。

爱慕她的人很多，只有陆遥把她当自己的命看。

李明珠道："你没什么愿望吗？"

陆遥慎重地思考了一会儿，说："没有，我以前的愿望是等你嫁给我，现在没了。"

李明珠已经成了陆太太，他这辈子就没什么愿望了，如果还有，那就是遗愿。

当然，这话他是不敢当着李明珠说的。

按照这女人的刻板程度，嘴上说死啊不死的，对她而言，都是不吉利的，小古董一个。

李明珠听完陆遥的愿望，一时间没话。

陆遥见她这模样，还以为陆太太心情不好了，很是没有主见地开口："我想了下，我有个愿望。"

李明珠问他："什么愿望？"

陆遥突然坐直了，把她往怀里一拖。

"你还记不记得，我刚认识你的时候？"

一句话，把李明珠的思绪拉到了遥远的过去。

她一天到晚记的事情太多了，不像陆遥，脑子里除了回忆和她的故事，就没别的了。

因此，李明珠不太记得两人第一次见面是什么场景。

陆遥帮她回忆："你被王奶奶带进来，穿着一件白衬衫，头发挺长的，遮眼睛了都……"

这样一来，李明珠倒是记起了一些事情。

她刚认识王奶奶，老人家就对她言听计从。她跟在王奶奶后面，就看见站在二楼楼梯口的陆遥。

陆遥十五岁还没到，长得奶气，皮肤也白生生的，像一个瓷娃娃。

李明珠见陆遥的第一眼，就被陆遥用鼻孔看人的臭屁模样刺激到了。

她当即下了一个结论：傻瓜。

陆遥站在楼上，虽然用鼻孔看人，但是眼睛勉为其难地往下看了看，他看见了李明珠的模样，也下了一个结论：娘。

李明珠想到这里，又想到陆遥当年那个模样，“扑哧”一声笑了出来。

她当上位者当习惯了，时常板着一张脸，不苟言笑，情绪很少有太大的起伏。

但她这会儿在自己先生面前总不像在外面似的端着，她不知道被戳中了哪门子笑点，几乎歪在他怀里。

陆遥郁闷道：“有这么好笑吗？”

李明珠停不下来。

她想到陆遥十五岁那年，穿衣打扮很是放荡不羁，叮叮当当的东西挂了一身，跟一棵圣诞树一样。

李明珠笑得这样过分，陆遥显然也知道她笑什么了。

“陆太太，红牌警告一次，你现在的思想比刚才更加危险！”

李明珠笑够了，抹了抹眼泪。

“我问你有什么愿望，你突然提这个做什么？”

陆遥想了一会儿，莫名别扭起来。

李明珠一看，觉得有鬼。

“说。”她吐出一个字。

陆遥搂着她的腰，小声地开口：“我想回到你小时候，早点和你相遇，那你就不用吃那么多苦头了。”

李明珠听罢，心里动容。

结果陆遥嘟着嘴又说：“回到我哥认识你之前，我要先认识你！”

李明珠：“……”

“你这人……”

陆遥道：“我没有无理取闹，我就是……就是……”就是遗憾。

虽然陆遥早就知道陆知和李明珠有他不知道的过去，知道他哥在李明珠心中有着超然的地位，也知道这个超然的地位和情爱不同，但他就是别扭，像一个小孩儿似的。

“我要是先遇到你就好了。”

李明珠觉得无语：“你那时候才多大，有九岁吗？”

陆遥严肃地说：“九岁不能一个人坐飞机去H市啊？”

李明珠说：“爸会先把你的腿打断的。”

陆遥“噘”了一声。

李明珠道："好了，这种不切实际的愿望就不要许了，浪费心意。"

陆遥嘴上答应李明珠，结果到了灵隐寺，他心念一动。

寺庙里香火袅袅，不管来的人信不信佛，到了这里都生出一股敬意。

陆遥被这神秘的力量洗脑了，在菩萨面前默念道：我求她一生平安喜乐，来世无悲无忧。

他在心里补充：我想陪她长大，陪她到老。

以上就是全部起因。

大年初一的晚上，他的愿望没许多久，睡下后就做了这个梦。

这愿望实现得太快了，梦境清晰真实，真不像一个梦。

幽深的巷子里吹着夏日炎热的风，筒子楼被嘈杂的争吵声和日常琐碎充斥着。

陆遥站在巷子口，看到年仅十岁的李明珠端端正正地坐在门口写作业。

别的小男孩儿都剪了个寸头，光着上半身，撒泼似的在旧巷子里狂奔。泼水的声音和孩子的尖叫声汇聚在一起，丝毫没有影响到李明珠。

她穿着一件白色短袖，衣服洗得皱巴巴的，却干净得很。

陆遥一动不动地望着她。

李明珠写了一半作业，似乎是自动铅笔的笔芯没了，她的眉头皱着，给自动铅笔换了一支笔芯。

这是一个十分简单、十分正常的动作，但在陆遥眼里，他整颗心都化成了水。

估计化骨绵掌都没有这个威力。

巷子外面比房间里凉快一些，李明珠住在顶楼，炎热程度可见一斑。

大热天的，她的汗水一滴一滴往下掉，热得快不行了时，才腾出一只手，拿黄色的纸板扇扇风——这块纸板不知道是她从哪里捡来的，破破烂烂的。

陆遥用了很大的力气，才克制住自己上前对李明珠说话的冲动：我是你先生。

那他估计会被立刻扭送到警察局，罪名是骚扰未成年人。

所以他的方法迂回了一些，决定曲线救国。

李明珠写完了数学作业，耳边就吹来了一阵清凉的风。

李明珠回头一看，有个二十来岁的年轻人买了一把小扇子，笑得很甜，替她扇风。

他手里还有一根时下最流行的冰棍——绿舌头。

陆遥道："你还热吗？想喝饮料吗？我去给你买。"

李明珠警觉道："你是谁？"

陆遥险些把"我是你未来的老公"这句话脱口而出，他连忙把这话咽下，高深莫测地开口："天机不可泄露。"

李明珠心想：原来这人是一个傻瓜。

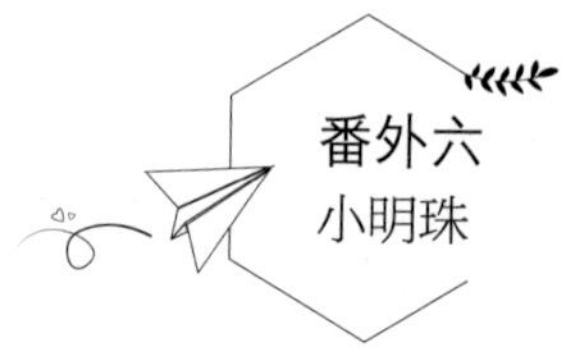

番外六 小明珠

李明珠的疑心病很重。

十岁，本该是最天真烂漫的年纪，她却时常皱着眉头，一副心事重重的模样，显然是被生活压迫成这样的。

陆遥了解李明珠比了解自己还深。

李明珠的很多习惯是从小养成的。

比如她认为一个人是傻瓜，就会开启一个古怪又诡异的模式，用陆遥的话来形容，就是和她说话时，她答非所问。

李明珠年纪尚小，功力还没有二十六七岁时那么炉火纯青，陆遥仗着多活十几年的优势，和李明珠聊天的时候见招拆招。

李明珠讲了一会儿，讲不下去了。

她的表情更加凝重。

这个男的怎么这么奇怪？

陆遥手里的绿舌头开始融化，拿在手里软趴趴的。

绿舌头真的成了舌头一样，李明珠坚决不肯吃。

她长这么大都没吃过冰棍，更何况绿舌头看着这么诡异，吃着吃着还能把自己的舌头也吃绿了！

作为一个时时刻刻担心别人给自己投毒的小孩子，李明珠断然不会接受陌生人的好意，特别是陆遥这种看起来非常诡异的叔叔。

陆遥还在锲而不舍地和她搭话。

李明珠道："叔叔，我不认识你。"

陆遥滔滔不绝的话突然断了。

他瞪大眼睛，一副心碎的模样："你喊我什么？"

李明珠心想：难道他和我一样，性别是假的吗？

李明珠从善如流地改口："对不起，阿姨，因为您长得太像男人了，我以为你是叔叔。"

"阿姨"陆遥：还不如叔叔呢！

陆遥艰难地开口："我看起来有这么老吗？"

李明珠收起了自己的小板凳，谨慎地回答："不老。"但看起来很像是真的。

陆遥道："那你为什么喊我叔叔？"

他突然用舌头顶了下口腔，坏笑了一声，欺负未来的陆太太："你叫一声哥哥来听听。"

陆遥比李明珠小一岁，但是男人都有个通病，喜欢听人家管自己喊哥。

陆遥在游戏里，在现实生活中，都是人生赢家，喊他哥哥的小妹妹、小粉丝，排成队能绕西湖好几圈。

可陆遥就是不满足，他非得听李明珠喊一声哥哥才高兴。

众所周知，陆太太在家里的时候，脸皮是非常薄的，别说喊哥哥，她什么都喊不出口。

平时陆遥连蒙带骗、撒娇打滚，都换不来一声哥哥。

陆遥在现实生活中听不到，如今见了这个小小的明珠，心里顿时起了"歹意"。

他心想：我现在可比你大，你喊我一声哥是应该的。

陆太太可能天生就是一个不按照套路来的人，她一开口，对陆先生喊："叔叔。"

自己老婆对自己喊叔叔……这是哪门子夫妻情趣啊！

陆遥险些流泪：没有妻子喊丈夫叔叔的啊！

李明珠已经把所有的作业打包好了。

陆遥说完了这句话，她就一直不作声，也不理人。

她很是冷漠，有陆太太当年的风范。

陆遥贼心不死，问道："你要去哪里？"

李明珠越看陆遥越觉得他是一个人贩子，虽然陆遥的脸很纯良，很好看，但好看的东西总是充满危险的。李明珠从小就懂得这个道理。

陆遥问她，她在心里回答：关你屁事。

陆遥道："你要回家吗？我送你回家吧，女孩子一个人回家很不安全的。"

李明珠脚步一顿，眼神骤然狠厉："你说什么？"

陆遥后知后觉地反应过来，他摸着鼻子，心想：说漏嘴了。

陆遥没有李明珠这么会撒谎，特别是在李明珠此刻警惕的情况下。

他用了两分钟来梳理自己的想法，接着用十秒推翻了所有谎言。

陆遥心想：我不想对她说谎。

陆遥酝酿了一会儿，郑重其事地说："我是你今后的丈夫。"

李明珠冷漠道："你想挑战《未成年人保护法》吗？"

陆遥赶紧道："十六年后的，你那时候还未成年吗？"

李明珠心想：他果然是一个傻瓜。

她在心里补充：还是一个脑袋有问题的傻瓜。

李明珠这次觉得他是一个傻瓜之后，却没有直接走。

显然是陆遥刚才一秒扒了她的马甲，让她感到震惊。

短短一年不到，她连续掉马，这件事说不过去啊！

她上一次掉马，就是第一次见到陆知的时候。

陆遥不知道此时李明珠已经遇见他哥了，这位陆先生还在很努力地刷着自己的好感度。

"我猜的嘛，哪有男孩子长得这么好看。怎么，你是男孩子吗？"

李明珠说："你刚才还在挑战《未成年人保护法》。"

陆遥："……"

他怎么就这么管不住这张嘴呢！

陆遥连忙转移话题，手一伸，把李明珠怀里的作业本抢过来。

他理所当然地从边上拖了一块平板石头，然后坐在石头上，把作业本放在腿上，一本正经地道："我刚才看你作业没写完就把本子收了，这样，我帮你写吧！"

李明珠："……"

陆遥信心十足地打开本子，心想：小学生的作业还能难倒我吗？

他俨然已经忘记自己读高中的时候，给人家辅导作业辅导出一个"夸父找日"的感人水平。

陆遥握着笔，正襟危坐。

他坐了一会儿，像一块石头。

今天李明珠有些奇怪，见到这个人之后就更加奇怪，她对所有人都竖起尖锐的刺，却对这个脑子有点儿小问题的年轻人有一股天生的亲近感。

她看见陆遥没动，有些得意地问："怎么不做了？"

陆遥故作深沉地思考：过去的小学生题目都这么难的吗？什么兔子鸡鸭鹅的，谁想知道它们有几只腿啊！

陆遥合上作业本，说："这样吧，你给我一本作业参考，我帮你抄作业吧！"

说到这里，李明珠的脸色又是一变。

陆遥知道的确实有些多了。

他先是一语道破她的性别，现在又知道她给班里的同学写作业的事情。

李明珠在心里打了个问号：他怎么知道这事的？谁告诉他的？

陆遥浑然不觉，说道："我真的是一个好人，你见过长得这么帅的坏人吗？你看看我，你难道不觉得眼熟吗？"

这时候陆遥约莫是昏了头，问十岁的李明珠——未来的陆太太，有没有觉得自己长得很像你未来的先生。

但是误打误撞地让陆遥撞上了，他这张脸和陆知十分像。

亲兄弟，能不像吗？

陆知长得像一个教书先生，眉眼都是温柔的。陆遥不同，他生了一双和母亲如出一辙的桃花眼，比陆知更加俊俏些。

李明珠多打量了他几眼，恍然大悟："你认识陆老师？"

陆遥心想：陆老师是谁？

他刚想完，立刻就懂了。

这个年纪的李明珠喊的陆老师，除了他哥陆知还有谁。

好在陆遥这句话只在心里问了一遍，没问出来，否则李明珠刚对他建立起来的那点儿信任又全没了。

陆遥道："啊，对的，陆知是吧，我认识！"

李明珠确认了心中的想法，茅塞顿开。

一切疑问都得到了解答。

为什么这个怪叔叔知道她的性别，为什么知道她给人抄作业……原来他是陆老师的朋友。

李明珠问道："你是他哥哥吗？"长得这么像，明眼人一看就知道是兄弟。

陆遥心想：他是我哥。

但他厚颜无耻地点头："是啊。"

他很快警惕地问："你和陆知认识多久了？"

李明珠心中对他的防备减轻不少，但也不肯透露太多。

陆遥看到她提起陆知的时候全无防备，看着自己的时候却戒备重重，一缸子老坛陈醋全打翻了。

他不爽地想：什么意思啊？

李明珠道："没事的话，我先走了。"

陆遥哪儿会让她走。

李明珠十岁，是一个小学生，还没长成以后的大长腿，现在的腿短短的，人也矮矮的，陆遥追两步就追上了。

"你吃中饭了吗？我带你去吃饭吧。"陆遥说道。

他想了一会儿，揣摩了一下李明珠的性格，模拟了她接下来的答话。

因此，他在李明珠拒绝之前，先斩断了后路："陆知今天有事，他让我来的，我是他哥，你不信我，还不信陆知吗？"

他一句话说得阴阳怪气，醋味儿浓得把整个巷子都熏到了。

李明珠挑眉，心想：这个傻瓜就不能好好说话吗？什么语气？

她"哦"了一声，高冷得要命。

陆遥气得牙痒痒，吃醋吃得飞起，却还是只能借着陆知的名头才可以接近李明珠。

一路上，陆遥问道："你喜欢什么类型的人啊？"

李明珠没说话。

陆遥说："太温柔的不好，我跟你说啊，陆知心眼很坏的。"

李明珠没说话。

陆遥不遗余力地把陆知小时候如何如何整他的事情说了一遍。

陆知是一个很会玩儿的年轻人，古灵精怪的，脑袋里有用不完的歪点子。

陆遥抹黑自己的哥哥，毫无压力。

他说完了，又问李明珠："你长大之后，要记得来找我。"

李明珠心想：傻瓜才找你。

可能长着这张脸的男人都具有迷惑性，李明珠不知怎么的，就让陆遥钻了空子，到了她家。

这地方陆遥很熟悉，是那个小阁楼，烧饭的地方在外面。

他走出去，发现砖头搭建起来的灶台下面还有一张小凳子，这张凳子在他认识李明珠的时候已经没有了。

陆遥转过头，刚想问点儿什么，就看见李明珠眼神不善地盯着他。

“我这儿没有你吃的饭。”

她每天吃多少，用多少菜都是计算好的，突然来了陆遥这么个大男人，她哪有多余的米煮饭。

陆遥心里一酸，想摸摸李明珠的脑袋，但因为担心自己被赶出去，以及很可能和自己的手臂“天人永隔”，所以克制住了。

陆遥道：“我到家里吃饭，哪有你出钱的道理，我自带伙食费来的！”

李明珠疑惑地看着他。

陆遥像变魔术似的，从口袋里拿出一个钱包。

他道：“走吧，去外面吃，我请客！”

李明珠道：“我没理由去吃。”

无功不受禄，天上掉的馅饼都有毒，这是李明珠坚信的两个道理。

陆遥道：“没关系，等你长大了，以身相许报答我就好了。”

李明珠终于忍无可忍道：“你们兄弟俩都这么不要脸的吗？”

陆遥等了一会儿，突然反应过来：“嗯？”

他万年抓不住重点的脑子，难得提炼出来一个可以说是恐怖的信息。

“陆知也对你这么说过？”

一瞬间，陆遥脸都垮下来了，委屈得就差打滚：“他……他不好，他骗你的，你别听他的，他以前也喜欢骗我！”

李明珠心想：这人真的有毛病！

陆遥把她连蒙带骗拐去了饭店。

李明珠疑心重重，走了几百米之后，半步都不肯往前挪。

陆遥没办法，于是把酒店的饭菜都打包出来。

店里的菜做得色香味俱全，奈何打包到饭盒里，立刻变成搅拌后的盖浇菜，总之看不出它的原形是什么。

陆遥走路的时候又喜欢晃荡饭盒，晃了一路，就成了盖浇饭。

他为了表明自己的真诚，在给李明珠吃之前，他每道菜都尝了一口，细嚼慢咽地吃下去，用来证明——这菜没毒，我不会投毒害你的。

陆遥都做到这个份上了，李明珠也没有怀疑他的理由了。

她原本心里还有一些顾虑，但在美食面前都被打消了。

到底只有十岁，没吃过好东西，没过过两天好日子，美食当前，她屈服了。

陆遥见她小口小口地吃东西，和十几年后的模样差不多，心里便软了一下。

结果他看得太入神了，没等他看够——他眼前一黑，又换了一个场景。

这时候陆遥有些明白了：他这是在做梦。

梦里的事情都是不讲究逻辑的，通常梦到哪儿是哪儿。

陆遥还没看够小时候的陆太太，梦里的画面一转，转到了她十六岁的时候。

李明珠的年纪是陆遥推测出来的，因为他没有先看见李明珠，而是先看见自己了。

十五岁的陆遥，个子才到现在的他肩膀下面一点，固执地穿着他的破洞牛仔裤，把裤腿使劲儿往上挽了四五圈，把脚踝露出来。

陆遥的审美在当年是非常时髦的，但在现在的陆遥看来，这简直像个土老帽。

陆遥不忍直视，看着十五岁的自己——果真如同陆太太形容的那样：全身上下挂得满满当当，像一棵圣诞树。

小陆遥正和朋友结伴回家，左右两边都是他的兄弟。

小陆遥边上的同学说："老大，我听说你家奶奶给你找了一个老师补课？"

小陆遥很有大哥的样子，酷得一句话都不说。

像小辣椒的女孩子嘟嘴道："你不要补课啦，人家想去看电影！"

小陆遥心想：我才不看电影。

像小辣椒的女孩子说："我想看《变形金刚》！超好看的！"

小陆遥心里就更不爽了，他不但是一个极其多愁善感的傲娇男，他还追星，最近迷恋某某电视剧的小辣椒女主角，所以他根本不想看《变形金刚》。

小陆遥是一个会去电影院看疼痛青春文学电影的傲娇男，还会在电影院里面把自己感动哭。

他显然是不想陪像小辣椒的女孩子去看《变形金刚》的。

当然，他更不想回家面对那个不知道从哪里来的家庭老师！

王奶奶是在上午给小陆遥打的电话，小陆遥偷偷地带手机去上学，王奶奶睁一只眼闭一只眼，也会偷偷地给小陆遥打电话。

她就知会了小陆遥一声，告诉他，奶奶给他找了一个家庭老师。

王奶奶深知小陆遥的脾气，说完就挂了，不给小陆遥反驳的机会。

等到放学，小陆遥心里就知道：家庭教师准是在家里面等着给他补课了。

所以小陆遥找了几个好朋友，决心给这个家庭老师来一个下马威。

可惜人算不如天算，小陆遥还没走回家，在半路上就碰见大陆遥了。

现在的陆遥和十五岁的他还是有些差距的，但总归是一个人，不可能长到了二十六岁，人就长变形了。

况且陆遥没有长变形，不但没变形，甚至越长越帅。

他光是站在马路边上，就引起了周围不少靓妹的注意。

陆遥双手抱胸，拦在了十五岁的自己面前。

小陆遥的路被人拦住了，抬头一看，是一个青年。

他先是一愣——原因无他，毕竟任谁看到一个和自己长得这么像的大人，都要愣一愣。

不仅小陆遥愣住了，小陆遥的朋友们也愣住了。

小陆遥虽然有点儿被吓到，但是这时候他很要面子，就算是被吓到了，也不会表现出来，反而站直了身体，问道：“你谁啊？”语气和大陆遥的一模一样。

不愧是他自己。

陆遥咳嗽了一声，像大佬似的开口：“你不用管我是谁，你只要听我的话就可以了。”

小陆遥心想：哪里来的傻瓜？

他嗤了一声，说：“你脑子有病吗？”

陆遥被年轻的自己撑了一下，安慰自己道：童言无忌，就当是被狗咬了一下吧！

小陆遥显然没意识到他正在骂自己。

小陆遥说：“让开。”

陆遥说：“你要我让开也可以，先带我回家。”

小陆遥说：“你找死吗？”

陆遥笑了一声，说："我死了，你也死了。"

傲娇的小陆遥明显感受到一些不同寻常的东西。

陆遥说出这句话的一瞬间，小陆遥甚至感受到西湖的风都和平时不一样。

果然，陆遥下一句就说了听着很有哲理其实狗屁不通的名言名句："我就是你，你就是我。"

小陆遥的朋友们心想：这个叔叔脑子有毛病吗？

正常人都是这么想的，但是小陆遥听到这句话时，心里震撼得不能自已。

除了小陆遥的傲娇病作祟，其中很重要的一个原因，就是他看见陆遥的第一眼，就有一股熟悉的感觉。

这个感觉实在是过于强烈，导致陆遥说出这么不切实际的内容时，他竟然第一时间选择相信。

小陆遥看着陆遥，问道："你说的都是真的吗？"

陆遥说："千真万确。"

为了证明自己说的话是对的，陆遥还把自己从小到大所有相对隐私的事情都和小陆遥说了一遍。

有些过于隐私的事情说出来，小陆遥都目瞪口呆了。

因为确实除了他自己，这些事不可能再有第二个人知道了。

小陆遥眼睛瞪得大大的，嘴巴微微张开，脸上泛起了兴奋的红色："你真的是未来的我？"

陆遥点点头，说："真的。"

小陆遥心想：那我是被选中的少年吗？

陆遥道："我骗你就是骗自己，一个人会骗自己吗？"

这个逻辑，简直狗屁不通，但陆遥信了。

陆遥信了，那就说明小陆遥也会信的。

两人的智商低得不分伯仲。

小陆遥说："那我以后在干什么呢？"

陆遥说："很多啊。"

小陆遥问："你从未来到这儿来，是要向我交代什么吗？"

小陆遥最近看了很多科幻片，眼睛亮晶晶地盯着陆遥，就等着陆遥交给他一个拯救世界的重任了。

陆遥听到小陆遥说起这个，顿时拍了下大腿，说："你不说我都忘了，我确实有一件很重要的事情要交代你！"

小陆遥猛地点点头，说："你说吧，拯救世界还是拯救地球，我都——"

陆遥慎重地握住他的肩膀，说："一会儿你回家见到你的家庭教师，一定要把她追到手。"

小陆遥的话戛然而止，呆愣片刻后，他说："啊？"

陆遥道："你啊什么啊，她是你未来的老婆！"

小陆遥宛如被一道天雷劈中，他颤颤巍巍道："可王奶奶说……"

"来的是一个男老师啊。"小陆遥脸色都惨白了。

他推测出这个结论的时候，整个人都不太好。

陆遥看着他的脸色，就知道他想歪了。

陆遥是过来人，显然很懂小陆遥。

当年李明珠那个马甲捂得实在是太好了，陆遥当然不会承认自己蠢，他只能推测是陆太太的本事太高明。

他纠结了两三年，峰回路转，陆太太掉马了。

小陆遥现在的神情和他以前差不多。

陆遥道："你见了她就知道了。"

他没告诉小陆遥，那个家庭教师是一个女人。

人做梦的时候，一会儿知道自己在做梦，一会儿又觉得自己穿越了。

陆遥现在就觉得自己穿越了，还在担心万一自己把李明珠是女人的事情告诉小陆遥，改变了历史轨迹，以后她爱上别人了怎么办？

陆遥越想越觉得这个后果可怕，所以他坚决不肯说李明珠是女人，而是哄骗十五岁的自己：你回家就知道了。

小陆遥其实也没有这么好糊弄，他提高声音说："你什么意思啊？"

陆遥道："就这个意思，你回家，见到她本人就知道了。"

他道："她长得很漂亮的！"

小陆遥气急了，恨铁不成钢地开口："我以后怎么成了你这个样子，你是傻瓜吗？长得好看的男人就不是男人了吗？"

陆遥说："你别管性别这事，反正你喜欢她，以后要娶她的。"

小陆遥道："我见都没见过她，怎么可能喜欢她？"

陆遥还从来没听到过自己不喜欢李明珠的说法。

陆遥懒得和小陆遥解释，拽着他就往家里走："你看到她的第一眼就会喜欢她的！放心，我说话算话，你只要听我的话，老老实实地追她，然后把她娶回家……”

“我看你还是早点娶她回家好，她很坏的，你小心被骗！但是啊，她吃过很多苦，你不能让她吃苦，否则我就揍你。”

小陆遥委屈死了：我以后就是一个傻瓜！

他毫无压力地抹黑自己。

十多年前的风景和十几年后的没什么变化，陆遥循着记忆找到了自己的小别墅。

这时候保姆还不是小林，是一个年纪有点大的阿姨，姓张，小陆遥管她叫张阿姨。

张阿姨看到小陆遥回来了，连忙打招呼：“遥遥到家啦，今天在学校里过得怎么样？饭吃得好吗？你还想吃什么，阿姨给你做。”

这是一个典型的溺爱小陆遥的阿姨。

陆遥小时候长得人见人爱，这个年纪充满母爱的女人根本对他毫无抵抗力。

小陆遥道：“我不吃，阿姨，王奶奶呢？”

张阿姨说：“王奶奶和你老师出去了一趟，过一会儿就回来了。”

小陆遥道：“张阿姨，我渴了，你能给我洗个苹果吗？谢谢阿姨。”

他有意支开张阿姨，好方便陆遥进来。

二十多岁的陆遥进自己家的门跟做贼似的。

他快步踏进来，小陆遥立刻带着他往二楼卧室跑。

陆遥的卧室也没怎么变，虽然他酷爱黑色和酷炫的金属色，但是不爱收拾房间，于是爱收拾房间的王奶奶占了优势，把他的房间布置得非常明朗，甚至有一点儿少女心。

小陆遥把书包扔在放有淡粉色铅笔袋的书桌上。

他看了一眼铅笔袋，朝楼下喊道：“王奶奶，你别给我买粉色的东西，哪个男生会用粉色的铅笔袋啊！”

陆遥适时地提醒他：“王奶奶没回来。”

小陆遥嘟着嘴说：“那我就等她回来的时候再和她说一遍。”

陆遥打量了房间一圈。

他读高中后就没怎么在这里住了，后来参加工作直接搬到了S市，李明珠回来后他又去了B市，他对这个房子的回忆停留在高中这几年。

小陆遥说："你看得这么仔细干什么？"

陆遥说："我看我房间和你有什么关系？"

小陆遥说："这也是我的房间！"

陆遥开口："这里以后会摆结婚照的。"他指了下床头柜。

小陆遥面如死灰，人生遭遇了重大的打击。他坐在床上，很是颓废。

陆遥踢了他的小腿一脚，说："喂，你为什么突然这么丧？"

小陆遥沉重地叹了一口气，说："为什么我小小的年纪就要接受这样的人生巨变？"

陆遥："……"

小陆遥长吁短叹。

陆遥道："你不是做梦都在拯救世界吗？这个任务怎么艰巨了？比你拯救世界还艰巨吗？"

小陆遥看了他一眼，说："你告诉我，我到你这个年纪，人生中到底哪一步出了问题，你告诉我，我立刻改了。"

陆遥心想：你敢！

他改了不就等于把李明珠往外推吗？

陆遥语重心长地教育他："爱情就是这么不讲道理的，谁知道呢。"

他说完，王奶奶的大嗓门在楼下客厅里响了起来。

"遥遥啊，出来啦，奶奶给你把老师带过来了！你把作业一起拿下来啦，老师正好给你辅导一下功课啦！"

小陆遥浑身一僵。

他原本不该是这个反应。

小陆遥听闻王奶奶找了一个家庭教师，叛逆得骨头都横向生长，突破了身体。

他非要集合一帮小伙伴回家，给这个不知死活的老师一个下马威。

这一切他都事先想好了，甚至拟订了一个计划。

当大哥的心思就得这么缜密，他的计划万无一失，唯一没有料到的，就是半路杀出的这个陆遥——来自十几年后的他。

当小陆遥决心整一整家庭老师，给家庭老师一点儿颜色看看的时候，未来的陆遥说：今天来家里给你补课的家庭老师是你未来的老婆。

小陆遥险些两眼一翻，随着他哥去了。

但现在他没能随着自己的哥哥去了，就必须面对现实。

他集合的小伙伴全被遣散了，如今只能自己下楼面对未来的“陆太太”。

小陆遥看了一眼陆遥。

陆遥和他心如死灰的心情不同，他深爱着李明珠，不管大的小的，这都是他生命中最重要的人。

小陆遥对楼下的家庭教师没有感情可言，但对陆遥而言，对方就像生命一样。

陆遥想见她，却又不敢这么大大咧咧地出去。

小陆遥看着二十六岁的自己这么没出息，心里不由得生出一丝悲鸣：我怎么这么软弱啊！英雄气短啊！

小陆遥觉得自己的伟大前途、一世英名都毁在楼下的“男人”手上了。

他道：“你可不可以有一点儿出息啊？”

陆遥懒得理他：“十年后你如果还有本事说这句话，我就信你。”

十年后……自己不就是他了吗？

小陆遥推开门，嘀咕：“男人能漂亮到哪儿去。”

他踩着好几千的运动鞋，趾高气扬地往楼下走。

陆遥的出现，改变了一些非物质的东西。

小陆遥见到李明珠的时候，不再是鼻孔朝天地瞪着人家，而是古里古怪地打量人家。

李明珠正在客厅的沙发上坐着，此时听到二楼传来了一阵动静，她站起来朝二楼看过去。

小陆遥正好看到她的脸。

按照当年见面那样，小陆遥应该是很不屑地打量自己的家庭老师，并且从神态到动作都透露着“我看你不爽”的信息。

因此，以牙还牙的李明珠同样也用着不太善良的表情回敬小陆遥，阴森森的，看着就是一个阴险的四眼仔。

但小陆遥因为陆遥的出现，对李明珠充满了好奇，脸上自然没有那个臭屁的表情。

小陆遥现在看起来挺乖巧的。

他乖巧，李明珠自然也不会摆着臭脸对他。

她现在冒充的是重点大学的学生，自然要有一些大学生的气度，又是给人家当老师的，因此，她回了小陆遥一个很温和的笑容。

她那张扑克脸笑起来的时候非常好看，眉眼舒展开来，惊艳得很。

这笑容直击小陆遥的心脏，叫他的心猛地跳了一下。

小陆遥因为痴痴傻傻地盯着人家的脸看，差点儿没踩到楼梯。

好在小陆遥反应及时，靠在栏杆上，这才没从二楼滚到一楼去。

李明珠笑容愣住，连忙道："小心。"声音有着少年的清朗，也有少女的温柔。

小陆遥那颗心脏原本只是活蹦乱跳，现在直接来到了午夜场蹦迪，跳得他耳朵都红了。

小陆遥偷偷掐自己的大腿，在心里疯狂警告自己：陆遥，你还有机会可以改变自己的未来！

李明珠看着自己的学生，越看越觉得奇怪，眼前这个少年虽然长得十分好看，怎么行为如此古怪？

李明珠道："你就是陆遥吗？"

"陆遥"二字从她嘴里念出来，说不出的动听。

小陆遥给自己洗脑：我就像门口的大树一样直。

门口突然刮来一阵妖风，大树一瞬间被刮弯到一百二十五度。

小陆遥："……"

王奶奶道："遥遥，来，这就是你的老师了。"

小陆遥如临大敌，神色紧绷，走下来的时候险些同手同脚。

王奶奶纳闷道："遥遥，你怎么了？"

小陆遥现在的模样和平时大相径庭，王奶奶和他朝夕相处，自然在第一时间发现了他的不对劲。

"你感冒了吗？"

小陆遥干巴巴开口："没事，我太冷了，身体冻僵了。"

王奶奶望了一下外面的六月艳阳天，实在感觉不到冷。

小陆遥意识到自己说错了话，连忙改口，语气冲得很："屋子里的空调温度调得太低了！"

他推锅推得很是自然。

张阿姨在空调前面站着，研究了一会儿，喊道："26℃，温度不高啊！"

小陆遥恼羞成怒道："张阿姨，你不是在做饭吗？"

张阿姨道："哦，哦，遥遥想吃什么啊？"

王奶奶听到这话，立刻道："李老师想吃什么呀？"

李明珠礼貌地回绝："不用了。"

王奶奶热情道："你在这儿和遥遥一起吃嘛，都到饭点了。"

李明珠道："不用。"

小陆遥说："这人不吃就不吃，你干吗呀？"

小陆遥这话一说完，王奶奶还没反驳，二楼飞快地飞下来一个小纸团，砸中了小陆遥的脑袋。

小陆遥被砸得一蒙。

他回头一看，二楼没人，空荡荡的。

小陆遥转过头继续道："不吃拉倒！"

这回掉下来的是他粉红色的铅笔袋，砸在他的肩膀上。

李明珠皱起了眉头，若有所思地往二楼看了一眼。

小陆遥脸上布满黑线。

王奶奶说："这……"

"让老师在这儿吃饭！"小陆遥几乎是咬牙切齿地把这句话挤了出来。

王奶奶说："可是你刚才不是还……"

小陆遥气鼓鼓地说："我怕再说两句，楼上能砸一架钢琴下来！哥还不想这么英年早逝！"

王奶奶诧异道："楼上有人吗？"

"只有我！"小陆遥坐到沙发上。

他这话有两个意思，是实话也是谎话。

王奶奶自我理解了一下，便认为自己老眼昏花，产生了错觉。

她到厨房帮张阿姨一起做饭去了。

二楼的陆遥手里正拿着一只兔子公仔。显然，如果小陆遥还拒绝李明珠的话，下一秒这个兔子公仔就会脱离手心，顺从地心引力落在小陆遥的头上。

一时间，客厅里只剩下李明珠和小陆遥了。

李明珠从进门开始就觉得这个少年古里古怪的，她是一个天生多疑的人，但她就算心里充满了疑问，面上也没有表现出来。

这段时间李明珠正缺钱，好不容易找来一份工作——给小陆遥当老师的这份工作可以说是来之不易，因此她分外珍惜。

王奶奶给的补课费十分可观，金钱蒙蔽了李明珠的双眼。

她从坐在沙发上变成了站在沙发前。

李明珠决定先打开话题，她公事公办，语气严厉又不失温和地问：“陆遥是吗？我听你奶奶说，你现在读初二？”

小陆遥心高气傲地坐在沙发上，打开了电视，没说话。

李明珠耐心地问：“你有哪几门功课需要补？王奶奶说你每门功课都很差，你自己感觉呢？”

小陆遥拿起遥控器，不停地换台，显然是没把李明珠的话放在心上。

“数学差还是英语差？今天我们先补哪一门课？”

小陆遥左耳朵听了，右耳朵出。

他这态度实在傲慢，让李明珠皱起了眉头。

陆遥在二楼，扒拉着门框暗中观察，看见十五岁的自己这副臭屁的模样，简直想冲下去给自己两拳。

“刷好感度都不会吗？傻瓜！老婆是让你拿来这么晾着的吗？”

但小陆遥身在福中不知福，那模样看着怪欠打的。

晚饭很快就做好了。

李明珠盛情难却，在王奶奶的坚持下吃完了饭。

晚饭吃完，张阿姨洗完碗就和王奶奶一起出门逛超市了。

王奶奶出门前嘱咐小陆遥：“你好好在家里读书啊，作业一定要做！”

小陆遥敷衍了两句，王奶奶这才出门。

她甫一出门，二楼的陆遥就大摇大摆地走下来。

李明珠吃了一惊。

小陆遥看见她的表情，顺着她的目光往楼梯处一看，看到了未来的自己。

小陆遥道：“你怎么下来了？”

陆遥是看王奶奶走了才下来的，他面对王奶奶不好开口解释，但是面对李明珠还不好糊弄吗？

陆遥一边下楼梯一边说：“我是他哥。”

李明珠的眼神黯了黯。

小陆遥道：“你来干什么？”

陆遥回道：“显然是干和你没有关系的事情。”

他转头看着李明珠，脸上多了一丝难以察觉的温柔。

李明珠现在十六岁，还没满十七岁，不过依稀能看见她二十多岁的影子。

陆遥问道："你要喝水吗？我去帮你倒。"

他去饮水机前面给人接了半杯水。

陆遥道："晚饭吃得惯吗？有没有吃饱？你还想吃什么？我给你做，一会儿你补完课了，我送你回家。"

一通话下来，让小陆遥十分不爽。

虽然眼前这个男人是未来的他，虽然眼前这个家庭老师是未来的老婆，但是，既然这是他未来的老婆，他都还没嘘寒问暖，这人怎么回事，做人应该讲个先来后到吧？

小陆遥咳嗽了一声，强调了一下自己的存在感。

陆遥看着他，恍然大悟，开口："我看你也不用补课了，成绩这么差反正没救了，别耽误她的时间，小孩子上去睡觉。"

小陆遥的脸青一阵白一阵，煞是好看。他憋了半天，骂道："你脑子有问题吗？他是我的老师！"

陆遥心想：她还是我的老婆呢，我和自己老婆说两句话有什么问题吗？

陆遥在心里同时回答了自己：完全没问题。

他对十五岁的自己脑子里想什么完全没兴趣，像赶苍蝇似的摆摆手："你上楼睡觉去。"

小陆遥道："这里是我家，我要读书，要学习。"

现在他倒想起读书学习这件事了。

小陆遥噔噔噔地上楼，又噔噔噔地下楼，扯着自己的书包下来，三下五除二把里面仅有的几本书全倒出来。

他看着李明珠，命令道："好了，你可以开始教我了。"

陆遥推开他的书，说话的语气很是不爽："你怎么说话的？"

"我用嘴巴说话的！"小陆遥反驳。

李明珠的脸色变化莫测，叫人捉摸不透。

小陆遥不知道怎么的，捡起了自己丢了八百年的上进心，突然好学起来，缠着李明珠给他补课。

李明珠来这里的主要目的就是给人上课，小陆遥现下这么配合，她当然立刻坐下。

陆遥直接被她无视了。

小陆遥得意一笑，看着陆遥，很是挑衅。

陆遥心想：看在弄死了你之后就没有我的分上，暂时饶了你的狗命。

两人都是一个德行，吃起醋来连自己都骂。

小陆遥看未来的自己吃瘪就很开心，一会儿说这个题目不会，一会儿又说那个题目不会。

陆遥坐在沙发上，跷着二郎腿，烦躁地开口："你读什么书啊？这么多不会的。"

小陆遥冷酷地笑了一声，说："和你有什么关系，你会吗？"

陆遥当然不会，但是他要面子，他不说。

陆遥"哼"了一声，别过头。

不过片刻，他又去厨房拿了一个苹果出来，然后坐在沙发上削苹果，分成好几块后，递给了李明珠。

李明珠愣了一下，接过苹果，说："谢谢。"

陆遥笑眯眯地说："不用谢，你还想吃什么？"

李明珠摇了摇头。

补课进行到晚上八点，李明珠起身告辞。

陆遥终于等到李明珠补完课，立刻跟着走出去。

李明珠看了他一眼。

陆遥道："我送你回家，走夜路不安全。"

她乖得不似平常，竟然没有反驳陆遥的提议。

小陆遥虽然心有不甘，但是八点王奶奶回来了，他跑不出去。

陆遥送她送到一半，她问道："你是谁？"

陆遥笑道："你觉得呢？"

李明珠淡定地开口："我是不是见过你？"

这时候陆遥又记起自己在做梦了，这个梦恐怕还是一个连环梦。

因为李明珠接下来说："我小时候见过你，有点印象，你是那个买绿舌头冰棍的傻瓜。"

"傻瓜"陆遥："……"

他很快就道："你怎么能说你老公是傻瓜？"

李明珠听到这话，淡定的神情破功，脸色难得一见地红了。

她刚才在别墅里就觉得这个男人奇奇怪怪的，他和小陆遥长得太像了，看着不像兄弟，像是一个人。

陆遥道："我还没看够你小时候的样子呢。"他怪委屈的。

李明珠道：“别墅里的那个人也是你吗？”

“是啊，怎么样，是不是特别帅？”陆遥相当自信，“你有没有兴趣和我谈恋爱？”

然而他这么想，却没能如愿以偿，因为梦境很快就消失了。

陆遥翻了个身，醒了。

梦里十六岁的小明珠顿时消失得干干净净。

他心里还一阵悸动，迷迷糊糊，没怎么清醒过来。

李明珠夜里睡得浅，陆遥动一下，她立刻就醒了，问：“怎么了？”

被子里十分暖和，窗外也不是盛夏，而是寒冬。

他一伸手，就触碰到了李明珠温热的身体。

“我做了一个梦。”陆遥顺势就把人拉怀里抱上了。

李明珠见他大半夜醒了，还以为他做的是一个噩梦：“你做噩梦了？”

“不是，是一个好梦。”他笑道，“我梦见小时候的你了。”

李明珠听后，笑了一声，说：“对小时候的你来说，我那时候不是噩梦吗？”

“是一个好梦。”陆遥强调，半晌后他又补充，“只不过最后有些遗憾。”

陆遥道：“十六岁的你把我揍了一顿。”陆遥说得可怜兮兮，后半句明显是他编的。

毕竟是，自己做的梦，除了自己还有谁知道呢？

他就是知道如何在李明珠面前卖惨能有奇效。

果不其然，李明珠回抱了他一下。

黑暗中，她亲了亲陆遥的嘴角，说：“睡吧，这个‘我’给你亲。”

陆遥心想：亲一下哪够啊！

他道：“我觉得成年人的事情不能用一个礼节性的亲吻解决。”

李明珠道：“别得寸进尺。”

陆遥装傻道：“得寸进尺是什么意思？”

李明珠立刻和他拉开了距离。

陆遥道：“我有点儿理解了。”

他不但理解了这个成语，还很快用实际行动证明，什么叫作“得寸进尺到登峰造极的程度”。

梦比现实美的事情，陆遥是不承认的。

他的现实可比梦美多了，比如这个晚上就挺美的。

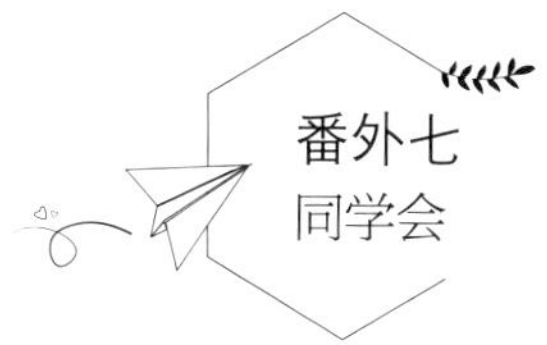

番外七 同学会

关于同学聚会，陆遥在微信同学群里看到过好多次了。

他虽然高中读了一半就跑去打游戏了，但按照他当年在学校里面的存在感，加个同学那是分分钟的事情。

所以这个同学群不是他主动加的，是最近吴城不知道从哪里找来了他的联系方式，把他拖到微信群里了。

当年青涩的同学如今都成家立业，头像再也不是酷炫的抽象风，大家都换上了猫猫狗狗、风景卡通、儿子女儿的照片。

陆遥前几天一进群就受到了热烈的欢迎。

曾经胆子小小的女孩子，暗恋着陆遥的，到了中年，脸皮就厚起来了，在群里也没羞没臊，纷纷告白，表示陆遥就是她们少女时代心中的“白衬衫男神”。显然是皮一下很开心。

陆遥也一如高中时那么高冷，一个人都没理。

群里热闹了几天，这天早上，罗曼文提出：弄个同学会吧。

陆遥记得罗曼文，当年她给李明珠织围巾来着，曾经他偷偷地在心里吐槽她是一个蜘蛛精。

罗曼文一提出办同学会，立刻得到了很多人附和。

正好下个月省一中百年校庆，众人开完了同学会，还能回去看看老师，一举两得。

这时候陆遥正在带孩子，陆想今年已经五岁了，聪明得要命，性格随了李明珠，小小的一个萝卜头，学着妈妈的样子，整天不苟言笑，有时候还要板着一张小脸，教育一下陆遥。

陆念这会儿两岁，说话说得不太清楚，但大致能表达出自己的意思。

陆念小朋友现在已经长得白白嫩嫩，眼睛又大又圆，粉白粉白的脸蛋已经看得出李明珠的模样。

陆遥对这个女儿宝贝得不得了，每天能抱着就不让她下地站着。

如今他打游戏也把她往怀里一塞。

桌子上，手机还在不停地振动。

群里的消息几十条几十条地刷。

罗曼文和吴城他们早上提了同学会，一直讨论到现在都没停下来。

其中关于陆遥的讨论挺多的，颇有一种“哥虽然不在江湖，但是江湖上都是哥的传说”的意思。

他当年和李明珠结婚时发了微博，后来出于隐私考虑——主要是他不愿意曝光李明珠——那张结婚照和合照很快就删了。

吴城他们倒是知道陆遥去打游戏，毕竟那时候电竞行业挺火的，陆遥的广告铺天盖地投放，想不知道都难。

不过几年前，只有一小部分人知道陆遥打游戏，却也没怎么关注他。

电竞圈毕竟不是娱乐圈，覆盖度在十几二十岁的范围，国民度差了些，不关注这个行业的也就不知道陆遥。

再加上陆遥结婚的时候，话题就热了几天，后面全让李明珠撤了热搜，讨论度渐渐地就没了。

当时没有关注陆遥的同学，到现在还不知道陆遥的婚姻状况。

不过靠猜测差不多能猜出来，这个年纪的人，结婚结得早的，孩子都读小学了。

陆遥恰好是这一拨人里结婚比较早的。

他关了微信提示，李明珠正好回来。

她一回来，趴在小书桌前认认真真写作业的陆想就憋不住了，欢天喜地迈着小短腿往门口跑。

李明珠一把抱起陆想，问道：“作业写完了吗？”

陆想抱着她的脖子，“咯咯咯”笑得很甜。

陆遥把女儿抱过来。

“轮到我了没有？”

李明珠道：“你和他也要争一下吗？”

陆遥偏偏就要争一下，抱了她还不够，还要在她的脸上蹭一下。

陆遥道：“饭做好了。”

李明珠挑眉道："太阳从西边出来了？"

陆遥道："当然不是，小陈做的。"

小陈是陆遥请的保姆。

李明珠做事喜欢亲力亲为，陆遥心疼她，请了保姆回来，不让她操心家里的事情。

陆遥嘟囔："我娶你又不是娶个保姆。"

李明珠敷衍道："嗯嗯，嗯嗯。"

陆遥帮她拉开凳子。

他道："陆想，自己坐到凳子上去，你几岁了，还要你妈抱着吃饭？"

陆想在李明珠腿上赖了一会儿，被陆遥盯着，只好默默地坐回自己位子。

陆遥抱着小女儿，先喂她吃饭。

李明珠吃完饭后，道："念念，过来让我抱，让爸爸吃饭。"

陆念吃饱了，谁抱她都无所谓。两岁的孩子，到底黏着妈妈一些，李明珠一招呼，这个小崽子咿咿呀呀地就挥着手要李明珠抱。

李明珠抱着她，等陆遥吃完了，开口道："碗放在洗碗池里，明天让小陈洗掉就好了，你别洗。"

陆遥收拾了一下桌子，然后坐在沙发上。

陆想大一些，乖一点，抱着妹妹乖巧地坐着。

陆遥开了电视，还没说话，李明珠倒先开口了："下个月省一中百年校庆，我要回去一趟。"

陆遥听罢，诧异地问道："你回去干什么？"

李明珠开口："我回去看一眼。"

陆遥想了一会儿，迟疑地问："不会是同学会吧？"

这回轮到李明珠诧异了。

她没和陆遥说同学会这件事。

李明珠上个星期收到杜宇轩的消息，说校庆的时候要选几个优秀毕业生代表回来做演讲，他问李明珠回不回去。

李明珠当年在学校是个男生，如今虽然把身份变回来了，但也绝不可能光明正大地回去演讲，那只会把事情弄得一团糟，解释起来更麻烦，索性不去演讲，从根本上解决问题。

而且她是女人这件事儿，是后来才流传出来的。

但这事儿流传得不广，就在杜宇轩他们这一届里面流传，不知道他们从哪里听来的小道消息，搞得一群人都好奇死了。

当年那个冷酷的学霸男神，怎么会是一个女人呢？

起初这个消息传出来的时候，还在省一中十二届毕业生里炸了一会儿。

有人说消息是真的，有人说消息是假的。

说真的有真的道理：李明珠当年书读到一半就没读了，后来去了哪里，众人也不知道，反正行踪诡异，加之读高中那会儿她又是出了名的高岭之花，不和任何人有接触，也没人看见她在学校里面上过厕所，证据确凿，可见她是女人的事情并不是捕风捉影。

说假的也有假的道理，并且这个道理简单粗暴：哪有一个女人在现代社会装这么久的男人都不会被发现啊！

可事实是，一件事情没发生过，不代表它就是不存在的。

古时候的人们没见过北极熊，不代表北极熊就不存在。

这是一个道理。

总之，众说纷纭，始终没有一个确切的答案。

正好下个月赶上了省一中百年校庆，于是十二届创一班的同学怂恿自己的班长，也就是杜宇轩，把李明珠的联系方式要过来。

杜宇轩一开始不愿意干这事儿，后来招架不住一群大老爷们儿——三十几的人好奇心还这么重，一个劲儿催着他找李明珠的电话。

杜宇轩辗转反侧，最后联系了七八个人，才弄到了李明珠的手机号。

说到这件事，也算是一件巧合的事情。

杜宇轩不抱希望，跟大海捞针似的找李明珠的手机号，事实上他也没有放多少心思在这上面。

对于李明珠是男是女他不感兴趣，工作始终比好奇自己一个高中同学的性别重要吧？

结果，正巧上个月他们公司接了一个单子，联系人需要去一趟S市的总公司。

这家公司正好是李琛集团下面的分公司，和总部挨得很近。

杜宇轩和分部的总经理谈完公事，穿过集团大厦的中心花园时，遇到出差回来的李明珠。

这世上就有这么巧的事情，商务车到了门口，轮胎突然没气了，瘪了一个，李明珠这才下来走路进公司。

要不然杜宇轩还真不一定遇得上她。

那会儿和杜宇轩在一块儿的总经理见到李明珠，眼睛一亮，马屁就拍起来了——毕竟见到副总裁，谁不拍马屁。

他和李明珠打招呼的时候，杜宇轩很会看眼色，顺势也说起了恭维的话。

说到一半，李明珠越看他越觉得眼熟，杜宇轩这才想起来，还没自我介绍。

结果名字一说，李明珠心里明朗了。

杜宇轩眼前这个位高权重的女总裁，穿着修身的西装，头发绾在耳后，脸上化着精致的淡妆。

他看到这女人的第一眼就被她的气质折服了。

现下这位有权有势的美人开口："杜宇轩，好久不见。"

李明珠一句话把杜宇轩说蒙了。

总经理也蒙了——这外面一个小公司的经理，怎么会认识李氏副总裁？

李明珠道："怎么，你不记得我了？我们高中还是同班同学。"

杜宇轩宛如被天雷劈中，愣了半天，盯着李明珠的脸开始疯狂回忆，自己高中怎么和这样的大美女是同班同学了。

结果他一回忆，不得了，他高中同学里长得这么好看的不就那一个吗？但……那人是男的啊！

杜宇轩的嘴开开合合好几次，才不确定道："李明？"

李明珠重新自我介绍道："李明珠。"

至此，就是杜宇轩拿到她联系方式的全部过程了。

当然，杜宇轩那天浑浑噩噩地回家，到了晚上才清醒过来，他把高中那个冷酷的少年和中午遇见的美人渐渐重合在一起，内心震撼不已，心想：这都什么事儿啊，太不可思议了！

陆遥在沙发上听完李明珠讲的话，直起身体，说："所以他们要开个什么同学会，就为了见一见你吗？"

他这下倒是一口气抓住了重点。

"你不喜欢我去？"李明珠问他，而且大有一副昏君的架势，只要陆遥开口说"不喜欢"，她就能立刻回绝。

陆遥道："那也不是……"

"我前几天在微信群里看到他们讨论，也要开个同学会，现在都流行一起开同学会了吗？"

李明珠道："他们大概想知道当年的校草有没有中年发福或者秃顶？"

陆遥说："陆太太此话没有道理。"

他的腔调，很是搞笑。

李明珠被他逗乐了，笑道："怎么，你觉得呢？"

陆遥这张皮相生得好，现在看着也只有二十五六岁的模样，帅气得叫人根本看不出他是两个孩子的父亲。

李明珠和他不相上下，两个人的颜值有得一拼，走出去谁都不知道他们多大，两人看着都怪小的，像刚结婚的新婚夫妻。

"你怎么不说他们是想知道校草最后娶了哪个女人呢？"陆遥开口。

李明珠反问道："校草娶了哪个女人？"

"校草"陆遥提高了声音，猛地把李明珠往怀里一拽："校草把他们的学神娶走了！"

看来陆遥也知道当年省一中考试的时候，众人纷纷拜学神李明珠的事情。

她道："那你去参加同学会吗？"

陆遥开口："去，当然要去，陆太太长得这么好看，我不出去高调地炫耀一下，不是太辜负大家的期望了吗？"

省一中的百年校庆在十一月份举行，正好在陆遥生日前两天。

李明珠把公司里的事情安排了一下，这几天回家都挺早，陆遥缠着她有了更多的花样。

陆念小朋友被扔给陆想带，陆想是一个懂事的孩子，他爸不懂事，他作为儿子，只能肩负起家庭的重任——照顾妹妹。

陆遥问道："你们班的同学会定在什么酒店开？"

李明珠道："不知道。"

她一般说不知道，就真的是不知道。

陆遥熟门熟路，伸手去摸她的手机："让我看看。"

李明珠的微信宛如一个初始号，朋友圈只有结婚的时候陆遥帮她发的那条，几年过去了，还是那一条。

去年这条朋友圈还被设置为仅陆遥可见，基本等于没发。

李明珠上星期被拉到了创一班的微信群里。

创一班的微信群和陆遥的班级微信群差不多，当年的毛头小子们都长大了，一个两个说话都不怎么着调。

他随意地在李明珠的班级群里面翻了翻，发现人家创一班的聊天内容和艺术班的就是不一样。

陆遥班里面聊的事情都比较浪漫，富有文学艺术气息。

班里当年学艺术的，一部分去了娱乐圈，一部分去当淘宝模特，一部分去拍杂志，也有人没有从事表演行业，成了普通的上班族。

群里的人什么都要聊一聊。

创一班的学生似乎都读了重点大学，出来之后就是社会精英，要么是白领要么是金领，总之群里发的都是金融管理的内容。

他们聊得也客气，不似艺术班的群，大家年纪一大把了，表情包还能满天飞。

陆遥看了两三眼就没兴趣了。

他切换了窗口，却发现李明珠的通讯录好友申请达到了几十条。

陆遥眼睛一瞪，说："这是什么情况？"

他把手机翻来覆去，放在手心看了好几遍。

看陆遥那眼睛，那表情，二十几的人，仗着自己长得年轻，撒起娇来宝刀未老。

"他们是谁？"

李明珠："……"

"你这样活像我出轨。"

李明珠道："以前的同学。"

陆遥像一个受了委屈的小媳妇，一边嘀嘀咕咕一边去翻通讯录。

都是男人。

陆遥气势汹汹地点开这些账号，一个一个手动拉黑。

李明珠任由他胡闹。

她这辈子算是一个冷血无情的人，虽然被陆遥焐热了，但也不见得对谁都是温柔的。

她可贵的温柔全给了一人，这人现在正狂拉黑她的同学。

李明珠只在乎陆遥的感受，冷酷得很，别人怎么想，怎么看她，和她都是无关的。

陆遥一边拉黑她的同学一边喊道："这个聊天软件为什么不设置一个婚姻状况栏，我一定要在你的婚姻状况上写上已婚！"

李明珠说："胡闹。"

陆遥胡闹得起劲，把所有加她的男人全部拉黑了还不满意，接着把李明珠的签名改成了：此号作废，以此来杜绝对陆太太有非分之想的男人们。

李明珠看他这小孩子气的模样，无奈道："你自己是什么心思，就不要以为别人也跟你一样是这个心思。"

"他们只是同学，加我是为了叙旧。"

"叙旧？"陆遥的皮肤饥渴症又恰到好处地发作了。

他不抱着李明珠说话，好像人会死了似的。

李明珠被他抱着抱着，也就习惯了。

只不过现在有孩子在，她到底推了陆先生一下："起开。"

陆遥不愿意，他知道李明珠是什么意思，于是指挥陆想："陆宝贝，把眼睛遮起来。"

陆想乖巧地把眼睛遮了起来，他不但把自己的眼睛遮起来，还把陆念的眼睛也遮起来。

陆宝贝抱着陆小宝贝，噔噔噔地往自己的房间跑去，很体贴地关了门。

陆遥很满意自己儿子这么识趣。

他在客厅里肆无忌惮地搂着李明珠。

李明珠道："干什么？"

陆遥把刚才自己没说完的话说完了："他们是叙旧吗？有什么旧好跟你叙的？"

"你高中的时候除了我，还跟谁比较熟？"陆遥委屈巴巴地说。

李明珠回忆了一下，还真没想起来，自己高中时期似乎都在和陆遥拉扯不清。

她原本的人生规划是，一个人完成学业，并没有交朋友的意思。

那时候陆遥简直就像一个美丽的意外——还是她自己作来的，突如其来地闯进她的生活里。

李明珠扶额，说："没有。"

陆遥满意地哼哼："那就对了，这群男的就是居心叵测，什么叙旧，全是打着幌子接近你！"

李明珠道："说不定是好奇。"

高中同班男同学突然变成了女同学，好奇也是应该的吧？

这个理由听起来合理，但陆遥不这样认为。

他说："对别人的老婆好奇，这是什么玩意儿？"

李明珠："……"

"他怎么不对自己的老婆好奇？自己没老婆吗？"

李明珠笑道："你的心眼太小了。"

"我的心眼还能更小呢。"陆遥嘟囔。

李明珠这些年完成了从少年到女人的转变，比起高中那会儿，她身上的英气随着时间的流逝渐渐地柔和起来，嫁作人妻后，又多了一丝含蓄。

与她朝夕相处的陆遥当然不觉得她有什么变化，但是如果叫她高中的同学来看，谁敢认这个人是当年那个油盐不进的高冷帅哥？

陆遥不用打卡上班，在家里就能有一笔不菲的收入。

因此他乐意宅着，像一个小娇妻似的在家里带孩子。

不过一件事情有好也有坏。

他在家宅着，确实不用打卡工作了，却要紧张一下外面有没有男狐狸精和女狐狸精勾引陆太太。

陆先生像一个"傲骨贤妻"，每日以查看陆太太手机为乐，以研究陆太太交际圈为己任，侦察和反侦察能力可以达到特工级别。

陆遥装模作样地叹了一口气。

李明珠看他这个样子，就知道他要作。

果然，陆遥很快就做作地开口："明珠，你是不是嫌我人老珠黄……"

李明珠眉头一皱，说："我告诉你，别乱用成语。"

陆遥不知道从哪里拿出一面小镜子，煞有其事地对着镜子叹气，不知道他是从哪部电视剧里学来的，学得尤为传神，一个叹气被他叹出了我见犹怜的感觉。

可见当年陆遥的粉丝说他是被电竞事业耽误的演员，不是没道理的。

陆遥比李明珠还玻璃心，一天到晚要缠着她问三遍：你爱不爱我？你到底多爱我？你爱我多一点还是爱陆想 / 陆念（每日随机一个名字）多一点？

李明珠摸透了他的心思，当即开口："你别胡思乱想，开个同学会而已。"

陆遥道："那你能不能和我一起开同学会？"

李明珠道："我记得你是艺术班的吧？"

陆遥道："艺术班怎么了，我可以携带家属进场！"

说起携带家属，两个小的就成了问题。

李明珠和陆遥当天都要出去，陆想和陆念放哪儿？

“给那个女人带，反正她喜欢。”陆遥直接开口。

他口里的女人，就是季瑶。

李明珠道：“我把孩子带过去。”

她心想：总是麻烦季瑶也不好。

陆遥对李明珠的决策基本没什么意见。

他对同学会最大的意见，就是怕李明珠被以前高中的哪个狐狸精拐跑了。

到了省一中百年校庆的时候，陆遥和李明珠一块儿出门。

陆想和陆念还是被他们带出来了。

他们提前一天到H市，李明珠难得放假，陆遥干脆怂恿她一起出去逛逛。

两人带着孩子把以前常去的几个地方走了一遍，有些地方还保留着，有些地方已经拆迁。

李明珠当年住的那个房子，几年前就拆了，现在被弄成了一条商业街，很是热闹。

陆想走累了，陆遥把他抱在怀里，他有点困了，小声地开口，说自己想回酒店。

陆念在李明珠怀里也睡着了，小孩子到底玩不了多久，一开始和爸爸妈妈出来玩的兴奋劲过去后，疲倦也来得特别猛。

孩子疯过头了，就想睡觉。

酒店在市中心，他们订了一个套房，房间布置得挺温馨的。

李明珠把两个小宝贝哄睡之后，才和陆遥睡下。

早上八点多，说要开同学会的一群人陆陆续续地到了现场。

李明珠到的时候，发现酒店里的人都盛装打扮了一下，很是隆重。

她站在马路对面，刚下车，这才后知后觉地感到一丝别扭。

同学会实际上就是一个变相的攀比会，能开豪车的开豪车来了，能穿昂贵衣服的穿昂贵衣服来了，身上恨不得镶金戴玉，把牙都换成金的。

相比之下，李明珠穿得十分朴素了。

她向来穿得素，身上就黑白灰三种颜色。

陆遥喜欢她穿长裙，她这回也穿了一条长裙，依旧是灰色打底，白色上衣，给人一种泼墨山水画的宁静感，对得起“美人如画”四个字。

李明珠是带着陆想来的，陆想和妈妈穿得很像，一双还没长开的桃花眼到处打量。

陆想道：“妈妈……”

李明珠微微弯下腰，说：“走累了？”

陆想很懂事，摇摇头：“不是，爸爸要我看着你，不准别的叔叔和你讲话。”

李明珠：“……”

“你是爸爸安排在我身边的摄像头吗？”

陆想纠结了一会儿，郁闷道：“我也不喜欢别的叔叔和妈妈讲话。”

得，果然是陆遥的亲儿子，绝对没抱错。

李明珠牵着他的手过马路，说：“我总要说话的。”

陆想更纠结了，说：“那你少说一点儿可以吗？”

李明珠郑重地点点头：“我一向说得少。”

她按照微信群里说的酒店包厢走过去。

李明珠推开门，里面的人已经不少了。

她推门的动静很小，但还是有人注意到她了。

毕竟一个美人，谁会注意不到呢？

顾小飞正和以前的同学跑火车，什么开盘股票，嘴巴没停。

李明珠进来后，他朝她看了一眼，顿时就挪不开目光了。

顾小飞道：“这是谁啊？咱们高中同班的还有这种美女吗？”

他纯属嘴巴上多说两句。

创一班从毕业到现在，这么多年没开过同学会，当年高中同学长什么样，基本上忘得差不多了。

刚才见面的时候，众人互相打量。

有高中时期长得好看的，中年发了福。

也有高中时期长得丑的，后来会打扮了，丑小鸭变白天鹅了。

顾小飞显然把进门的李明珠看作第二种了。

不过他心里诧异：就算是丑小鸭变白天鹅，有变得这么好看的吗？

他自认为阅女无数，要是当年班里有底子这么好的女同学，他一定能发现。

李明珠道：“顾小飞？”

她的声音让顾小飞愣了一会儿，和杜宇轩当时的表情相差无几。

李明珠笑道：“需要我重新自我介绍吗？”

顾小飞险些从凳子上跌下来，他道：“李……李明！”

顾小飞是冲着李明珠喊的，把陆想喊得很是疑惑。

陆宝贝拽了一下李明珠的袖子，说：“妈妈，他在喊你吗？”

顾小飞转而看着陆想，脸色又是一变：儿子都这么大了！

包厢里的人如梦初醒，一时间全往这边凑过来了。

李明珠道：“干什么，动物园参观大会吗？”

众人心想：这么刻薄，还是当年的味道……她竟然真的是一个女人！

李明珠说：“大家坐啊，怎么，我脸上有什么东西吗？”

顾小飞最先反应过来，他爆发出一句众人都想爆发的感慨。

这时候杜宇轩连忙从后面出来，打起了圆场：“大家都坐都坐，别堵在门口，一会儿耽误服务员上菜了。”

创一班来的人挺多，包厢里坐了两桌。

有不少和李明珠一样的人，孩子扔不了，直接带到同学会上来。

但是在场的这么多小孩儿，没有哪一个像陆想一样，长得这么乖巧，这么可爱。

李明珠高中的时候和顾小飞还算比较熟。

因此，落座的时候，她选择坐在顾小飞这一桌。

正巧，杜宇轩也在这一桌。

李明珠一坐下，众人的目光立刻在她身上流连，好似在打量一个外星来客。

李明珠来之前就料到了这个情况，她从善如流。

顾小飞第一个忍不住，直接开始问了：“你怎么会是一个女人呢？”

当年虽然也有不怕死的暗地里吐槽李明珠这个高冷的学霸男神很娘，但吐槽归吐槽，那群小伙子怎么也没想到，李明珠不是娘，而是货真价实的女人！

前几年小道消息在他们这一届毕业生里传遍了，但因众人没有见到李明珠本人，所以也不大有人会去信这玩意儿。

结果李明珠今天一来，长发披肩，长裙飘飘，就是一个女神级别的人物。

她抱着陆想坐在桌边，一副为人母的温柔性子。

李明珠道："我怎么就不能是女人了？"

顾小飞崩溃道："你高中的时候，不是性别上填的是男吗？"

李明珠不愿意和陌生人解释太多，不过好歹是老同学，她勉为其难地说了一句话："我有难言之隐。"

一共六个字，一个字都没多了。

再后来，无论顾小飞怎么问，李明珠都不肯解释了。

众人也不是十几二十岁的毛头小子，一看人家不愿意说，就知道这是人家的隐私，自然也没多问。

话题最后又回到了李明珠的近况上。

杜宇轩是在场的众人中唯一知道李明珠近况的人，他虽然知道，但也没有到处宣扬。

众人此时看李明珠很有贤妻的样子，便都在猜测：哪个男的有这么好的艳福？

李明珠高中那会儿还是个"男人"，就有不少情窦初开的人对她的脸没有什么抵抗力。

如今李明珠以这样的形象出现，这就更加深了当年没能发现她是个女人，好趁早下手的男人们心里的懊悔。

她现在虽然不苟言笑，却和以前不同。

现在她的棺材脸多了一丝说不清道不明的动人在里面，就算是坐在那儿，都能牢牢地把人的视线抓住。

李明珠被人盯惯了，所以不觉得有什么。

在她怀里的陆想被这些人看着，心里就生出一丝不舒服来。

他呜咽了一声，把脸往李明珠怀里埋。

"我想找爸爸……"小孩子一旦遇到自己难以解决的问题，第一个想到的多半是自己的爸爸，毕竟在孩子眼里，爸爸就是世界上最厉害的男人。

李明珠轻声哄道："一会儿去好吗？我们在这里把饭吃完。"

大约是她的样子实在温柔，让顾小飞觉得万分惊讶。

这……要不是亲眼见到，打死他，他都不相信李明珠能有这么……这么柔情似水的一面！

他张了张嘴，帮众人把想说的话说出来了："我真是不敢相信自己的眼睛。"

李明珠很是冷淡，好在她一向如此，也没叫大家产生什么距离感。

毕竟李明珠这人一直和他们有距离感。

顾小飞唏嘘："我想起高中的时候，你还是短头发，没想到几年不见……连性别都变了！"

其他人和李明珠不熟，没有顾小飞这么直白，但是意思都差不多。

这时，门被推开，服务员把菜陆陆续续地端了上来。

顾小飞问道："你后来辍学了，干什么去了？当时学校里面把这事儿传遍了，你一声不响地走……"

李明珠当年因为成绩好，在学校还算出名。

她退学的事确实惊动了学校所有老师，一个这样好的苗子说没就没了，老师们自然惋惜。

同学们也没有闲着，对于李明珠辍学衍生出了很多版本，什么都敢猜。

李明珠喂陆想吃饭，回答道："家里有事，就没读了。"

这回她说的话比上一句话多了两个字。

顾小飞说："太可惜了吧！要是你读下去，你考 B 大还不是分分钟的事情，老罗当年一提到这事儿就痛心疾首，现在还遗憾呢。"

李明珠道："我会去看罗老师的。"

顾小飞说："别了，你现在这个样子，罗老师一大把年纪的，还不知道能不能接受这个劲爆的消息呢！"

李明珠挑眉："找打吗？"

顾小飞立刻闭嘴了。

李明珠来后这儿热闹了半天，陆遥那边也差不多热闹。

艺术班的花样比创一班的更多，包厢里面，众人起哄唱歌。

陆念是个人来疯，包厢里越热闹她蹦跶得越欢快。

十几分钟前，陆念一来包厢就俘获了每一个阿姨的心。

其中几个当年暗恋陆遥的女人，看着陆念时心都化了。

三十几的人也不知道害羞，一个两个喊着陆念可爱，求抱。

"不愧是陆遥的女儿，这个颜值我服了！"

"说起来我当年可是真情实感想过嫁给你的啊，哈哈哈，这话可别让我老公听见了！"

"天哪，阿姨抱抱你，是叫陆念吗？来，念念，今年多大啦……"

……

陆念叫得也欢乐。

陆遥看女儿实在过于兴奋，连忙阻止了众人逗陆念。

“别玩了，她等下玩累了，我有麻烦。”

陆念要是出点儿事儿，陆遥都不用想，就可以预见自己悲惨的未来，李明珠肯定要晾他几天。

吴城胆子肥，挤眉弄眼，并且一下子就抓到了重点：“陆哥，别不是怕嫂子吧？”

陆遥咳嗽了一声，没说话，算是默认了。

众人一片哄笑。

王淼说：“嫂子的本事不得了啊，能把你的心收起来。今天她怎么没来啊？”

陆遥坐在凳子上，跷着腿。陆念抱着他的腰，像一个挂件似的，甩都甩不掉：“来了，不过分开走的。”

创一班的包厢就在楼上，两人可不正是来了之后分开走的。

王淼羡慕道：“陆哥的女儿真可爱啊！”

陆念长得像李明珠，鼻子和嘴巴倒是挺像陆遥的。

众人光看陆念的长相，就大概能推测出陆遥的老婆长得有多好看。

王淼心里羡慕得滴水。

罗曼文起哄道：“怎么不把嫂子带过来啊，陆遥，叫我们也看一下呗！”

陆遥看着罗曼文。

她不说话还好，一说话，陆遥就把她记起来了。

读高中那几年，有一个特别流行的表白方式，也就是圣诞节送围巾。

陆遥生平头一次织围巾，所以对这个校园告白方式很有印象。

这个罗曼文，就是他当年的情敌之一。

他还记得，因为这个女人，李明珠和他闹了半天别扭。

鸡毛蒜皮的小事，一下子涌入陆遥的脑海。

记忆片段性相连，最后形成一个完整的故事。

陆遥想起来了，也没了那时候的妒忌，毕竟现在李明珠已经成了陆太太。

罗曼文还在说：“我记得我那会儿还给创一班的一个学长织过围巾，不知道他现在怎么样了。”

话题兜兜转转，终于转到李明珠身上了。

吴城突然压低声音道："哎，你们有没有听过一个小道消息？"

罗曼文看他故作神秘，哭笑不得："什么小道消息？你说出来我们才知道有没有听过啊！"

大概是吴城的样子实在太神秘了，搞得大家的好奇心全部被他吊起来了。

林军辉踹了他的小腿一脚，说："有话快说，遮遮掩掩的干什么？"

于是吴城不再吊大家的胃口，说道："我其实也是刚才想起来，罗曼文提了我才记起。"

罗曼文纳闷道："什么意思？"

"你高中的时候不是给创一班的那个学长织过围巾吗？"吴城说。

他看了陆遥一眼，道："陆哥应该和那人比较熟，就是那个男人……其实是个女的！"

林军辉在脑子里搜刮了一下，立刻记起高中那会儿陆遥确实和一个创一班的男生走得特别近，两个人的关系黏糊得不像话。

"我知道了，是那个人！"林军辉大喊，"不会吧？！真的假的？！"

众人齐刷刷看向陆遥。

意思是：陆哥，你知道什么内幕消息吗？

男人变女人这件事情，无论放到什么地方，话题都够劲爆的。

只不过当年那个学长似乎很不近人情，对谁都冷冰冰的，唯独和陆遥走得近。众人好奇心很强，于是看向陆遥的目光就多了一丝探究。

陆遥说："你们看着我干什么？"

林军辉道："陆哥，你那时候不是和那人玩得很好吗？你有没有发现那人是女的？"

陆遥当然发现了，虽然发现得比较晚。

陆遥皱眉道："男的女的和你有什么关系？"

吴城说："我好奇嘛。"

陆遥冷着脸说："有什么可好奇的。"

陆遥的嘴实在撬不开，一帮人也就好奇了一会儿，最后无疾而终。

省一中校庆开始前半个小时，上午的聚餐活动总算结束。

陆念二十分钟前就吵着要找李明珠，此时终于等到校庆开始，陆遥也恰好脱身。

那头，创一班的聚会也差不多结束。

李明珠抱着陆想，和杜宇轩等人打了招呼，准备离去。

众人聚了两三个小时，到了后面一段时间，顾小飞的目光频频投向陆想身上。

杜宇轩看见了，问道："你老看人家儿子干什么？"

顾小飞摸了摸下巴，道："你不觉得她儿子长得很像一个人吗？"

杜宇轩说："你可别乱说话啊，人家儿子当然长得像人家的先生。"

顾小飞说："我可没乱说话……就是有点儿眼熟。"

他的话刚说完，下了楼就遇到艺术班的人。

一群俊男美女，很是亮眼。

这不是重点，重点是里面走出来一个抱着女儿的男人，怎么和李明珠越走越近了？

那头，陆念看到李明珠，睡得迷迷糊糊，伸出短短的胳膊要她抱。

陆遥说："妈妈抱着哥哥呢。"

陆念撒起娇来不得了，陆遥只好把陆想抱过来，陆小宝贝终于如愿以偿地睡在李明珠怀里，眯着眼睛就不动了。

顾小飞看得目瞪口呆："什么情况？"

陆遥往这边看了一眼。

陆遥和李明珠的儿子简直是一个模子刻出来的！

顾小飞干巴巴地开口："他是谁？"

杜宇轩说："显然是李明珠的先生。"

顾小飞沉默半天，说："我有一个猜测，你想不想听？"

杜宇轩道："我知道你猜什么了，我也猜了。"

不只他们两个，在场的人看到陆遥和李明珠的互动……基本都猜出他们的关系了，好吗！

当年陆遥还认识什么创一班的学生，不就那一个吗？还用得着猜吗？就是那个学霸啊！

罗曼文脸色一变，突然记起了什么，喃喃自语："十几年后，我找到了自己当年失恋的原因。"

吴城拍拍她，说："看开一点，世事难料。"

确实，谁也不知道未来会发生什么，陆遥当年也不知道自己以后会栽在李明珠身上。

这可能就是天命。

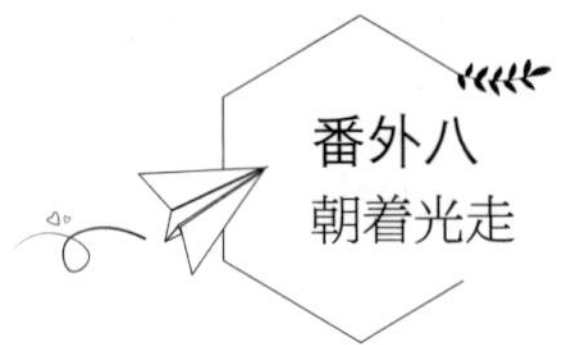

陆知高考考到了 H 市，出发前一天被陆遥堵在门口。

陆知说：“遥遥，你干什么？”

陆遥这时候才长到陆知的腰边上，个子小小的，脸色粉粉的，腮帮子鼓起来，凶巴巴地瞪着陆知。

“你要去哪里读书？”

陆知说：“去霍格沃茨。”

陆遥立刻和他扭打在一起。

说是扭打，倒不如说是陆遥单方面挂在陆知身上，像一只树袋熊似的。

陆知从楼上走下来，他就死活不松手，扒拉着陆知的背。

傅清寒见了，笑道：“哥哥去哪里买的新书包啊？怎么脾气这么差？”

脾气很差的新书包陆遥委屈死了，眼眶红红的，还要叫板：“我也要和陆知一起去读书！”

陆知说：“遥遥，叫哥哥。”

陆遥挂在哥哥背上，哥哥视若无睹，拉开凳子就开始吃早饭。

陆遥脾气倔得很，陆知不答应他，他就耍赖。

但早饭实在太香了，引得他肚子咕咕叫。

陆知舀了一勺皮蛋粥，吹了吹，伸手往后面一塞，塞进了他嘴里。

陆遥吃完了粥，还一口咬住了他的勺子。

陆知往前一扯，勺子扯不出来了。

陆知说：“你是小狗吗？”

陆遥坚定地不给他勺子，咬住不放。

陆知只好用筷子喝粥。

陆兴看到陆遥这个样子，当场怒了："你干什么？多大了？"

"滚下来！"

陆遥这时候还有点儿怕陆兴，因此很不情愿地从陆知身上爬下来。

傅清寒给他兑好了牛奶，温柔道："遥遥，哥哥是去读书，放假的时候会回来的。"

陆遥小脸一垮，别扭道："我也要去！"

"你去干什么？给你哥添乱吗？"陆兴拍了一下桌子。

陆遥一副气鼓鼓的样子，不说话。

陆知道："遥遥，可是你没有车票啊。"

陆遥说："我偷偷藏在你的行李箱里面。"

傅清寒说："哥哥坐的是飞机，怎么，你要托运吗？"

陆遥越来越委屈，说话带上了哭腔："我可以快递过去。"

陆知说："遥遥不要闹，我过年就回来，你想吃什么，我给你带。"

陆遥这时候正在气头上，他什么都不想吃，小小年纪就知道恐吓陆知："你过去会吃不好穿不暖，还是在家里好！"

陆知说："要是我在那里吃不好穿不暖，马上回来。"

陆遥的嘴噘得更厉害，泪眼汪汪，眼泪像金豆子一样一串一串地往下掉。

陆知把他抱到前面来，说："哎哟，你还哭呢，男子汉不要轻易掉眼泪，知道吗？"

"那你能不能别去读大学？"

陆遥不知怎么的，不想让他哥出远门。

他总觉得陆知这一走，他们好似永远都见不到了。

"我好不容易考上的，能不读吗？以后没文化，就不能教遥遥读书了。"

陆遥说："我也不读书了，你也不要读书。"

陆知说："你怎么就这点儿出息？"

无论陆遥后面如何撒泼耍赖，开学前几个星期，陆知还是收拾好行李，坐着飞机，从北方飞到了南方。

他读的艺术专业，学的雕塑，刚来江南水乡的时候，生活上确实有一些不适，但待了几个月，他就适应了新环境。

陆知是一个闲不住的人，一个艺术家总有一点儿别具一格的理想。

他小时候的理想是拯救世界上所有被欺负的小孩儿，按照这个理想，陆知应该去考警校，但是他考了艺术专业，这就是他稀奇古怪的地方。

陆知因这个理想，喜欢在H市里瞎转悠。在某年某月某日某个平凡无奇的下午，烈阳高照，他在一片没有开发的区域里遇见了李明珠。

准确来说，一开始他遇见的不是李明珠，而是遇见一堆小孩儿打架。

这片地区是一个城中村，城中村里面的小孩儿打架，那是一件很常见的事情。

一般情况不太严重的话，大人都懒得多管闲事，反正小孩子打架，打一会儿就分出胜负了。

但陆知是一个奇怪的大人，普通的大人不会管的事情，奇怪的大人要来管一管。

他这会儿十九岁，热血得很，路见不平，拔刀相助。

李明珠虽然很会打架，但是寡不敌众，打人家十拳，自己总会挨两拳，加之她才九岁，萝卜丁大小，很容易让陆知想起陆遥。

陆遥比李明珠小一岁，也差不多是这个年纪。

陆知当即走上去，替李明珠解围。

那群小孩儿一见有大人过来，立刻作鸟兽散。

李明珠从水泥地上爬起来，拍了拍衣服。

她拍得灰尘到处都是，脸也脏兮兮的，头发乱成了一团。

她往左边走了几步，把自己扔在地上的书包捡起来背在背上。

她腿一迈，就想走。

陆知连忙拦住她，说："哎，你怎么连声谢谢都不说？"

李明珠冷淡地看了他一眼，绕开他，继续往前走。

陆知不依不饶地追上去，说："小朋友，你很没有礼貌啊！"

李明珠冷酷道："让开。"

陆知顿时来了兴趣。

他最喜欢的就是收拾李明珠这种不服管教的小孩儿，典型例子就是陆遥。

陆知跟着她走。

李明珠人小小的，腿也短短的，陆知腿长，追到她几乎没怎么用力。

她的余光瞥见陆知在后面跟着她，心想：莫名其妙。

李明珠加快了步伐，想要甩掉陆知，结果她走快了，陆知也走快了，大有和她较劲的意思。

她再这么走下去，就要走到自己家了。

李明珠的防范意识很重，一个陌生人跟在自己后面，她是绝对不可能往自己家的方向走的。

所以她背着书包，开始绕起圈子。

她从小心思缜密，绕了半天路，陆知发现不对劲了，原因是他已经第三次经过这个超市了。

陆知心想：她年纪挺小，心思挺重。

李明珠默不作声地研究了一下陆知，发现这个男人悠哉游哉，闲庭信步似的。

李明珠咬了咬牙，仔细一想，她肯定是打不过陆知的，除了绕远路甩掉他，她暂时没有什么好方法。

她在这个老旧的城中村里面东绕西拐，陆知跟在她后面，越来越觉得这小孩儿有意思。

李明珠被他跟得烦了，转过身，眼神不善地盯着他说："你跟着我干什么？"

"你欠我一句谢谢啊。"陆知笑道，"我刚才可是奋不顾身救你于水火啊！"

李明珠警惕道："奋不顾身？你是指你走的那两步吗？"

陆知当时就往前走了两步，那群小屁孩一看到有大人过来，立刻就放开李明珠了。

所以他说奋不顾身完全是扯淡。

"走两步也很奋不顾身了好吗！正所谓我的一小步，人类的一大步嘛！"陆知的脸皮厚就厚在这个地方。

李明珠长到这个年纪，还没见过这个段位的男人，当即咬牙切齿道："你脑子有病吗？"

陆知说："小朋友，我这是救你啊，你就这么对你的救命恩人吗？"

李明珠生气的时候也十分隐忍，成熟得不像她这个年纪的孩子。

陆知的好奇心被勾了起来，他道："不然这样，你请我吃一顿饭……"

他的话说到一半，又考虑到李明珠还是一个小孩儿，身上也没几个钱，于是赶紧改口："一根冰棍也成，我就当你知恩图报了。"

李明珠说："神经病！"

这小孩！

陆知说："我服了你了，你这个人一颗感恩的心都没有。"

李明珠不但没有感恩的心，还因为被陆知缠得烦了，立刻蹲下身，抓起一把石子，威胁道："你不走的话，我就把它们扔到你身上来！"

陆知看她这个样子，好似真的会把小石头砸到他身上。

虽然石子砸不出什么太大的伤害，但是被砸一次，还是会痛半天的。

陆知往后退了两步，只好离去。

结果他去某某小学，给某个班上美术兴趣课时，又看到了这个小孩儿。

李明珠对画画没什么兴趣，上美术课的时候正在帮同班同学抄作业。

她自己的作业写完了，现在又帮别人写，然后赚一些钱。

陆知进来后，第一眼就注意到后排的这个小朋友了。

他越看越觉得眼熟，最后想起来，这不是前几天打架的那个小孩儿吗？

李明珠帮人写作业还写得挺认真的，陆知走过来了她都没发现。

后排的另一个小朋友推了推她，说："李明，陆老师看着你呢！"

李明珠抬头一看，正好和陆知对视。

她到底年纪小，哪知道天下有这么巧的事情，登时眼睛瞪得老大，嘴巴也微微张开。

陆知说："好巧啊！"

他顺势看了眼李明珠的作业本："你叫李明？"

陆知诧异了一下。

他上回看到李明珠的时候，她是一个小丫头片子，但这个名字又过于男性化了。

李明珠在学校里还算尊师重教，陆知问她，她就点点头。

陆知放下作业本，问道："别的同学都在画画，为什么只有你不画？"

李明珠说："我不会画画。"

"正因为你不会画画，所以学校才找老师来教你们画画。"

陆知坐在她边上，帮她把作业本收起来，然后摊开白纸，又帮她削好了铅笔，递给她："现在画，我教你。"

李明珠捏着铅笔，一声不吭地在白纸上画了一个大大的猪头。

她怪小孩子气的。

陆知哭笑不得，弹了一下她的额头："你想考零分吗？"

李明珠心想：我考零分又怎样，和你有什么关系？

她初遇陆知，就是这么两件事情。

陆知教她画画，后来把这个小白眼狼终于喂熟了，偶尔还能去她家里蹭一顿饭。

李明珠也只有遇到陆知那两年过得比较惬意。

陆知有无数个稀奇古怪的想法，站在她搭的小小的灶台前面，替她做饭洗碗，美其名曰：小孩子的童年就应该到处玩，有大人在，小孩子不用做饭。

陆知和她说，他有一个弟弟，比她小一岁，脾气和她一样臭。

他说这话的时候，脸上满是宠溺："有机会我把他拎到你面前看看，我估计你们俩待一块儿，非得天天打架。"

李明珠趴在小凳子上写作业，不服道："我才懒得见他。"

她补充："你弟弟肯定和你一样讨厌。"

陆知夸张地捂着胸口，说："在你眼里，我有这么让人讨厌吗？小明珠，你真是太让我伤心了，快扶我一把——"

李明珠又说："神经病！"

这个"神经病"，神经上是没有病的，身体上大大小小的毛病倒不少。

李明珠看着陆知吃各种各样的药，吃得比苏天瑜还多。她有时候良心发现了，也会担忧他一下。

"你的身体很差吗？"

陆知吃了药，揉着她的脑袋，把她梳得整整齐齐的头发搓得乱七八糟。

"放心，我死不了的。"

可惜陆知是个骗子。

李明珠是个小骗子，他就是个大骗子。

他擅自地来，又擅自地走。

他来的时候带了一束光，走的时候又留给她无尽的黑暗。

陆知和她相处的时光，让她好似做梦一样。

陆知刚走的那一年，她每每晚上从噩梦中惊醒，浑身都是冷汗。

梦和现实已经分不清了，陆知到底是存在的，还是她杜撰出来的？

她在这两者间摇摆不定。

李明珠的精神状况一落千丈。

一个人要是没得到什么，她失去的时候也不会这么痛苦。

这场灾难，将她从一个黑暗的地方拉入了另一个黑暗的地方。

深渊几乎是一环套着一环，她往前一走，就会跌落得更狠。

她精神不佳，顶着巨大的压力读完了初中。

八月十二号这天，二炮给她拿了一张清华大学的学生证过来。

他见了李明珠，担心道：“你没事儿吧？”

李明珠的脸阴郁得能滴出水，明眼人一看就知道这人走在崩溃边缘，只有一根细细的线拉扯着她，稍有不慎，整个人就会散架。

李明珠拿着这张学生证，摆摆手，说：“我没事。”

二炮心想：这不像没有事的样子。

她走出房门，外面艳阳高照，越往前走一步，就离太阳越近一步。

正午的阳光照在她身上，将阴影推至她的身后。

她正朝着光走去。

（完）